KB239757

무도연지겁 1

武道胭脂劫

백색공포(白色恐怖)

무도연지겁 1

武道胭脂劫

백색공포(白色恐怖)

사마령 지음 · 중국무협소설동호회 중무출판추진회 옮김

중무동 중무출판추진회에서 첫 번역작을 내며

　　중무출판추진회(위)가 중국무협소설동호회(중무동) 내의 소모임으로 출발한 것은 2007년 6월이었다. 당시 회주였던 고죽옹 님을 비롯하여 십여 명의 회원들은 침체되어 가는 중국 무협소설 시장을 모두 안타까워하며, 중국 무협소설 명작의 번역을 추진하게 되었다.

　　중국 무협소설에 무한한 애정을 가지고 있는 회원들의 토의를 거쳐 사마령의 『무도연지겁』을 번역하여 출판하는 것으로 의견을 모으고 사업을 추진하였다. 이 과정에서 와룡생, 양우생, 이량, 정풍 등 신구 무협소설 작가들의 많은 작품이 거론되었지만 사마령의 명작인 『무도연지겁』이 번역 대상작으로 선택된 것이다.

　　이어서 중무출판추진회에서는 번역을 위한 기금 마련을 시작했다. 당시의 기금은 필자를 비롯하여 강호야우, 무림명등, 하리마오, 심랑, 황석공, 죽산, 고죽옹, 출수무심, 허중, 만면소인 등(출자 일시 순) 회원들의 출자에 의해 마련되었다. 기금이 모인 후, 연변예술대학 장익선 교수의 도움으로 중국을 통해 1차 번역을 시작할 수 있었다. 번역 계약은 그해 7월 11일 일사천리로 이루어졌고, 우리 모임을 통해 사마령의 『무도연지겁』

이 번역된다는 사실에 모든 회원이 한껏 기대에 부풀어 올랐다.

2008년 1월에 기대하던 1차 번역고가 도착했지만, 이 번역고는 중국 번역가들에 의해 진행되었기 때문에 교정과 윤문이 필요한 상태였다. 그렇기 때문에 윤문을 위한 비용이 필요했고, 그것은 필자의 일부 무협소설 고본을 정리하는 것으로 일부 마련할 수 있었다. 이후에 신춘문예에 당선된 한국예술종합학교 연극원 극작 전공의 김효정 씨가 1차 윤문에 참여해줌으로써 2008년 9월에 1차 윤문이 완성될 수 있었다. 그리고 1차 윤문본은 필자가 2012년까지 틈틈이 문장을 다시 다듬고, 1차 번역고에서 번역이 누락되었던 박본 8권 분량을 새롭게 번역하여 최종 번역본을 완성할 수 있었다.

하지만 번역보다도 더 어려웠던 것은 저작권을 확보하는 일이었다. 대만의 무협소설 중 일부 유명 작가의 저작권은 분쟁 중에 있는 경우가 많이 있었다. 사마령의 무협소설도 이러한 송사에 휩쓸려 있었기 때문에, 저작권 확보를 위해 저작권자를 찾는 것도 매우 어려운 일이었다. 채륜 대표와 함께 백방으로 저작권자를 알아봤으나 결국 찾는 데 실패했다.

시간은 계속 흘러 2010년 6월, 필자는 대만에 갈 기회를 잡았다. 수소문 끝에 중국무협소설사 연구의 권위자인 임보순林保淳 교수를 만날 수 있었고, 그는 필자에게 저작권 문제를 해결해 줄 수 있다는 뜻을 전했다. 하지만 이후 동호회가 둥지를 여러 번 옮기고, 모임지기인 필자 또한 다른 바쁜 일을 핑계로 저작권 확보는 늦어질 수밖에 없었다. 이후 임보순 교수를 통해 얻은 연락처를 통해 저작권자와 연락할 수 있었고, 오랜 협상 끝에 2012년 최종적으로 채륜에서 『무도연지겁』의 저작권을 확보하고 드디어 2013년 오늘에 와서야 마침내 사마령의 『무도연지겁』을 출판할 수 있게 되었다.

　이러한 형태의 중국 무협소설 번역은 중국 무협소설 시장이 점차 줄어드는 현실 속에서 우리 모임이 찾은 하나의 자구책이 아닌가 생각된다. 이번 사마령의 『무도연지겁』 출판으로 발생하는 기금 일체는 향후 중국 무협소설 명작을 번역하는데 재투자하는 것을 기본 원칙으로 하였기에 이번 출판에 기대하는 바가 적지 않다. 아무쪼록 이번 번역 출판을 지지해주시는 탄묵서생 회주님과 함께 모임을 이루며 이번 번역 사업을 진행했던 회원님들께 깊은 감사의 말씀을 올린다.

2013년 2월
모임지기 풀잎 배상

시대의 대가 사마령-무협소설의 새로운 시대적 의미

대만에서의 초기(1950~1974) 무협소설 독서 붐에서 알 수 있듯이 무협소설 읽기는 서민의 대표적인 여가 취미 생활 중의 하나였다. 내 고등학교 시절의 선생님은 1965년에 "무협소설은 사회와 민심을 안정시키는 역할을 한다"라고 말한 적이 있다. 사상이 비교적 폐쇄적이었던 당시 사회에서 정말 개방적이고 현실적인 평가였으며 지금 다시 그 시절을 회상하여 보아도 그 의미를 실감하게 된다.

세월이 흐른 후, 새로운 시각으로 사마령을 다시 보다

26부의 『사마령 작품집』은 나의 소년 시절과 동반 성장해 온 성장의 역사라고 해도 과언이 아니다. 어렸을 때는 전집이 다른 소설보다 재미있었다는 것이 기억의 전부였다. 미국에 와서 생활한 이 24년간 연구소에 취직하고 가정을 이루어 아이들의 부모가 된 후에도 늘 사마령의 전집을 다시 읽곤 했다. 어렸을 때의 이해와는 달리 전집은 해외 생활을 한 지 얼마 안 되었던 나에게는 향수를 달랠 수 있는 안식처였고 또 긴장한 생활에서 스트레스를 풀며 자유롭게 상상하는 여유를 주는 약이 되었다. 세월이 흐르고 인생의 경험이 쌓여가면서 나는 사마령의 전집을 새로운 시각으로 보게 되고 체험하게 되었다. 사마령의 작품은 한 번 읽으면 또 읽고 싶고 아무리 읽어도 싫증이 나지 않는다. 작품은 소설로서의 예술적인 아름다움을 갖추었을 뿐만 아니라, 다양한 메시지를 독자에게 전달하고 있었다. 그의 작품은 순수한 문학적인 가치와 유불도 3대 종교의 종교 학설뿐만이 아닌 천문, 지리, 의술, 풍수, 고고, 서화 등 아우르지 않은 영역이 없다. 삼라만상을 담은 방대한 내용을 책의 이야기 전개에 자연스럽게 반영시켰을 뿐만 아니라 저자의 견해를 담아 해석하고 있으며 학술적인 설명은 피하고 알기 쉬우면서도 재치 있게 쓰고 있어 독자의 접근이 편하며 큰 공감을 자아내고 있다. 독자가 작품의 생동감 넘치는 서술에 깊이 매료되어 책을 읽고 있으면 자신도 모르는 사이에 유익한 정보를 얻게 되는 것이다. 따라서 많은 사람이 여가 소설을 읽는 것은 일종의 지성적인 여행이 되는 셈이다. 이것이 지식인들이 그의 작품을 즐기는 하나의 이유가 될 것이다. 그의 작품들은 오랜 세월 속에서 검증을 거쳤으며 세월이 흐를수록 새로운 맛을 더해가고 있다.

두뇌 운동 체조

독자들은 사마령의 작품을 읽을 때면 각각 다른 느낌을 체험한다. 하지만 모든 독자가 공감하는 부분은 그의 작품은 추리와 지혜, 모략과 계책이 뛰어나 일본 추리소설이나 서양 탐정소설처럼 추리를 위한 추리와는 다르다는 것이다. 사마령의 추리는 작품 속 등장인물의 일상생활에서 자연스럽게 전개되고 있으며 인물들 사이의 역동적인 관계는 두뇌가 끊임없이 사고할 수 있게 만든다. 작품의 스토리는 한 걸음씩 세밀하게 나아가고, 합리적이며 논리적인 방향으로 전개되고 있어 좋은 사람이 갑자기 나쁜 사람으로 바뀌거나 긍정적 인물이 갑자기 부정적 인물로 바뀌는 극적인 반전이 일어나지 않는다. 다만 복잡한 인물의 심성을 현미경으로 자세히 관찰한 것처럼 드러나게 하고 있어 이야기의 결과가 뜻밖의 내용이 될 수는 있으나 그 과정은 합리적으로 엮어나가고 있다. 책을 읽는 과정은 독자가 두뇌 운동을 하는 과정이 되므로 읽고 나면 후련하고 뿌듯한 느낌이 들게 한다. 한 하이테크기업의 운영자는 자신이 사마령의 작품을 읽고 기업의 운영에『손자병법』보다 더 많은 도움이 되었다고 말하고 있다. 나는 과감히 추천하는 바, 심리학, 커뮤니케이션학, 기업관리학, 책략학, 담판과 협상학 및 기타 관련 학문을 가르치는 교수가 사마령의 작품을 참고도서의 목록에 넣을 것을 추천한다.

생명과학의 새로운 페이지

사마령의 풍성한 창작 기법은 인성에 대한 깊이 있는 이해, 사람의 내면에 대한 통찰과 해부를 제외하고도 무예에 대한 깊이 있는 이해에서도 잘 나타나고 있다.

그의 작품인『제강쟁웅기帝疆爭雄記』에서는 시가와 채찍 편법을 조화롭게 소화하고 있는데 한편으로 시를 읊으며 한편으로 채찍을 휘두르는 부분이 절묘한 조화를 이루고 있다. 또『황허 강에서 말이 물을 마시다飮馬黃河』에서는 필묵으로 수묵화를 그리는 듯한 검술법으로 독자를 매료시키고 있으며 출중한 무예는 심신의 수련에서 비롯된다는 정신적인 경지를 작품의 '심령수련', '기류의 감응', '의지로 적을 극하기' 등을 통하여 보여주고 있는 바, 일종의 인생철학을 독자들에게 피력하고 있는 부분이기도 하다.

독자들은 대만대학교 이사잠李嗣涔교수가 다년간 국과회國科會의 지원 사업으로 진행하여 왔던 기공프로젝트의 부분적인 연구로 사마령 작품 속 무술묘사의 진실성을 검증하였다는 것을 잘 알고 있다. 우리 선조들의 도가 양생학과 사마령의 무협소설 속의 상상은 현대과학의 그것과 너무나 잘 들어맞는다. 이는 미래 생명과학의 발전을 위해 새로운 한 페이지를 열어놓은 것이 될 것이다. (중국에서도 기공과 같은 학문에 관한 연구가 지속적으로 이루어져 왔고 구체적인 성과를 거두면서 이를 '인체 과학'으로 분류하고 있는데 필자는 근세의 서양 생명과학 영역에 큰 이바지 한 것으로 본다. 이 교수는 그의 인생 후반의 학술연구는 이 분야에 중점을 두겠다고 하였다.)

무협소설의 사회적 기능

상관정上官鼎은 사마령을 천재적인 작가로 보았고 고룡古龍, 대만 무협소설 대가은 사마령을 무척 존경하였으며 장계국張系國은 사마령을 '무협소설가의 소설가'로 추대하였으며 섭홍생葉洪生은 사마령이 대만 무협문학소설 창작 역사에 있어서 선인의 성과를 승계하고 후배를 이끄는 교두보의 역할을 하였다고 평가였고, 필자의 부친인 송금인宋今人, 진선미출판사 창시자선생은 사마령을 '신파의 수장'이라고 높이 평가하고 있다.

그의 작품은 전통을 계승하면서도 새로운 창의성을 잘 결부시킨 부분이 독보적이다. 또한, 문자의 구성이 잘 짜여 있었으며 기승전결이 잘 조화된 것이 특징이다. 20여 부의 작품 속의 등장인물들은 저마다 개성이 있어서 비슷하게 전개된 작품은 거의 찾아볼 수 없다. 작품은 여러

부분에서 인류 사회와 법의 질서 및 예의와 교리의 가치를 암시적으로 드러내고 있으며 도덕적 인성이 순기능 순환의 절차에 따라 필연적으로 이루어진다는 것을 암묵적으로 나타내고 있다. 독자는 책을 읽는 중에 스스로 중화 민족의 충, 효, 인, 의의 미덕을 공감하게 되고 무의식적으로 깨달음을 얻게 되며 이런 견지에서 사마령의 소설은 사회적으로 훌륭한 이바지 한 성과작으로 평가해야 한다.

전 세계 화교들이 공동으로 느끼는 정서

미국에서 생활하는 24년간 중화 문화에 대한 더없이 큰 애착을 느끼게 되었다. 개인적인 감상이라면 유럽에 SF소설이 있고 일본에 추리소설이 있다면 우리에게는 『사마령 작품집』이 있음이 자랑스럽다는 것이다. 이 점은 전 세계 화교들이 가슴을 내밀고 21세기로 들어설 때, 우리에게도 중화 문화를 대표하는 대중적인 읽을거리인 무협소설이 있다고 당당히 말할 수 있는 근거가 되어줄 것이다.

진선미출판사 발행인 송덕령
1997년 12월 5일
미국 캘리포니아에서
(글 옮긴이: 박은옥)

사마령을 소개하는 기쁨

　　사마령司馬翎의 본명은 오사명吳思明, 1936년 광둥에서 태어났으며 대만대학 재학 중『관낙풍운록關洛風雲錄』과『검기천환록劍氣千幻錄』을 써 독자의 시선을 끌었다. 1989년 세상을 뜨기까지 평생 40여 편의 무협소설을 썼는데, 문체가 깔끔하고 탈속했으며, 인물의 성격도 살아있는 듯 생동적이었다고 한다.

　　초기 작품으로『금루의金縷衣』,『백골령白骨令』,『학고비鶴高飛』가 있고, 중기에는『검담금혼기劍膽琴魂記』,『제강쟁웅기帝疆爭雄記』,『성검비상聖劍飛霜』,『섬수어룡纖手馭龍』, 후기 작품으로는『음마황하飲馬黃河』,『검해응양劍海應揚』,『분향논검편焚香論劍篇』등이 꼽힌다.

　　한국에는『음마황하와』『분향논검편』을 비롯한 여러 작품이 번역되었는데, 그중 상당수가 다른 제목, 다른 저자, 특히 와룡생의 이름으로 나왔기 때문에 사마령의 작품인지도 모르고 본 독자들이 많다. 한국 무협번역업계의 잘못된 관행 때문이지만 사마령 만의 독특한 작품세계를 좋아하는 독자로서는 한국에서 그가 더 많이 알려지지 못한 것, 그 결과 더 많은 작품이 번역되지 못한 것이 아쉽고 안타깝다.

특히 그의 작품 『음마황하』는 내게 남다른 의미가 있는데, 생애 최초로 읽은 무협소설이 이 작품이기 때문이다. 1975년으로 기억하는데, 당시 초등학교 5학년이었던 나는 동네 만화방을 풀방구리 쥐 드나들듯 드나들면서도 만화방 한쪽 벽면을 가득 채우던 책들이 무협지라는 것도, 아니 그 전에 세상에 무협지라는 게 있는지도 모르고 있었다. 그러다가 옆집 형에게서 여덟 권짜리 반 양장본 책을 빌려서 읽게 되었는데, 당시 월부책 장수가 팔고 다녀서 좀 산다 하는 집에 꽂혀있던 여러 권짜리 책 중 하나가 그것이기 때문이었다. 그러니까 월탄 박종화의 『금삼의 피』, 김동인의 『운현궁의 봄』 같은 것들을 빌려 읽다가 그 속에 끼어있던 『마혈魔血』이라는 괴상한 제목의 책까지 읽게 되었던 것.

당시에는 『마혈』이 『음마황하』의 번역제목이었다는 것도, 작가가 와룡생이 아니라 사마령이라는 것도, 그리고 이게 무협지, 무협소설이라는 것도 모르고 그저 역사소설의 하나로만 알았던 나는 이 한국은 분명 아닌 것 같은, 하지만 진짜 중국 같지도 않은 무림이라는 괴상한 세계의 영웅 이야기에 걷잡을 수 없이 빠져들고 말았다. 다 읽고, 또 읽고, 다시 또 읽고 돌려준 뒤 다시 빌려서 또 읽고를 몇 번이나 반복했던지. 생각해보면 그게 오랜 세월 나를 사로잡은 무협 중독의 시작이고, 무협소설을 직접 쓰게까지 한 일의 단초이고, 오늘날의 작가 좌백을 만들게 한 결정적인 계기였던 거다.

만화방 무협지가 무협지임을 알고 탐독하게 된 것은 그로부터 삼 년이나 지난 후였다. 그리고 그때부터 수없이 많은 무협소설을 읽었다. 고룡과 와룡생, 김용을 비롯한 중국작가들, 사마달과 금강, 서효원과 야설록을 비롯한 한국작가들의 세계도 그에 못지않게 좋아했지만 돌이켜 보면 내 인생의 첫 무협소설을 사마령의 작품으로 시작한 것은 무척이나 다행스러운 일이었다. 그의 작품은 단순한 영웅담이 아니라 협객의 정신이 살아있는 진정한 의미의 무협소설이기 때문이다.

그의 소설에는 협의俠義가 담겨있다. 협의가 무엇인지 고민하고, 자신이 처한 상황에서 옳은 선택이 무엇인지 갈등하는 주인공이 그려져 있다. 협객은 윤리적으로 옳은 일을 하는 사람이 아니다. 그가 따르는 협의라는 가치관은 시대의 윤리가치와 다를 수 있기 때문이다. 협객은 성인군자가 아니라 자신이 생각하는 의를 위해, 가령 실수로 한 약속을 지키기 위해 범법행위를 주저하지 않고 행하는 사람이다. 이런 기준으로 보면 『영웅문』1부의 곽정은 협객이라기보다는 대인이고, 군자이며, 민족의 장래를 걱정하는 지사이며, 영웅이다. 거기서 협객은 한순간 자존심 때문에 맺은 약속을 지키기 위해 십수 년의 세월을 바친 강남칠의가 더 적당하고, 나라를 팔아먹은 매국노의 간담을 꺼내 씹은 구처기가 더 어울린다. 그렇다고 곽정에게 협객의 정서가 없던 것은 아니다. 김용이 협의를 몰랐다고 말하는 것도 아니고.

『영웅문』2부에서 양과의 팔을 자른 곽부를 잡고 그 잘못을 보상해야 한다며 딸의 팔을 자르려고 한, 아마도 황용이 잡아채서 달아나지 않았으면 실행하고 말았을 곽정의 그 정서, 그 가치관은 분명 협객의 정서였으니까.

고룡이 따로 토로한 바 있는 것처럼 무협작가가 늘 협객을 그리는 것은 아니다. 독자는 진정한 협객, 그러니까 밝은 면만이 아니라 어두운 면, 협객의 광휘 뒤에 숨어있는 협객의 그늘까지 그리는 것을 때로는 안 좋아하기도 해서다. 독자들은 사실 협객보다는 성인군자를 더 좋아하는 것 같기도 하다. 그리고 대중소설을 쓰는 무협작가로서는 그 대중의 구미를 맞추어야 할 필요를 느낄 때가 있는 것이다.

하지만 사마령의 작품은, 적어도 내가 읽어본 작품들에서 그는 항상 협객을 그리고 있다. 가령 『분향논검편』에서 주인공 곡창해는 요녀들의 소굴인 적신교에서 피치 못할 선택의 상황에 처하고 만다. 사부의 연인인 천하제일미녀 허홍선을 구하기 위해 마굴에 침투했는데 구할 사람이 둘 더 있는 것이다. 어릴 때부터의 친구인 소녀를 구할 것인가, 아니면 침투한 후에 만났지만, 자신을 도와준 그곳 여인을 구할 것인가. 둘 중 하나만 구할 수밖에 없고, 남겨둔 하나는 적신교 요녀들에 의해 창녀가 될 것이 불을 보듯 뻔한 상황이다. 고민 끝에 주인공은 처음 만난, 하지만 자신을 도운 여인을 구하고, 어린 시절부터의 친구를 남겨두기로 한다. 어린 시절부터의 친구인 소녀는 나중에 어떤 신세가 되더라도, 그러니까 당시의 시대상과 가치관을 생각하면 결정적인 흠결을 지니게 되는 소녀는 자신이 아내로 거두어서라도 평생 보상해 줄 수 있지만, 기본적으로 모르는 사이와 다름없는 여인에게는 그렇게 보상하는 것도 불가능하기 때문이다. 즉 아는 사람을 두고 모르는 사람을 물에서 건져주는 선택을 하는 것, 이것이 협객의 선택이고, 협객이 협객이 될 수 있도록 하는 협의도俠義道라고 작가는 말하고 있는 것이다.

물론 이것은 '나는 이렇게 읽었다'는 이야기이고, 많은 독자는 동의하지 않을 수도 있다. 하지만 이런 해석이 가능할 수도 있게 한다는 바로 그 점에 사마령의 작품이 가진 많은 장점 중 하나가 있다고 나는 주장한다.

한편 사마령의 작품에는 김용의 무초승유초無招勝有招, 즉 '초식 없음이 초식 있음을 이김'―『소오강호』의 독고구검 같은―이나 고룡의 '싸움 없는 승부'―『소리비도』에서 병기보 서열 1위인 천기노인과 2위 상관금홍의 대결 같은―것 또한 있다. '싸움 이전의 승부', 이른바 '기세 대결'이 그것이다.

사마령은 실제로 싸움에 들어가기 전에 마주한 상대의 기세대결을 중시했다. 그의 작품에서는 대결 이전에 이미 기세로 결판이 나서 굳이 칼을 들어 겨루지 않고도 승부를 가르는 장면이 여럿 나온다. 이 작품 『무도연지겁』의 1권에서 그려지고 있는 주인공과 칠살도의 대결 장면 역시 그러하다. 기세만으로 결판은 이미 나 있다. 칼을 들어 겨루는 것은 그 결과를 확인하는 것에 지나지 않는다. 그러니 싸울 필요가 없다고 말하는 것이 아니다. 질 줄 알면서도, 그래서 죽을 줄 알면서도 싸워야 할 때가 있다. 그게 협객이다.

이대로 싸우면 질 게 뻔하니까, 이기기 위해서 기세를 키워야 할 필요가 있다. 그래서 무협이다. 사마령의 작품 속 주인공은 그래서 협객이고, 그의 작품은 그래서 무협이다.

사마령의 작품을 좋아했던 분들에게 참으로 오랜만에 소개되지 않은 작품을 읽을 수 있게 되었음을 축하드린다. 사마령의 작품이라고는 처음 읽어보는 분들에게 드디어 새로운 세계가 열리게 되었음을 진심으로 축하드린다.

어려운 여건 속에서도 사재를 털어 번역 작업을 진행하고 마침내 출간까지 진행한 풀잎 님을 비롯한 중국무협소설동호회 회원분들에게 감사와 경탄의 염을 표한다. 쉽지 않은 작업, 회의적인 시장 상황에도 불구하고 출간을 결행한 채륜의 여러분께 사마령의 독자 중 한 사람으로 서, 무협을 좋아하고 직접 쓰기도 하는 한 작가로서 깊이 감사드린다.

계사년 새해에
좌백 올림

七殺刀漁村練眞功
破僞裝屬斜起殺機
走千里春喜投名師
習蘭心脫胎又換骨
避追蹤銅鐘巧藏身
緬往事情侶成仇敵
逢奇緣沈宇得寶刀
盜秘籍計誘二神偷

차례

武道哲學物

제 1 장

七殺刀漁村練眞功

어촌에서 칠살도의 진공을 연마하다

파도가 기슭에 있는 암초에 부딪쳐 주기적으로 거대한 소리를 내고 있었다. 검은 옷의 한 청년이 걸음을 멈추고 끝없는 파도 소리에 귀를 기울였다. 파도 소리는 요란했지만 오히려 그에게는 적막하게 느껴졌다. 그는 천천히 주변을 살폈다. 나지막하고 누추한 집들은 그나마도 대부분 문이 닫혀 있었고 문이 열려있더라도 인기척은 찾아볼 수 없었다.

이곳은 어촌이었다. 누추한 초가집들은 이 마을이 부유하지 못하다는 것을 말해주고 있다. 그러나 마을 남자들이 모두 고기를 잡으러 바다에 나갔다 하더라도 노인과 여인들은 그물을 손질하거나 아이들은 장난을 치며 놀고 있어야 하지 않은가.

검은 옷의 청년은 씁쓸한 미소를 머금은 채 우물담에 걸터앉아 먼지투성이 봇짐을 풀썩 내려놓았다. 키가 크고 어깨가 떡 벌어진 그는 비범한 기운을 풍겼다. 얼굴은 오랜 노정으로 햇볕에 그을렸지만 용모가 영준한 데다 눈빛은 그가 총명하고 반응이 민첩한 사람임을 나타내었다. 그는 우물에서 물 한 통을 길어 얼굴을 씻고는 몇 모금 마신 뒤 다시 우물담에 걸터앉았다.

얼마가 지났을까. 오른편에서 가볍고 재빠른 발걸음 소리가 들려왔다. 마을 여인이었다. 이 여인의 외모는 단정하고 청아하였으며, 겁을 먹은 것 같은 동그랗고 커다란 눈동자를 가졌다. 여인의 이런 눈동자는 날 때부터 한 마리의 놀란 토끼 같아, 사람들로 하여금 깊은 동정심을 일게 하였다.

그녀가 우물가에 다가서서 손을 뻗어 두렛줄을 잡으려 하자, 검은 옷의 청년이 그녀를 대신해 두렛줄을 잡고 두레박을 우물 안에 떨어뜨렸다. 그는 물 한 통을 끌어올려 그녀에게 내밀었다. 여인은 고개를 들고 그를 언뜻 쳐다보았다. 그의 얼굴에는 성근 미소가 담겨 있었다. 그녀는 그가 내민 두레박을 받아 자기의 물통에 쏟아 부었다. 그것을 바라보던 검은 옷의 청년이 말했다.

"물통이 아직 다 차지 않았으니 한 통 더 길어 드리겠소."

여인은 두레박을 그에게 맡긴 채, 그가 두 번째 두레박을 끌어 올리는 것을 가만히 지켜보다가 작은 목소리로 그에게 물었다.

"지나는 길손이신가요?"

그녀는 낯선 이에게 말을 건네는 것이 힘들었는지 얼굴이 온통 빨갛게 물들었다. 검은 옷의 청년은 그녀의 힘겨워 하는 모습이 이상할 뿐이었다.

"그렇소. 나는 지나가는 길손일 뿐이오. 내가 이곳에 산다면 당신이 나를 모를 리 있겠습니까?"

마을 여인이 대답했다.

"그렇다면…… 어서 빨리 이곳을 떠나셔야 해요."

청년은 두 눈썹을 치켜뜨며 물었다.

"떠나라니 어째서요?"

여인은 연이어 말했다.

"어서 서두르세요. 빨리 이곳을 떠나세요. 지체하다가는 어찌해 볼 도리가 없어요."

여인의 말에 청년이 의아하여 되물었으나 그녀는 대답 대신 다시 한 번 재촉할 뿐이었다. 청년은 머리를 갸웃거리며 물었다.

"혹시 이 마을에 어떤 사고라도 생겼소?"

그는 이 마을에 도착했을 때 암초에 부딪히는 파도소리의 웅장함에 비하여 온 마을에 정적이 깔려 있는 것이 이상하다고 생각하고 있던 참이었다.

여인은 머리를 끄덕이며 대답했다.

"그래요."

청년은 반문했다.

"허나 내가 지금 이 마을을 벗어난다 해도 사람들과 마주치는 것을 피할 수는 없지 않겠소?"

여인은 흠칫 몸을 떨며 말했다.

"그럴지도 모르겠군요."

검은 옷의 청년이 물었다.

"혹시 내가 몸을 숨길만한 곳이라도 있소?"

청년의 물음에 여인이 고개를 가로저으며 대답했다.

"아니요, 없어요. 누구도 감히 당신을 도우려 하지 않을 거예요."

검은 옷의 청년이 말했다.

"도대체 무엇이 두려운 거요?"

마을 여인이 말했다.

"촌장이 당부했어요. 그 누구도 낯선 사람을 받아들여서는 안 된다고요."

검은 옷의 청년이 말했다.

"촌장은 어디에 있소? 촌장을 찾아가봐야겠소."

여인은 대답했다.

"고기를 잡으러 바다로 나갔어요. 그 사람들…… 그 사람들에게 불행한 죽음을 당하지 않기 위해서라도 남자들은 모두 피해야만 해요."

여인의 두려운 듯한 음성에도 검은 옷의 청년은 어깨를 으쓱하며 말했다.

"당신은 돌아가오. 나는 두렵지 않소."

여인은 그가 걱정이 되어 그냥 지나치기 어려웠다. 눈앞에 서 있는 청년의 말소리와 웃음 띤 얼굴에서 그가 좋은 사람이라는 것이 느껴져 그가 불행한 일을 당하는 것을 그대로 둘 수 없었던 것이다. 그래서 마을 여인은 간절하게 말했다.

"안 돼요. 그들은 정말 흉악하단 말이에요."

검은 옷의 청년이 말했다.

"겁나지 않소. 걱정 마시오."

청년의 단호한 말에 마을 여인은 주저하다가 말했다.

"그렇다면 저를 따라오세요."

여인은 곧장 오른쪽 몇 장ㅊ 밖에 있는 어떤 집의 사립문을 열고 안으로 들어갔다. 검은 옷의 청년은 그녀를 따라 집 안으로 들어선 뒤 물었다.

"당신 집이오?"

마을 여인은 재빨리 문을 닫으면서 대답했다.

"예, 아버님과 오라버니는 모두 바다로 나갔고 제가 집을 보고 있어요. 이곳은 괜찮을 거예요."

검은 옷의 청년은 밖을 내다볼 수 있는 틈 하나를 찾아 동정을 살폈다. 밖은 광장이었고 우물이 광장 가운데 있었다. 그는 물었다.

"아까 말한 그 사람들은 대체 어떤 사람들이오?"

마을 여인은 나직이 대답했다.

"해적들도 있고요. 또 어떤 자들은 해적은 아니지만 그들보다 더 흉악해요. 그들은 모두 손에 도검刀劍을 들고서는, 정말 목숨을 걸고 어떤 한 사람과 싸운답니다. 모두 너무 무서워요. 그들은 아무래도 따로 어떤 사람을 찾아 힘을 합쳐서 그 사람과 대적하려나 봐요."

검은 옷의 청년은 의아하였다.

"그들을 자주 봤소?"

시골 여인이 대답했다.

"모두 세 차례나 보았어요. 매년 한 번씩 이런 일이 일어나는데, 도대체 어떻게 된 일인지는 아무도 몰라요."

검은 옷의 청년이 다시 물었다.

"그 한 사람은 어떻게 생겼소?"

마을 여인이 대답했다.

"그 사람은 흰 옷을 입고 한 자루의 장도長刀를 들었어요. 그 장도는 아주 날카로워서 스치기만 해도 사람을 죽일 수 있을 정도예요. 서른 살 정도로 보였는데 얼굴색은 창백하고 흉악한 느낌이 들었어요."

검은 옷의 청년이 물었다.

"그는 혼자였소?"

마을 여인은 대답했다.

"예, 언제나 혼자였어요. 그가 매번 어디서 오는지는 아무도 몰라요. 한번은 해적들이 먼저 와서 그 사람을 찾기 위해 온 부락을 샅샅이 뒤졌지만 결국 찾아내지 못했어요. 하지만 그 흰 옷 입은 사람은 어김없이 장중場中에 나타났죠."

청년의 마음속에 짚이는 데가 있어 다시 물었다.

"그럼 이 마을에서 낯선 사람을 거두지 못하는 규칙은 해적 쪽의 요구요?"

마을 여인이 대답했다.

"그래요. 우린 감히 그들을 거스르지 못하죠."

검은 옷의 청년이 말했다.

"그럼 당신이 나를 도와주었으니, 매우 위험해지지 않겠소?"

마을 여인은 조금 망설이다가 대답했다.

"해적들이 아직 나타나지 않아서 괜찮아요."

검은 옷의 청년이 말했다.

"내가 당신 집에 머문 사실을 해적이 알게 되면 어떻게 되겠소? 당신이 해적들에게 괴로움을 당하게 할 수야 없는 일이오."

청년의 말에 마을 여인은 그의 옷자락을 잡아당기며 말했다.

"안 돼요. 여기서 나가면 그 사나운 사람들과 맞닥뜨려 죽음을 면치 못할 거예요."

검은 옷의 청년은 말했다.

"두려워 마시오. 십여 명은 족히 쓸어 눕힐 수 있을 정도로 풋내기만은 아니니까."

마을 여인이 말했다.

"하지만 그들은 도검을 들었는데 당신한테는 아무것도 없잖아요."

검은 옷의 청년이 속으로 헤아려 보니 비록 크게 걱정할 일은 아니지만, 이와 같은 싸움이 3년이나 흘렀다면 목에 어지간히 상금이 걸린 해적일 것이며, 칼 솜씨도 그 세월을 버틸 만큼이리라. 어쩌면 오히려 자신 쪽에서 그들이 중과부적일 수도 있을 것이라는 생각이 들었다. 그는 또 칼을 사용한다는 흰 옷의 사람을 떠올렸다. 사람을 압도하는 호탕한 기세와, 상대가 어떤 인물일지라도 홀로 응전하는 대범함은 그가 비범한 사람이라는 것을 능히 짐작할 수 있었다.

그는 마을 여인을 보았다. 대략 십칠팔 세쯤으로 얼굴은 천진한 어린애의 표정이었다. 아마도 아직 사랑의 꽃망울을 틔우지 않았을 것이다. 그러나 그녀가 자신에게 숨으라고 간곡히 권한 것은 순수한 동정심에서 나온 것이지 영준한 용모에 감정이 움직인 것이 아니었다. 바로 이런 까닭으로 그는 그녀의 인자한 천성을 존중하게 되었다. 청년은 잠시 이 같은 생각에 잠겨 있다가 돌연 실소하고는 생각했다.

'나는 좋은 사람이 아니다. 왜 남을 존중하는 나약한 천성을 두어야 하지? 사람이 지나치게 인자하면 결국 자기만 위태롭게 되고 말 것을……'

그는 생각을 돌이켜 다시 물었다.

"나는 심우沈宇라 하오. 낭자의 존함은?"

마을 여인이 대답했다.

"저의 성은 진陳이고 이름은 춘희春熙라 해요."

심우가 물었다.

"듣기 좋은 이름이오. 글을 읽을 수 있소?"

진춘희는 머리를 가로저으며 대답했다.

"아니요, 아직 글을 배우지 못했어요."

심우가 물었다.

"이 마을엔 사람이 얼마나 있소?"

진춘희가 대답했다.

"천 명이 조금 못 되어요."

심우가 물었다.

"큰 부락이라 할 만하군. 모두 고기잡이를 하오?"

진춘희가 말했다.

"예, 남자들은……"

그녀의 말은 돌연 끊어졌다. 심우가 손짓으로 그녀에게 조용히 하라는 신호를 건넸기 때문이다. 심우는 손으로 밖을 가리키자, 진춘희는 옆에 있는 다른 틈으로 밖을 엿보고는 소리를 죽여 말했다.

"왔어요. 저자들은 모두 나쁜 사람들이에요."

심우의 눈길이 틈 사이로 집 밖을 좇았다. 십여 명이 큰 걸음으로 광장에 들어섰다. 그들은 모두 남자들인데 젊거나 늙었는가 하면 허우대가 멀쩡한 이와 얼굴이 얽은 이도 있었다. 그중 어떤 이들의 복장은 다른 사람과 달랐다.

심우는 이들 중 여섯 명이 해적이라는 것을 알 수 있었다. 해적들은 대부분 흉악한 표정이었고 얼굴에는 잔혹한 기세가 그대로 드러났다. 그 밖의 사람들 가운데 두 사람은 나이가 오륙십 되는 늙은이였다. 그중 하나는 귀한 장포를 걸쳤고 턱에는 수염이 드리워 있어 부유해 보였다.

다른 하나는 흑색의 적삼을 입었고 허리에는 허리띠를 둘렀으며 키가 컸고 손에는 네 치 길이의 담뱃대^{旱煙袋}가 들렸는데, 걸으면서 푹푹 삼켰다가 가끔씩 흰 연기를 토해냈다. 이 노인이야말로 북방의 농사꾼과 같은 모양새였지만, 이 무리들 가운데 있다는 것은 당연히 농사일에 종사하는 사람이 아니라는 뜻이었다.

그 외 네 명의 장년인 중 셋은 키가 비슷하고 의복도 같으며 병기마저도 꼭 같은 호수쌍구로 보아 형제인 것 같았다. 다른 하나는 짙은 수염이 볼까지 나 있으며 등에는 큰 칼이 꼽혀 있어 사납게 느껴졌는데 걸음걸이는 침착하면서도 거센 힘이 엿보였다. 그러나 심우의 눈길은 이들에게 끌리지 않았다. 그가 주목한 것은 맨 뒷자락에 걷고 있는 청년이었다. 청년은 수려하고 문약한 모습에 한 벌의 청삼을 걸쳤어도 오히려 의젓한 풍모였다. 하지만 왜소하고 살결의 희어서 사납고 용맹한 기세는 보이지 않았다. 그는 장검을 메고 있었는데, 칼자루 끝에 달린 술이 바람에 나부꼈다. 한눈에 보기에도 명검임에 틀림없었다. 심우의 심중에는 큰 의문이 생겼다.

'이 청년의 용모로 볼 때 무공을 연마하지 않은 것 같고 또 흉악한 기세도 없거늘 왜 이 무리들과 같이 다니는 것일까? 만일 그가 솜씨가 없다면 저들은 그를 자기들 무리로 허락하지 않았을 것이다. 그렇기에 이 청년이 가장 짐작해 내기 어려운 인물이다.'

여섯 명의 해적은 병기를 든 채 재빨리 흩어져 사방을 뒤졌다. 심우는 진춘희가 가볍게 떨고 있음을 발견했다. 그녀는 해적들이 그녀의 집안을 뒤질 때 심우를 발견하게 될 것이 두려운 것이리라. 심우는 해적들이 두렵지 않으나 이 가여운 여인을 모르는 체 할 수 없었다.

진춘희는 심우의 보따리를 은밀한 곳에 감추고 침대 밑에서 낡은 궤짝을 꺼내 옷을 들추어냈다. 이 옷들은 모두 진춘희의 아버지와 오라버니의 것 이었다. 진춘희가 내민 옷으로 갈아입자, 심우 또한 영락없는 어민으로 보였다. 그는 쓰고 있던 영웅모를 벗고 머리카락을 조금 흩트렸다. 그리고 다시 틈으로 밖을 살폈다.

　해적들은 어느 집이든 무작정 뛰어들어 집 안을 두리번거렸다. 심우는 진춘희의 귀에 대고 소곤거렸다.

　"두려워하지 마시오. 그들이 만약 이 집을 뒤지게 되면 침상에 누워 앓는 체 하겠소."

　진춘희는 고개를 끄덕였다. 나머지 사람들도 해적들과 같이 집 안에 들어가 살폈다. 얼마 지나지 않아 진춘희의 집 문이 거칠게 열리며 해적 하나가 들어섰다. 그는 집 안을 한번 둘러보고 나서 곧 밖으로 나가더니 소리쳤다.

　"유 노대 여기로 오쇼."

　유 노대劉老大라 불린 해적을 제외한 다른 사람들도 그의 외침을 듣고 모여들었다.

　유 노대가 달려와서 물었다.

　"무슨 일이야?"

　한 해적이 말했다.

　"여기 환자가 있수다."

　다른 해적이 참견하며 말했다.

　"환자라면 호들갑 떨 게 뭐가 있누?"

　맨 먼저 들어온 해적이 퉁명스럽게 쏘아 붙였다.

"진짜 환자인지 아닌지 누가 알아?"

유 노대 역시 그의 말이 일리가 있다며 동의하였다. 이때 사람들이 집 안으로 들어섰다. 그를 따라 들어온 사람은 서너 명인데 그 가운데 문약한 청년도 있었다. 유 노대는 침대가로 가더니 진춘희에게 물러나라고 손짓을 하고는 '쩡'하는 소리와 함께 살기로 빛나는 한 자루의 장도를 빼들었다. 진춘희는 얼굴이 새하얗게 질려 부들부들 떨면서 말했다.

"……그, 그는 제 오라버니예요."

유 노대가 말했다.

"시끄러! 이 어른이 보면 안다."

유 노대가 그를 찬찬히 살폈다. 침상에 누운 청년의 피부는 거무스레하여 어민 같았다. 또한 숨결은 불안정했고 얼굴도 빨간 게 과연 열이 있어 보였다. 유 노대는 머리를 돌려 말했다.

"이 자식 정말 병에 걸렸어."

한 해적이 대답했다.

"거 보쇼. 환자라니까. 가요. 재수가 없어서……"

그러나 유 노대는 코웃음을 치며 말했다.

"가? 어딜? 어림없어."

그 해적은 의아해서 물었다.

"왜 그러슈?"

유 노대가 말했다.

"너 같은 팔푼이도 이마에 열을 내게 해서 사람들을 속여 넘길 수 있지. 안 그래?"

그 해적이 고개를 끄덕이며 말했다.

"옳소. 형님, 그럼 이 자식을 한 칼에 보내버릴까요?"

유 노대는 다른 사람들을 둘러보았다. 그에게 어민 한두 사람 죽이는 것은 깨알같이 작은 일에 불과하여 전혀 망설일 일이 아니었지만, 언제나 독행독단 하는 것이 쑥스러웠는지 먼저 다른 사람들의 반응을 보고 반대자가 없으면 결행하곤 하였다. 아무도 반대의 빛이 없자, 몸을 돌려 침상의 사람에게 향했다. 그리고 칼을 치켜들다가 돌연 멈추었다. 문약한 청년이 그의 옆에 서서 침상의 환자를 내려다보고 있었던 것이다.

유 노대가 눈살을 찌푸리며 물었다.

"호 공자胡公子, 왜요? 뭐라도 발견했소?"

'호 공자'라고 불린 청년이 고개를 들며 말했다.

"아직은. 이 사람의 신원을 알 수 있다면 무작정 사람을 죽이는 것보다야 좋지 않겠소? 만일 이 사람이 어민으로 가장을 했다면 우리는 일부 중요한 실마리를 조사해낼 수 있을 게요. 유 형의 생각은 어떻소?"

유 노대는 어깨를 조금 으쓱하며 대답했다.

"뭐, 나쁠 거야 없겠군."

호 공자가 말했다.

"조금 전 유 형의 분석은 노련했소. 무공을 연마한 사람이 앓는 체를 하는 것은 용이한 일이오. 그러니 하찮은 일 같지만 지금 이 사람이 입은 의복을 확인한다면 그의 정체를 알 수 있지 않겠소."

유 노대는 고개를 끄덕거렸고 나머지 사람들은 아직 의문스러운 표정을 짓자, 호 공자가 덧붙였다.

"그가 위장한 어민이라면 겉에 어민의 낡은 옷 한 벌만을 겉에 걸쳤을 것이오. 그러니 내의를 확인하면 그의 정체를 확인할 수 있을 것이 아니겠소."

그제야 나머지 해적들도 고개를 주억거렸다. 호 공자는 천천히 이불을 끌어내고 환자의 옷을 헤쳤는데 한 벌의 내의는 모두 무명 겹저고리로 고기 비린내와 땀내가 섞여 있었다. 비로소 모든 의심이 가셨다.

호 공자가 말했다.

"내가 보기에 진짜로 병든 어민 같은데 여러분들은 어찌 생각하시오?"

호 공자의 물음에 유 노대가 몸을 돌려 먼저 나가면서 중얼거렸다.

"틀림없군……."

모든 사람들이 유 노대를 따라 나서고, 집 안에는 호 공자 한 사람만이 남았다. 진춘희는 하마터면 크게 숨을 쉴 뻔했다. 비록 제때에 참았지만 얼굴기색에는 완연히 큰 변화가 있었다. 호 공자는 여전히 머리를 숙여 침상의 환자를 응시하면서 좀처럼 떠날 생각을 하지 않았다. 한참이 지나서야 그는 진춘희를 바라보며 냉랭하게 말했다.

"문가에 가서 지켜보다가 만약 사람이 오면 인기척을 하시오."

진춘희는 얼떨떨하여 깎아 만든 목계 마냥 멍하니 서 있었다. 그러자 호 공자가 귀찮은 기색으로 다시 말하였다.

"가시오. 어서……."

진춘희가 움직이지 않자, 침상의 심우가 돌연 눈을 떠 상반신을 일으키고 손짓하면서 나직이 말했다.

"가요, 그의 말을 들어요."

진춘희는 몹시 놀랐다. 심우가 왜 속내를 드러냈는지 알 수가 없었다. 그러나 진춘희는 그의 말대로 문가에 서서 밖을 살피는 수밖에 없었다.

심우는 눈길을 돌려, 호 공자라 불린 이 문약한 청년을 바라보았다.

자세히 보니 역시 그의 얼굴이 희고 보드랍다는 것을 알았다. 미목眉目이 수려하지만 굳이 흠을 찾자면 입술 끝의 두 호선弧線에서 냉혹하고 무정한 빛이 보인다는 것이었다.

심우가 대수롭지 않다는 듯 웃으며 말했다.

"호 공자는 어찌 허점을 알아채셨소?"

호 공자는 담담하게 말하였다.

"이 방에 들어서면서 곧 당신이 앓는 체 하고 있음을 알았소."

심우는 속으로 생각했다.

'장수에게 직접 부탁하는 것보단 자극하는 편이 더 낫다고請將不如激將, 내가 상세한 것을 알려면 반드시 꾀를 써야할 테지.'

심우의 심중에 이 같은 생각이 있었으나, 겉으로는 얼굴에 미소만 지을 뿐 더는 말하지 않았다. 알고 보면 사람의 표정이란 것은 매우 복잡하다. 하나의 같은 동작이라도, 예를 들면 이맛살을 찌푸리는 것만 해도 거기에는 사랑, 증오, 고뇌 등 다양한 뜻을 내포하고 있는 것이다. 호 공자는 심우의 이 같은 표정을 보고 마음속으로 화가 나 물었다.

"당신은 내 말이 믿기지 않소?"

심우는 자신의 속내를 알아차린 호 공자가 불편했으나 태연한 척 대답했다.

"나는 믿지 않는다고 한 적이 없소이다."

자신의 속내를 알아차렸음에도 심우가 짐짓 모르는 체 하자, 호 공자는 코웃음을 치더니 말했다.

"나는 환자가 있다는 말을 듣고 방 안에 들어섰지만, 곧바로 나의 코가 당신이 환자가 아니라는 것을 알려주었소. 이유는 간단하오. 환자가 있는 방은 두 가지 냄새가 있소. 하나는 약 냄새고 다른 하나는 썩은 땀 내요. 어떻든 둘 중 하나는 꼭 나게 마련이오. 하지만 이 방에는 이 두 가지 냄새 어느 것도 없었으니, 당신이 위장한 것이 아니겠소?"

심우는 적이 놀랐다.

"아뿔싸! 내가 미처 그 점을 헤아리지 못했소."

호 공자는 그가 놀란 표정으로 순순히 시인하자 득의하여 말했다.

"이것은 아무것도 아니오."

그러자 심우가 날카롭게 공격했다.

"당신이 이렇게 자만자오自滿自傲하니 당신의 재질은 대체로 이 정도 수준에 지나지 않겠구려."

호 공자는 그의 말을 듣고는 고개를 들어 웃음 짓더니 말했다.

"가장假裝하지 마시오. 내가 당신과 같은 재사를 실로 놀라게 했다면 내가 족히 자오할 만하지 않겠소?"

심우가 말했다.

"추켜세우지 마시오. 듣기 거북하오."

호 공자가 대답했다.

"내 말에는 근거가 있소."

심우는 의아해 하며 말했다.

"근거가 있다?"

호 공자가 대답했다.

"내가 당신 내의를 확인한 한 가지의 일만 해도 당신의 재질이 뛰어나다는 것을 알았소. 평범하고 용속한 지사들은 내의를 갈아입는 것까지는 고려하지 않을 거요."

심우는 휘둥그레진 눈으로 말했다.

"내 재질이 여기에도 못 미쳤다면 허점이 노출되어 그들의 칼 아래 쉬이 죽음을 당하지 않았겠소?"

호 공자는 담담하게 말하였다.

"글쎄요. 무공이 탁월하다면 살기 위해 도망갈 수도 있겠지요. 아무튼 무공이 높은 사람이라고 다 이런 재질이 있다고는 할 수가 없소."

심우가 말했다.

"그 말은 틀림이 없소."

그때 호 공자의 눈길이 돌연 날카롭게 변하며 말했다.

"당신의 성명은 무엇이며 무얼 하는 사람이시오?"

심우는 대답했다.

"내 성은 심이고 이름은 우요. 그저 유랑하는 사람이라오."

호 공자는 냉랭하게 말했다.

"비록 유랑한이라고 해도 꼭 무슨 까닭이 있어 여기로 도망해 온 것일 테지요. 헌데 당신과 같은 인재가 왜 유랑을 하시오?"

심우가 말했다.

"나는 정말로 어떤 까닭도 없이 빈둥거리며 이곳에 온 거요. 이 말을 당신이 믿지 않을 뿐."

호 공자가 말했다.

"내가 믿고 안 믿는 것은 당신이 신경 쓸 일이 아니니, 또 다른 질문에 대한 답을 말해 보시오."

심우가 대답하였다.

"글쎄, 이 문제를 두고 생각한 적은 없지만 호 공자께서 제안을 하니 답을 해 보겠소.”

심우는 머뭇거리다 말을 이었다.

“비록 무공도 연마하고 글도 좀 읽었지만 천지간에 내가 할 만한 일이 없다고 생각했기 때문에 결국 유랑을 택한 것이오.”

심우의 말에 호 공자는 똑바로 그를 쳐다보았는데, 눈빛이 도검처럼 날카로웠다. 그러나 심우의 음성과 표정은 진지하고 거짓을 찾아볼 수 없었다.

“만약 이 말이 당신의 진심에서 나온 것이 아니라면 당신이 거짓말하는 재주가 이미 더 오를 수 없는 높은 경지에 올랐다 할 수 있겠구려.”

심우가 말했다.

“내가 왜 거짓을 이르겠소?”

호 공자가 말했다.

“당신은 당신 목숨을 위해 나를 달래 믿게 하려는 게 아니오? 당신이 둘러대는 이 이유라면 충분하리라 생각하겠지.”

심우는 일어나 앉더니 어깨를 으쓱거리며 말했는데, 눈빛이 날카롭게 변해 있었다.

“우습구려. 나는 사람을 두려워하지 않거늘, 호 공자를 달래고 얼러 무엇을 얻겠소?”

호 공자는 그가 돌연 사나워지리라고는 생각하지 못한 바, 즉시 놀라 믿기 어려운 눈길로 쳐다보았다. 심우는 강한 어조로 말을 이었다.

“내가 시치미를 떼는 것은 오직 이 여자아이의 일가를 위해서요.”

굳이 심우와 맞설 필요가 없다고 판단한 호 공자가 약간 누그러진 목소리로 말했다.

"이 말은 믿을 수 있겠소."

심우는 말했다.

"이제 내가 물을 차례요. 당신은 도대체 누구시오?"

호 공자가 대답했다.

"당신도 그들처럼 호 공자라 부르면 되오."

심우가 말했다.

"말하기 싫으면 관두시오. 허나 당신들이 무슨 연고로 함께 무리를 지어 다니는지는 알려 주어도 되지 않겠소?"

호 공자가 말했다.

"좋소. 잠시 후 도법의 대가 한 사람이 나타날 거요. 그의 도법과 공력은 이미 종사의 경지에 도달해 몇십 년간 적수가 없었소. 저들은 초대받아 그 사람과 대적하러 온 것이오."

심우가 물었다.

"당신도 그 안에 들었소?"

호 공자는 머리를 가로저었다.

"아니오. 내 몫은 없소."

심우가 말했다.

"괜찮군. 당신 때문에 근심하지 않아도 되니 말이오."

호 공자는 대뜸 얼굴이 파리해지면서 말했다.

"누가 당신더러 걱정하라 했소?"

심우가 대답했다.

"당신이 나를 돌봐 주었으니 정분이 있다고 할 수 있지 않겠소? 이미 그자의 도법이 종사의 경지에 이르렀다하니 당신이 출수하면 나는 당연히 당신 때문에 걱정하게 될 게 아니오."

호 공자는 코웃음을 쳤다.

"흥! 당신은 다른 사람의 일에 작작 신경 쓰시오."

호 공자의 냉랭한 대답에 심우는 어깨를 으쓱거리며 말했다.

"만약 밖의 저 사람들이 다 죽는다 해도 신경 쓰지 않을 것이오."

호 공자가 약간 노한 기색으로 냉랭하게 물었다.

"만약 내가 그 안에 있다면 당신이 신경 쓸 테요?"

심우가 말했다.

"신경 쓰고 안 쓰는 건 내 일이니 호 공자가 걱정할 일은 아니오."

그의 이 말은 쓸데없는 일에 신경 쓰지 말라는 말과 같았다. 호 공자
는 노기를 띠고 심우를 쏘아보았다. 하지만 이에 아랑곳 하지 않고 심우
는 말했다.

"한 마디만 더 묻겠소. 호 공자 당신의 정체가 무엇이기에 이 패거리에
가담할 수 있었소?"

정상적인 이치에 따르면 그는 초대된 사람도 아니거니와, 더구나 그들
중 어느 한 사람의 문하도 아니니, 그가 이 무리와 함께 있는 것은 당연
히 기이한 일이었다.

호 공자가 얼굴빛을 다시 바로 하며 말했다.

"나는 어떤 사람을 대신해 이곳에 왔소."

심우가 물었다.

"그럼 공자는 그 사람이 출수할 만한 대상인가를 가늠하기위해 이곳
에 왔단 말이오?"

호 공자는 머리를 끄덕이며 대답했다.

"그렇소."

심우가 물었다.

"그 사람이 누구요? 당신 사부? 춘부장?"

두 마디나 물었으나 호 공자는 머리를 흔들어 부인하지 않았다.

심우는 곧 말했다.

"오, 영존을 대표하여 그들이 당신을 공자라 부르는 거였군. 보자, 호씨 성을 가진 고수는 어떤 분들이 계시지?"

혼잣말처럼 중얼거리던 심우가 대뜸 눈을 크게 뜨며 물었다.

"신검神劍 호일기胡一翼가 아니오?"

호 공자는 그의 물음에 시인도 부정도 하지 않았다.

심우가 귓속말로 말했다.

"이것이 어떻게 가능하오? 신검 호일기는 아미파峨嵋派의 장문인掌門人인데 그의 지위와 신분으로 해적과 연루된 복수 사건仇殺事件에 개입할 수 있단 말이오?"

호 공자가 말했다.

"이것은 원수를 죽이는 사건이 아니오."

심우가 말했다.

"그럼 무슨 사건이라 부르겠소? 배반자를 주살하는 사건誅暴除奸? 그럴 수도 없지. 천하 어디에 해적들의 초빙으로 주폭제간을 한단 말이오?"

호 공자는 말했다.

"당신은 정말로 이 일을 전혀 모르고 있단 말이오?"

심우는 손을 쳐들고 맹세했다.

"내가 이 일을 조금이라도 안다면 난도분시를 당해 죽을 것이오."

호 공자는 웃음을 금하지 못하며 말했다.

"나는 맹세를 믿지 않거니와 더구나 맹세로 내건 말도 허무맹랑한 것이라 보오."

심우는 머리를 긁적이며 물었다.

"내가 어떻게 해야 호 공자가 믿겠소?"

호 공자가 대답했다.

"내가 믿고 안 믿고는 관계없소. 당신에게 알려주리다."

심우는 재촉했다.

"어서 듣고 싶소."

호 공자는 말했다.

"이 도법 대가의 성은 려廬이고 이름은 사辭로, 누구도 그 이상은 모르오. 그는 언제나 줄곧 이 이름으로 모습을 드러내었소."

심우는 한숨을 쉬었다.

"하기야 진짜 이름을 쓰든 안 쓰든 상관없지."

호 공자는 심우의 말을 듣고 웃고 말았다.

"뭐가 그리 급하시오?"

심우가 말했다.

"당신이 지체한다면 조금 전 해적들이 다시 돌아와 우리를 볼지도 모르잖소."

호 공자가 말했다.

"그들이 다시 돌아와도 당신이 다시 침상에 누워 앓으면 될 것을 뭐가 대수겠소?"

심우는 자신이 조급한 것을 알기에 호 공자가 고의적으로 허튼소리를 해서 자신을 놀리며 더욱 애타게 한다는 것을 알았다. 심우는 속으로 생각했다.

'호 공자가 내게 알려 주지 않으면 관두라지. 내가 알아내지 못할까?'

말은 이렇지만 문제는 그리 간단하지만은 않았다. 왜냐하면 도법 대가 려사가 곧 나타날 것이기 때문이다. 만약 그에 대한 사적을 전혀 모른다면 곧 있을 한 번의 대결을 보았다 해도 안개나 구름 속에서 보는 것과 같은 것이다.

호 공자는 그가 말이 없는 것을 보고 더욱 득의해져서 말했다.

"내가 알고 있는 것을 당신이 알게 되면 당신은 내게 절을 해야 하오."

심우는 머리를 가로저으며 말했다.

"하지 않을 것이오."

호 공자가 말했다.

"만약 당신이 도법 대가를 알게 될 기회를 놓치면 영원히 그에 대해 알 수 없을 것이오. 해적들이 알고 있는 것은 그의 이름과 사소한 것뿐이지. 하지만 내가 알고 있는 것은 그들이 알고 있는 것과는 다르오. 이를테면 그의 도법과 정미오묘精微奧妙한 수법 따위 말이오."

그의 말은 참으로 사람에게 유혹을 느끼게 하는 것이었다. 심우는 마음속으로 자문했다.

'만약 호 공자의 말이 사실이라면 절을 해서 도법 대가의 정체를 아는 것도 괜찮지 않은가? 하지만 왜 나는 도법 대가의 정체를 알고 싶은 것일까? 나는 줄곧 어떤 일이든 지나친 관심은 두지 않는데, 왜 도법 대가가 나의 열정을 불러일으키는 것일까? 알 수 없는 일이다.'

심우의 얼굴은 신중하고도 엄숙했다. 호 공자는 심우가 절할 생각으로 망설이는가 하여 말했다.

"이보오. 당신 아주 정색을 하는군."

심우가 말했다.

"정색이라니요?"

호 공자가 물었다.

"그럼 내가 내건 조건을 받아들이겠소?"

심우가 주저하여 대답이 없자 호 공자가 즉시 말했다.

"당신이 내게 거짓말을 하지 않는다면 절 같은 건 할 필요 없소."

심우는 곧바로 대답했다.

"좋소."

심우의 솔직한 대답에 호 공자는 흔연히 웃으며 말했다.

"좋소. 내 당신에게 알려주겠소. 이 도법 대가 려사는 종적이 은밀하고 수수께끼 같은 인물이라 지금까지 그가 어디서 왔는지 아는 사람이 없소. 더욱 알 수 없는 건 그가 쓰는 도법이 어디에서 비롯되었는지 파악할 수 없다는 거요."

심우는 견딜 수 없어 말을 가로채었다.

"하지만 호 공자 당신은 그들과는 달리 도법 대사에 대해 알고 있는 것이 있다 하지 않았소?"

심우의 말 속에는 은근한 책망이 묻어 있었다. 호 공자가 머금은 웃음에서 심우는 호 공자에게 기만당했다는 느낌을 지울 수 없었다. 호 공자는 거짓으로 심우가 진실을 말하도록 유도하였던 것이다.

호 공자가 말했다.

"자자, 다른 사람을 말했을 뿐 나를 말하는 것이 아니잖소."

그의 태도와 목소리에는 온순함이 배어있었다. 그의 말을 듣자 심우는 도리어 쑥스러운 느낌이 들어 더 말하지 않았다. 그저 그가 말하는 것을 들을 뿐이었다.

"사람들이 아는 것은 려사의 나이가 약 삼십이삼 세이고 키가 크며 웅장한 몸집에 얼굴은 희고 귀상이라는 거요. 하지만 미간 사이로 무시무시한 살기가 쏟아져 나와 사람들이 두려워하오."

호 공자는 숨을 골랐다. 심우의 얼굴에서는 그 어떤 반응도 보이지 않았다.

"이것이 세간에서 도법 대가에 대해 알고 있는 전부요. 하지만 나는 그의 미간에서 뿜어내는 무시무시한 살기에서 중요한 단서를 알아냈소. 그것은 바로 도법 대가의 도법이 대도문에서 나온 것이라는 거요. 오랫동안 종적 없던 대도문大屠門 칠살도七殺刀가 지금 또다시 나타난 거요."

심우는 고개를 끄덕였다.

"호 공자 당신 말이 옳소."

호 공자가 물었다.

"대도문에 대해 아는 바가 있소?"

심우는 어깨를 으쓱거렸다.

"모르오. 하지만 도법 대가가 이런 곳을 선택하고 해적들을 적수로 삼았다는 당신의 추론은 옳소."

심우의 말에 호 공자는 머리를 끄덕여 동감을 표시했다.

"내 짐작에 려사의 칠살도가 아직 상당한 수준에는 이르지 못한 듯하오. 잔인하고 지독한 칠살도는 이곳과 같은 험준한 환경에서 연마하지 않으면 최고의 경지에 도달하기가 어려울 테지. 그래서 자신의 도법을 닦을 요량으로 바다와 인접한 황량한 이곳을 택하여 해적들에게 사람들을 데려오게 하는 거요. 물론 해적들이 데려온 사람들도 모두 무공이 높은 자들일 테고. 이런 지독한 방법으로 려사는 도법을 연마하고 살기를 배양하고 있소."

심우가 말했다.

"호 공자 당신 말을 듣고 보니 려사는 무공뿐만 아니라 지략 역시 비범할 게요."

호 공자가 말했다.

"바로 그거요!"

그때 호 공자가 돌연 입을 다물고는 문어귀를 쳐다보더니 밖을 살폈다. 밖은 조용하였고 불규칙적인 파도가 기슭에 와서 부딪히는 소리와 거센 해풍이 일 뿐이었다. 그러나 호 공자와 심우는 심상치 않은 기운을 느꼈다. 이야기를 멈추고 호 공자는 걸음을 빨리하여 밖으로 나갔다. 진춘희 역시 호 공자가 나가자 급히 문을 닫았다. 심우가 벽 틈으로 밖을 내다보자 광장에 있던 사람들 모두가 놀란 표정으로 한곳을 바라보고 있는 모습이 보였다. 그들이 주시하는 것은 우물 옆에 서 있는 흰 옷 입은 자였다.

도법 대가가 어디서 어떻게 나타났는지는 아무도 몰랐다. 귀신이 곡할 노릇이었다. 도법 대가의 종적이 너무도 묘연하여 그가 사람인지 귀신인지 알 수 없을 만큼 흔적을 남기지 않았기 때문이었다. 그의 출현으로 광장은 금세 살기로 가득 찼다. 그의 기운은 마치 천승의 수레가 요란한 북소리를 앞세워 천지를 진동케 하는 기세와 진배없었다.

호 공자가 나가기 이전부터 흰 옷 입은 자는 줄곧 이쪽을 응시하고 있었다. 그자는 칼집이 달린 한 자루의 칼을 들고는 미동도 없어, 불어오는 해풍에 흰 옷자락이 휘날릴 뿐이었다. 그러나 호 공자는 상대의 섬광이 번쩍이는 눈빛과 마주치자 한 쌍의 날카로운 장도가 얼굴을 찌르는 듯한 느낌이 들었다. 호 공자는 흰 옷 입은 자를 향해 씨익 웃고는 발길을 옮겨 금의화복의 노인의 뒤로 갔다. 흰 옷 입은 자의 눈길은 호 공자에서 다시 다른 사람들을 찬찬히 살피기 시작했다. 그의 눈길이 닿을 때마다 사람들은 지옥도의 한기가 이런 것일까 싶어, 사람들은 그자와 눈길이 마주치지 않기 위해 애써 외면하였다. 그때 흰 옷 입은 자가 돌연 입을 열었다.

"여기 있는 자들 중 누가 가장 먼저 이곳에 도착했는가?"

그의 목소리는 그의 눈빛만큼 차갑고 쓸쓸한 기운을 풍겼다. 사람들이 침묵하는 가운데, 해적 무리의 영수領袖인 유 노대가 답했다.

"려 선생께서 부른 우리 열셋 모두 동시에 이곳에 도착했습니다. 려 선생 질문에 제가 대답을 옳게 한 것인지⋯⋯ 헌데 왜 물으시는지요?"

려사는 냉랭하게 말했다.

"유표劉彪. 금년에도 한 치의 어김이 없이 규칙을 따랐겠지?"

유 노대는 려사의 말에 자존심은 상했으나 그 위엄에 눌려 대답했다.

"모두 규칙에 따라 행동했습니다."

려사의 목소리는 더욱 음침하고 싸늘해졌다.

"만약 규칙을 위반하는 자가 있으면 너희 목숨부터 빼앗겠다."

유표가 말했다.

"그건 제가 알고 있습니다."

려사는 머리를 끄덕이며 말했다.

"좋아, 그렇다면 나와 대적할 자를 데려왔겠지?"

몇 년간 도법 대가가 도법을 연마하는 대상을 물색하는 일은 유 노대의 몫이었다. 유 노대는 의기양양하게 말했다.

"무림의 저명한 인물 몇 분이 있지요."

심우는 도법 대가와 대적하는 자가 어떤 실력을 지닌 자들인지 궁금하기도 했으나, 도법 대가의 일거수일투족에서 눈을 떼지 않았다. 지극히 짧은 시간이었으나 려사는 치밀하고 빈틈이 없는 사람이었다. 그의 눈빛과 목소리와 마찬가지로 표정 역시 좀처럼 자신의 감정을 드러내지 않았다. 더구나 호 공자의 말에 의하면 려사의 무공은 오랫동안 잊힌 고강한 도법의 하나였다. 때문에 심우는 초조하였다. 려사의 빈틈을 찾아야 한다. 해적들이 데려온 무림 명문들이 나타나자 려사의 표정이 희미하게 변하였지만 그뿐 심우에게 아무런 도움이 되지 못하였다.

려사는 해적들이 데려온 무림 명문을 살폈다. 그의 표정은 조금도 변화가 없었지만 눈빛은 신중한 데다 날카롭게 빛났다. 비록 눈빛은 오만하고 거만했지만 대결을 벌일 상대의 실력을 얕보지 않고 긴장을 늦추지 않으려는 태도였다.

심우는 적이 놀라며 생각했다.

'아뿔싸! 도저히 저자를 이길 수 없겠구나. 그가 상대를 경시하는 마음이 없을 진대, 그를 격패 한다는 것은 어렵지 않겠는가.'

이때 유 노대의 말소리가 들렸다.

"이분은 관백부關伯符 관 선생인데 별호는 절필絶筆로써 수십 년 동안 명성이 천하를 덮었습죠."

려사는 절필 관백부가 고개 숙여 인사하는 동안 관백부의 수중에 있는 한 쌍의 판관필만을 보았다. 관백부는 려사가 자신의 인사에 반응이 없자 '흥'하고 일성했다.

유 노대는 이어서 소개했다.

"이분은 조곤豐琨 선생인데 노북魯北에서 왔습죠. 조 선생은 은퇴한 지 여러 해라 이번에 모시고 오는 데에 정말로 힘도 시간도 많이 들었습죠."

려사는 입을 삐쭉거렸다. 려사의 표정은 얼핏 웃는 것 같지만 실제 웃는 것은 아니었다. 이것이 그가 표정 없는 얼굴에서 처음으로 나타낸 반응이었다. 사람들은 정말로 보기 힘든 일이라 여겼다.

심우는 문득 생각에 빠졌다.

'저자가 왜 돌연 표정을 나타낸 것일까? 조곤의 외모 때문이었을까? 아니면 조곤의 병기 때문이었을까? 유 노대가 소개하는 말 가운데 저자가 표정을 나타낼 만한 그런 곳이 있었던가?'

유 노대는 계속해서 소개했다.

"이 쪽의 세 분은 양양襄陽의 등가삼웅鄧家三雄으로 첫째 분이 등현鄧玄, 둘째 분이 등통鄧通, 셋째 분이 등소鄧昭입죠."

세 사람은 모두 똑같은 호수구護手鉤를 내보였고 옷차림새마저 같아, 소개가 없었어도 그들이 형제라는 것을 한눈에 알 수 있었다.

유 노대는 이어서 말했다.

"이분은 공동崆峒의 명가 주사수朱砂手 황열黃烈 형입죠. 무림에서는 그 명성이 자자합니다요."

황열은 두 손을 모으며 인사했다.

"만나서 반갑소이다."

하지만 려사는 그의 말을 듣지 못한 것처럼 미동도 없었다. 황열은 두 눈을 부릅뜨고 노성을 터뜨렸다.

"그대가 이처럼 오만부동하니 비록 절세의 무공을 지녔다 한들 사람들로 하여금 그대를 존중하는 마음이 생겨나게 할 수는 없겠소."

려사의 눈길은 호 공자에게 가 있었다. 려사는 냉랭하게 말하였다.

"나는 애초부터 남의 존중 따위엔 관심이 없소. 쓸데없는 흥분으로 힘을 낭비하지 마시오."

황열은 저도 몰래 불안해져 더 이상 질책할 말을 찾지 못했다. 려사는 황열 쪽은 신경도 쓰지 않고 턱으로 가리키며 물었다.

"이 애송인 누구인가?"

호 공자는 돌연 웃음을 띠고 말했다.

"이런, 예전에 불렸던 그 이름을 오랫동안 못 들었는데, 부탁이니 몇 번 더 불러봐 주시오."

호 공자의 태도에 려사는 더 이상 말을 하지 않았다. 그러자 호 공자는 말했다.

"왜 그러시오? 날 다시 불러 보시오. 내 이름을 알려주리다. 내 성은 호䒑이고 이름은 진䐴이오. 여기 내가 온 이유는 한 일문을 대표해 당신의 도법을 보기 위해서요. 듣기로는 선생은 선생의 도법을 보는 것을 허락한다고 들었소만."

려사가 말했다.

"너는 어느 파를 대표해서 왔는가?"

호진이 말했다.

"나는 아미파의 호일기를 대표해서 왔소. 그대의 기대에 부응할진 모르겠소만."

려사가 물었다.

"신검 호일기 말인가?"

유 노대가 나서서 말했다.

"그렇습죠. 신검 호일기 말입니다. 아휴, 말씀 마십쇼. 이번 일을 성사시키느라 적지 않은 공을 들였습니다."

려사는 호진에게서 눈길을 떼지 않았다. 어쩐지 이 애송이가 어딘가 거슬렸고 의심스러웠다. 려사는 호진을 뚫어질 듯 쳐다보았다. 호진은 려사가 자신을 의심하고 있음을 알고 짐짓 개의치 않은 표정으로 려사를 향해 웃음을 지었다.

유 노대가 말했다.

"걱정 마십쇼. 만일 호 공자가 미덥지 않다면 제가 이곳까지 이자를 데려왔겠습니까?"

려사가 비웃듯이 말했다.

"이자는 믿을 수 없다. 하지만 이자가 가짜라 해도 두렵지 않다. 지금은 이자를 신경 쓰지는 않겠다."

유 노대는 급히 수긍하며 대답했다.

"예, 예……."

려사는 무리를 향해 입을 열었다.

"여러분의 목적은 하나요. 나와 대적해 나를 격패 시키는 것. 다른 말은 더 할 필요가 없소. 누가 먼저 대적하겠소?"

주사수 황열이 큰 소리로 대답했다.

"재주는 없으나 내가 먼저 려 선생의 가르침을 바라오."

그는 조금 전의 일로 화가 났던 참이라 먼저 나섰다.

려사가 말했다.

"좋소, 자."

황열은 성큼성큼 큰 걸음으로 나갔다. 그는 왼손에 단도를 쥐고 있었는데 햇빛에 반사된 빛 때문에 더욱 날카로워 보였다. 그의 별칭은 주사수였다. 그는 비어 있는 오른손으로 위력이 거대한 독문 절기를 시전하려는 것이었다. 그때 호진이 돌연 소리쳤다.

"잠깐만."

려사가 불쾌한 심기를 숨기지 않고 물었다.

"무엇이냐?"

호진이 물었다.

"당신의 칼 아래 살아난 자가 아무도 없다고 들었는데 맞소?"

려사는 오만하게 대답했다.

"그렇다."

호진이 말했다.

"그렇다면 당신이 손쓰기 전에 이 점에 대해서 설명을 해야 되지 않소?"

호진의 말에 려사는 호통을 쳤다.

"대장부가 결전에서 이기지 못하면 죽게 되는 것을, 무슨 설명이 필요한가?"

려사의 기백이 사람을 압도하였다. 온 장내 사람들은 려사의 말이 오히려 일리가 있다고 여길 정도였다. 그러나 호 공자는 여전히 웃음을 머금고 말했다.

"물론 그렇소. 하지만 당신도 규칙을 지켜야 할 게 아니오. 무예를 겨루는 일이야 연무자들에게는 언제나 있는 일이지요. 하지만 매번 목숨을 걸고 싸우는 것은 아니니 당신이 먼저 이 사람들에게 알려주어야 하지 않겠소?"

려사가 말했다.

"네 말은 아녀자의 잔소리 같구나."

호진이 말했다.

"당신이 마음대로 나를 모욕해도 사실은 달라지지 않소. 만약 당신의 도법이 이처럼 독절毒絶하다는 것을 익히 안다면, 이 사람들은 그에 대해 미리 방어하거나 아니면 투지와 살기를 돋우어 당신과 맞설 것이오. 하지만 당신이 먼저 설명하지 않으면 설사 교활한 수를 쓴 승리가 아니라고 해도 공평함을 잃게 되는 것입니다."

호진의 음성은 떳떳했고 당당하기까지 하였다. 그의 말은 괜한 억지나 고집이 아니었으므로 나머지 대결자들 역시 호진의 말에 찬성하였다. 려사는 한곳을 응시하며 생각에 잠겼다.

호진은 거듭 말을 이었다.

"려 선생 역시 이전에는 이 점을 미처 인식하지 못했던 것이지 일부러 교활한 수단을 쓰려고 한 것이 아니지 않겠소? 이제 당신이 대결을 하기 전에 미리 설명을 해 준다면 대결을 하는 자들은 죽어도 원망이 없을 것이오."

려사는 이맛살을 찌푸리며 겨우 말했다.

"좋아. 하지만 지금 설명은 않겠다."

그의 오만한 태도에 이런 말이 나온 것은 쉬운 일이 아니었다.

호진이 말했다.

"그렇소. 당장 말할 필요는 없소."

주사수 황열은 마음속으로 크게 망설였다. 그가 이 길에 입문한 지도 꽤 되었고 더구나 이름도 그만큼 날려 견식이 넓은 사람이었다. 그는 직감적으로 려사가 이같이 지독한 도법을 연마 하였다면 대결하면 반드시 즉사하게 될 것임을 알았다. 확실히 이번 대결은 여느 대결과는 다른 대결이 될 것이리라. 순간 그는 물러나서 려사의 도법이 어떠한 것인지 알고 싶었다. 하지만 이미 스스로 먼저 겨루어 보겠다고 나선 마당에 무슨 구실로 물러나겠는가?

려사의 손이 한번 흔들리더니 칼집이 '퍽' 소리를 내며 한쪽 옆으로 튕겨 나갔다. 날카로운 빛을 발하는 장도가 그의 손에 가로 들려 있었다. 황열은 이를 악물고 힘을 모아 려사를 향했다. 오른손의 주사장朱砂掌은 십성의 공력을 끌어올려 보았다. 바로 이때 온 장내 사람들은 물론 숨어 엿보는 심우마저도 얼굴이 찌푸려지는 것을 참을 수 없었다. 황열은 이 사람들 가운데 외모가 제일 험상궂고 굳센 인물이었다. 하지만 려사의 기세에 뜻밖의 초라한 모습을 나타낸 것이었다.

려사는 황열에 비해 서두르지도 조급해하지도 않았다. 그의 창백한 얼굴과 장도를 들고 있는 모습은 사람을 위축시키고 상대방의 죽음을 감지하게 만들었다. 그는 마치 저승사자나 사신邪神 같을 뿐, 피와 살로 만들어진 사람이 아닌 것만 같았다. 사람들은 그것을 보고는 한 모금 냉기를 들이마신 것 같은 기분을 느꼈다. 호진이 참을 수 없어 소리쳤다.

"황열 형, 싸울 필요 없어요!"

그의 말이 채 끝나기도 전에 려사의 칼의 빛이 흡사 번개처럼 하나의 기이한 문양을 그려내었다. 려사의 장도의 움직임이 너무나도 빨랐기 때문에 그 누구도 그의 칼 자취를 더듬을 수 없었다. 다만 려사가 앞으로 전진 했고 황열이 크게 부르짖으며 뒤로 넘어진 것만 알 수 있을 뿐이었다. 황열은 쓰러지기 직전에 일장으로 려사를 공격하였다. 려사는 황열의 일격으로 한쪽으로 밀려나 가슴에 허점이 노출되었다. 그러나 애석하게도 황열이 쓰러졌기에 려사의 이 허점을 다시 이용할 방법은 없었다.

려사는 칼을 거두고 몇 걸음 물러난 다음 섬광 같은 눈길로 다른 사람들을 쓸어보았다. 유 노대가 손짓하자 두 명의 해적이 급히 앞으로 달려가 황열의 시체를 들고 재빨리 떠났다. 굳이 황열의 상태에 대해 보고할 필요가 없었다. 광장에 있는 사람들 모두 전문가였다. 그들은 황열이 들려가는 자세를 보고 그의 숨통이 이미 끊어졌음을 알았다.

광장에 있던 사람들은 조금 전 자신들의 눈앞에서 벌어진 상황이었음에도 믿기지 않았다. 황열이 누구던가. 그의 명성과 재주로도 일초를 겨루지 못하다니. 그들의 심정은 참혹하다 못해 참담하였다.

려사는 냉랭하게 말했다.

"공동파崆峒派에서 또 다른 고수가 왔는가?"

모두 아무 말도 못했다. 지금까지 줄곧 나서던 호진 역시 마찬가지였다. 그러자 유 노대가 나섰다.

"공동파에서 황열 그자를 위해 얼굴 내미는 자는 없을 겁니다요. 왜냐하면 그자는 공동파를 떠난 지 몇 년 되었거든요."

려사가 말했다.

"애석한 일이군."

그는 공동파가 황열보다 더욱 강한 고수를 이곳에 파견하여 자신과 대결하기를 바란 것이었다. 호진은 비꼬듯 말했다.

"만약 당신이 정말로 무림의 각 대문파를 건드릴 생각을 한다면 그건 쉬운 일 아니오?"

려사가 냉랭하게 대답하였다.

"그거야말로 쉬운 일이 아니라 보는데. 네게 좋은 생각이라도 있으면 어디 말해 보거라."

호진은 바로 대답하려다가 돌연 주저하더니 나중에는 아무 말도 하지 않았다. 노북에서 온 조곤이 담뱃대를 뻑뻑 빠는 소리를 냈지만 뿜어내는 연기는 희박했다. 그의 이런 모습은 깊이 생각에 잠길 때의 습관이었다. 양양의 등가삼웅은 항상 눈으로 뜻을 교환했다. 그들의 동작은 민첩하고 날렵해 작은 소리조차 알아챌 수 없을 정도인 데다 의견 교환도 소리 없이 하였다. 절필 관백부의 붓도 망설였고 눈길이 굳어졌으며 골똘히 생각에 잠겼다.

유 노대는 여러 사람들을 둘러보았다. 하지만 그들을 보고나니 실망스런 기색을 감출 수가 없었다. 여기 모인 사람들 역시 모두 려사의 도법이 기이하고 오묘한 데다 무자비하다는 것을 감수하고 모인 자들이었다. 그들은 자신들보다 앞서 하는 대결을 통해 려사의 허점을 그만큼 찾을 수 있을 거라는 실낱같은 희망을 걸고 있었다. 결국 려사와 일초식도 겨룰 방법이 없다면 이들의 무공이 아직 려사를 막아낼 수 있는 경지에 도달하지 못했음을 나타내는 것이었다. 그래서 이들이 어떻게 대처할 지 궁리해 본들 모두 헛된 것이었다. 유 노대는 내심 한탄하면서 뇌까렸다.

"보아하니 이번에도 이자들을 골라내느라 쏟아 부은 수만금과 내 정성이 바다에 던져진 격이 되었구나."

그때 호진이 돌연 물었다.

"려 선생, 당신이 쓰는 도법을 여기 있는 우리는 지금까지 한 번도 본

적이 없는데 대체 어디서 익혔소?”

이곳에 있는 사람들 또한 궁금하지 않은 것은 아니었으나 이 같은 말을 물어본다는 것은 생각조차 못하고 있었다. 하지만 호진은 거침없이 려사를 향해 물었다. 사람들은 어떤 대답이 나올 지 숨을 죽였다. 하지만 그들 모두 려사가 대답을 하지 않을 것임을 알고 있었다. 려사가 아무 말도 하지 않자, 광장에 무서운 정적이 감돌았다. 얼마쯤 지났을까 려사가 입을 열었다.

“정말로 알고 싶으냐?”

호진이 말했다.

“알고 싶지 않은데 왜 물어 보겠소?”

호진의 명쾌한 대답에 려사가 다시 말했다.

“네가 후회 않는다면 알려 주겠다.”

그리고 려사가 다른 사람들을 향해 외쳤다.

“또 누가 알고 싶은가?”

다른 사람들 모두 궁금한 마음이 있었지만 누구 하나 선뜻 말을 꺼내지 못했다.

려사는 말했다.

“대답이 없으니 저 애송이한테만 알려 주지.”

려사의 말을 듣자 등씨 형제는 참을 수 없어 다 같이 외쳤다.

“우리 삼 형제도 견문을 넓히고 싶습니다.”

조곤도 거친 소리로 말했다.

“이 늙은이도 알고 싶소이다.”

관백부도 보더니 주저할 거 없다 싶어 거들었다.

"이 늙은 것도 끼워주시게나."

려사가 해적들에게 눈길을 돌리며 말했다.

"너희들은?"

유 노대는 생각했다.

'만약 그의 무공 내력을 안다면 앞으로 그를 대항할 명문을 초대할 때 유용할 것이다.'

이렇게 빠르게 생각을 정리한 유 노대는 즉시 소리쳤다.

"나 역시 당연히 알고 싶소이다."

려사는 머리를 끄덕이더니 호진을 바라보았다. 그러자 호진이 말했다.

"잠깐! 나는 물러나겠소. 나에게까지 당신의 무공 내력을 알려 줄 필요가 없소. 당신이 굳이 알려주지 않아도 추측할 수 있으니 말이오."

려사가 말했다.

"너는 한평생 걸려도 알아내지 못할 것이다."

려사의 대답에 호진이 다시 대꾸했다.

"사람마다 재주가 있는 법이오."

그러자 려사가 눈을 부릅뜨고 말했다.

"그렇다면 너는 왜 불필요한 걸 물었단 말이냐?"

호진이 대답했다.

"좋소. 그렇다면 내가 질문한 것을 거두겠소. 기분이 나빴다면 정중하게 사과를 하겠소이다."

호진의 이와 같은 행동은 전혀 강호 규칙에 맞지도 않거니와 애송이 같은 모습마저 보이고 있었다. 이러한 그의 행동은 짐짓 그의 나이 어림과 호일기를 대표한 신분을 십분 이용한 것이었다. 다른 이들 역시 그의 이 같은 행동에 대해 별다른 말을 하지 않았다.

려사가 말했다.

"좋다. 그렇다면 너는 물러가라. 멀리가면 갈수록 좋다."

호진이 말했다.

"존명."

호진은 광장을 벗어나 담장 벽에 등을 기대었다. 호진이 기댄 벽 안에
는 심우와 진춘희가 숨어서 밖을 엿보고 있었다. 돌연 려사가 손을 휘저
으며 초조한 표정으로 여섯 명의 해적을 멀리 내몰았다. 해적들은 다른
한 모퉁이로 물러났다. 려사는 관백부, 등씨 형제 등 남은 다섯 사람과
이야기를 나누기 시작하였다. 멀리서 보니 그의 기색은 돌연 아주 온화
해져서 그의 몸에서 사신의 그림자를 찾아볼 수 없었다. 심지어는 매우
의젓하고 날랜 모습까지 보였다.

심우는 공력을 끌어올려 전음으로 벽 밖에 있는 호진에게 말했다.

"호 형! 당세의 비밀을 알아낼 수 있는 기회를 놓쳐 버려 유감스럽지
않소?"

호진도 전음으로 대답했다.

"아니오. 나의 유감이라면 그저 이 계책이 절반밖에 성공하지 못했다
는 거요."

심우는 의아해 했다.

"이것이 좋은 계책이라 할 수 있소?"

호진이 말했다.

"당연하오. 무릇 그의 비밀을 들은 사람은 죽지 않으면 안 되오. 내가
유감스러운 것은 저기 저 해적들에 참여해서 듣지 못한다는 것이오."

심우가 말했다.

"당신 생각은 저들을 일망타진하려는 것 아닙니까?"

호진이 웃음기를 머금은 목소리로 말했다.

"내가 살인이나 죽음 따위를 보는 걸 즐기기 때문이겠지요."

심우가 내심 불쾌하여 호진을 꾸짖으려고 입을 여는 순간 돌연 호진의 목소리가 다시 들려왔다.

"이보시오. 당신은 내가 정말 유혈이 낭자한 것과 죽음 따위의 광경을 보기 좋아할 거라 생각하시오? 그렇게 생각했다면 당신은 나를 잘못 봤소. 나는 이런 잔혹한 흉살 사건을 추호도 좋아하지 않소."

심우는 화를 참고 나서야 겨우 말했다.

"그렇다면 공자는 왜 저 사람들을 해치려 하시오?"

호진이 말했다.

"당신 눈을 좀 크게 뜨고 노는 것이 좋지 않겠소? 당신도 봤겠지만 여기 있는 그 누구도 저자의 공력을 막아낼 수 없소. 더구나 나는 절대로 안 되오. 그렇다면 당신은? 당신도 안 된다면 내 말을 들어보시오. 저자와 겨루어 승리하지 못하면 패하고 패하면 즉사하는 것은 예외가 될 수 없소. 이는 저자의 도법이 남다르다는 것을 말하오. 당신이 저자와 겨루어 저자를 격패할 수 없다면 당신은 죽고 말 것이오. 다시 말해 저자와 겨루기로 한 저 사람들은 여하튼 죽게 되어 있소. 그의 속내를 듣건 안 듣건 마찬가지란 말이오."

심우가 그의 말을 듣고 맞는 것 같아 깊이 생각하고 있는데 또다시 호진의 전음이 들려왔다.

"만약 저 해적들이 모두 다 그에게 죽어버린다면 이후부터는 려사에게 대항할 자를 알선해줄 자가 없어지게 되는 것이니 형세가 크게 바뀔 것이오."

심우가 물었다.

"형세가 어떻게 바뀐다는 것이오?"

호진이 대답했다.

"만약 해적들이 비밀리에 각지의 고수들을 이곳에 데려오지 않는다면 려사는 적수가 없어 그의 도법을 연마할 수 없게 될 것이오."

심우가 말했다.

"그가 스스로 강호로 나가 각 파의 명문 고수들에게 도전하지 않겠소?"

호진이 말했다.

"그것이 바로 내가 바라는 바요. 그가 강호로 나가 그의 도법이 이처럼 잔인하고 지독한 것을 천하가 알게 되는 것이오. 그렇게 되면 그는 몇 년을 넘기지 못하고 천하가 그를 원수로 여겨 그에게서 등을 돌리고 그는 더 이상 강호에서, 아니 세상에서 발붙이지 못할 것이오."

심우가 말했다.

"호 공자 당신 말에 의하면 지금 무림에는 이 일을 알고 있는 사람이 얼마 안 되는 모양이구려. 그렇지 않소?"

호진이 말했다.

"그렇소. 저자의 칼 아래 죽은 자들 대부분이 흑도의 무리였소. 더구나 저자와 겨루는 모든 결전은 비밀에 부쳐졌소. 이 때문에 세상을 뒤흔들 수 있는 천하의 기문이 뜻밖에 지금까지 알려지지 않았던 것이오."

호진의 설명을 듣고 심우가 물었다.

"당신은 여기서 살아남을 수 있을 것 같소?"

호진이 대답했다.

"물론이오. 이건 저자가 정한 규칙 중의 하나요. 나는 명망과 지위가 있는 한 가문을 대표해서 이곳에 왔소. 만약 내가 되돌아가서 이 일을 알리지 않는다면 저자는 더없이 좋은 기회를 잃는 것이 되오."

심우가 물었다.

"저자의 정체에 대해 당신이 누설하는 걸 개의치 않을지……."

호진이 말했다.

"그래도 별 수 없소. 만일 저자가 내 일문의 대표와 겨룰 기회를 얻는다면, 수천의 다른 자들과 싸우는 것보다 훨씬 좋은 일일 것이니, 저자로선 득이 되면 되었지 손해는 없을 것이오."

호진은 잠시 머뭇거리다가 말했다.

"내가 보기에 저자의 수중에 있는 칼은 날카롭지만 보도라고는 볼 수 없는데 어떻소?"

심우는 속으로 중얼거렸다.

'이 사람은 비할 수 없이 총명할 뿐만 아니라 생각도 아주 세밀하다. 그의 말에는 빈틈이 없다. 그에게 사실을 알려줄까? 아니면 모른 척 할까?'

심우는 호진의 재질이 뛰어나고 안력이 고명하다고 느꼈지만 호진이 더 이상 꿰뚫어 보지 못하는 것에 사실을 말해 주는 것을 망설였다. 하지만 곧 자신이 알고 있는 것을 호진에게 알려주기로 하였다. 아무래도 호진이 심우 자신을 대하는 태도 때문이었다.

때마침 려사와 다섯 사람의 이야기가 끝났다. 그리고 쌍방은 서로 갈라져 즉시 대치지세를 이루었다. 려사의 눈길은 노북에서 온 조곤을 향하였다. 조곤이 출수할 차례였다. 외모는 비록 농사꾼 같았으나, 조곤은 여러 해 전 북방을 종횡하며 무수한 사람을 죽인 강호의 대도였다. 그의 무공은 대단했기에 그가 손을 씻고 은퇴하기까지 놀란 적은 있었으나 위험에 처했던 적은 없었고, 죽음 지경에 빠진 적은 더더욱 없었다. 그는 몇 년간 은거하면서 무공을 더욱 정진했으나 잔인하고 사나운 성격은 여전하였다. 해적들은 이런 그에게 많은 돈을 제시함으로써 이곳 어촌에 이르게 한 것이다. 그의 수중의 한연대旱烟袋, 담배 대통는 외문 병기의 일종이었고, 전체 한연관旱烟管은 순강철로 만들어져 무게도 상당하였다. 게다가 한연관에 남은 재는 필요시에 수백 점의 불꽃을 뿌릴 수도 있어 그의 출수에 반드시 승리를 이끌어내는 절초 중의 하나로 상대를 죽이는 데 효과적이었다.

절필 관백부와 양양의 등씨 형제는 모두 뒤로 물러나 자리를 내놓았다.

려사의 장도가 그의 손끝에서 들쑥날쑥 하는 자세를 기이하다고는 할 수 없지만, 그 한 줄기 살기는 오히려 다른 이들보다 몇 배나 강렬했다. 심우는 곧 호진에게 려사의 손에 있는 칼이 보도가 옳은지 아닌지 답하는 것을 잊고 도리어 호진에게 물었다.

"호 형! 저자가 펼치는 도법을 알겠소?"

호진은 대답이 없었다. 일촉즉발의 결투에 집중했기에 심우의 말이 들어오지도 않을 뿐더러 답을 할 수도 없었다.

조곤의 냉소적인 말소리가 들려왔다.

"려 선생, 당신의 기세는 대단해서 천하무쌍이라는 명예가 걸맞긴 하오만 이 늙은이는 겁먹지 않소이다. 내가 두렵지 않은 이유를 알겠소?"

모두들 려사의 한마디를 기다렸지만 그는 입을 열지 않았다. 나머지 사람들은 마른 침을 삼키며 려사의 입만 쳐다볼 뿐이었다. 상황이 허락

된다면 말참견하는 사람이 있을 터였다. 조곤은 대치 시작부터 연신 입으로 담배를 물고 연기를 뿜어대었다. 사람들은 그것이 조곤이 피워대는 담배와는 상관없이 조곤의 배 안에서 나오는 연기처럼 느껴져 그의 배에는 대체 얼마나 많은 연기가 들어차 있을까 궁금하였다. 그러나 려사의 미동도 않는 모습에 사람들은 점차 공포에 휩싸였다.

얼마가 지났을까. 려사는 돌연 섬광과도 같이 앞을 향해 뛰어 나갔다. 려사는 칼을 따르면서 한 줄기 빛처럼 강렬한 도광으로 변하여 조곤을 향하였다. 조곤은 대갈일성大喝一聲하며 한연대를 휘둘러 횡소천군橫掃千軍 일초를 전개하며 려사의 공세에 대항했다. 조곤의 담뱃대는 속도가 빨라, '탕'하는 소리와 함께 강렬한 빛을 뿜는 려사의 도광에 적중하였다. 려사는 재빨리 옆으로 신형을 수 보나 날려 땅에 착지하였다. 려사는 이마를 가볍게 찌푸렸다. 그의 일초식이 의외로 헛된 공격으로 된 것 같아 불쾌해하는 느낌이 역력하였다. 사람들은 조곤의 공격이 우세를 점했지만 더 뒤쫓지 않아 갸우뚱하였다.

려사는 한동안 조곤을 응시하더니 칼을 쳐들고 그에게 다시 접근해 갔다. 그의 보법은 심히 기이했다. 암류가 사품치며 바다로 흘러 들어갈 때 생겨난 것처럼 한 보, 한 보가 힘이 있었고 한 치의 흐트러짐이 없는 안정된 자세를 보였다. 려사가 조곤을 향해 다가갈수록 려사의 칼은 살기가 더해지고 있었다. 려사와 조곤의 거리가 십 보 이내였다면 려사의 살기만으로도 조곤을 눌러 죽일 수 있을 정도였다. 그들은 점차 가까워졌으나, 조곤은 산처럼 우뚝 서서 움직이지 않았다.

려사는 입가에 한 가닥의 냉소를 머금고 칼을 휘둘렀다. 려사의 도세가 일어난 곳에 섬광 같은 기이한 도형이 생겼다. 이러한 자세는 그의 장도가 어디에서 시작되어 어디로 가는지 눈으로 따라 잡을 수 없을 정도로 빨라, 사람들은 그가 칼을 휘둘러 긋고 쪼개고 베는 것을 도저히 쫓을 수가 없었다.

조곤은 온 힘을 모아 한연대를 가로 들어 그의 일도를 막았다. 병기가 서로 부딪치며 귀청을 째는 듯한 소리가 이어졌다.

마침내 려사가 다시 칼을 물렸다. 조곤 역시 한 번 막고 나서 네다섯 보나 물러나서야 중심을 잡을 수 있었다. 등씨 형제 쪽에서는 대성갈채가 나오고 사람들의 감탄이 이어졌다.

"조곤 어르신, 이 일초식은 훌륭했습니다."

제 2 장

破僞裝厲斜起殺機

려사의 위장살기를 깨뜨리다

조곤豐琨은 그 자리에 선 채로 꿈쩍도 않고 려사와 대치하고 있었다. 분위기는 고요한 가운데 점점 긴장으로 조여들었다. 어떻게 이런 정적이 가능한지 모두들 의아하였다. 조곤과 려사는 각각 일초식을 맞붙었지만 둘 다 어떤 미동도 없었다. 그런데 돌연 조곤이 몇 차례 기침을 하더니 입에서 각혈을 쏟아내기 시작했다. 곧이어 조곤의 두 다리에 힘이 빠져 중심을 잃고 '퍽' 소리와 함께 몸 전체가 쓰러지는 것이었다. 등씨 형제 중 막내가 조곤에게 달려가서 살피더니 곧 머리를 좌우로 흔들며 사람들에게 말했다.

"숨이 끊어졌어."

두 명의 해적이 기다렸다는 듯이 뛰어 오더니 명을 다하지 못한 강양대도江洋大盜를 거적에 싣고 자리를 떠났다. 려사의 눈길이 등씨 형제 쪽으로 향하며 냉랭하게 말했다.

"이자의 일신무공은 상당히 뛰어나다."

맏이 등현이 한 발짝 앞으로 나서며 말했다.

"려 선생의 무공은 신의 경지에 이르러 천하에 적수가 없소이다. 우리 형제는 려 선생의 무공에 진심으로 탄복하오. 그러니 우리와는 겨룰 필요가 없겠소이다."

려사가 등씨의 다른 두 형제를 쳐다보자 나머지 두 형제도 머리를 끄덕여 맏이 등현의 말에 동의를 표하였다. 그러자 려사는 냉랭하게 말했다.

"그럼 너희들은 잠시 물러나 있으라."

"존명."

등현이 두 손을 모아 공손히 대답하고는 두 동생을 데리고 옆으로 몇 장을 물러갔다. 그 사이 려사는 칼을 끌며 절필 관백부를 향해 걸어갔다. 그는 발걸음을 움직일 때마다 한 줄기 무자비한 기세로 관백부를 압박하였다. 관백부는 려사가 점점 접근하자 자신이 전신의 공력을 끌어올려 대항해도 그를 막아내기 어려움을 간파하고 큰소리로 외쳤다.

"잠깐."

려사가 발걸음을 멈추더니 아무 감정 없는 목소리로 말했다.

"관백부, 당신이 무릎을 꿇고 용서를 빈다면 죽음만은 면할 수 있을 것이오."

관백부는 다년간 명성을 떨쳤고 무공 또한 뛰어나 맞서 싸울 수 있는 힘이 전혀 없는 것이 아니었다. 하지만 이 싸움은 왠지 자신의 무공을 시험하거나 몇 초식을 겨루어 보고 싶은 마음 따위가 일지 않았다. 결국 관백부는 자신의 패배를 인정하고 화해하려고 생각하고 있었다. 관백부의 신분이라면 강호의 규칙에 따라, 려사가 응당 그의 체면을 보아주는 것이 마땅했다. 그런데 려사는 관백부의 체면은 고사하고 오히려 무릎을 꿇고 용서를 빌라는 치욕을 입힌 것이다.

관백부는 즉시 눈을 부릅뜨고 노기 띤 음성으로 소리쳤다.

"용서를 빌라고?"

려사가 냉랭하게 말했다.

"용서를 빌지 않으면 겨뤄야 한다."

관백부가 여전히 노기를 띤 얼굴로 말했다.

"네 이놈. 조심해야 할 것이다."

관백부의 이 말은 그의 명성에 걸맞게 강호의 규칙대로 상대방에게 결투의 자세를 취할 것을 알려준 것이나 다름없었다. 그는 몸을 낮게 구부려 발을 행운유수와도 같이 움직이며 려사를 에워싸고 재빨리 돌았다. 관백부는 한 쌍의 판관필을 쥐고 있었는데 두 마리 독사의 혀처럼 삼켰다가 다시 토해내면서 쓸 수 있었다. 려사는 칼을 안은 채 관백부가 자신의 주변을 에워싸고 도는 것을 살피며 그저 자기의 자세를 유지할 뿐이었다. 관백부는 십여 바퀴를 돈 후 쌍필로 '춘설사전春雪乍展'의 일초식을 시전하여 려사의 상체 중 두 곳을 가려 급습했다. 관백부의 초식이 겨우 절반가량 시전 되었을 때, 필 끝의 방향이 어느덧 변해 원래 얼굴을 습격하던 일초가 흉부의 대혈을 공격했고 원래 가슴을 공격하던 철필은 얼굴을 공격하였다. 이 일초식의 교차 변화는 신속하고 기이하여 사람들이 과연 절륜하다고 부를 만 하였다.

려사는 관백부의 필을 막지도 또 관백부를 향해 반격하지도 않고, 그저 안고 있던 장도를 쳐들을 따름이었다. 그러나 이런 대응에서 관백부는 려사의 칼이 공격은 물론 수비를 아울러 갖추어, 자신의 일초 절예의 공격력이 한순간에 허물어졌음을 알고 부득불 '필'을 다시 거둬들이지 않을 수 없었다.

등씨 형제와 다른 모두는 이 둘의 대결을 기이하다 여기고 있었다. 관백부는 다시 몸을 옆으로 기울여 앞으로 나가 측면을 공격했다. '땅, 땅'

두 번 소리가 나더니 그의 쌍필이 려사의 칼에 적중했다. 이 일초로 두 사람은 서로의 내력을 겨루었던 것이다. 려사의 내력은 관백부를 밀어내지는 못했으나 관백부보다 뒤떨어지는 것은 아니었다. 두 사람은 '쏴'하는 소리와 함께 흩어졌다.

려사의 반격이 시작되었다. 그는 수중의 칼로 하나의 기이한 모양을 그렸다. 마치 초필草筆로 그림을 그리듯, 용이 날고 봉이 춤추는 듯 거대한 글자를 쓰며, 도광이 번쩍이는 가운데 관백부를 향해 나아갔다. 이에 관백부는 쌍필을 교차하여 려사의 일초를 막았다. '쩡'하는 커다란 소리가 났다. 관백부는 려사의 힘에 세 보가 밀렸다. 사람들은 모두 가슴이 철렁했다. 관백부 역시 조곤과 마찬가지로 한 동안 서 있다가는 땅에 쓰러져 죽을 것이라 생각한 것이다.

그러나 이번에는 그런 일이 일어나지 않았다. 관백부는 몸에 중심을 찾고 다시 필을 휘두르며 공격하였다. 그의 쌍필은 필 끝으로 찌르는 것으로 마치 붓으로 쓰는 듯한 동작이 폭풍우같이 빨라, 눈 깜짝 할 사이에 관백부는 려사를 향해 연속 칠팔초를 공격하였다. 하지만 려사 역시 도광을 흩날리며 관백부의 공격을 막아내었다.

관백부는 이번 초식에도 려사를 쓰러뜨리지 못하자 기세가 한풀 꺾인 듯했다. 다시 려사의 산을 가르는 듯한 출신입화出神入化의 일도에 눌려 두 보를 밀려났다. 이번에는 려사가 관백부에게 숨 돌릴 기회를 주지 않았다. 다시 칼을 휘둘러 하나의 모양을 그려 내었고, 찬연한 빛의 모양은 관백부를 내리 찍었다. 이 일도는 관백부의 가슴 쪽 급소를 찍었다.

심우는 지금까지 려사의 헤아릴 수 없는 기이한 일초식의 도법을 네 번 보았다. 그가 보기에 려사의 일초의 도법이란 하나의 글자를 쓰는 것 같았고, 도세가 마침표를 찍는 순간 상대의 목숨을 결정적으로 끊어 놓는다는 것을 알 수 있었다. 려사의 초식은 앞서 조곤을 죽인 일도가 가장 기이하였다. 그것은 려사가 때맞추어 그의 도세가 제일 잔인할 때 조곤을 공격했기 때문이었다. 조곤이 있는 힘을 다해 려사의 칼을 막았지만 려사의 한 줄기 칼의 기운이 조곤의 호신공을 능히 뚫어 조곤의 목숨을 끊어 놓았던 것이다.

려사는 관백부의 시신에 눈길 한 번 주지 않고 큰 걸음으로 등씨 형제를 향해 걸어갔다. 려사의 칼에서는 무시무시한 살기가 쏟아져 나왔다. 그가 등씨 형제와 대결하려 한다는 것을 대번에 알 수 있었다.

등현의 입에서 꾸짖음과 같은 암호가 형제들에게 전해졌다. 등통과 등소는 재빨리 흩어져 삼각형 모양의 진세를 이루었다. 그들 삼형제가 손에 든 호수구護手鉤는 일순간에 강한 기세를 내뿜어, 려사의 도세를 막아내고 있었다. 등현이 말했다.

"려 선생, 당신이 아까 한 말을 기억하시오?"

려사는 냉랭히 답했다.

"내가 한 말은 지킨다."

등현이 말했다.

"그런데 왜 출수하려는 것이오?"

려사는 말을 받았다.

"내 기억에는 너희들에게 출수하지 않는다는 말을 하지 않았다."

등현은 멍해졌다. 려사가 자신들을 농락했음을 깨달았다. 생각해보니 그들이 졌다고 시인할 때 과연 려사가 그들을 놓아주겠다는 말은 한마디도 하지 않았던 것이다. 당시 려사는 그들에게 다만 물러서라고 했을 뿐이었다. 강호의 일반적인 규칙에 의하면 이 말은 그들을 놓아준다는 말과 같은 것이었지만, 굳이 말 자체를 놓고 본다면 잠시 손을 쓰지 않겠다는 말도 되는 것이었다.

등현은 려사가 자신들을 잠시 물린 데는 그 만한 이유가 있었다는 것을 그제야 알았다. 바로 관백부 때문이었다. 려사와 등씨 형제가 먼저 대결을 하였다면 이들이 대결하는 틈에 관백부는 몸을 숨겼을 것이다. 려사는 관백부와 겨룰 기회를 잃지 않기 위해서라도 그들의 제안을 거절할 이유가 없었던 것이다. 등현 역시 강호에서 어지간한 시련을 버텨온 인물이었다. 등현은 앞서 조곤, 관백부의 결전을 통해 려사라는 인물의 도법이 잔인하고 막강하다는 것을 알았다. 결국 자신의 눈앞에 펼쳐진 이 결투는 좋든 싫든 피할 수 없는 것이었다.

려사는 등씨 형제 세 사람을 보았다. 그의 눈은 이미 삼 형제에 대한 살기로 가득 찼다. 하지만 그의 표정이 오만하거나 사람 죽이는 것을 낙으로 삼는 그런 잔인한 것은 아니었다. 굳이 말한다면 그들을 격패할 수 있다는 자신감이라고 할까. 등씨 형제가 이미 려사의 신세身世와 무공의 연원을 들은 터라 려사는 더더욱 이들을 놓아줄 수 없었다. 려사가 발걸음을 내딛으며 접근하는데 발걸음 소리조차 들리지 않았다. 그 앞에 있는 사람들이 설령 눈을 감았다 해도 사신과도 같은 음영이 접근함을 미미하게 감지할 수 있을 뿐인 동작이었다.

등현은 대갈일성을 하며 갈고리를 휘두르고 덮쳤다. 그의 형제들도 양 날개를 이루며 등현을 엄호하였다. 세 사람이 협공은 대단하고 치밀한 데다 위력 또한 거세어, 여섯 개의 호수구가 동시에 무수한 빛을 내며 밀물처럼 려사를 향해 공격하였다. 려사는 중심을 잃지 않은 채 칼을 휘둘렀다. 금속 부딪치는 소리가 연속 울리며 칼과 갈고리가 현란하게 대적하였다. 흡사 성난 파도와도 같은 갈고리 호수구의 기세에도 려사는 반석처럼 끄떡 하지 않았다. 눈 깜짝할 사이 등씨 형제는 연속 사오십 번을 공격하였다. 날카롭고 둔탁한 금속음이 온 장내에 울려 퍼졌다. 려사에게 이번의 대결이야말로 대처하기 어려운 것 같았다. 왜냐하면 대결이 시작되면서 등씨 형제의 초식이 수차례 있었지만 려사는 이들을 막기만 할 뿐 공격을 하지 않았기 때문이었다.

심우는 참을 수가 없어 전음으로 호진에게 말했다.

"호 형. 정말 저들이 죽어가는 것을 그냥 지켜만 볼 작정이오?"

호진이 대답했다.

"심 형은 그럼 다른 생각이라도 있소?"

심우가 그의 말에 대답했다.

"저자를 이길 수 없다 해도 등씨 형제를 도와야 하지 않겠소이까?"

호진이 말을 받았다.

"나는 그럴 생각이 없소. 내 비록 좋은 사람은 아니지만 등씨 형제에 비하면 성인이라 할 수 있으니까."

심우는 의아해서 되물었다.

"어찌 이럴 수가 있소?"

호진이 말했다.

"심 형. 당신은 하나는 알고 둘은 모르오."

심우가 말했다.

"등씨 형제를 등가삼웅鄧家三雄이라 하지 않소. 어찌 그들을 좋은 사람이 아니라고 할 수 있단 말이오?"

호진이 말했다.

"물론 그렇게들 알고 있소. 하지만 천북 등가삼살鄧家三殺에 대해서는 알지 못한단 말이오?"

심우는 그의 비판에 대답할 길이 없었다.

'만일에 등씨 형제와 앞서 죽은 조곤과 관백부가 모두 좋은 사람이 아니라면, 려사는 큰 뜻으로 살계를 범해 세인을 위한 주악제간誅惡除奸을 한 것이니, 나야말로 오히려 려사를 질책할 이유가 없는 것이다.'

돌연 려사의 도광이 크게 일면서 한 번에 삼초를 공격하자 등가삼살의 포위공격 진세는 흔들리며 흩어졌다. 연이어 려사가 살수의 초식을 시전 하니 도광이 용과 뱀처럼 하나의 복잡한 모양을 그려냈다. 이때 등가삼살은 천변만화의 도세로 내뿜는 상대의 도광에 압도당하여 갈고리를 써서 공격할 기세마저 움츠러들었다. 려사는 이 틈을 놓치지 않고 장도를 섬광같이 날렸다. 등현이 먼저 처참한 소리를 지르며 땅바닥에 쓰러졌다. 등통과 등소 두 사람은 한편으로는 놀라고 다른 한편으로는 그들이 지닌 잔인한 성격이 들끓어 약속이나 한 듯 갈고리를 거칠게 휘두르며 려사를 향해 달려 나갔다. 그러나 려사의 칼은 단지 두 번 번쩍하더니 등씨 형제를 단숨에 베어버렸다. 그는 이어서 신형을 날려 등씨 형제와 싸우던 곳을 벗어났다. 등씨 형제는 육칠 보쯤 튕겨진 뒤 쓰러져 숨소리가 더는 들리지 않았다.

지금까지 려사는 연속해서 여섯 명을 격살했지만 그의 몸에서는 피한 방울 나지 않았고, 매번 결전이 끝날 때마다 장도를 칼집에 유유히 집어넣을 뿐이었다. 무심한 해풍만이 흰 옷자락을 흔들 뿐, 그의 위풍은 조금도 움츠러들거나 지친 기색이 없었다.

이 광경을 지켜보던 유 노대 무리의 해적들은 우물쭈물 그 자리에 서 있었는데 려사가 손을 휘저으며 가라고 손짓했다. 그들 여섯 명은 순식간에 대사령을 받은 것처럼 머리를 싸쥐고 종종걸음으로 자리를 비웠다.

삽시간에 광장은 종적이 없는 곳이 되었다. 호진은 흰 옷자락을 날리며 서 있는 려사를 응시하였다. 려사는 하늘을 바라보며 생각에 잠긴 듯하였다. 한참이 지나서야 려사의 눈길이 호진이 있는 곳을 향했다. 광장에는 호진만이 남아 있었다. 그들은 사오장의 거리에서 서로 바라보았다.

호진은 려사가 어떻게 나올지 궁금하였다. 호진 쪽에서 어떤 행동을 취한다는 것은 무리였다. 다만 려사가 어떻게 행동하느냐에 따라 달렸을 뿐이었다. 려사는 호진을 향해 걸어왔다. 창백한 얼굴에 뜻밖에 은은한 미소가 어려 있었다. 그러나 그가 웃고 있어도 그의 미간 사이로 언제나 사람을 두렵게 만드는 한 줄기 싸늘한 살기가 계속 뿜어져 나왔다. 려사는 호진 앞에 와서 발걸음을 멈추며 말했다.

"호 공자, 오늘 벌어진 일은 똑똑히 보았겠지?"

호진이 말을 받았다.

"그렇소. 모두 보았소."

려사가 말했다.

"호 공자, 그대는 장문 호일기를 대표해 이곳에 왔다. 그대 안력은 남다를 터인즉 고견을 듣고 싶다."

호진이 말했다.

"내가 시간을 써서 들여다 본 결론은 당신의 도세가 매우 무시무시하여 상대하기 어렵겠다는 것이오."

려사가 말했다.

"실망스럽군."

려사의 냉랭한 대답에 호진이 물었다.

"내가 당신을 제대로 보지 못했다 여기시오?"

려사가 대답했다.

"그런 건 아니다."

호진이 물었다.

"그렇다면 실망할 필요가 없지 않소."

려사가 대답했다.

"내가 실망한 것은 두 가지다. 하나는 안력이다. 호 공자 그대는 나를 관찰할 자격이 없다. 두 번째는 호 공자 그대의 사람됨이다. 호 공자 그대는 상대를 크게 품지 못하는 위인이다."

호진은 의아해하며 말했다.

"아니, 내가 당신에게 무슨 잘못이라도 했단 말이오? 어찌 내게 얼토당토않은 그런 말을 하시오?"

려사가 말했다.

"호 공자 그대는 아미파 장문인의 자제로서 응당 의협심을 갖추어 할 터인데 그대는 그대 동행자들의 죽음에 무심하지 않았는가. 그대는 장부의 자질이 없다."

호진이 말했다.

"흥, 만일 당신을 속여 나를 그럴싸하게 보게 했다면 지금쯤 나는 이 세상 사람이 아닐 것이오. 내게 걸맞지도 않은 명예를 지녀본들 무슨 소용이 있겠소. 안 그렇소?"

려사가 말했다.

"호 공자 그대의 이 말은 도리어 그대가 자신밖에 모르는 졸장부라는 것을 더욱 확인시켜 줄 뿐이다."

호진이 말했다.

"나를 훈계하는 것이오?"

려사가 말했다.

"훈계할 가치도 없다. 그대는 나를 관찰할 자격이 없는 자로서 나를 관찰했기에 그대를 그냥 내버려 둘 수는 없다."

호진은 뒤로 물러섰지만 그의 등은 담 벽에 부딪혀 더 움직일 수가 없었다. 려사가 장도를 칼집에서 뽑지는 않았지만 그의 기운만으로도 상대방을 죽음에 가까운 두려움에 휩싸이게 만들었다. 호진이 말했다.

"기, 기다려 보시오."

려사가 말했다.

"기다릴 것 없다."

호진이 말했다.

"당신이 만약 나를 이대로 죽일 양이면 나를 위해 복수할 사람도 없거니와 당신은 당신이 한 약속을 저버린 것이 되오."

려사가 말했다.

"흥, 복수할 사람이 없다고? 아니지. 널 위해 복수할 자는 너의 부친 호일기다. 나는 그가 출수하기만을 바랄 뿐이다. 네 부친을 끌어들이는 것은 내가 바란다고 해서 얻을 수 없는 일인데 이로써 나는 원하는 바를 이룰 수 있게 되겠지."

호진이 말했다.

"물론 그럴 수도 있겠지요. 하지만 당신 역시 잃는 것이 있음을 모르는가 보오."

려사는 단호히 말했다.

"손실이라고? 내겐 그런 것이 없다."

호진이 바삐 말했다.

"당치 않소. 조금 전 등가삼살의 경우 당신의 비밀을 알고 있어 부득불 죽이지 않으면 안 되었다지만 이런 상황을 보아온 유 노대의 무리가 차후에 당신의 말을 믿으려 하겠소?"

려사가 말했다.

"그들이 믿건 안 믿건 나하고 무슨 상관인가."

호진이 말했다.

"당신이 지금 하는 말은 모두 앞뒤가 맞지 않는 말이오. 만일에 그들이 당신 말을 믿지 않는다면 앞으로 누가 당신을 대신해 당신 도법을 연마할 수 있는 상대를 구해 주겠소?"

려사가 말했다.

"그들이 아니더라도 다른 사람이 있다."

호진이 말했다.

"물론 다른 사람은 얼마든지 있을 수 있소. 하지만 유 노대 패거리들은 이미 무림과 관계가 깊소. 그들은 당신의 힘이 얼마나 되는지 잘 알고 있으며 당신에게 어떤 상대가 필요하다는 것을 그들만큼 잘 아는 사람은 없을 것이오. 그렇지 않소? 다른 사람을 구할 경우 당신은 그만큼 많은 시간을 다시 허비해야 할 것이오."

려사가 말했다.

"터무니없는 말은 아니군."

호진이 말했다.

"당신이 한 말은 지키시오. 그들이 다른 마음을 갖지 않도록 이용하려면 말이오."

려사가 말했다.

"나 역시 알고 있다. 하지만 저들이 나를 더 이상 믿지 않는다 해도 나는 무력으로 그들을 협박해 내가 원하는 바를 얻을 것이다."

호진이 말했다.

"내가 생각하기엔 당신이 각종 방법으로 그들을 위협하여 고통에 견딜 수 없게 하지만, 동시에 그들에게 하나의 길을 열어주고 있다는 것이오. 그들더러 밑천을 되찾을 수 있는 기회 말이오. 그 기회란 바로 그들이 진정한 고수들을 초빙하여 당신을 죽이고자 하는 것이지요. 이렇다면 그들의 화도 풀리고, 위협에서 벗어나는 것 아니겠소. 따라서 그들은 사용할 수 있는 일체의 역량을 아끼지 않고 고수들을 초빙하여 오는 것이지요."

려사가 말했다.

"너는 추측을 매우 잘하는구나."

호진이 말했다.

"하지만 당신이 신용을 잃게 된다면, 그들은 분명 마음속으로 당신을 의심할 거요. 당신이 약속대로 떠나게 하겠나 하고 말이죠. 만약 당신이 가지 못하게 하고, 초빙되어 온 고수들이 당신을 격패 시키기만 하고 죽이지 않는다면 그때는 당신은 그들에게 벌레 같은 존재가 되어 더욱 고통스럽고 두렵지 않겠어요?"

호진은 잠시 숨을 돌렸다가 덧붙여 말했다.

"일단 그들이 의심하게 되면 장사단완壯士斷腕의 고육지계를 써서 일체를 돌보지 않고 목숨을 부지하기 위해 먼 곳으로 달아날 것이오. 당신은 이 점을 헤아려야 하오. 당신이 당신 말의 신용을 지키지 않는 것이 당신에게 유익한가 아니면 불리한가를."

려사는 말이 없었다. 집 안에 있던 심우는 호진의 논리정연한 말에 하마터면 손뼉을 치며 동의할 뻔했다.

한참이 지나 려사는 쌀쌀하게 말했다.

"병기를 꺼내라."

호진은 놀라며 말했다.

"당신, 설마……."

려사가 대답했다.

"그렇다."

호진의 손은 어깨의 검 자루에 가서 닿았지만 검을 뽑지는 않았다.

려사가 말했다.

"어서 칼을 뽑아라. 그렇지 않으면 후회해도 소용없다."

호진은 돌연 칼집에서 손을 내리고 말했다.

"만일 내가 검을 뽑지 않는다면 어떻게 하겠소?"

려사가 말했다.

"그렇더라도 내가 독수를 뻗어 네 목숨을 빼앗지 못할 줄 아는가?"

호진이 말했다.

"물론 그렇겠지. 다만 내가 알고 싶은 것은 저항할 마음이 없는 자를 죽이는 것이 당신에게 과연 유쾌한 일이 될 수 있을까 하는 것이오."

려사가 냉소하며 말했다.

"억지 부리지 마라. 나는 너 같은 부류를 어떻게 다루어야 하는지 알고 있다."

호진은 웃고 말았다. 새하얗고 준수한 얼굴은 십분 태연하고 한가하여 조금도 당황하는 기색이 없었다. 호진이 다시 말했다.

"물론이오. 기껏해야 죽는 것뿐일 테니 안 그렇소?"

려사가 말했다.

"죽음이 두렵지 않은 모양이군."

호진이 말했다.

"죽음을 두려워하지 않을 사람이 어디 있겠소? 내가 말하고자 하는 것은 당신이 아무리 잔인해도 내 목숨을 취할 뿐 그 이상 무엇을 더 하겠냐는 거요. 안 그렇소?"

려사는 순간 흠칫하더니 말했다.

"꼭 그렇지는 않다."

그는 이렇게 말했지만 오히려 마음속으로는 호진의 말이 맞다는 생각이 들었다. 하지만 호진의 말에 동의하는 것이 불쾌하기도 해서 애매하게 말끝을 흐렸다. 호진은 이때를 놓칠세라 말했다.

"그렇소? 그럼 당신에게 내 목숨을 빼앗는 것을 넘어 어떤 그 무엇이 있단 말이오? 나는 못 믿겠소이다."

려사는 되는대로 대답했다.

"나를 무시하는 것인가?"

호진이 말했다.

"그렇다면 말해보시오. 당신 말이 진실이라면 당신과 당당히 겨루겠소."

말이 궁해지자 려사는 화제를 돌렸다.

"옛 사람이 말하기를 악은 죽음보다 두렵다 하였다."

호진이 말했다.

"물론 나도 그 말을 알고 있소."

려사가 말했다.

"어떤 일은 고통을 당하느니 차라리 죽는 것이 낫다고 여기게 만드는 것이 있다. 그래서 세상에서 제일 무서운 것이 꼭 죽음이라고 할 수만은 없다. 너 역시 어떤 일이 네게 엄청난 고통을 준다면 너는 그런 고통을 겪을 바에야 차라리 죽음을 원할 테지."

호진이 말했다.

"그렇다면 당신이 내게 죽음보다 더한 고통을 줄 수도 있단 말이오?"

려사는 말했다.

"내 화를 돋우지 마라."

호진은 매우 놀랐다. 그래서 얼굴이 창백하고 표정이 냉막하지만, 의젓한 기운을 가지고 있는 눈앞의 사람을 감히 또다시 말로 자극하지 못했다. 려사의 눈길은 그의 등 뒤에 있는 집을 향하더니 말했다.

"집 안에 누가 있는가?"

호진이 놀라며 물었다.

"누군가 있다고 보오?"

려사는 그의 말을 받았다.

"너는 저 집에서 나왔다. 만일 저 집에 누군가가 있지 않다면 네가 어찌 그리 오래 지체했겠는가?"

호진은 어깨를 으쓱거리며 말했다.

"당신이 이토록 주도면밀한 사람인 줄은 생각 못했소. 맞소이다. 저 집에 사람이 있소이다."

려사가 물었다.

"누구인가?"

호진이 말했다.

"궁금하면 당신이 직접 확인해 보시오."

호진의 말이 려사를 자극했는지, 그는 살기등등하게 다시 물었다.

"도대체 누구인가?"

호진은 그가 화내는 모습을 보자 심중으로 웃으며 생각했다.

'이자의 성미는 불 같아서 쉽게 격동된다. 어쩌면 이런 성미가 그의 도세에 허점을 드러내게 할지도 모른다.'

호진은 바삐 말했다.

"내가 그를 불러내 오겠소. 어떻소?"

려사가 말했다.

"좋다. 지체할 생각은 마라."

호진이 문가에 다가가 살피니 심우가 침상에 머리를 누이고 자고 있었고, 진춘희는 불안한 표정으로 한쪽 옆에 서 있었다. 호진은 진춘희를 향해 호쾌하게 웃으며 말했다.

"춘희 낭자, 이리 나오시오."

진춘희는 발걸음을 내디뎌 몇 걸음 나오다가 돌연 멈추어 섰다. 호진이 다시 말했다.

"두려워 마시오. 당신을 해칠 사람은 없소이다."

그제야 진춘희는 또다시 발걸음을 내딛어 문가에 왔다. 려사가 보니 참으로 고운 시골 여자아이였다. 려사는 이맛살을 찌푸리고 그녀를 응시하며 생각에 잠겼다.

호진이 말했다.

"려 형! 무얼 생각하시오?"

려사가 그를 쏘아보며 말했다.

"누가 너와 호형호제 한단 말이냐?"

호진은 혀를 쏙 빼어 물며 말했다.

"또 화가 났소?"

려사는 말했다.

"집 안에는 필시 다른 사람이 있다."

호진이 말했다.

"그걸 어떻게 알아냈소?"

려사가 말했다.

"단언컨대 그 집에 한 사람이 더 있을 것이고 남자일 것이다."

호진은 비록 뱃속에 많은 지혜를 간직하고 있었고 임기응변에 능한 사람이었지만, 려사의 말을 듣고는 순간 긴장할 수밖에 없었다.

려사는 아주 순식간이었지만 그들의 표정에서 자신의 판단이 옳았음을 알았다. 그는 자신의 판단이 옳았다는 기쁨 대신 도리어 노하여 눈에서는 흉악한 기운이 흘러나왔다.

려사는 말했다.

"그를 데려와라."

진춘희가 놀라 말했다.

"안 돼요."

려사가 물었다.

"그는 너와 어떤 사이지?"

진춘희가 대답했다.

"제 오라비예요."

려사가 말했다.

"허튼소리. 그는 필시 네 오라비가 아닐 것이다."

호진이 다시 긴장을 풀고 말했다.

"보지도 않고 어떻게 저 안에 있는 자가 춘희 낭자의 오라비인지 아닌지 안다는 거요?"

려사가 말했다.

"모든 것을 눈으로 확인하고 아는 것인가? 조금 전 내가 집 안에 사람이 더 있다는 것과 그것이 남자라는 것을 알아냈지 않은가? 이것을 보고도 내가 모르는 소리를 한다는 것인가?"

호진이 말했다.

"무슨 인기척이라도 들은 것은 아니오?"

려사가 단호히 대답했다.

"나는 아무것도 듣지 않았다."

호진이 물었다.

"그럼 어떻게 알았단 말이오?"

려사는 말했다.

"방법이 있다."

호진이 말했다.

"좋소. 당신한테 당신의 방법이 있다는 것을 인정하겠소. 하지만 저 안에 있는 사람은 여기 춘희 낭자의 오라비가 분명하오.”

려사가 말했다.

“믿을 수 없다.”

호진이 말했다.

“좋소. 우리 내기 합시다.”

려사는 눈썹을 찌푸리며 말했다.

“닥치고 앞서라.”

호진은 진춘희와 집에 들어가는 수밖에 없었다. 려사도 그들을 따라 집으로 들어왔다. 호진은 생각했다.

‘이자가 우리를 먼저 앞서게 한 것은 감시의 편리를 위한 것일 테지. 하지만 이자의 무공이라면 설령 나를 밖에 남겨놓았다 해도 내가 몸을 피하는 것이 두렵지 않을 것이다. 이자의 무예는 짐작컨대 심념감응心念感應의 경지에 도달하여, 내가 밖에서 달아난다 해도 금방 알아채고 출수하여 나를 추살하고 말 것이다. 이자가 감응해서 발출하는 초식은 인도합일人刀合一로써 기세를 몰아 칼을 들고 추격하여 나를 십 장 안에서 죽일 수 있을 것이다.’

그는 여기까지 생각이 미치자 몸서리가 쳐졌다.

‘왜 우리를 굳이 집 안으로 몰아넣는 걸까? 감시의 편리만을 위해서일까? 만일 다른 이유가 없다면 이는 필시 이자가 나를 죽이려는 마음이 없는 것이다.’

이 같은 결론에 이르자 마음이 다소 가벼워졌다. 그렇지만 딱히 가볍기만 한 것도 아니었다. 비록 려사가 죽인 것은 모두 악한으로 흉악하기 그지없는 흑도의 고수들이지만 려사 역시 하늘을 대신하여 정의를 행하는 지사도 아닌 것이다. 호진이 본 바에 의하면 려사가 각 문파의 고수들을 일부러 건드리지 않는 것은 강호로부터 불러들일 엄청난 파장 때문이었다. 아직 오묘한 도법을 완벽하게 수련하지 못했기 때문에 섣부른 상태에서 굳이 많은 적을 만들 필요가 없었던 것이다. 만약 그에게 죽임을 당한 자가 각 문파의 고수였다면 그의 존재가 강호에 널리 퍼졌을 것이고 지금까지 수수께끼의 인물로만 남아 있을 리 만무했다.

호진은 려사라는 인물에 대해서 나름대로의 생각을 정리해 보았다. 즉 려사라는 인물은 협의도의 사람이 아니다. 려사는 아직 자신의 존재가 비밀스러워야 하기 때문에 자신의 존재에 대해서 누설할 만한 사람을 거리낌 없이 처단해 버린다. 그렇다면 그는 왜 호진을 당장 죽이지 않는 것일까? 려사 같은 냉혈한이 호진에 대해서만은 동정심이 생긴 때문일까? 호진은 생각이 많아졌다.

이들은 어느새 심우가 누운 침상에 다다랐다. 그런데 갑자기 려사가 경공신법을 시전하여 나는 듯 문밖으로 달려가는 것이었다. 그가 육칠 장쯤 달려갔을 때 광장에는 아무것도 없었다. 려사는 아무 소리도 듣지 못했고 아무 것도 볼 수 없었다. 하지만 려사의 감각에는 누가 뒤를 잡아당기는 것 같기도 하고, 그가 한 발짝씩 움직일 때마다 뒤에서 누군가가 자신과 똑같은 동작을 취해 따라 붙는 것만 같았다. 이런 괴이한 느낌은 려사 같은 자도 두렵게 만들었다.

호진은 려사의 행동을 살폈다. 호진이 살피니 려사는 아직 삼사 장 밖에 있었다. 호진은 이런 거리라면 자신의 경신무공으로 려사를 떼어버릴 수도 있겠다는 생각에 미쳤다. 호진은 재빨리 움직였다. 하지만 어느새 려사는 호진을 따라잡고, 질풍 같은 기운으로 노해서 소리쳤다.

"다시 경거망동하면 나는 십 장 안 황사에 너의 피를 뿌릴 것이다."

호진은 대수롭지 않다는 듯 어깨를 으쓱거리며 말했다.

"당신한테 그런 재주가 있다는 것은 이미 알고 있소."

려사는 더욱 노하여 소리쳤다.

"알면서도 감히 도망을 쳐?"

호진이 말했다.

"당신이 나를 죽일 마음이 없으니 내가 왜 이 기회를 이용하지 않겠소? 하지만 당신이 마음을 바꿔먹었다면 어쩔 수 없겠지."

려사는 한참을 쏘아보다가 말했다.

"네가 비록 재질이 뛰어나나 나와 맞설만한 인물은 못된다."

호진이 순순히 대답했다.

"내 생각도 그렇소."

려사의 노여움이 점차 가라앉았다. 려사는 손짓으로 호진에게 다시 원래 자리로 돌아갈 것을 지시하며 물었다.

"너를 죽일 마음이 없다는 것을 어떻게 알았느냐?"

호진은 진실을 말하지 않고 답했다.

"그저 그렇게 느꼈을 뿐이오."

려사도 더는 묻지 않고 집으로 돌아와 보니, 진춘희는 그때까지 그대로 서 있었다. 려사는 큰 걸음으로 침상으로 가서 호진을 향해 물었다.

"다시 한 번 묻겠다. 이자는 누구인가?"

호진이 말했다.

"춘희의 오라비요. 조금 전 병이 들어 누웠소."

호진은 조금 전이라는 말에 힘을 주었다. 이렇게 해야 방 안에 병자한

테서 나는 땀 냄새와 약 달인 냄새가 없는 것에 대한 의심을 피할 수 있기 때문이었다.

려사가 말했다.

"너는 어떻게 알았지? 저 아이가 알려 주었는가?"

호진이 말했다.

"처음에는 낭자가 말했지만 유 노대의 무리는 모두 믿지 않았소. 해서 내가 이자의 몸을 진맥해 본 결과 이자가 열병을 앓고 있는 병자임을 알 수 있었소."

려사가 말했다.

"열이 나? 흥, 어느 누가 가장하여 열을 낼 줄 모르겠는가?"

호진이 말했다.

"유 노대도 그렇게 말했소이다."

려사는 호진의 대답에 흥미가 생겼는지 다시 물었다.

"그렇다면 이자의 열의 진위를 어떻게 가렸는가? 다른 자에게 묻기라도 했단 말인가?"

호진이 말했다.

"다른 사람에게 가서 물어본들 무슨 소용이 있겠소? 춘희 낭자가 거짓을 말했다면 그건 마을 사람들의 동의를 얻었기 때문이 아니겠소. 그러니 다른 사람에게 묻는 것은 묻지 않은 것만 못한 일이오."

려사가 말했다.

"그렇다면 이자의 병세에 대해 어떻게 진위를 가렸지?"

호진이 말했다.

"유 노대의 무리는 모두 믿지 않아 시끄러운 일을 줄이기 위해서라도 이자를 죽일까 했지만 굳이 살상을 하는 게 좋은 일만은 아니다 싶어 한 가지 제안을 했소이다.”

려사는 말했다.

“그래? 무슨 제안을 했지?”

호진이 말했다.

“뭐 간단한 것이었소. 이자의 속옷을 검사하자는 것이었으니까. 내 생각에 이자가 어민으로 가장했다 하더라도 내의까지 바꾸어 입을 생각은 못할 것이라 여겼소. 이자는 필시 자신이 유 노대 무리에게 발각되리라 생각지 못했을 것이기 때문이오.”

려사가 머리를 끄덕이더니 말했다.

“그래서?”

호진이 말했다.

“유 노대 무리가 듣고 옳다고 여겨 곧 이자의 내의를 살펴보았는데 이자는 어민이 분명하였소.”

려사가 말했다.

“쳇. 그 상황에서는 어쩌면 나도 네 말을 곧이들었을 테지.”

호진이 말했다.

“직접 검사해 보시오.”

려사는 앙천냉소하고는 말했다.

“내가 검사를?”

호진은 의혹에 차서 물었다.

“왜 그러시오?”

려사가 말했다.

"네가 무어라 지껄이든 이자는 위장한 어민이다."

호진은 실소하며 답했다.

"당신이 안 믿겠다면 나도 방법이 없소이다."

려사가 말했다.

"내기를 하지. 내가 칼을 뽑아 찍으면 이자는 반드시 뛰어 일어날 것이다."

심우가 이불 속에서 생각했다.

'당연하다. 이대로 개죽음을 당할 수는 없다. 다만 이자가 어떻게 허점을 알아냈는지 모를 일이다.'

호진이 말했다.

"이상하오. 어떻게 해서 당신은 이자가 어민이 아니라는 것이오? 소제에게 가르침을 주시오."

려사가 말했다.

"두 가지 이유가 있다."

려사는 허풍을 떠는 것이 아니었다. 하지만 호진은 어떻게 해서 심우의 허점이 려사의 눈에 띄었는지 알 수가 없었다. 자신은 하나도 알아내지 못했는데 어째서 려사는 두 가지를 발견할 수 있었단 말인가. 호진은 태연하게 말했다.

"만약 당신이 내 머리를 숙이게 하려면 이것이 더없이 좋은 빌미가 될 것이외다."

려사가 말했다.

"내가 합당한 증거를 대면 네 머리를 숙이겠다?"

호진이 말했다.

"그렇소. 반드시 합당해야 할 것이오. 설사 사실과 다르다고 한들 나는 당신의 의견에 탄복할 테지요."

려사가 말했다.

"내가 말하는 것은 분명히 사실과 일치할 것이다."

호진이 말했다.

"더 이상 논쟁할 필요 없이 당신이 이자가 어민이 아니라는 증거를 대어 보시오."

려사의 창백한 얼굴에 돌연 살기가 일더니 냉랭하게 말했다.

"좋다. 후회하지 마라. 이자가 어민이 아니라는 사실이 밝혀지면 너를 결코 용서하지 않겠다."

호진이 말했다.

"잠깐. 만일 이자가 진짜 어민이라면 어떻게 할 작정이오? 그래도 이자를 죽일 테요?"

려사가 말했다.

"그런 걱정은 마라. 이자는 죽을 수밖에 없다. 왜냐하면 어민이 아니기 때문이다."

그들의 대화는 여기에서 끝났다. 마을 여인 진춘희는 물론 심우나 호진 역시 려사가 간파한 바를 추측할 수 없었다. 려사가 천천히 입을 열었는데, 그의 말소리는 침착하고 힘이 있었다.

"이불 속에 있는 자의 윤곽을 보자면……."

호진이 말했다.

"자, 려 형. 어서! 세이공청洗耳恭聽 하겠소이다."

려사가 눈을 부릅뜨며 말했다.

"호형호제 마라. 이것은 내가 너에게 두 번째 경고하는 것이다."

호진이 말했다.

"좋아요, 좋아. 어서 계속 하시오."

려사가 말했다.

"이 이불 속의 사람은 젊은이다. 이 점은 기이할 것이 없다. 이자가 젊은이가 아니라면 저 여자아이의 오라비라 위장하지 않았을 테지."

호진이 말했다.

"일리가 있소이다."

려사가 또 말했다.

"또한 이자는 무공이 정통한 데다 담력도 뛰어난 자일 것이다. 비록 크게 대단하지는 않지만 기개가 있다."

호진이 물었다.

"당신은 어째서 이자가 무공에 정통하다 여기는 것이오?"

려사가 호진의 말을 받았다.

"두 가지 이유에서다. 하나는 호흡 소리다. 내가 밖에서 결전할 때 이 집에서는 아무런 소리가 나지 않았다. 하지만 집 안으로 들어오려 할 때 이자의 호흡 소리가 거칠게 났다. 이는 필시 이자가 내가 결전하는 것을 숨을 죽인 채 어디선가 엿보고 있었음이다."

려사의 눈길이 호진을 향하지 않았기에 호진은 놀람을 감추지 않았다. 려사는 잠시 멈추었다가 또 말했다.

"두 번째 이유는 처음 것에 비해 더욱 분명하다."

호진은 놀라며 생각했다.

'려사 이자는 귀신과도 같은 감각을 지녔다. 나는 오히려 처음 이유보

다 더 나은 증거를 짐작조차 못하겠는데……'

려사가 이어서 말했다.

"이 사람은 피부가 거무스레하고 신체가 다부지다. 그렇지 않은가?"

호진이 말했다.

"어떻게 알 수 있소?"

려사는 웃고 나서 말했다.

"만일 나약한 서생이라면 피부가 흴 테지. 그렇다면 어떻게 어민으로
가장을 할 수 있겠나?"

호진이 말했다.

"이 역시 일리가 있소이다."

려사는 호진을 향해 바라보며 말했다.

"이불을 벗겨라."

호진은 그의 말대로 이불을 벗겼다. 심우의 전신이 드러났다. 그는 몸
을 움츠린 채 누워 있었고 두 눈을 희미하게 뜨고 있었다.

려사가 말했다.

"호 공자, 내가 이 같은 자를 업신여긴다는 것을 아는가?"

호진이 물었다.

"왜 업신여긴다는 거요? 가난이 어찌 죄악이고 비천한 것이라고만 볼
수 있겠소?"

려사가 말했다.

"이자가 궁한지 부유한지는 나하고 상관이 없다. 나는 이자가 의연하게
대장부로서의 기개를 조금도 드러내지 않는 것을 업신여기는 것이다."

호진은 별 수 없이 말했다.

"당신은 정녕코 이자가 춘희 낭자의 오라비라 여기지 않는단 말이오?"

려사가 사오 보를 물러서서 냉소적으로 말했다.

"쓸모없는 없는 놈! 어서 일어나라. 네 어설픈 위장이 내게 통할 것이라 생각하는가?"

심우는 줄곧 상대방이 확실한 증거를 댈 때까지 일어날 생각이 없었다. 하지만 여기까지 이르렀으니 어쩔 수 없이 천천히 몸을 일으켰다. 호진이 깜짝 놀랐다. 려사는 앙천일소하며 말했다.

"과연 젊은 사람은 버텨내지 못한다. 솔직히 말해 내가 만약 너의 인내력을 시험할 생각이 없었다면 나는 벌써 손을 썼을 것이다. 내 평생 이렇게 많이 말하면서 참아본 적이 없다."

심우가 덤덤히 물었다.

"당신은 말하는 것을 싫어하는 게요?"

려사가 답했다.

"상황에 따라 다르다. 내가 만일 살기를 품었다면 많은 말이 필요 없었겠지."

호진이 물었다.

"당신은 도대체 어떤 자요? 선인이요, 악인이오?"

려사는 냉소를 머금으며 말했다.

"네가 보기에는 내가 어떤 자 같은가?"

호진이 말했다.

"악인에 가깝소."

려사는 호진의 말에 조금도 개의치 않는 듯 어깨를 으쓱하고는 심우를 향해 물었다.

"너의 이름은 무엇이냐?"

심우는 자신의 이름을 밝히고 이어서 말했다.

"당신은 내가 어민이 아니라는 나머지 이유를 마저 대야 할 것이오. 그렇지 않으면 나는 결코 당신과 겨루지 않을 것이오."

려사는 이맛살을 찌푸리며 말했다.

"나를 위협하는 자가 여기 또 하나 있군. 그렇다고 내가 널 죽이지 못할 줄 아는가?"

심우가 냉정하게 말했다.

"나를 이대로 죽인다면 당신은 나의 무공이나 내가 정녕코 어떤 자인지 영원히 모를 것이오. 그걸 원하시오?"

려사가 말했다.

"너를 죽이는 것은 한 마리 개미를 죽이는 것과 다름이 없을 터인데 내가 크게 개의할 바가 아니다."

심우는 머리를 가로저으며 말했다.

"말을 쉽게 하는군. 이보시오. 나는 당신의 잔인함을 보았지만 동요되지 않았소. 또한 당신은 마음속으로 이미 내가 범상한 무림의 협객이 아님을 알고 있소이다. 이럴진대 당신이 이대로 날 죽인다면 나의 무공이나 내가 이곳에 온 이유를 결코 알 수 없을 것이오."

심우의 담력과 정연한 논리는 려사로 하여금 더욱 심우가 비범한 인물임을 짐작케 하였다. 호진은 호기심 가득 찬 눈길로 두 사람의 대화에 귀를 기울였다.

려사가 말했다.

"많은 말이 필요 없다. 나머지 증거 역시 여기 있는 호 공자가 탄복할 것이다. 그렇지 않은가?"

호진이 순순히 대답했다.

"물론이오."

려사가 말했다.

"지금 내가 두 가지 증거를 내놓았다. 첫 번째 증거는 심우가 무공에 정통하다는 것이다. 심우가 무공에 정통하다는 것으로 나는 그가 어민이 아니라고 생각한다."

그는 잠깐 쉬고 나서 또 말했다.

"심우는 아까 우물가에서 물을 길었다. 두레박을 사용하는 수법과 힘 사용을 볼 때 내공이 범상하지 않음을 알 수 있었다."

호진이 놀라며 말했다.

"그렇다면 당신은 이미 심 형을 보았단 말이오?"

려사가 말했다.

"아니다. 나는 이자를 본 적이 없다. 나는 지금까지 갈대 관에 숨을 의지한 채 우물 밑에서 숨어 지냈다. 매번 내가 나타날 때마다 어디서 오는지 알 수 없었던 것도 이 때문이지."

호진이 고개를 끄덕이며 말했다.

"그런 거였군. 그렇다면 겉옷을 우물 안 물이 닿지 않는 우묵한 곳에 넣어 두고는 바꿔 입고서 우물 밖으로 나왔겠군. 그렇지 않소?"

려사가 말했다.

"그렇다. 나는 두레박으로 물을 긷는 진동파에 의해 심우의 내공이 깊다는 것을 알았다. 내가 모습을 드러냈을 때는 심우는 이미 어디론가 사라진 후였지. 나는 이자야말로 무공이 고명한 사람으로 내가 경계해야 할 자라는 것을 직감적으로 알 수 있었다. 이후 모습을 드러내지 않고 있기에 마을 어딘가에 반드시 잠복하고 있을 것이라 여겼다."

호진은 려사와 심우의 얼굴을 번갈아 쳐다보았다. 그는 한편으로 려사의 말에 귀를 기울였고 다른 한편으로 심우의 기색을 살폈다. 호진의 표정에는 장난기 어린 호기심이 역력하였다. 심우가 입을 열었다.

"좋소. 지금까지 당신의 추리는 일견 그럴 듯하오. 지금까지 내가 어민이 아니라는 이유 하나를 말했으니 이제 또 다른 확실한 증거를 대야 할 것이오. 댈 수 있겠소?"

려사가 조소를 띠며 말했다.

"이 증거는 호진의 몸에서 얻은 것이지. 이것은 심우 그대도 놀랄 것이다."

려사는 상대로 하여금 조급증 나게 만드는 묘한 말투를 썼다. 상대가 궁금해 할수록 그는 더욱 에둘러 말하는 것이었다. 즉 상대로 하여금 가려워 참기 어려워도 긁을 수 없게 만드는 것이었다. 호진은 그가 뜸을 들이자 참지 못하고 말했다.

"이보시오. 려…려사, 도대체 말할 거요, 아니면 그만둘 거요?"

호진은 하마터면 려 형이 입 밖으로 나올 뻔하였으나, 려사가 호형호제라 부르지 말라고 경고한 것을 생각하고는 재빨리 주워 삼켰던 것이다. 려사가 고개를 끄덕이며 말했다.

"말 할 것이다."

호진이 물었다.

"헌데 왜 뜸을 들이시는 게요?"

려사가 말했다.

"모르는가? 너에게 기회를 주려 한다는 것을. 네가 스스로 알아내는

가를 보려하였다.”

호진이 말했다.

“내가 안다 해도 내 추측을 당신에게 먼저 알려줄 수는 없소이다.”

려사가 말했다.

“바로 그 말을 기다리고 있었다.”

호진이 말했다.

“당치도 않소. 내 말 어디가 허점이 된다 말이오?”

둘의 대화를 잠자코 듣고 있던 심우가 끼어들었다.

“마치 이곳에 은자 삼백 냥이 없다는 말처럼 만일 당신이 허점이 없으면 이렇게 대답하지는 않았을 것이오.”

호진이 말했다.

“내가 이미 그의 마음을 간파했기에 이렇게 대답함으로써 그를 꾐에 빠뜨리려고 했소만…….”

려사가 말했다.

“흥, 너의 재질이 과연 이런 경지에까지 이르렀으니 너를 더더욱 놓아보낼 수 없다.”

호진이 정색하며 말했다.

“정말이오?”

려사는 말했다.

“말은 한 번 하면 그만이다.”

호진이 말했다.

“잠깐. 만일 당신의 추리가 사실과 맞지 않을 경우에 우릴 놓아준다했소이다. 기억하시오?”

려사가 말했다.

"그렇다."

호진이 말했다.

"당신의 이 말은 썩 미덥진 않지만 선택할 여지가 없으니 한 번 믿어보 겠소."

려사가 말했다.

"상벌이 있어야 공평하겠지. 만일 내가 증거를 내놓아 사실과 다름이 없다면 내가 하자는 대로 따라야 할 것이다."

호진이 의아해하며 물었다.

"나를 죽이지 않을 생각이시오?"

려사가 말했다.

"그것은 단지 하나의 조건에 불과하다. 너를 죽이면 모든 것은 끝나 무효가 되어 버리지."

호진이 말했다.

"내가 귀신이 되더라도 조건을 따르겠소이다."

려사가 말했다.

"귀신은 필요가 없다."

호진이 말했다.

"알겠소. 하던 말이나 어서 말해보시오."

호진의 말이 끝나기 무섭게 려사가 호진의 어깨를 잡아당기며 말했다.

"너는 남자가 아니다! 하늘 높은 줄 모른 채 대담한 장난을 일삼는 계 집이다."

호진은 너무 놀라 반문했다.

"뭐라 했소?"

려사는 말했다.

"이 말을 증명하기는 어렵지 않지. 너를 만져보면 알 테니까."

이때 호진은 혈도를 제압당한 동시에 한쪽 팔이 려사에게 잡혀 반항할 수 없게 되었다.

호진은 소리쳤다.

"당신이 내게 감히!"

려사가 말했다.

"증명하고야 말겠다."

호진은 있는 힘을 다해 뒷걸음치며 말했다.

"당신… 당신 움직이지 마……."

려사는 호진을 만지지 않았지만 호진의 말이 그의 화를 돋우었다. 려사는 호진을 거칠게 끌어당기며 말했다.

"아니, 반드시 증명해야겠다."

호진은 제압당한 채 꼼짝할 수 없는 처지가 되었다. 려사는 살기등등하게 말했다.

"나는 네 몸을 손으로 만질 뿐만 아니라 너의 옷을 모두 벗길 것이다."

호진은 려사의 말이 두려웠다. 그의 손은 이미 장도를 들어 호진의 가슴께로 향해 뻗었다. 호진이 다급히 소리쳤다.

"마, 맞아요! 맞아, 나는 여자예요. 여자의 몸이에요."

려사는 쌀쌀하게 말했다.

"내가 너를 만지지 못할 것 같은가?"

호진은 여자의 음성을 회복하여 유순하면서도 가련하게 말했다.

"제발 나를 이런 식으로 다루지 말아요."

려사는 앙천대소하더니 말했다.

"나는 너를 인물이라 여겼는데 알고 보니 빛 좋은 개살구였구나."

려사는 돌연 십분 사나운 표정으로 말했다.

"내가 너의 옷을 벗기지 못할 것 같으냐?"

려사는 손을 쳐들더니 호진의 모자를 벗겨 버렸다. 팽팽하게 얹은 머리가 드러났다. 려사는 호진의 머리를 묶고 있던 끈을 끊었다. 길고 깨끗한 머리카락이 풀어지면서 아리따운 소녀의 모습이 나타났다.

려사가 물었다.

"네 이름은 무엇이냐?"

호진이 대답했다.

"호옥진胡玉眞이에요."

려사는 그제까지 멍하니 바라보고 있는 심우를 향해 물었다.

"네 생각에 이자가 지금 거짓 이름을 고하는 것 같은가?"

심우가 대답했다.

"거짓은 아닌 것 같소."

심우는 려사가 호진의 옷을 벗기려 하면 그 역시 칼을 빼들 작정이었다. 하지만 려사가 이 상황에서 굳이 그런 행동으로까지 나아가지는 않으리라는 것을 짐작하고 순순히 답했다.

려사가 말했다.

"너는 이자의 이름이 어찌하여 거짓이 아니라 생각하는가?"

심우가 려사의 말을 받아 말했다.

"이자의 진짜 이름이 호옥진이 맞을 것이라 짐작한 이유는 대부분의 사람들이 가명을 쓸 때 자기의 이름자를 크게 변화시키지 않기 때문이오. 허니 이자가 일부러 가운데 옥자 하나를 지웠다는 것이 오히려 믿을 만하다 생각하오."

려사가 말했다.

"호옥진의 출신과 내력에 대해 네가 아는 대로 말해 보아라. 만일 나를 속이거나 일부러 틀린 말을 꾸며 댄다면 호옥진이 화를 입게 될 것이다."

심우는 어깨를 으쓱하며 말했다.

"나는 이자가 남장한 여자라는 사실도 지금 알았는데 어떻게 이자의 출신과 내력을 알겠소이까."

려사가 냉랭하게 말했다.

"네 말은 믿을 수가 없다."

려사의 냉랭한 말투에 아랑곳없이 심우는 침착하게 답했다.

"려 선생이 왜 내 말을 믿으려 하지 않는지 모르겠소."

려사는 심우의 침착한 태도가 마음에 들지 않았다.

"호옥진은 이 집 안에 오랫동안 머물러 있었다. 호옥진이 이야기를 나눈 것은 저 계집아이가 아니라 바로 너다. 네가 호옥진에 대해 모른다는 것은 있을 수 없는 일이다."

려사는 잠시 멈췄다가 또다시 말을 이었다.

"이곳에 저 계집아이만 있었다면 왜 호옥진이 이곳에서 지체했겠는가? 호옥진에 대해 모른다는 말로 시치미를 뗄 셈이냐?"

려사의 추리는 이치에 어긋남이 없었다. 이러한 추리는 상상력이 뛰어난 사람이 아니고서는 쉽게 나올 수 없는 생각이었다.

심우가 말했다.

"당신의 높은 식견에 승복하겠소. 하지만 나와 호옥진이 예전부터 알고 있었다는 것은 억측에 불과할 뿐이오."

려사가 냉소적으로 말했다.

"억측에 불과하다고? 허튼 소리다."

심우는 자신이 사색할 때 려사가 자신의 마음을 읽어낼 수 없도록 조심하면서 이 상황을 역전시킬 수 있는 방법을 궁리하였다. 그러다가 심우가 돌연 말했다.

"만일 내가 예전부터 호옥진을 알고 있었다면 당신이 들어온 후 그녀가 한 번 도망쳤을 때 그녀를 도왔을 것이오. 하지만 나는 그렇게 하지 않았소. 나는 그녀가 무슨 생각을 하고 있는지 모르고 또 그녀에게 얼마만큼의 무공이 있어 당신과 대처할 수 있는지도 전혀 모르오. 그래서 기다리면서 상황을 파악했던 것이오. 이것이 나와 그녀가 서로 모르는 사이라는 증거요."

려사가 말했다.

"네 말은 그럴 듯하다. 그러나 충분한 답은 아니다. 왜 한 가지를 빠트리는 거지?"

심우가 물었다.

"한 가지라 했소?"

려사가 대답했다.

"그렇다."

심우는 의아해하며 생각했다.

'나와 호옥진이 예전부터 알고 있지 않음을 충분히 설명했음에도 부족하다는 말인가? 이자는 도대체 어떤 생각을 하고 있는 것일까?'

호옥진도 같은 생각이었다. 그래서 두 눈을 크게 뜨고 의아한 눈길로 이 도법 대가를 바라보았다.

려사는 잠시 생각에 잠기더니 느리게 말했다.

"너희 둘은 설령 만난 적이 한 번도 없다 하더라도 사문에 연원이 있어 모종의 밀접한 관계가 있을 것이다. 그래서 만난 적이 없어도 생사를 같이 하는 지인이 될 수 있겠지. 또한 너희가 생사를 같이 한다면 그 이유는 나일 것이다."

심우가 일소하며 말했다.

"이야기를 지어내는 것도 대단하시군."

려사가 말했다.

"좋다. 설령 사문에 어떤 관계도 없다고 하자. 하지만 너희 둘은 이 집안에서 오랫동안 이야기를 하였고 호옥진은 줄곧 너를 보호하고 도왔다. 처음에는 해적들을 속여 너를 도왔고 그 후에는 너를 위해 나를 속였다. 그러니 너희 둘은 이미 그 어떤 관계가 이루어 진 셈이 아닌가?"

호옥진이 말했다.

"옛사람이 말하기를 '죄를 덮어씌우려면, 어찌 구실이 없으랴'고 했는데, 만약 당신이 많은 죄명을 만들어 우리 몸에 덮어씌우려 생각한다면 당신이 꼭 성공할 것은 의심할 바 없는 일이에요."

려사가 말했다.

"이치를 따져야 할 때조차 제멋대로 하는 줄 아느냐? 내가 이치를 좇지 않는다면 굳이 이렇게 하지 않을 것이니, 나는 터무니없는 이유로 너희를 죽이지는 않을 것이다."

려사의 말에 호옥진은 식은땀이 흘렀다. 이자야말로 귀신같이 두려운 데다 달래거나 다그쳐도 소용이 없는 인물이었다. 그때 불현듯 심우에게 기발한 생각이 떠올랐다. 어쩌면 지금 이 상황을 벗어날 수 있는 좋은 기회가 될 것도 같았다. 하지만 조심해야 했다. 자칫 잘못하다가는 려사의 손아귀에서 영영 벗어나지 못할 수도 있는 일이었다.

심우는 조금 전 려사가 한 말 중에 이치를 따진다는 말에서 기발한 생각이 떠오른 것이다. 려사가 비록 앞서 여러 사람을 죽였을 때 극히 잔인하고 악독한 것 같았지만 그것은 표면적으로 본 것에 불과하다. 더 깊이 관찰하면 그는 닥치는 대로 사람을 쉽게 죽이는 것이 아니라 그들이 죽을 수밖에 없는 나름의 이유가 있었으니, 그들은 모두 려사의 비밀을 들은 자들이었다. 려사는 자신의 비밀이 새어 나가는 것을 막기 위해서 그들을 죽이지 않을 수 없었던 것이다. 다시 말하자면, 그는 반드시 어떤 수단을 빌려, 먼저 부득불 죽이지 않으면 안 되는 상황을 만들었고, 그것으로부터 마음속의 살기를 일으킨 것이다. 이로써 려사는 천성적으로 잔인하고 지독한 자가 아니며 더구나 사람을 죽이는 것을 낙으로 삼는 자가 아님을 알 수 있었다. 그러나 한발 물러나 생각하면 려사가 정의를 위해 사람을 죽이는 것이 아니므로 심우와 호옥진이 만약 잘못 대처하다가는 그에게 죽임을 당할 수도 있을 것이다. 심우는 생각했다.

'려사에게 살기를 불러일으키지만 않으면 된다. 려사의 도법은 잔인하고 지독한 초식이지만 려사의 심중에 살기가 등등하지 않다면 도법은 반드시 허점을 노출하게 될 것이다.'

호옥진은 불리한 상황에서 더 깊이 생각할 수는 없었다.

"려 선생 꼭 이렇게 흉악해야만 하오?"

려사는 냉정하게 말했다.

"애걸해도 소용없다. 너희들은 졌으니, 내가 조건을 걸겠다."

호옥진은 한숨을 쉬었다.

'목숨만은 건졌다.'

려사가 호옥진의 심사를 꿰뚫어 보듯 말했다.

"내가 언제 살려주겠다고 했지?"

호옥진은 불안한 듯 물었다.

"무슨 말이지요?"

려사가 말했다.

"너는 내가 시키는 대로 해야 한다."

호옥진은 크게 놀라며 물었다.

"시키는 대로?"

려사가 말했다.

"그 어떤 것도."

그의 입가에는 한 줄기 사악한 웃음이 떠올랐다.

"그 어떤 것에도 따라야 할 것이다."

호옥진은 반항을 하지 못했다.

려사가 말했다.

"너는 앞으로 내 시중을 들어야 할 것이다. 내가 발을 씻으려고 하면 너는 물을 떠 와야 한다."

심우는 려사의 말을 묵묵히 듣고 있었다.

려사가 이어서 말했다.

"그 밖에도 밥을 짓고 옷을 빨고 모든 것을 해야 할 것이다. 조금도 게을러서는 안 된다."

호옥진이 대구했다.

"난 당신이 말하는 그런 일을 할 줄 몰라요."

려사가 말했다.

"누구는 태어나면서부터 할 줄 아는 줄 아느냐? 너는 총명하니 곧 익숙해지겠지."

호옥진이 말했다.

"왜 내게 이런 치욕을 주는 건가요?"

려사가 말했다.

"이런 것이 치욕이라고? 너는 낮에는 비록 시녀지만 저녁에는 내 부인 노릇을 하게 될 것이다. 뿐만 아니라 네가 잘만 한다면 정식 부인이 될 것이며, 그때가 되면 다른 시종을 두어 너를 시중들 것이다."

려사의 말에 호옥진은 울화가 치밀었다.

"흥, 나를 뭘로 보고. 그래, 내가 당신 같은 자의 여인이 되려고 비위나 맞춰줄 것 같으냐?"

려사는 표정이 굳어지면서 말했다.

"함부로 지껄이지 마라."

호옥진은 그의 매서운 눈빛에 흠칫 놀라 입을 다물고 말았다. 그때 려사가 호옥진을 내치자 호옥진은 비틀거리며 육칠 보나 밀려났다. 호옥진은 자신의 혈도가 제압당하여 뜻대로 움직이기 어려움을 알았다.

심우와 려사가 서로 마주 보자 팽팽한 긴장감이 감돌았다. 심우는 담담히 웃고 말했다.

"당신은 나를 죽일 테지만 나는 두렵지 않소."

려사는 간결하게 말했다.

"태도가 맘에 드는 구나."

심우가 말했다.

"나는 비록 두렵지 않으나 당신은 반드시 후회할 거요."

려사는 후회라는 말이 그다지 나쁘지는 않았다. 려사는 심우의 이 같은 말이 심우의 원한을 대신 풀어 줄 고수가 있다는 뜻으로 들렸다. 려사는 그런 대결을 군이 마다할 이유가 없으며 오히려 바라던 바였으니, 려사에게 심우를 죽여야 할 이유가 더 늘어난 셈이었다. 려사는 자신의 눈앞에 있는 건강하고 거무스레한 어민이 강적이 될지도 모른다는 생각이 들었다. 려사가 물었다.

"어떤 후회란 말인가?"

심우는 대답했다.

"당신은 나를 어떤 사람으로 여기시오?"

려사는 심우를 훑어보며 말했다.

"쉽게 대답할 수 있는 게 아니군. 하지만 내가 너를 죽인 후에 귀찮은 일이 생기는 것은 아니겠지?"

심우가 말했다.

"귀찮은 일은 커녕 아무 일도 없을 것이오."

려사가 말했다.

"과연 그럴까?"

심우가 말했다.

"나는 강호를 유랑하는 사람일 뿐이오. 내 뒤를 봐 주는 배후나 연고를 가진 자가 없소이다. 내 무공으로 말하면 보통 사람을 대처할 수 있을 정도이니, 오히려 다른 이로부터 묵사발이 되도록 얻어맞은 상황을 꼽으라면 헤아릴 수 없을 정도요.”

려사가 냉소적으로 말했다.

“네 말을 무엇으로 증명할 수 있지?”

심우가 말했다.

“나는 한갓 무명소졸에 불과할 뿐 당신이 나를 죽인다 해도 당신에게 대단한 일이 못되오.”

려사가 말했다.

“내 도세가 발출되면, 네가 무명소졸이 아닌 것이 밝혀지겠지.”

심우가 말했다.

“당신 좋을 대로 생각하시오. 내 목숨을 살려 달라 구걸하지는 않겠소.”

려사가 말했다.

“지금 네가 구차히 말하는 것이 구걸이 아니면 대체 무엇이란 말인가?”

심우는 담담하게 말했다.

“아까도 말했듯이 나는 죽음을 두려워하지 않소.”

려사는 비웃으며 말했다.

“나야말로 죽는 것이 두렵지 않은 자를 좋아하지.”

심우는 말했다.

“당신이 죽음이 두렵지 않다는 내 말을 믿지 않는다는 것을 알고 있소.”

려사가 말했다.

“세상에는 각양각색의 사람이 있다. 그 중에는 죽음을 두려워하지 않는 사람도 있으니 그게 너라고 해서 그리 놀라운 일은 아니다. 하지만 너 같은 자를 만나기란 쉬운 일이 아니지.”

심우가 말했다.

"여기 이렇게 있지 않소이까."

려사는 마음속으로 심우를 죽여야겠다는 생각을 굳혔다. 죽음이 두렵지 않다는 심우의 말이 려사의 심기를 건드린 것이다. 려사는 심우가 진실로 죽음을 두려워하지 않는 자인지 시험하고 싶었다. 그러나 굳이 서둘러 그의 목숨을 빼앗을 필요는 없다는 생각에 다시 말을 이었다.

"너의 말이 사실이라고 하더라도 죽음이 두렵지 않다는 것은 이해할 수가 없다."

심우가 말했다.

"당신이 나를 죽이고자 하면 나도 준비를 하겠소."

려사는 의아해하며 물었다.

"죽음을 두려워하지 않는 이유를 말해 보아라. 말하기 싫은가?"

심우가 대답했다.

"그런 것이 아니오."

려사가 말했다.

"그럼 말해 보아라."

호옥진은 참지 못하고 끼어들며 말했다.

"보세요. 당신은 죽음도 두렵지 않다면서 다른 사람이 이유를 알까 봐 두려운 건가요?"

심우가 말했다.

"좋소. 말하겠소. 이유는 내가 살고 싶은 열의가 없기 때문이오."

호옥진과 려사는 전혀 뜻밖의 말을 들은 터라 매우 의아해서 심우를 쳐다보았다. 그러나 심우는 담담히 말할 뿐이었다.

"당신들은 이 문제를 깊이 생각해 본 적이 없소이까?"

호옥진이 말했다.

"이렇게 잘 살고 있는데 왜 죽음을 생각해요?"

려사가 말했다.

"경망스러운 자군."

심우가 말했다.

"나도 이런 생각이 무료하다는 것을 시인하겠소. 하지만 나는 어려서부터 이 문제를 생각해 왔소. 지금까지 줄곧 답을 찾고 있지요. 두 분은 답이 있는지 모르겠소이다."

호옥진은 말이 없었다. 그때 려사가 말했다.

"나는 있다."

심우는 크게 놀라 말했다.

"당신은 범상한 사람이 아니니 당신이 살아가는 이유는 남다를 테지요."

려사가 말했다.

"네 짐작은 틀렸다. 무릇 인간은 세상에 태어난 이상 열심히 살아가야 한다. 내 말에 동의하지 않는다면 내가 물어보겠다. 왜 열심히 살아가지 않는가?"

심우가 말했다.

"좋은 질문이지만 스스로 자문해 봐도 뾰족한 답이 없더군요. 그저 꼭 열심히 살아야할 이유를 찾지 못하겠소이다."

제 3 장

走千里春喜投名師

천 리 길을 걷고
춘희는 명사에 투신하다

심우의 표정과 음성으로부터 흘러나오는 고뇌의 모습에서, 려사는 그의 말을 믿지 않을 수 없었다. 그리고 려사는 내심 생각했다.

'이자가 진정 살아갈 의욕이 없는 자라면 이자를 죽인들 무슨 소용이 있겠는가. 이자가 가진 삶에 대한 회의는 치기가 아님이 분명하다.'

려사는 비록 많은 사람과 결전을 벌이면서 별의별 기이한 인물을 만났으나 이런 상황은 처음이었다. 려사는 심우라는 인물에 대한 호기심이 일었다.

심우가 돌연 발걸음을 내딛어 문밖으로 나갔다. 그의 표정과 거동은 삶에 대하여 갖는 의문으로 어둡고 무거운 분위기를 나타내었다. 이 때문에 심우가 한 행동은 그가 도망치려고 하는 것이 아니고, 문밖에 나가 신선한 공기를 마시고 싶었을 뿐이라는 것을 묻지 않아도 알 수 있었다. 려사는 그런 심우를 막지 않았고 호옥진 역시 말이 없었다.

심우는 문밖에 나가서 비릿한 해풍이 섞인 공기를 크게 들이마셨다. 파도 소리가 끝없이 밀려왔다가 밀려갔다. 망망한 대해 앞에서 인간은 자신이 보잘것없는 존재임을 느끼면서도 그 거대한 자연 앞에서 가슴이 후련해짐을 느낀다. 또한 거센 파도는 대해의 맥박과도 같아 존재 형식이 보통의 생명체와 다를 뿐 대해 역시 생명이 있음을 느끼게 한다. 심우는 아득히 생각에 빠져들었다. 일시간에 려사와 나누었던 이야기도 잊고 호옥진을 위험에서 구해야 한다는 것도 잊었다.

려사는 심우를 쉽게 놓아줄 생각이 없었다. 려사 역시 큰 걸음으로 문을 나섰다. 햇빛을 받고 있는 심우의 옆모습을 보았다. 려사는 심우의 넓고 볼록한 앞이마를 보았다. 이런 형태의 이마는 주로 사색형에다 지혜가 뛰어난 자의 이마 형태이다. 그 다음에 심우의 우뚝 선 콧대는 그가 굳센 의지지사임을 보여주었다. 하지만 심우의 얼굴에는 공허하고 부정적인 기색이 떠돌았는데 그가 지금 사색에 잠겨 있음이 분명하였다. 려사는 걸음을 멈추고 속으로 중얼거렸다.

'내가 이자와 결전하기 위해서는 두 가지 방법이 있다. 하나는 내가 돌연 공격해서 이자로 하여금 본능적으로 출수하여 저항하게 만드는 것이고 다른 하나는 이자에게 살고자 하는 의욕을 불러일으키는 것이다. 이렇게 해야만 이자가 전력을 다해 나와 결전을 하려 할 것이다.'

려사는 두 가지 방법 중에 처음 방법은 사고가 단순한 자에게 적합한 방법이니, 두 번째 방법이 심우에게 더 적합할 것이라는 데 생각이 미쳤다. 그렇지만 어떻게 하면 심우로 하여금 삶의 의지를 불러일으키게 할 것인가 하는 문제는 쉽지 않은 것이었다. 심우의 삶에 대한 태도로 미루어 볼 때, 삶과 죽음에 대한 집착 역시 없을 것이기 때문이다. 려사는 문득 호옥진의 아름다운 모습이 떠올랐다. 이어 마을 여인 진춘희에게까지 생각이 미치자, 심우를 움직일 묘수가 떠올랐다.

'심우의 천성은 협의의 기질이 있다. 그가 비록 생사득실에 집착이 없다 하더라도 자신과 관계가 있는 자들의 어려움을 지나칠 자가 아닐 것

이다. 그의 이런 점을 이용하기만 하면 된다.'

마을은 이 시각 고요하기만 했다. 려사의 큰 기침 소리가 심우의 귀청을 울려 윙윙거렸다. 심우는 자신도 모르게 젖어 들었던 생각을 멈추고 그제야 려사를 보았다. 흰 옷이 흩날리는 도법 대가는 소리쳤다.

"진춘희는 나오거라."

반나절이나 꼼짝 못하고 떨고 있던 진춘희는 크게 놀라, 거역할 생각도 못하고 겁에 질린 채 밖으로 나왔다. 려사는 그녀가 가까이 오자 말했다.

"해적들이 이미 마을을 떠났는데 왜 마을 사람들이 아직 집으로 돌아오지 않는 거지?"

진춘희는 두려워하며 말했다.

"당신들이……아직 여기에……."

려사는 코웃음을 치더니 물었다.

"너희들은 어떤 방법을 써서 피신해 있는 어민들에게 접촉하느냐?"

진춘희가 대답했다.

"소동이 끝날 때까지 집집마다 불을 지피지 않기로 약속했어요. 소동이 모두 끝나면 불을 지펴 물도 끓이고 밥을 짓지요. 바다로 나간 사람들은 굴뚝에서 피어오르는 연기를 보고 안심하고 돌아옵니다."

려사가 말했다.

"방법이 나쁘지 않군. 너는 가서 불을 지펴라."

진춘희는 그저 입으로만 대답할 뿐 선뜻 발걸음을 움직이지 못했다. 그 모습에 려사는 냉랭하게 말했다.

"내 명령을 거역하려는 것이냐?"

진춘희의 얼굴은 새하얗게 질렸고 온 몸을 부들부들 떨었다. 그녀의 입술은 무슨 말을 하려는 듯 달싹거렸으나 소리를 낼 수 없었다.

심우가 말했다.

"겁내지 마시오. 할 말이 있으면 서슴지 말고 말하시오."

진춘희는 심우의 목소리를 듣고 조금 진정이 되었다. 려사는 이런 심우와 진춘희의 모습을 보자 질투가 일었다.

진춘희가 물었다.

"우리 마을 사람들이 돌아오면 당신은 그 사람들을 죽일 겁니까?"

려사는 한 치의 망설임도 없이 말했다.

"물론이다."

려사의 대답에 진춘희는 불을 피우러 들어가지도 물러나지도 못할 진퇴양난에 빠졌다. 만약 가서 불을 지피면 아버지와 오라버니 그리고 많은 사람들이 변을 당할 것이고 불을 지피지 않으면 자신이 위험에 처하게 될 것이다. 진춘희가 계속 망설이자 려사가 위협했다.

"네가 내 명령을 거역하면 너부터 먼저 죽여 버리겠다."

진춘희는 너무 놀라서 두 다리에 힘이 빠져 하마터면 쓰러질 뻔 했다. 그러나 가서 불을 지필 생각은 추호도 없었다. 려사는 그런 진춘희의 태도를 짐작한 듯 나직이 비웃더니 주먹을 휘둘러 그녀의 가슴을 격중시켰다. 진춘희는 단말마의 비명을 지르더니 쓰러졌다.

심우는 얼굴색이 변하여 진춘희에게 뛰어갔다. 진춘희는 까무러쳤는데 입가에 선혈을 흘리고 있었다. 려사의 이 일장은 그녀의 내장을 격상시켰고 진춘희를 죽이지 않는다 하더라도 깊은 상처를 낸 것이다. 반항할 힘도 없는 한 여인을 이런 흉악하고 냉혹한 방법으로 대하는 려사에게 화가 치민 심우는 분노한 눈길로 그를 쏘아보았다.

려사는 일부러 심우를 분노하게 해서 출수를 유도하여 자기와 결전하게 하려는 의도를 가지고 있었다. 그렇기 때문에 심우가 분노에 차 흥분하는 것은 려사가 원하는 바였다. 호옥진이 문밖으로 나와 진춘희가 땅에 쓰러져 있는 것을 보고 경악하였다. 호옥진은 자신도 곧 진춘희와 같은 상황에 이를 것이라 생각하니 얼굴이 창백해지고 두 다리에 맥이 탁 풀렸다.

려사는 쌀쌀하게 말했다.

"이번에는 호옥진 네 차례다."

아름다운 소녀를 바라보는 려사의 눈에는 냉혹한 빛만 쏟아져 나올 뿐이었다.

심우가 엄숙하게 말했다.

"두려워 마시오."

남장을 한 미모의 소녀가 놀라 온몸을 부들부들 떨고 있는 것을 보니 심우는 그녀를 보호해야겠다는 호기가 일었다.

려사는 일부러 의아한 기색을 지으며 말했다.

"무어라 했느냐?"

심우가 산 같은 기세로 말했다.

"그녀더러 두려워하지 말라 했소이다."

려사는 냉소하고는 말했다.

"네 말은 너를 먼저 없애 버려야 내가 그녀를 죽일 수 있다는 건가?"

심우가 말했다.

"그렇소."

려사가 말했다.

"좋다. 너는 무슨 병기를 사용하겠나?"

심우가 말했다.

"아무거나 상관없소이다."

심우는 말을 마치고 큰 걸음으로 광장으로 걸어갔다. 려사도 그를 따라 삼 장쯤 움직였다.

심우는 허리를 구부리더니 땅에서 하나의 병기를 골라 쥐었다. 한 자루의 호수구였다. 이 갈고리는 등가삼살의 유물로, 그들의 시신은 이미 해적들에 의해 실려 갔다. 심우는 이 갈고리가 보통 것에 비해 많이 무겁다는 것을 알았다. 하지만 조금도 개의치 않고 천천히 몸을 돌려 려사를 향해 섰다.

려사는 보도를 쳐들고 그 끝으로 심우를 가리켰다. 려사의 칼에서 쏟아져 나온 무시무시하고 강대한 한줄기 기세가 심우를 덮쳐 갔다. 이 일진의 도기刀氣는 형태 있는 물질처럼 맹렬하여 생명이 있는 것이라면 모두 죽이기에 충분했다. 려사의 공격에 심우 역시 신형을 약간 구부리고 갈고리 끝을 내밀어 문호를 드러냈는데 역시 한 줄기의 강대한 기세가 쏟아져 나왔다. 그의 기세는 려사에 비해 조금도 손색이 없었다. 려사는 마음속으로 크게 놀라며 뇌까렸다.

'나는 이 년 가까운 사이 공력이 배로 늘어났다. 조금 전에 내가 쓴 도기는 이미 무엇이든 다 짓부술 수 있는 경지에 이르렀다고 여겼는데 한갓 무명지인이 막아내다니 믿을 수가 없다.'

그는 심우를 다시 바라보았다. 심우의 정신은 안정되었고 기세가 굳건하였다. 또한 그가 펴 놓은 문호門戶는 뚜렷하고 심오하여 심우의 출신이 비범하고, 무공 또한 정석으로 전수받았음을 알 수 있었다. 려사는 대갈일성하며 칼을 휘둘러 공격해 나갔다. 이번에 그는 마구잡이로 공격하는 수법을 사용하였다. 도세는 머리를 향해 내리 찍었으며 비록 도법이 오묘하지는 않았지만 매우 잔인하고 지독하였다.

심우의 갈고리에서 나온 빛은 한 치의 오차도 없이 려사가 휘둘러 번쩍이는 곳을 가로막았으며, 왼쪽 장은 아래로 쳐내려 려사가 날린 발길질을 바로 막아 되돌려 보냈다. 두 병기가 부딪히며 '쩡'하는 소리가 크게 울렸다. 불꽃이 사방으로 튕겼고, 심우는 자기의 병기가 칼에 찍혀 상했음을 알았다. 급한 가운데에서도 눈을 돌려 수중의 갈고리를 바라보니 그의 병기 일부가 떨어져 나간 것이다.

병기가 손상되었지만, 심우의 마음은 도리어 안심이 되었다. 이로 인해서 려사가 들고 있는 칼이 보도임을 알았기 때문이며, 아무리 잘 연마된 정강으로 만들어진 좋은 병기라도 보도와 부딪히면 찍혀 부서지는 것이 당연하기 때문이다. 오히려 상대방의 무공조예를 짐작한 바, 상상과 같이 그리 고명하지는 않은 것 같았다. 대개 신병이기神兵利器는 본신이 위력을 가지고 있었고, 족히 그를 가진 자의 기세를 증강할 수 있었다.

두 번째로 심우의 수중의 갈고리는 그가 귀중히 여기고 익숙하게 사용하는 물건이 아닌 탓에 설사 부서졌다 해도 애석한 느낌이 없었다. 뿐만 아니라, 바닥에는 아직도 두 개의 갈고리가 더 있어서 바꾸어 쓸 수가 있었으니, 따라서 그는 한 번의 격돌이 있은 후 병기의 날이 부러지자 지체 없이 다른 것으로 바꾸었다.

려사의 일도一刀, 일각一脚은 심우의 무공을 탐색하는 데 불과한 것이었다. 려사는 심우의 팔 힘이 매우 강하며 초식도 삼엄하고 반응이 민첩하여 절초를 시전하지 않으면 이기기가 쉽지 않음을 알았다.

문득 려사의 눈썹이 곤두서고 살기가 일더니 대갈일성하며 보도로 하나의 복잡하고도 기이한 도안을 그렸다. 이때 보도의 칼끝이 용이 날고 봉황이 춤추는 듯 심우의 면전에서 재빨리 그어지니, 이 일도는 사람들로 하여금 도대체 언제 어느 곳을 공격했는지 알 수 없게 했다.

심우가 갈고리를 들어 얼굴을 막았으나, 도리어 다리가 툭툭 밀려났다. 심우는 갈고리로 려사를 습격할 수 없었다. 대개 고수들이 격투를 할 때 흔히 자기가 지금까지 본적이 없는 기이한 절초를 조우하게 되는데, 이런 상황 아래에서 상대방의 일초식의 깊이를 짐작할 수 없다면 당연히 그 뒤의 변화도 알아낼 수 없다. 그러므로 이때의 해결 방법은 즉시 능숙한 자신의 독초毒招로 적에게 반격하는 것이다. 이것이 병법에서 말하는 공격으로 방어를 대신하는 방법이다. 이렇게 해야만 비로소 적으로 하여금 그의 절초를 끝까지 시전하지 못하게 할 수 있다. 그러나 지금 심우는 반격할 틈을 찾을 수 없었다. 바꾸어 말하면 자신의 갈고리가 살짝만 움직여도 즉시 먼저 비명횡사하게 될 기세이니, 근본적으로 반격할 시간이 없는 것이다. 심우는 한 번 물러나고 두 번 물러나더니 어느새 우물가에까지 밀렸다.

다시 려사가 도법을 펼치며 단칼에 사납게 쪼개어 갔다. 이때 심우는 비록 려사의 기이한 초식을 흩트릴 방법은 없었지만, 려사의 도세가 변할 때마다 그의 일도가 어떻게 발출되는지를 알게 되었다. 때마침 려사가 출도하려 함과 동시에 심우가 신형을 아래로 쭈그리자 려사의 칼날이 바로 그의 머리 위를 스쳐 지났다. 그러나 이것은 심우가 상대방의 초식을 파악하여 대처한 것이 아니라 그가 려사를 당해낼 힘이 없음을 말해 주는 것이었다. 원래 려사는 보도로 내리찍을 때 되돌아오는 힘을 남겨두어 이로써 상대방이 엎드리는 순간의 우세를 점하고자 했던 것이다. 이처럼 려사의 잔인하고 지독한 도법은 상대가 피할 수 있는 곳까지 이미 계산한 움직임으로, 만약 이런 칼날을 맞게 된다면 영락없이 죽는 것이었다.

려사는 그의 굵직한 팔을 절반 정도 비틀면서 도광을 섬전같이 앞으로 뻗어, 오른쪽 아래를 내리찍었다. 이 일도는 그의 의도가 정확히 실린 것이었다. 만약 이를 피하고자 한다면 당대의 가장 고명한 무학종사武學宗師일지라도 오른쪽 뒤로 뛰지 않으면 안 되었다. 이런 자세 역시 려사가 이렇게 하도록 유도한 것이기 때문에 방향을 바꾸어 피한다는 것은 절대로 불가능하였고, 심지어 속도마저도 증감할 수 없었다. 따라서 설령 천하제일의 고수라 하더라도 이 일초식에 패한다면 상처를 입은 부위는 분, 초 차이도 없이 명확하게 계산이 될 정도였다. 이처럼 려사의 도법이 비할 데 없이 지독하기에 설령 그가 사정을 보아 상대를 죽일 생각이 없다 하더라도 도법의 초식을 펼친 때에는 그마저도 통제할 길이 없어 반드시 적의 요체를 베게 되어 있었다.

하지만 그의 도광이 지나가며 뜻밖에도 심우를 베지 못할 줄은 짐작하지 못했다. 려사의 의도대로라면 심우는 분명 오른쪽 뒤로 와 있어야 했으나, 어쩐 일인지 그는 이미 려사의 왼쪽으로 빠져 나가 려사의 옆에 와 있었다. 이것은 전에 없던 일이며 앞으로도 있을 수 없는 일이었고, 더구나 사실과 이론상 모두 불가능한 일이었다. 려사는 몸을 돌려 보도로 심우를 가리켰으나, 려사의 칼은 바로 발출되지 못하였고, 흉악한 기세도 크게 꺾여 있었다.

심우가 살신지겁殺身之劫에서 벗어난 것은 그가 생사를 마음에 두지 않았기 때문이었다. 하지만 심우 역시 본능적으로 놀라 몸에 식은땀이 흘렀다. 조금 전의 상황은 자신의 실력이라기보다 하늘의 도움이 있었기 때문에 가능한 것이었다. 심우는 조금 전 우물가에까지 밀려났다가 올려 쌓은 두 치 높이의 우물담에 그의 엉덩이가 스쳤던 것이다. 이때 그는 우물담에 막혀 더 이상 뒤로 물러날 가능성이 없었다. 그렇지만 우물담 벽이 그의 꼬리뼈를 받치고 있는 격이기도 하였다. 그래서 그가 구부렸다가 엉덩이를 쳐들면 우물담의 탄력을 빌어 물러나던 곳에서 진공進攻할 수 있어서 오히려 틈을 타서 상대방으로부터 빠져 나갈 수 있었다. 려사가 심우를 압박해서 우물가까지 밀었을 때 만일 우물담과 한 촌이 더 가까웠다면 엉덩이가 우물담에 앉는 꼴이 되어 힘을 받을 수 없었을 것이다. 그래서 심우가 천지신명의 도움을 받았다고 생각한 것은 조금도 과장이 아니었다.

려사는 심우를 대처하기에 급해 우물담의 비밀을 발견하지 못했다. 심우는 상대방의 눈에 미혹의 빛이 있는 것을 발견하고 기발한 생각이 떠올랐다. 심우는 호수구를 땅에 버리고 담담하게 말했다.

"려사, 우리 싸우지 맙시다."

려사는 깜짝 놀라 말했다.

"무슨 뜻이냐?"

심우가 말했다.

"당신의 도법이 비록 천하에 적수가 드물고 공력도 비할 데 없이 높지만 허점이 있소."

심우는 려사의 대답을 기다리지도 않고 집으로 향했다. 만약 이때 려사가 뒤쫓아 가 칼을 발출해 공격한다면 심우는 그의 독수에서 벗어나기 어려울 것이지만 그는 아무런 행동도 취하지 않았다. 려사도 심우를 죽이는 일에 대해 크게 흥미가 있던 것은 아니었다. 다만 처음부터 천방백계千方百計로 심우를 핍박한 용의用意는 다만 그의 재주를 보려는 것일 뿐이었다. 지금 심우가 놀라운 한 수를 드러냈기에 려사는 설사 심우를 죽일 수 있는 절호의 기회가 있더라도 죽이고 싶지 않았다.

심우가 집 앞에 다다랐을 때 눈길이 진춘희에게 멎자 또다시 분노의 감정이 솟구쳤다. 심우는 순결하고 사랑스러운 여인을 안고 집 안으로 들어갔다. 그는 그녀를 침상에 내려놓더니 한숨을 쉬며 침중하게 중얼거렸다.

"미안하오. 내가 당신을 해쳤소. 하지만 죽음을 피할 수 있는 자가 세상에 누가 있겠소? 저승에서도 생사를 위해 부디 집착하지 마시오."

문밖의 려사와 호옥진도 심우의 음성을 매우 똑똑하게 들었다. 려사가 물었다.

"심우, 너는 나를 증오하는가?"

심우가 대답했다.

"당연히 증오하오. 안 그러면 내가 당신을 좋아하기라도 하겠소이까?"

려사가 말했다.

"네가 나를 증오한다면 왜 나와서 나하고 생사결투를 하지 않느냐. 만약 네가 나를 죽이면 원한을 풀 수 있지 않느냐?"

심우가 말했다.

"내가 당신을 죽이든 안 죽이든 모두 같은 것이오. 당신도 결국 사신의 손을 벗어날 수 없을 것이오."

려사가 말했다.

"내가 만약 도법을 연마하여 인도합일人끼슴—의 경지에 이른다면 천하에 영원히 적수가 없을 뿐만 아니라 불로장생할 수가 있다."

심우가 말했다.

"어리석은 생각이오. 당신은 당신 도법의 약점을 알아야 할 것이오. 내가 보기에 당신이 도법의 약점을 극복하는 것은 하늘에 오르는 것보다 더 어렵고 고통스러울 것이오. 이게 내가 당신을 죽이는 것보다 더 나을지도 모르겠지."

려사는 이 말을 듣더니 멍하게 뇌까렸다.

'만약 네가 정말로 그렇게 한다면 나의 고통은 엄청나겠지.'

려사가 그의 도법 한 가지를 익히는 데만도 일이 년 시간으로는 부족하였다. 한 가지 도법을 익히는 일은 그 어떤 미세한 변화에도 모두 능숙해야 하며 허점에서도 완벽해야 하는 것이기 때문이다.

호옥진은 집 안으로 들어와 존경과 경탄의 눈빛으로 키가 크고 얼굴이 거무스레한 청년을 바라보았다.

이때 려사가 말하였다.

"심우, 너는 어떻게 하면 나와 싸우겠느냐?"

심우는 쌀쌀하게 말했다.

"당신이 이 여인을 다시 살려 놓지 않는 이상 당신과 말을 하지 않을 참이오."

심우가 냉랭히 말하긴 하였으나, 이것은 공연한 일이었다. 죽은 자를 어떻게 다시 살릴 수 있겠는가.

려사가 말했다.

"너는 일신에 무예가 있을 뿐만 아니라 정말로 방법 없이 나의 마음대로 죽일 수 있다고는 믿지 않는다. 네가 참지 못하고 나에게 출수하여 반항한다면, 반드시 나와 한 번은 겨뤄야 할 것이다."

심우는 려사의 말에 아랑곳하지 않고 침상의 소녀를 바라보았다. 호옥진은 그런 심우의 옆으로 가서 나직이 말했다.

"당신은 왜 출수하여 저자를 제압하지 않나요?"

심우는 세차게 머리를 가로저으며 말했다.

"나는 그로 하여금 한평생 고민하도록 할 것이오."

호옥진이 말했다.

"당신이 죽을 텐데요?"

심우가 말했다.

"이미 말하지 않았소? 나는 생사에 연연해하지 않소."

호옥진은 그의 어조와 말투에서 굳은 의지를 보고 더 이상 말하지 않았다. 려사도 말하지 않았기 때문에 온 방안은 잠잠하였다. 멀리서 파도가 바위를 때리는 소리만이 단조롭게 들려왔다. 어촌은 소리 없이 고요하기만 하였다. 누추한 초가집은 침중하였고, 긴장이 감돌았다.

어느 정도 시간이 지나자 려사는 기이한 기질을 지니고 있는 이 청년이 절대로 굴복하지 않을 것임을 깨닫고 두 가지 경우를 가늠해 보았다. 하나는 그를 죽이는 것이다. 그러나 이렇게 하면 자신의 도법상의 약점을 언제 찾아낼 수 있을지 기약할 수 없었다. 다른 하나는 그를 놓아 주어 다음날을 도모하는 것이다.

마침내 려사가 그들에게 다가가자 호옥진의 가슴은 더욱 세차게 두근거렸고 손에는 식은땀이 났다. 그러나 려사는 곧장 심우의 등 뒤로 가서 걸음을 멈추었다. 호옥진은 더는 참을 수 없어 소리쳤다.

"그를 죽이면 안 돼요."

려사가 냉랭하게 물었다.

"왜?"

호옥진이 대답했다.

"당신의 모습은 대장부다운 행위가 아니에요."

려사가 대답했다.

"너는 이자의 행위가 애송이에 가깝다고 여기지 않느냐?"

호옥진이 말했다.

"그는…… 그는 꼭 말 못 할 고충이 있어서 출수하려 하지 않는 걸 거예요."

려사는 호옥진의 말이 또다시 원래 화제로 돌아가자 손을 흔들어 그녀가 말을 하지 못하게 제지시켰다. 그는 왼손의 두 손가락을 모아 느릿하게 심우의 등의 대혈^{大穴}을 향해 찍어갔다. 그곳은 필사지혈^{必死之穴}로서 만약 찍히면 신선도 구하지 못한다. 려사의 손가락 힘은 강철과도 같았다.

그러나 심우는 이를 악물고 견뎠다. 그것은 첫째로 그가 정말로 생사를 마음에 크게 두지 않았기 때문이고, 둘째로는 려사가 정말로 손을 쓰지 않는다고 여겼기 때문이었다. 만약 자신의 판단이 틀린다면 그것은 오직 운명일 따름이니 려사의 손가락이 점점 더 죄어들었음에도 심우는 산처럼 움직이지 않았다.

려사는 이 청년이 정말로 죽으려고 한다는 것을 더 이상 믿지 않을 수 없었다. 하지만 이 같은 기백만으로도 보통 사람으로서는 견디기 힘든 것이었다. 려사의 손짓이 돌연 빨라지더니 이미 점혈 지세를 바꾸어 잡는 수법으로 변하여, 다섯 손가락으로 심우의 어깨를 잡고는 돌연 우측을 향해 한 번 밀었다. 심우는 전혀 운공하여 방어하지 않아, 려사가 손을 대자 오른쪽으로 몸이 밀쳐지더니 '퍽' 하는 일성과 함께 곤두박이고 말았다.

려사는 그에게 눈길 한 번 주지 않고 장을 날려 진춘희를 가볍게 쳤다. 그는 연이어 사오 장을 친 후 품속에서 자그마한 병을 꺼내더니 은색 환약 한 알을 꺼내 그녀의 입안으로 밀어 넣었다. 눈 깜짝할 사이 진춘희는 신음을 하고 두 눈을 떴다. 뜻밖에도 진춘희가 진실로 깨어났던 것이다. 이런 돌연한 변화에 생사를 염두에 두지 않던 심우마저도 놀라서 입을 딱 벌리고 말았다. 려사가 쌀쌀하게 말했다.

"이틀 정도 휴식하면 원래대로 회복될 것이다."

말을 마친 뒤 그는 몸을 돌려 심우와 호옥진은 거들떠보지도 않고 큰 걸음을 내딛어 집을 나섰다. 키가 크고 야윈 데에다가 흰 옷을 휘날리며 걷는 려사는 마치 사신死神과도 같은 모습이었다.

그가 집을 나서고 한참이 지난 후에야 호옥진은 원상태를 회복하고 문어귀에 달려가 밖을 바라보았다. 그러나 려사는 그림자도 보이지 않았다. 그녀는 안도의 숨을 쉬고 나서 말했다.

"휴, 이제야 갔군요."

심우는 아무 말 없이 한걸음에 궤짝으로 다가가 자신의 옷을 찾아 갈아입었다. 그의 검은 옷은 그의 여행길이 매우 힘들었음을 말해주고 있었다. 그는 어떠한 인사도 없이 보따리를 들고 집을 나섰다.

방 안에는 호옥진과 진춘희만 남았다. 호옥진은 한숨을 쉬고 나서 재빨리 머리를 얹고 모자를 되쓰고는 곧 영준한 공자로 변모했다. 이때 진춘희가 일어나 앉아 원망하는 기색을 지으며 물었다.

"그들은 다 갔나요? 도대체 어디로 간 거죠?"

호옥진이 대답했다.

"나도 잘 몰라요. 하지만 당신까지 신경 쓸 것 없어요."

진춘희는 뜻밖에도 그녀의 마음을 읽은 듯 탄식하며 말했다.

"그래요. 그들이 어디로 가든 또 무엇을 하든 나하고는 아무런 상관없어요. 나 역시 다신 그들을 만나고 싶지 않아요."

호옥진이 말했다.

"바로 그런 마음을 갖는 게 당신에게 이로울 거예요. 당신이 뛰어난 남자를 남편으로 맞지 않는다면 신경 쓸 일도 생기지 않으니까요."

진춘희가 말했다.

"평범한 것보단 뛰어난 남자인 게 좋지 않나요?"

호옥진이 말했다.

"뛰어난 남자는 우리 여자들의 골치만 아프게 만들어요."

호옥진은 문어귀를 향해 가면서 또다시 말했다.

"또 만나요. 려사가 또다시 이 마을에 나타나지는 않을 거예요."

순간 진춘희가 소리를 높여 물었다.

"만약 내가 심우, 그 사람을 다시 만난다면 그와 말을 해도 괜찮겠지요?"

호옥진은 문가에서 걸음을 우뚝 멈추고 말했다.

"물론이에요. 하지만 그 사람과 엮여서 당신에게 좋을 건 없겠죠."

진춘희가 말했다.

"그 사람과 말할 수 있는 사람은 없지만, 내가 그와 말할 수 있다면 그것만으로도 충분해요."

호옥진이 머리를 돌려 말했다.

"당신은 여느 시골 여자와 다른 것 같군요."

진춘희가 말했다.

"다른 사람들도 그런 말을 하긴 해요."

호옥진이 가만히 바라보니 진춘희의 이목이 매우 수려함을 발견하였다. 영활한 눈동자는 그녀가 매우 총명함을 짐작하게 하였으며, 혈색이 좋고 윤기가 도는 피부는 그녀의 신체가 매우 건강함을 나타냈다. 그녀는 많아야 열일곱 살을 넘지 않아 보였고 이제 막 꽃봉오리가 피어나듯이 청초하였다. 호옥진은 대뜸 말했다.

"당신, 무예를 배울 생각이 없어요?"

진춘희는 의아해하며 대답했다.

"나는 그런 걸 시작하기엔 나이가 많고, 또 글도 모르는 걸요?"

호옥진이 말했다.

"내가 사진謝辰이라는 사람을 알고 있는데 문무를 겸비한 인재예요. 만약 그가 당신을 제자로 거둔다면 당신은 빠른 성과를 거둘 거예요."

진춘희가 놀라며 물었다.

"남자인가요?"

호옥진이 대답했다.

"물론이에요. 게다가 아주 젊어요. 그렇지만 그리 썩 좋은 사람은 아니에요. 젊고 예쁜 여자애들만 보면 짓궂게 굴죠."

진춘희가 말했다.

"그럼 어떻게 해요?"

호옥진이 말했다.

"뭐 어때요? 남자가 여자를 좋아하거나 여자가 남자를 좋아하는 건 모두 자연의 이치에 부합되는 건데요."

진춘희가 말했다.

"하지만 나는…… 나는……."

호옥진이 말했다.

"그의 생김새는 호남인데, 성격은 대단히 교만하고 건방진 데가 있죠."

진춘희가 말했다.

"능력이 뛰어나다면 교만하고 건방진 데가 있을 수 있겠지요."

호옥진이 말했다.

"네, 물론 교만하고 건방지지만 그런 남자를 미리 겁낼 필요는 없어요. 그가 비록 좋은 평판은 없지만 그걸 걱정할 필요는 없어요."

진춘희는 놀라며 물었다.

"정말인가요?"

호옥진이 대답했다.

"그럼요. 그 사람이 당신에게 추근거린다 해도 당신이 원하지 않는다는 뜻을 보이면 더 이상 어떻게 하진 않을 테니까요."

호옥진은 품에서 한 덩어리의 황금을 꺼내고 탄필炭筆로 종이에다 그 사람의 이름과 주소를 써서 진춘희에게 넘겨주었다. 진춘희는 그것을 손에 들고 잠시 어쩔 줄 몰라 하며 물었다.

"그가 나를 거둘까요?"

호옥진이 웃으며 말했다.

"그 사람을 보거든 이렇게 말해요. 당신이 려사와 심우를 만나본 후 다른 남자들과 모두 비할 수 없다 느껴서, 재주를 배워야 재주 있는 남자와 교제할 수 있음을 깨달았다고요. 그럼 그 사람도 당신을 거둘 거예요. 어쩌면 그 사람은 당신에게 려사나 심우보다 더욱 강한 남자로 각인되기를 원할지도 모르죠."

진춘희가 물었다.

"당신은 그를 아세요?"

호옥진이 대답했다.

"물론 알지요."

진춘희가 물었다.

"그럼 그에게 당신에 대해 이야기해도 될까요?"

호옥진이 살짝 웃으며 대답했다.

"교만하고 건방지다는 말을 내가 했다는 말만 하지 않는다면 다른 말은 상관없어요."

그녀는 그 말을 남긴 채 발걸음을 떼고 문밖으로 걸어 나갔다.

진춘희는 자기 손에 들려있는 묵직한 금덩이를 바라보았다. 그녀는 호옥진이 추천한 사진이라는 사람을 찾아간다면, 예전의 단순하고 순박한 생활로 영영 돌아갈 수 없다는 것을 알고 있었다. 오늘 일어난 일들은 그녀의 가슴속에 영원히 멈추지 않고 출렁이는 파란이 될 것이다. 또한 더 이상 어촌의 이런 소박한 생활에 적응하기 어려울 것이고 틀에 박힌 어촌의 남자들은 단조롭고 무미건조하게 느껴질 것이다.

그녀는 오랫동안 생각하고 나서야 황금과 종이쪽지를 잘 간직하였다. 그리고 부엌으로 가서 불을 지폈다. 반 시진이 지난 후 어촌의 남자들이 분분히 집으로 돌아왔다. 그녀는 조금 전에 생긴 일에 대해 입 밖에 내지 않았다. 만일 해적들의 귀에 전해지면 시끄러운 일이 발생할 것이 자명했기 때문이었다. 마을의 분위기는 이미 정상적으로 회복되었고, 신유申酉시가 지난 후 하늘가는 노을이 물들어 매우 아름다웠다.

이윽고 어둠이 깔리고 집집마다 모두 잘 준비를 하였다. 문득 말발굽 소리가 마을에 울렸다. 어촌 사람들은 삽시간에 의심과 두려움에 사로잡혀 숨을 죽였다. 진춘희가 소리의 근원지를 알아보려 걸음을 떼자 그녀의 부친이 물었다.

"무얼 하려고?"

진춘희는 부친의 얼굴이 온통 주름살투성이에 피부가 거무스레한 것이 마치 풍상고초에 시달린 암석을 보는 것만 같아 걱정스러워 아무 말도 하지 않고, 가만히 문가에 서서 바깥을 바라보았다.

말발굽 소리는 집 옆의 다른 한 곳에서 멈추어 있었다. 불현듯 비명소리가 들리는 것 같았지만, 마을에는 그 어떤 사람도 보이지 않았다. 다시 느릿한 말발굽 소리가 들려왔다. 한 필의 말이 진춘희의 집 앞으로 다가오고 있는 듯 했다. 그녀는 저도 모르게 흠칫했다. 알고 보니 사람의 그림자는 뜻밖에도 여인이었다. 머리에는 변두리가 넓찍한 삿갓을 썼고 몸에는 비단으로 지은 은백색의 옷을 한 벌 걸쳤는데 해풍에 휘날려 가녀린 모습을 드러냈다. 그녀는 허리를 쭉 펴고 걸었는데 보법은 가볍고 빨랐다. 등에는 한 자루의 장검이 메여 있었고 허리에는 한 자루의 단검을 차고 있었다. 검을 찬 여인은 말을 타지 않았다. 그녀가 말고삐를 잡아끄는 것도 아닌데 한 필의 말이 그녀의 뒤를 따랐다. 이 말은 여느 평범한 말과는 달라, 전신이 검은 데다 기름졌고 영리해 보였다. 게다가 말안장도 훌륭해 보였다.

검을 찬 그 여인은 몸을 돌려 사위를 훑어보더니 문어귀에 서 있는 진춘희를 보았다. 그녀는 다가와 진춘희의 아래위를 훑어보았다. 진춘희 역시 그녀를 보았다. 긴 눈썹은 귀밑머리에 닿아있고 눈동자는 추수와도 같았으며 뺨에는 노을이 비낀 듯 출중한 미모의 여인으로 나이가 스무 살 남짓으로 보였다. 얼핏 보아도 나쁜 사람으로 보이지는 않았다. 그렇다면 조금 전 비명 소리는 도대체 무슨 이유로 일어났는지 매우 괴상하게 느껴졌다.

미모의 그 여인은 금빛이 번쩍이는 채찍을 흔들며 진춘희를 향해 물었다.

"몇 마디 묻고 싶은데 대답해 주겠어요?"

진춘희가 도리어 물었다.

"무엇이 궁금하세요?"

그녀는 잠시 눈썹을 치켜떴다가 곧 원상태를 회복하면서 대답했다.

"정말 고마워요. 결국 대답해 주는 사람을 찾았군요. 그렇지 않았다면 난 정말 이동네 사람들이 다 벙어리인가하고 생각할 뻔했어요."

그녀는 또 웃으며 말했다.

"방금 몇 사람에게 물어보았는데, 아무도 대답을 안 하더군요. 해서 참을 수가 없어 한 사람을 채찍으로 때리고 말았어요."

진춘희는 이미 낮에 겪은 일로 면역이 되어 있던 터라 그녀의 이러한 말에도 크게 놀라지 않았다.

"당신은 나의 금사편金絲鞭의 무서움을 잘 모르는군요."

진춘희가 말했다.

"아니요. 무섭다는 것을 알고 있어요."

미모의 여인은 의아해하며 물었다.

"어떻게 알아요?"

진춘희가 대답했다.

"당신의 모습을 보고 알았을 뿐이에요."

미모의 여인이 말했다.

"당신의 안력이 보통이 아니군요. 내가 당신에게 알려 주지요. 이 채찍에 맞은 사람은 뼈를 에는 듯한 아픔을 참기 어려워요. 더욱이 무공이 고강한 사람일수록 더욱 아프죠."

진춘희는 머리를 끄덕이며 물었다.

"그렇군요. 무엇이 알고 싶으세요?"

미모의 여인이 대답했다.

"한 사람에 대한 건데, 그가 이곳을 지나갔는지 해서요."

진춘희가 말했다.

"그의 생김새가 어떤데요?"

미모의 여인은 진춘희의 반응이 보통 시골 여인과 크게 다른 것을 보고 마음속으로 삽시간에 의심스러운 생각이 들었다.

"나는 애림艾琳이라 해요, 당신은?"

진춘희가 자신의 이름을 말했다. 애림은 진춘희에게 호감을 느껴, 고운 눈동자로 진춘희를 곁눈질하며 생각했다.

'이름은 참으로 평범한데 그녀의 행동과는 크게 어울리지 않는구나.'

그녀는 눈길을 돌려 주위의 집들과 진춘희의 집 안에 사람이 있는 것을 보았다. 그러나 나와서 엿보는 그 어떤 사람의 그림자도 없었다. 애림은 손에 있는 금사편을 흔들며 물었다.

"당신은 줄곧 이곳에서 살았나요?"

진춘희가 대답했다.

"그래요."

애림이 말했다.

"내가 보기에 당신 마을에 문제가 있는 것 같은데."

진춘희가 물었다.

"애림 낭자, 당신은 많은 곳을 다녔겠군요. 안 그래요?"

애림이 곰곰이 생각했다.

'묘하군. 그녀가 오히려 내게 반문하질 않는가?'

애림은 이렇게 생각하며 대답했다.

"지금까지 동남쪽의 일고여덟 개의 성을 거쳐 왔지요."

진춘희가 물었다.

"당신 혼자서요?"

애림이 대답했다.

"그래요, 혼자."

진춘희의 눈에서 부러움의 빛이 흘러나왔다.

"그렇다면 기이한 사람들을 많이 만났겠군요. 또 그만큼 많은 곳도 돌아봤겠지요?"

애림은 돌연 모든 의심이 가셨다. 진춘희는 애림을 부러워하고 있으며 이런 진춘희의 모습은 위장한 것이 아니었다. 애림이 보기에 이 마을 여인은 환상이 많아 시시각각 이런 평범하고 단조로운 생활에서 벗어나고 싶어 하는 것이다. 이 여인이 평범하지 않아 보인 것은 그녀에게 꿈이 있기 때문이었다. 애림이 진춘희의 물음에 짧게 대답했다.

"천하를 돌며 유람하고 또 각지의 풍경과 다양한 풍속과 인정을 체험하는 일은 정말 재미있는 일이지요."

그리고 덧붙여 본래 물으려 했던 것을 말했다.

"당신에게 묻겠어요. 이틀 사이에 검은색 옷을 입고, 키가 크고 얼굴이 거무스레한 청년이 이곳을 지나가지 않았나요?"

진춘희는 그 물음을 듣자마자 상대방이 찾는 사람이 심우라는 것을 알아차리고 즉시 경계심이 들었다. 진춘희는 이 어촌에서 살며 세상 사람들의 마음이 교활하고 험악하며 냉혹하고 무정하다는 것은 몰랐었지만, 여러 명의 어민을 포함한 적지 않은 사람이 죽임을 당하는 것을 목격함으로써 최근 이삼 년에 걸쳐 인생의 잔혹함을 깊이 체험하게 되었다. 이전에도 죽음에 대한 위험이나 죽음을 알고는 있었지만 그것은 어디까지나 간접적인 체험에 불과하였고 자신의 일이 아니었으나, 조금 전에는 그녀도 죽을 뻔했던 것이다. 그러므로 그녀는 나이에 비하여 다른 또래보다 분명 많은 경험을 하였고 죽음의 두려움도 알게 된 것이다. 그녀가 겪은 하루 잠시의 경험은 수십 년 세월 동안 겪을 일을 경험한 셈이었다. 진춘희는 심우를 위하여 많은 상황을 신중하게 생각한 뒤, 머리를 끄덕이며 대답했다.

"네, 봤어요."

애림은 순간 희색을 띠었지만 오히려 그녀의 아름다운 눈동자의 깊은 곳에서는 싸늘한 빛이 쏟아졌다. 진춘희는 좋은 징조가 아님을 직감하고 물었다.

"당신은 그 괴상한 사람을 아나요? 혹시 서로 친구인가요?"

진춘희의 질문은 자연스러운 듯하면서도 말투에 의아한 뜻이 묻어 있었다. 애림 역시 심우와 친구라고 하니 당황하면서 놀라는 것 같았다.

애림의 목소리가 냉혹하게 변하면서 물었다.

"괴상하다니요? 어떻게 괴상해요?"

진춘희가 대답했다.

"나는…… 잘은 몰라요……. 하지만 그는 매우 혼란스러운 것 같았어요. 게다가 기운도 없고, 기가 죽어 있는 듯 보였어요."

애림이 말했다.

"그렇다면 내가 찾는 그 사람이 맞아요. 당신의 관찰력은 매우 뛰어나군요."

진춘희는 관찰력이라는 말의 뜻을 몰라 물었다.

"조금 전 내게 한 말이 무슨 뜻이지요?"

애림이 대답했다.

"별 말은 아니에요. 하지만 그는 나의 벗이 아니에요."

진춘희는 미혹된 체하며 물었다.

"그럼 당신은 어떻게 그가 이곳을 지날 줄 알았죠?"

애림이 대답했다.

"나는 줄곧 그를 뒤쫓아 왔어요. 이미 몇 천 리나 뒤쫓아 왔지요. 나의 계산에 의하면 그는 응당 어제 이곳을 지나야 하는데 맞나요?"

진춘희는 그녀의 말투를 흉내 내며 말했다.

"그래요. 어제 날이 거의 어두워질 무렵 그는 밖에 있는 저 우물 옆에 오래도록 앉아 있었어요."

애림이 물었다.

"그가 어디로 향해 갔나요?"

진춘희가 대답했다.

"나는 몰라요. 그가 언제 떠났는지 보지 못했어요. 그때는 이미 날이 어두워졌기 때문이에요."

애림이 물었다.

"그가 음식을 사 먹지 않았어요?"

진춘희가 대답했다.

"나는 몰라요. 그 사람은 저기에 앉아서 누구도 거들떠보지 않더군요."

애림이 말했다.

"그는 줄곧 그런 모습이죠. 음식을 사 먹지 않았다면 그가 머물 곳을 짐작할 수 있어요."

진춘희가 물었다.

"그는 왜 그런 모습을 하고 있죠? 그는 나쁜 사람인가요?"

애림이 대답했다.

"그는 태어나면서부터 악한 종자로 정해졌어요."

진춘희는 정말로 알 수가 없어 물었다.

"왜 그런 거죠?"

애림이 대답했다.

"그의 부친은 천하에 유명한 대악인大惡人이고, 그의 어머니는 천하 사람들이 여우狐狸精라 부르죠. 이런 두 사람이 합하여 낳은 아들이니 좋은 사람일 리가 있겠어요?"

진춘희가 고개를 끄덕이며 말했다.

"그렇군요."

하지만 진춘희는 마음속으로 그가 나쁜 사람 같지는 않았다고 생각하였다. 진춘희의 대답을 모두 듣고, 애림은 몸을 돌려 가려다가 돌연 물었다.

"당신 마을 사람들은 왜 모두 이상한 태도를 보이나요?"

진춘희는 호들갑을 떨지 않으며, 사실대로 담담하게 말했다.

"말하자면 얘기가 길어요. 모두 해적들 때문에 이렇게 된 것이죠."

그녀는 심우와 호옥진 이야기는 뺀 채 려사의 일을 말하였다. 애림은 진춘희의 이야기에 흥미를 느끼며 말했다.

"이런 궁벽한 곳에서 뜻밖에도 이 같은 끔찍한 일이 일어나다니."

애림은 머리를 들고 잠시 생각하더니 또다시 말했다.

"애석하게도 내가 한발 늦게 와서 괴상한 그 도법 대가를 만나보지 못했군요."

진춘희가 급히 말했다.

"절대 그 사람과 결전을 하려고 마세요. 그 사람은 매우 잔인해요. 이삼 년 사이에 많은 사람을 죽였어요."

애림이 말했다.

"나는 그 사람이 두렵지 않아요."

진춘희가 말했다.

"두렵고 두렵지 않은 문제가 아니에요. 그 사람이 칼을 들 때 나는 재빨리 눈을 감아요. 그렇지 않으면 전신이 떨리고 마치 깊고 추운 바다 속으로 빠진 것 같으니까요."

애림이 말했다.

"다른 사람들은 그렇겠지만 내게는 그렇게 하지 못할 거예요."

진춘희는 저도 모르게 두 눈을 크게 뜨며 물었다.

"정말요? 그럼 내년에 이곳으로 올 생각이 있나요?"

애림이 대답했다.

"내가 다시 이곳을 지나가게 된다면 몰라도 일부러 이 먼 거리를 오지는 않겠어요."

진춘희은 의아해하며 말했다.

"당신은 이미 몇 천 리 길도 걸었는데 어째서 이만한 거리를 멀다 하나요?"

애림이 말했다.

"그건 다른 문제죠. 심우는 나의 원수예요. 나는 반드시 심우를 찾아 죽이기 전까지 이 걸음을 멈출 수 없어요."

진춘희는 겉으로 놀란 모습을 나타냈지만 내심은 도리어 놀라지 않았다. 그것은 그녀가 이미 그들 사이에 이런 무서운 관계가 있을 것이라 짐작했기 때문이다. 진춘희가 말했다.

"만약 그가 나쁜 사람이고 당신을 조롱했다면 당신이 화를 내는 것은 당연해요. 다행히도 당신에게는 무예가 있어요. 하지만 나야말로 방법이 없어요. 해적들만 해도 그래요. 나는 그들을 죽도록 미워하지만 어찌해 볼 방법이 없어요. 그들이 마을 사람들을 죽인 게 아니라 우리 식구들을 죽였다 해도 나는 별 수가 없었을 거예요."

애림은 동정하는 눈길로 그녀를 바라보면서 나직이 말했다.

"나는 더 이상 여기서 지체할 시간이 없어요. 시간만 있으면 당신에게 도움이 될 텐데. 하지만 조금만 참아요. 조정에서 대군을 파견해 연해 각지의 주둔군을 늘리고 있대요. 그때가 되면 해적들이 더 이상 설치지 못할 거예요."

진춘희가 말했다.

"우리 마을은 너무 작아서 그런지 지금까지 관병이 온 적이 없는 걸요."

그때 진춘희의 머릿속에 어떤 생각이 스쳐 지나가, 그녀 스스로도 매우 놀랐다.

'내가 무예를 배운다면 애림이나 호옥진처럼 해적들을 몰아낼 수 있지 않겠는가.'

이 생각이 실현될 가능성이 없는 것은 아니었다.

애림은 부드러운 목소리로 말했다.

"당신 정말로 그 해적들을 미워하고 있군요."

진춘희는 방금 떠오른 생각에 골몰하느라 기계적으로 머리를 끄덕일 뿐이었다.

애림은 또다시 말했다.

"좋아요. 그럼 기다리세요. 내가 심우라는 이 나쁜 놈을 제거해 버린 다음 이곳에 다시 돌아와서 해적들을 처치하죠."

말을 마친 후, 그녀는 몸을 돌려 걸어갔다. 검은 빛의 준마도 어둠 속에서 애림과 함께 걸었다. 그녀가 땅에 있는 하나의 갈고리를 걷어차자, 갈고리가 돌면서 찬연한 빛이 번쩍거렸다. 그녀가 가볍게 훌쩍 뛰어 말 등에 올라타자 새까만 준마는 고개를 쳐들고 나는 듯이 달려갔다. 흰 옷을 입은 애림도 어둠의 장막 속으로 사라졌다. 진춘희는 문에 기댄 채 그 모습을 멍하니 바라보았다. 진춘희의 마음은 파도마냥 물결쳤다. 집 안에서 그녀의 부친과 오빠의 마른 기침소리가 고요한 정적을 깨뜨렸다. 그녀의 부친이 말했다.

"춘희야, 네 말을 해적들이 들었다면 우리 일가는 모두 큰일을 당할 것이다."

진춘희가 입을 열기도 전에 오라비의 분노한 목소리가 들려 왔다.

"그 해적들이 치가 떨리도록 싫습니다."

오라비는 분노하였지만 방법은 없었다. 만약 해적들을 만나면 그는 저항도 못하고 수모를 당할 수밖에 없는 노릇이었다. 선량하고 순박한 많은 사람들이 모두 이런 굴욕을 당했다. 진춘희는 힘 있고 잔인한 자들에게 계속 수모를 당하고 있을 수는 없다는 데 생각이 미쳤다.

진춘희는 그날 저녁 같은 마을에 살고 있는 제일 친한 친구를 찾아가서 이곳을 떠나 무예를 배우려는 결심을 말했다. 그녀의 결심은 충동적인 것이 아니라, 깊은 생각 끝에 내린 결론이었다. 친구에게는 며칠 지나 떠난다고 말함으로써 친구가 자신의 부친에게 알려서 자기의 이러한 계획을 가로막는 것을 피하려고 하였다.

다음 날 아침 그녀는 아버지와 오라비가 바다로 나간 틈을 타서 살그머니 집을 떠났다. 그녀가 제일 먼저 한 일은 성 안에 있는 환전소에 가서 호옥진이 준 금덩이를 은전으로 바꾼 것이었다. 환전소 주인은 좋은 사람이었다. 그녀가 나이 어리고 순박한 것을 보고는 각지에서 쓸 수 있는 은표와 약간의 잔돈과 큰돈을 세심하게 바꿔주었을 뿐만 아니라 집을 떠난 사람들이 알아야 할 상식도 가르쳐 주었다. 심지어 어떻게 돈을 치르는가에 대해서도 가르쳐주었다.

진춘희는 자기 오빠의 옷으로 남장을 한 뒤, 머리는 가위질하여 다듬고 삿갓을 쓴 차림이었다. 그녀는 원래 몸이 건강한 데다 얼굴은 혈색이 좋고 윤기가 돌았으며 정신이 건강하였다. 게다가 그녀는 어촌 생활의 억척스러움으로 걸을 때에도 남자와 같았다. 주인은 그녀의 말을 듣고 그녀를 정말로 일이 있어 외출하는 어촌의 소년으로 여겨, 그녀를 대신하여 길에서 쓸 여비에 대해 견적을 내 주었다. 또 각지 물건을 전문으로 운수하고 경영하는 한 노인에게 물어 산동 양곡현陽谷縣으로 가는 경로 등 어디에서 걷고 어디에서 배를 타며 또 어디에서 수레를 얻어 타야하는지 등을 알려주었다.

이곳에서 산동 양곡현까지는 수천 리나 떨어져 있어 산을 넘고 물을 지나야 할 뿐만 아니라 도적들의 약탈도 방비하여야 했다. 때문에 견식이 넓은 주인과 일생 동안 객지를 수고스레 달리며 생활을 하던 노인조차 이번 진춘희의 행보가 매우 험난하고 어려워, 과거를 치르는 자가 서울에 올라가 합격하는 것보다 더 어렵다고 말하였다. 비록 상경하여 시험을 받으러 가는 길이 훨씬 멀지만, 알고 보면 과거를 보러 가는 자들은 동행을 만날 수 있을 뿐만 아니라 상경하는 길을 사람들이 잘 알고 있다. 그래서 어디를 가나 상경하는 길을 물어볼 수 있을 만큼 모두들 알고 있는 길이었다. 그러나 그녀가 앞으로 가려는 곳은 후미진 산동성 경내의 한 개 현성이라, 자주 외출하는 사람이 아니라면 그러한 곳의 지명마저 들어보지 못하였을 것이니 가르침을 받고 간다는 것은 더 말할 나위도 없이 어려운 것이다.

진춘희는 하루의 시간을 들여서야 길에서 묵을 큰 역을 기억하였다. 향후에는 길에서 절대로 양곡현으로 가는 길을 묻지 말고 한 역, 이어서 한 역을 물으면서 앞으로 걸어가는 것이 최선이었다. 그녀는 상당히 총명하지만 이같이 험난한 길이라는 노인들의 말을 듣고 하마터면 나아갈 뜻을 굽힐 뻔하였다. 하지만 곧 묵묵히 자신이 묵을 역의 지명과 조심해야 할 것들을 마음속에 새겼다.

그날 이후로 그녀는 집을 나서면 곧바로 어려움에 직면한다는 것을 깨달았다. 그녀는 이미 몇 벌의 의복과 신, 양말 등을 구입했다. 갈 길은 아직도 한참 멀었는데 북쪽으로 가면 갈수록 그녀는 날씨에 적응하기 힘들었다. 낮에는 무더웠고 저녁이 되면 뼛속이 시릴 만큼 추웠다. 다행히 지금은 초가을의 날씨였다. 만약 한여름이나 한겨울이었다면 해변가에서 자란 그녀는 더욱더 적응하기가 어려웠을 것이다.

그녀는 매사에 조심하고 긴장하였다. 이것은 그녀가 견식이 짧은 데다 이런 여행에 대한 상식이 없어 모든 것이 조심해야 할 대상이었고 긴장을 늦출 수 없었던 까닭이었다. 한 달쯤이 지나자 진춘희에게 생각하지도 못한 진보가 나타났다. 그녀는 본래 신체가 건강한 데다 길에서의 일 개월이라는 시간이 걷는 것을 능숙하게 만들어 여행이 잦은 사람과 비교해도 전혀 손색이 없었다. 비록 볕에 타서 피부가 매우 거무스레했지만 이 점이 그녀를 보호하는 작용을 하여, 아무도 그녀를 십육칠 세 되는 처녀라고 생각하는 사람이 없었다.

강호에는 비록 망나니, 사기꾼이 많지만 그녀의 분장한 모습을 한 번 보고는 모두 시골 소년으로 알았다. 어디를 가나 상관없이 사람들은 언제나 그녀를 소년으로 여겼기 때문에 그녀에 대해 주의하는 사람도 없었고 그녀를 귀찮게 구는 사람도 없었다. 여러 가지 때에 맞는 기이한 인연과 운수에 의해 그녀는 순조롭게 노정을 마치고 이날 양곡현 성에 들어섰다.

진춘희는 이 개월의 노정 가운데 적잖은 글자를 깨치게 되었다. 또한 예민한 눈빛과 정밀한 판단력을 더욱 길러 한 번 본 다음 사람의 마음씨가 좋고 나쁨을 판단할 수 있을 정도가 되었다. 이것은 그녀가 길을 묻는 과정에서 길러진 능력이었다. 즉 길을 물을 때 어떤 사람에게 물어야 하는지 또 어떻게 물어야 하는 것인지 생각에 생각을 거듭 하였기 때문이었다. 그녀는 오랫동안 줄곧 조심해 왔기 때문에 이 방면에서 이미 남다른 감각이 연마되었다.

양곡현에 발을 디디자 그녀는 시름이 놓였다. 그녀는 호옥진이 써 준 주소를 사람들에게 물어 찾아갔다. 그곳은 거대하고 우뚝 솟은 한 채의 관저였다. 대문 밖의 깃대와 돌사자는 이 저택의 주인이 고귀한 출신임을 알려주었다.

진춘희는 이제까지의 노정 중에 처음으로 놀랐다. 이 개월 동안 괴상한 일이 없었던 것은 아니지만 그녀는 그럴 때마다 지혜롭게 대처하였다. 하지만 이런 풍채가 있는 한 채의 저택 앞에서는 오히려 뒤숭숭해서 어떻게 하면 좋을지 몰랐다. 진춘희는 생각에 잠겼다. 만일 사진이 예상 외로 관직이 있는 세가의 공자라면 그녀가 그를 스승으로 모셔야 할 것인지 그리고 그가 진춘희를 가르칠 시간이 있겠는지 하는 것이 그녀의 고민이었다. 사실상 그녀의 이러한 걱정이 이유가 없는 것은 아니었다. 진춘희는 이 저택의 위용에 위축되었다. 가난한 집 출신인 그녀가 부귀한 집 앞에서 위축되는 것도 무리는 아니지만, 무엇보다 진춘희는 사진에 대해서 아는 것이 아무것도 없었다.

애당초 호옥진이 그 사람은 평판이 좋지 않고 여색을 즐기기 때문에 여자 진춘희가 무예를 배우러 왔다고 하면 받아줄 것이라고 한 것이 전부였다. 호옥진에 말에 의하면 사진은 여색을 즐기는 사람이고 또 부귀하니 당연히 견식이 넓을 것이다. 그러므로 그녀가 만약 차림새를 곱게 한다면 그래도 얼마간 희망이야 있을 것이지만 지금은 남장을 했을 뿐만 아니라, 까맣고 지저분한 모습이라 여인이라는 구분조차 되지 않으니 자색은 더더구나 말할 수도 없었다. 그러니 그녀가 어떻게 그의 눈에 들겠는가? 진춘희는 이런 저런 스스로의 조건이 너무나 차이가 있다고 느껴져 마음속으로 두려움이 생겨났다.

그녀는 먼저 상황을 알아보는 동시에 시간을 갖고 생각하기로 결정하고, 맞은 편 집의 처마 밑에서 그 저택을 멍하니 바라보았다. 점심 무렵이었지만 그 저택은 오히려 매우 바삐 돌아가고 있는 것 같았다. 많은 사람들이 끊임없이 드나들고 있었고 한참이 지나자 문밖에는 네댓 대의 수레가 모였다. 적지 않은 길손들과 인근의 사람들이 모두 나와 보았다. 진춘희는 생각했다.

'어찌된 일이지? 설마 이사를 가는 것일까?'

그때 몇몇 길손이 그녀의 옆에서 이야기를 나누기 시작했다. 한 사람이 물었다.

"사부謝府에서 무얼 하는 거죠?"

다른 한 사람이 대답했다.

"사진 도련님이 먼 곳으로 갔다 온다고 하는데 이번 걸음은 대개 사오 년 걸려야 돌아온다고 들었소."

또 다른 한사람이 말했다.

"내 짐작에 이번 걸음은 그의 혼사하고 관계가 있을 것 같소."

진춘희는 더 이상 그들의 대화가 귀에 들어오지 않았다. 사진이 먼 곳으로 나간다는 말 때문이었다. 만약 이 말이 사실이라면 그녀로써는 매우 낭패인 것이다. 그녀가 무수한 고통을 겪고 겨우 이곳에 다다랐는데 사진이 한 번 가면 사오 년이라는 오랜 시간이 걸린다니. 어떻게 그 긴 시간을 기다리라는 말인가. 또한 몸에 지니고 있는 돈도 고향으로 돌아가기에 넉

넉하지 못한데 여기에서 그 긴 시간을 지체할 수는 없는 일이었다.

사람들이 분주하게 상자를 메고 궤짝을 들어 수레로 가져갔다. 이어서 한 여인이 걸어 나오더니 수레를 자세히 살펴보았다. 이 여인은 비록 시녀의 옷을 걸쳤지만 젊고 아름다웠을 뿐만 아니라 권위가 있어 보였고 집 사람들에게 하대를 하며 일을 시켰다. 진춘희는 마음속으로 놀라며 생각했다.

'저 여인은 시녀인데도 이처럼 예쁘고 비단으로 몸을 감았다. 저 여인과 비한다면 그야말로 나는 야인野人이다.'

진춘희가 생각에 잠겼을 때 화려하게 차려 입고 의젓하고 날랜 모습의 한 청년이 걸어 나왔다. 비록 그의 목소리는 길 이쪽에서는 들을 수 없지만 거동으로 볼 때, 그가 사진임을 알 수 있었다. 진춘희는 더욱 심란해져 어떻게 해야 좋을지 몰랐다. 줄곧 어쩔 줄 몰라하던 그녀는 사진이 수레에 오르려 하자 더 이상 수수방관할 수가 없어 이를 악물고 재빨리 뛰어갔다. 그녀가 뛰어 갔을 때는 사진이 수레에 막 오르려는 찰나였기 때문에, 다급히 말했다.

"사 공자, 기다리세요."

그녀의 목소리는 비록 낮았지만 여성의 목소리였으므로 사진은 즉시 머리를 돌려 바라보았다. 사진의 눈길이 진춘희의 얼굴에 멎었을 때 이 부귀한 집 출신의 도련님은 얼굴을 찌푸렸을 뿐만 아니라 놀라는 기색이 완연하였다. 그가 물었다.

"네가 나를 불렀느냐?"

진춘희가 대답했다.

"그래요. 나는 아주 먼 곳으로부터 당신을 찾아 왔어요."

그가 다시 말했다.

"우리가 아는 사이인가?"

진춘희가 머리를 가로저으며 말했다.

"아니요, 그렇지 않아요."

사진이 물었다.

"너는 여자인 게지?"

그녀는 급히 머리를 끄덕이며 대답했다.

"어쩔 수 없이 남장을 했어요."

사진은 예리하게 그녀의 아래위를 한 번 훑어보고 말했다.

"정말 적잖은 길을 걸었구나. 그런데 너는 누구이며 무슨 일로 나를 찾지?"

진춘희가 물었다.

"나의 성은 진이고 이름은 춘희예요."

사진은 기억을 더듬는 듯 잠시 생각을 한 후 말했다.

"나는 아무래도 네 이름을 들어본 것 같지 않은데. 넌 어디에 사느냐?"

진춘희가 대답했다.

"나는 소동蘇東 근해近海의 염성鹽城 사람이에요."

사진은 의아해하며 물었다.

"수천 리가 되는 먼 길일 텐데. 정말 나를 찾아왔다고?"

여기까지 말하였을 때 곱게 생긴 그 시녀가 가까이 와서 그들의 말을 귀담아들었다.

진춘희가 대답했다.

"그래요. 호 낭자가 내게 알려 주었는데……."

그녀가 비로소 이 한마디를 말하자 곱게 생긴 그 시녀가 즉시 말을 받앗다.

"큰 도련님, 먼저 집으로 들어가 손님더러 앉아서 이야기하라 하시면 좋지 않을까요?"

사진이 대답했다.

"그래, 그게 좋겠구나."

사진은 몸을 돌려 먼저 부중으로 들어갔다. 진춘희가 문득 고개를 들어 보니 모든 집 사람들이 이쪽을 쳐다보고 있어 그들의 대화가 불필요하게 사람들 귀에 들어갈까 염려한 시녀가 그들을 집으로 들였던 것이다.

부중으로 들어오니 이 같은 높고도 널찍하고 화려한 집은 진춘희로서는 난생 처음이었다. 대청은 화려하고도 아주 잘 꾸며져 있었다. 사진은 진춘희에게 편안한 등받이 의자에 앉게 하였다. 진춘희는 자신의 옷에 묻은 흙이 많아 감히 앉지 못하고 흙을 털려고 하였다. 하지만 사진이 사양 말 것을 계속 권하더니 손을 내밀어 그녀의 어깨를 잡아 눌러 그녀를 앉게 했다. 그는 빙그레 웃고는 곱게 생긴 시녀를 향해 말했다.

"이자는 처녀일 뿐만 아니라 숫처녀이다."

그 시녀는 키득키득 웃으며 말했다.

"도련님이 그걸 어떻게 알지요?"

사진이 말했다.

"간단해. 그녀의 어깨로부터 전해오는 감각으로 그녀가 여자라는 것을 알았다. 여자 신체의 탄성은 남자들과는 완전히 다르니 말이다. 그 외에도 그녀의 피부나 음성은 그녀가 아직도 숫처녀임을 말해 주지. 이미 출가한 여인이라면 피부가 부드럽고 매끄러울 것이고, 음성도 비교적 부드러우며, 목소리도 순할 게 아니냐."

150

시녀가 말했다.

"꼭 그렇지만도 않아요. 어떤 여인들은 말할라치면 귀신이 부르는 것 같고, 또 돼지 멱따는 소리를 지를 뿐만 아니라 나이 들수록 목소리도 듣기 싫게 변하지요."

사진이 말했다.

"그것은 그 사람이 어떤 소질의 사람인가 하는 것에다 나이도 두루 감안해서 판단해야겠지. 우리 남자들이 아는 것을 넌 평생 배울 수 없을 게야."

그는 머리를 돌려 진춘희를 향해 말했다.

"방금 네가 말한 호 낭자가 호옥진이 아니냐?"

진춘희가 급히 대답했다.

"그래요."

그녀는 상대방이 호옥진을 알고 있음을 짐작했지만 사진의 기색이 돌연 굳어지는 것을 보고 놀라 말도 꺼내지 못했다.

사진이 물었다.

"그녀는 지금 어디에 있지?"

진춘희가 대답했다.

"몰라요. 그녀가 그날 나하고 말한 후 어디로 갔는지 알 수 없어요."

사진이 말했다.

"그녀가 너더러 나에게 무슨 말을 전하라 하지 않았느냐?"

진춘희가 말했다.

"아니요. 그녀는 만약 내가 무예를 배우려고 생각한다면 여기에 와서 당신을 찾으라고만 말했어요."

진춘희가 말을 끝내자 곱게 생긴 시녀마저도 놀랐다. 그러나 사진은 뜻밖에도 웃음을 머금고 말했다.

"네 말이 도리어 신선하고 재미있구나. 나는 여태 제자를 거둘 생각은 해보지 않았는데."

그의 두 눈이 돌연 날카로운 빛을 내쏘면서 진춘희의 아래위를 훑어보았다. 나중에는 머리를 끄덕이며 말했다.

"너의 골격을 보면 무공을 수련할 좋은 재목이긴 하구나."

진춘희가 물었다.

"그럼 나를 제자로 거둘 건가요?"

사진은 대답하지 않고 도리어 물었다.

"너는 무공을 배워 어디에 쓸 거지?"

진춘희가 대답했다.

"우리 마을에는 많은 해적들이 있는데 정말 흉악하죠. 내가 만약 고강한 무예를 익힌다면 그 해적들이 더 이상 우리 마을에서 행패를 부리지 못하게 하겠어요."

사진이 이 말을 듣고 얼굴에 웃을 듯 말 듯한 기색을 지으며 말했다.

"그건 좀 어려운데."

진춘희는 금세 크게 실망하면서 물었다.

"당신의 무공이 그 해적들보다 강하지 못한 건가요?"

사진이 헛웃음을 지으며 대답했다.

"웃기는 소리. 그들은 나의 제자의 제자로 될 자격도 없지."

진춘희는 사진의 말뜻을 알 길이 없어 멍청하게 사진을 바라보았다. 사진은 잠시 생각하고 나서 덧붙여 말했다.

"무예를 배우는 일은 어려운 일이지만 네가 충분히 이겨낼 수 있으리라 믿는다."

그는 눈길을 돌려 곱게 생긴 시녀를 바라보면서 말했다.

"옥련玉蓮아, 가서 짐짝들을 다시 내려라. 떠나는 것을 잠시 미뤄야 하겠구나."

옥련은 놀라 그를 보다가 다시 전신이 먼지투성이에 피부가 거무스레한 진춘희를 바라보았다. 하지만 이내 아무런 의견도 표하지 않고 사진을 향해 살짝 고개를 숙인 뒤, 몸을 돌려 나갔다. 사진은 등받이 의자에 앉아 등을 기대고 다리를 쭉 편 채, 눈길은 위쪽 천정을 바라보며 깊은 생각에 잠겨 있었다. 진춘희는 단정하게 앉았는데 자태는 매우 자연스러웠다. 사진은 말이 없었고 진춘희도 묵묵히 앉아있어, 대청 안은 온통 고요하였다. 마치 대청 안에 사람이 없는 듯 했다. 오랜 시간이 지나자 밖에서 짐짝들을 다시 부려 부중으로 드나드는 떠들썩한 소리도 점점 사라졌다.

그때 돌연 한 부인이 대청 안으로 들어왔다. 이 부인의 의복은 화려하고 몸매는 날씬했으며 눈길은 정기가 있고 생김새는 상당히 아름다웠다. 그녀는 진춘희의 가까이에 와서 진춘희를 눈여겨보았다. 진춘희는 그녀의 의복이 화려한 것을 보고 이 집에서 매우 신분이 있는 사람이라 짐작하고는 곧 몸을 일으켜 섰다. 아름다운 부인은 웃으면서 우아한 자태로 사람을 친숙하게 맞았다. 진춘희도 비록 여자의 몸이었지만 이 같은 우아한 자태를 보니 놀람을 금할 수 없었다. 부인이 말했다.

"네가 때마침 잘 와주어서 내 아들이 먼 길을 떠나는 걸 막았다지?"

진춘희는 부인의 말을 한 번 듣고 저도 몰래 멍청해졌다. 이 부인은 보기에 삼십 세 정도인데 사진도 삼십 세쯤 되는 사람이니 그녀가 어떻게 이렇게 큰 아들을 낳을 수 있는지 도저히 이해가 되지 않았다.

이때 두 사람의 거리가 매우 가까워졌다. 그녀는 사 부인의 얼굴에서 짙은 화장을 한 흔적을 발견했다. 하지만 만약 자세하게 관찰하지 않는다면 실제로 짐작하기가 쉽지 않았으니, 이로 보아 부인의 화장 솜씨가 극히 교묘하다는 것을 알 수 있었다. 사진은 김빠진 소리를 했다.

"이 앤 방금 시골에서 온 아이니, 어머니는 이 애를 놀라게 하지 마세요."

사 부인이 말했다.

"너야말로 애 같구나."

사진은 돌연 뛰어 일어나서 불쾌하게 말했다.

"어머닌 저를 몰아낼 생각이시군요?"

사 부인은 한숨 쉬며 말했다.

"성질도 원. 나는 네가 좀 단정했으면 해서 하는 말이란다. 이 애처럼 단정하게 앉으면 좀 좋겠니?"

사진은 코웃음을 치더니 말했다.

"나는 이대로 살겠어요. 이런 제가 보기 싫으시다면 당장이라도 나가지요."

부인은 별 수 없다는 듯이 말했다.

"좋아, 이쯤 해 두자꾸나. 네가 저 애를 제자로 거둔다고 하던데 사실이냐?"

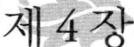

제4장

習蘭心脫胎又換骨

난심을 연마하여 환골탈태하다

사진이 물었다.

"어머니는 싫으세요?"

부인이 대답했다.

"어미로서 한마디 물어봐도 되겠느냐?"

사진은 어깨를 으쓱하며 아까의 나른한 그 자세로 돌아가 앉으며 말했다.

"예, 말씀하세요. 저는 이 아이를 제자로 거둘 생각입니다만."

사 부인은 소맷자락에서 한 장의 흰 종이를 꺼내 던졌다. 그 흰 종이는 가볍게 날려 사진의 무릎에 떨어졌다. 진춘희는 비록 무공을 모르지만 아무런 무게도 없는 흰 종이를 사 부인이 일곱 자쯤 되는 거리에 있는 사진의 무릎까지 날려 보내는 모습에서 사 부인 역시 절기를 품고 있음을 짐작했다. 사진이 한 번 보고는 말했다.

"흥, 또 고반선高半仙이군."

사 부인이 말했다.

"그의 육임신과六壬神課는 들어맞지 않은 것이 없지. 영험하기가 비할 데가 없어. 비록 넌 믿지 않겠지만."

사진이 물었다.

"이번에는 그가 뭐라고 말했죠?"

사 부인이 대답했다.

"그는 네가 떠나는 일이 겨울 뱀이 눈을 감은 것과 같이 따스함과 어둠이 불분명해서 일을 꾸며도 성사를 못한다고 하였다. 또 귀신이 해를 가려서 떠나려고 해도 성사가 되지 않는다고 일러 주었지."

그리고는 살짝 웃는데 그 모습이 참으로 우아했다. 부인이 이어서 말했다.

"네가 짐을 마차에 실은 후 나는 고반선이 이제 간판을 내려야 하는 줄 알았는데 상황이 이렇게 될 줄이야. 이 애가 와서 네가 떠나려던 생각을 취소할 줄 몰랐구나."

사진은 진춘희를 한 번 흘깃 보고는 말했다.

"고반선이 저 애를 보냈는지도 모르죠."

사 부인이 웃으며 말했다.

"허튼소리, 그런 일은 있을 수 없어."

사진은 어깨를 으쓱하며 말했다.

"이번 말은 지금에 와서야 어머니가 짐작해 낸 것일 테니 나는 절대 믿지 않습니다."

그리고는 눈길을 돌려 진춘희를 바라보며 말했다.

"저분은 내 어머니시다. 너는 이 사실을 믿을 수 있느냐?"

진춘희는 어떻게 대답해야 좋을지 몰라 겨우 말했다.

"너무 젊어 보이십니다."

사진이 해석했다.

"그래, 내 어머닌 무공을 닦아 늙지 않게 할 수 있으시지. 그렇지만 이 무공은 좋은 게 아니다. 어머닌 비록 오십이 다 돼 가지만 아직도 젊은 남자들과 쓸데없이 시간을 보내는 걸 즐기시거든."

진춘희는 놀라서 말을 꺼낼 수 없었다. 사진은 다시금 이맛살을 찌푸리며 마음속의 불만을 드러내었다. 하지만 아름다운 사 부인은 도리어 조금도 개의치 않은 모습이었다. 사진이 다시 말했다.

"어떤 땐 어머니가 죽도록 밉지만 어찌 하겠느냐? 내가 아들이 아니라면 이렇게까지 분개하고 미워하진 않았겠지. 이것은 풀 수 없는 매듭과도 같다. 안 그러냐?"

진춘희는 충실하게 말했다.

"그래요. 누구도 방법이 없어요."

사진이 말했다.

"그래서 내가 멀리 떠나면 어머니가 마음대로 하신들 어차피 그 꼴을 보지 않을 테니 덜 고통스러울 거라 생각한 게지."

사 부인이 느린 어조로 말했다.

"고약한 녀석. 네가 생각하는 것처럼 그렇지가 않아. 사실 나는 아무 일도 없었지만 관두자꾸나. 내가 무슨 말을 해도 넌 믿지 않을 테지. 그러니 이 문제는 더 이상 얘기 하지 않는 것이 좋겠구나."

사 부인은 진춘희에게 앉으라고 명하고 자기도 그 옆에 앉은 다음 진춘희의 고향, 내력 및 길에서 겪은 일 등을 자세하게 묻고는 마지막으로 진춘희가 무공을 배우려는 이유를 물었다. 진춘희는 마을에서 발생한 그날의 일들을 말하지 않을 수 없었다. 그녀는 그간의 벌어졌던 일들과 그날 저녁 애림을 만난 일도 말하였다. 이 엄청난 사건이 가녀린 시골 여자아이의 입에서 나왔다는 것이 불가사의한 데다 수천 리 길을 혼자의 몸으로 여기까지 왔다는 것에 두 사람은 어안이 벙벙하였다. 진춘희는 여기까지 말하고 잠시 멈추었다가 다시 말을 이었다.

"나는 호옥진 낭자와 애림 낭자가 모두 무공을 지니고 있어 마음대로 집을 떠날 수 있고, 그 어떤 악인도 두려워하지 않는 것을 보았기 때문에 여기에 찾아왔어요."

사씨 모자 두 사람은 모두 입을 열지 않고 한참을 생각하였다. 사진이 비로소 물었다.

"어머니, 려사가 어떤 내력을 가지고 있다고 보세요?"

사 부인이 대답했다.

"만약 내 짐작이 틀림없다면 그 도객은 꼭 삼십여 년 전 천하를 종횡한 적 있는 우문등宇文橁의 문하일 것이다."

사진이 물었다.

"어머니는 그 우문등을 직접 보셨습니까? 지금 그자는 나이가 얼마나 되지요?"

사 부인이 대답했다.

"내가 열서너 살이었을 때인가 그를 본 적이 있어. 그 당시에 그는 칠순 노인이었으니 지금까지 살아있다면 아마 백 살이 넘었겠구나."

사진이 말했다.

"무공이 뛰어나니 지금까지 살아있을 수도 있겠지요."

사 부인이 말했다.

"믿을 만한 정보통에 의하면 삼십 년 전에 그는 죽었어. 우문 노마老魔와 동시대에 명성을 떨치던 몇몇 사람은 그 후 계속 두각을 나타냈지만 오직 우문 노마는 소식이 끊겼지. 그는 적이 많았기 때문에 그가 있는 곳은 언제나 결투가 벌어졌지. 하지만 그래 삼십 년 정도는 그 사람의 소식도 없었고 그 사람과 결투를 벌였다는 사람도 없었다."

사진이 말했다.

"어쩌면 마지막 결전에서 참패를 당했기 때문에 더 이상 세상에 모습을 드러내지 않을 수도 있지 않습니까?"

사 부인은 살포시 웃고 나서 가지런하고 정결한 하얀 이를 드러내면서 말했다.

"그는 천하무적인 데다 도법이 이미 절정에 달했어. 그와 대적하는 자들은 적어도 두 사람이 상대해야 겨우 막아낼 수 있을 정도였지. 만일 혼자서 그와 대적할라치면 그의 칼 아래 여지없이 죽어났어. 그자의 도법은 잔인하고 지독해서 지금까지 그가 살아 있다면 그자와 겨뤄서 살아남는 자가 없다는 것을 알아야 한다."

사진이 말했다.

"그런 이유로 려사라는 자가 우문 노마의 문하임을 추측하신 거예요?"

사 부인이 말했다.

"생각해 보렴. 절필絶筆 관백부關伯府, 탈혼노농奪魂老農 조곤曹昆, 주사수朱砂手 황열黃烈, 그리고 양양襄陽 등가삼살鄧家三煞은 모두 무림에 이름을 떨친 고수들로 각자 절기를 지닌 자들이지. 그들은 어디를 가나 막론하고 적수를 찾기가 쉽지 않은데, 려사의 칼 아래 모두 살아남지 못했다니 한 가지 사실은 분명한 것이지. 그것은 려사의 도법이 잔인하고 지독하기가 절륜하여 그의 칼 아래 살아난 패장이 없으니 이것은 우문 노마와 같은 것이야."

사진이 말했다.

"그렇다면 심우란 자가 어떤 자인지 더욱 궁금하군요. 심우는 려사와 대결해서 살아남은 자가 아닙니까?"

사 부인이 말했다.

"그래, 그자가 어떤 인물인지 정말로 알 수 없는 노릇이구나. 그런데 더욱 알 수 없는 건 아진阿眞, 호옥진은 대체 거기서 무얼 하는 거지?"

그녀는 망설이다가 다시 말했다.

"아진이 왜 그곳에 있는지 짐작이 안 가는 건 아니다만……."

사진은 앞뒤가 모순되는 그녀의 말을 듣고 의아한 기색으로 말했다.

"그럼 말씀해 보세요. 어머니."

사 부인이 말했다.

"여자와 남자가 다른 점이 바로 이거야. 남자야 일을 처리하는 데 이유가 있고 목적이 분명하지. 그런데 여자들은 꼭 그렇지 않단다. 나 역시 내가 무얼 하는지도 모르고 하는 게 있으니까."

사진은 조소하는 듯 소리로 말했다.

"그렇군요. 호옥진의 성격이 어머니하고 몹시 비슷한 데가 있습니다."

사진의 말에도 아랑곳없이 사 부인이 진춘희를 유심히 바라보니 그녀의 얼굴이 비록 먼지투성이에다 햇볕에 그을려 까맣지만 미목이 청수하여 단정하고 곧은 사람임을 알았다. 사 부인이 서진을 향해 말했다.

"네 말이 아주 그른 건 아니야. 아진의 제멋대로인 성격이라든지 경솔한 행동이나 예쁜 모습은 나랑 비슷하기도 하니, 생각해보면 내가 천방백계千方百計로 그녀를 데려다 너하고 혼사를 하게 한 것이 잘못된 일이었던 것 같구나. 넌 내 이런 기질을 미워하니 당연히 아진도 좋아하지 않을 텐데 말이야."

진춘희는 다른 말보다 호옥진의 일이 귀에 들어왔다. 진춘희는 호옥진이 사진의 아내이고, 사진과 동침했을 것이란 생각에 적잖이 놀랐다. 호옥진은 진춘희에게 당부하였었다. 사진은 여색을 즐기는 데다 점잖지 않아 그녀를 유혹할 수도 있으나, 그런 유혹을 거절하는 방법은 사진의 교만하고 방자한 점을 이용하여 결정적일 때 거절하는 것이라고. 그렇게 되면 사진이 자존심이 상하여 화를 내고 가버릴 것이니, 그렇게 되면 몸을 보존할 수 있다는 것이었다. 그런데 호옥진은 사진의 아내면서 왜 이렇게 그를 대하는지 모를 일이었다. 또 무슨 까닭으로 자신에게 사진을 스승으로 삼고 무예를 배우게 하는 것일까? 진춘희는 생각하면 할수록 어리둥절해졌다. 진춘희가 이런 생각에 빠져 있을 때 돌연 사진의 고함 소리가 들려왔다.

"어머니의 추측은 그르지도 않지만 옳지도 않아요."

사 부인이 물었다.

"무슨 뜻이니?"

사진이 대답했다.

"저는 아진을 사랑합니다."

사 부인은 어리둥절해서 말했다.

"네가 그녀를 사랑한다면 내 짐작이 틀린 것인데 왜 내 말이 또 옳다는 거니?"

사진이 말했다.

"그건……. 지금까진 그녀를 사랑하지만 그것은 혼인을 하지 않은 아내이기 때문이에요. 만일 우리가 혼인을 한 사이였다면 저는 그녀를 사랑하지 않을 겁니다."

사 부인이 말했다.

"알 수 없는 얘길 하는구나."

사진이 말했다.

"우리가 혼인을 해서 그녀가 제 아내가 되면 그녀도 어머니와 같은 그런 행동을 하는 것이 싫습니다."

사 부인은 길게 탄식하면서 진춘희에게 말했다.

"저 애는 외동아들이어서 내게는 방법이 없구나. 내가 저 애 말고 또 다른 아들이 있었으면 저 애하고는 응대도 않았을 게야."

진춘희는 자신이 나서서 거들 상황이 아니었기에 다소곳이 듣고만 있었다. 그녀는 호옥진에 대해 적지 않은 일들을 알게 되었다. 원래 호옥진은 사진의 약혼녀였다. 진춘희는 어촌에서 비록 그녀의 황당한 행동을 반나절이나 보았지만 괴상하다고만은 할 수 없었다. 사 부인은 어떤가. 그녀는 주안술駐顔術로 노화를 지연시켜 젊음을 간직하고 있을 뿐만 아니라 풍류와 사치스러운 생활에 익숙한 사람으로, 방탕한 생활을 하고 있다. 이러한 점이 사진을 못마땅하게 만들었고 시간이 흐르면서 어머니에 대한 불만이 점점 깊어졌던 것이다. 사 부인 역시 사진의 불손한 태도를 어찌해 볼 수 없었다. 진춘희는 삶의 방식이 이렇게 복잡한 사람들을 만나리라고는 상상도 못했다. 불안하다 못해 머리가 욱신거렸다. 이때 사진이 화제를 돌렸다.

"어머니가 보시기에 제가 려사와 결전을 한다면 어떻게 될까요?"

사 부인은 머리를 가로저으면서 말했다.

"너는 안 돼. 여러 가지 정황을 미루어 보면 려사의 공력은 각 대문파의 장문인들과 겨룰 수 있을 정도로 보인다."

사진은 불복하는 기색을 지으며 말했다.

"기회가 된다면 결전을 해 보고 싶군요."

사 부인은 섬뜩해서 말했다.

"너는 어쩜……. 시험 삼아 결전하려다간 네 목숨을 잃을 수도 있는 문제인데, 사람에게 목숨이 여러 개 인줄 아는 게냐?"

사진이 말했다.

"저는 지금까지 그 어떤 문파의 장문인도 눈에 찬 적이 없으니, 제 실력이라면 그들과 능히 맞설 수 있습니다."

사 부인이 말했다.

"그럴 테지. 우리 집안의 수라밀수修羅密手는 천하에서 월등한 상승의 무공 중 하나이니. 하지만 네 무공은 아직 절정에 이르지 못했다. 이런 네가 우문 노마의 잔인하고 지독한 심법을 당할 수 있겠느냐? 서로 간에 공력이 비슷하더라도 흉악한 그의 독문 마도에 위태로운 지경일 게다."

사진은 오만했지만 부인의 말에는 반박하지 않았다. 진춘희는 사진이 비록 모친에게 무례하게 대꾸하고 심지어는 조소하거나 질책하기도 하지만 무공을 담론할 때에는 오히려 진지하게 들을 뿐 아니라 그녀의 견해를 받아들이고 있음을 발견하였다. 무공 방면에서는 사 부인이 사진을 탄복시키고 있는 것이다. 순간 만약 사 부인에게 무예를 전수받는다면 사진을 스승으로 모시기보다 나을지도 모른다는 생각이 진춘희의 머리를 스쳐 지나갔다.

사진은 한참 생각하다가 돌연 초조한지 큰 소리로 옥련을 불렀다. 옥련이 대청 밖에서 대답하고 들어왔다. 사진은 귀찮아하며 말했다.

"진춘희를 데리고 가."

그리고는 자리에서 일어나 터벅터벅 걸어 나갔다. 사 부인은 진춘희를 향해 웃으며 말했다.

"항상 저 모양이지."

진춘희는 옥련을 따라가다가 문득 사 부인에게 물었다.

"부인, 혹시 제게 무예를 전수하여 주실 수 있으신지요?"

사 부인이 대답했다.

"사진에게 배우는 것이 오히려 좋을 게야. 사진은 여자들이 수련하기에 좋은 무공을 알고 있으니. 원래 이 무공은 날 위해 사진이 천신만고 끝에 구해 온 것이지. 하지만 이 무공은 내가 지닌 무공을 없애야만 닦을 수 있는 무공이었기에, 아들의 노력에도 불구하고 난 사진이 익혀 온 무공을 전수받을 수 없었단다."

사 부인의 말을 이해할 수가 없는 진춘희는 어리둥절한 채 옥련을 따라 나갔다. 사씨 부중은 복도가 난간으로 둘러싸여 있었고 높은 기와와 곳곳의 정원이 연이으니 그 넓이를 짐작하기 어려웠다.

진춘희는 옥련을 따라 정원을 몇 개나 지났고 기와 얹힌 집도 몇 채나 지났다. 어떤 것은 화려하게 단장이 된 집이었고, 어떤 것은 녹색 창문에 붉은 색 문이 있는 집이었다. 또 여러 가지 화초가 만발한 아름다운 가산과 정교하게 꾸며진 정자도 보았다. 이렇듯 화려하고 널찍한 저택은 난생 처음이었다.

진춘희는 옥련을 따라가면서도 자신이 어디로 향하고 있는지 또 지금까지 지나온 곳이 어디로 어떻게 연결되어 있는지 도무지 감이 잡히지 않았다. 사람이 얼마나 있어야 다 찰 수 있을지 짐작조차 어려운 곳이었음에도 옥련을 따라 가면서 고작 두 명의 여자 노비와 세 명의 젊은 여자 시종을 만났을 뿐이었다. 옥련은 그녀를 데리고 어떤 방 안에 들어섰다. 진춘희는 한 번 둘러보고는 속으로 중얼거렸다.

'이 방에서 묵게 되는 건가?'

이 방은 값비싼 가구들로 꾸며진 아담한 곳이었다. 진춘희는 왠지 자신이 고귀한 사람이 된 것처럼 느껴졌다. 옥련이 말했다.

"그럼 낭자, 편히 쉬세요."

진춘희는 의아해하며 말했다.

"제가 이곳에서 묵게 되나요? 저는 이렇게 좋은 방에서 묵을 수 없어요."

옥련이 말했다.

"이 방은 아진 아가씨가 쓰시던 방이지요."

진춘희가 말했다.

"그렇다면 더더욱 제가 묵을 수 없어요."

옥련은 잠시 머뭇거리다가 말했다.

"이 방이 맘에 들지 않으면 낭자가 도련님께 말씀드려보세요. 이 방이 싫다고 말씀하시면 다른 방을 주실지 몰라요."

진춘희가 말했다.

"아니요, 싫은 것은 아니지만…… 제게 너무 과분한 방인 걸요."

그녀의 소박하고 솔직한 모습은 그녀와 접촉한 대부분의 사람들로 하여금 친근감을 느끼게 만들었다. 옥련이 말했다.

"그렇다면 이 방이 싫은 게 아니지요?"

진춘희가 말했다.

"예, 이렇게 좋은 방을 누가 마다하겠어요?"

옥련이 말했다.

"그럼 됐어요."

옥련이 밖에 대고 누군가를 부르자 여 시종이 문어귀에 나타났다. 옥련이 시종에게 말했다.

"소연小娟아. 춘희 낭자 시중을 들거라. 낭자가 목욕하고 옷 갈아입는 동안 잘 모셔야 한다."

소연이 대답하자 옥련은 비로소 이 방을 떠났다. 옥련이 뜨락문을 나서자 한 여 시종이 낭하에서 대기하고 있다가 말했다.

"낭자, 부인께서 당신을 기다리십니다."

옥련은 즉시 사 부인을 찾아가 뵈었다. 아름다운 부인의 표정이 차갑게 굳어 있었다. 옥련이 앞으로 나서며 예를 올리고 물었다.

"부인께서 무슨 분부가 계셔서 소비를 부르셨는지요?"

사 부인이 대답했다.

"네가 진춘희를 그 방에 데리고 간 것은 무슨 심사지?"

옥련이 놀라며 대답했다.

"도련님의 분부가 계셨기 때문입니다. 소비가 어찌 감히 마음대로 진 낭자를 그 방에 모시겠습니까?"

사 부인이 냉랭하게 말했다.

"사진, 이 녀석의 고집을 어떻게 해야 할지."

옥련이 웃으며 말했다.

"소비도 부인께서 분명히 달갑게 여기지 않을 것이라 생각했습니다. 진 낭자가 스스로 그 방에 드는 것을 거절하도록 유도했지만 오히려 낭자가 그 방을 마음에 들어 하더군요. 솔직한 성격의 낭자에게 제가 그

방에 들지 말 것을 권한다면 그녀가 제게 들은 말을 도련님께 전할까 싶어 감히 말을 못했습니다."

사 부인이 말했다.

"고반선에게 가 봐야겠다."

옥련이 물었다.

"지난번에는 그가 뭐라고 말하던가요?"

사 부인이 대답했다.

"그 방의 풍수가 특히 여인이 거주하기에 적당하지 않은 데다 안주인이 그곳에 들면 집안의 불안을 초래하고 심지어 사망하는 일까지 생긴다더구나. 먼젓번에 호옥진이 들었을 때 고반선이 말하기를 이 혼사는 뜻밖의 재난으로 불길하게 갈라진다고 했어."

옥련이 말했다.

"도련님이 지나가는 말로 그런 말씀을 하셨던 것도 같습니다. 하지만 도련님은 고반선의 말 같은 것은 절대로 믿지 않는다고 말씀하시면서 듣기 거북한 말씀을 적지 않게 하셨지요."

사 부인은 탄식하고 말했다.

"아무리 우리한테 큰 재주가 있다 한들 운명에 대항할 수 없다는 걸 모르다니. 지금은 혈기가 왕성해서 이런 것이 귀에 들어오지 않겠지만 나이를 먹어갈수록 운명에 항거할 수 없음을 알게 될 게야."

옥련이 말했다.

"도련님은 확실히 어떠한 것도 두려워하지 않으십니다."

사 부인이 말했다.

"대개 지나치게 총명하거나 자질이 뛰어난 자로서 무공까지 연마한 젊은이들에게는 걷잡을 수 없는 충동적인 시기가 있게 마련이지."

옥련은 물었다.

"그런 사람들이 훗날에는 모두 변했나요?"

사 부인이 대답했다.

"물론. 천둥벌거숭이 같던 그들이 어려운 일들을 겪으면서 성공과 실패가 사람의 힘으로 되는 것이 아니라 운명이라는 것을 알게 되었지. 하지만 그들이 이 이치를 깨달았을 때는 이미 죽음을 앞두고 있어서 인생을 다시 시작하기엔 늦었을 따름이란다."

옥련이 말했다.

"다행히 도련님이 낭자를 좋아하는 것 같지 않기에 소비는 마음이 놓입니다."

사 부인이 말했다.

"남녀지간의 일은 말하기 어려워. 진춘희가 비록 출신이 가난하지만 많은 장점을 지녔어. 그녀의 성격은 순박하고 솔직해. 그리고 생기가 넘쳐. 그녀의 몸가짐과 수양이야 배우려고만 한다면 문제될 게 없지. 사진이 진춘희를 맘에 들어 한다 해도 희한한 일은 아닐 테지."

진춘희는 목욕을 끝내고 새 옷으로 갈아입었다. 그녀는 목욕할 때 마련된 다양한 목욕 도구와 향수를 어떻게 사용하는지 몰라 잠시 당황하기도 했다. 그녀가 갈아입은 옷은 시녀 소연이 가져온 것으로 그녀에게 꼭 맞을 뿐만 아니라 옷감이 고급스럽고 부드러웠다. 또한 소연이 그녀의 머리를 빗겨주고 또한 화장을 하여 단장하니 거울에 비친 자신을 알아보지 못할 정도였다. 하지만 이렇게 여염집 규수처럼 단장했어도 여전히 그녀는 순박해 보였으며, 활기찬 매력을 가지고 있었다.

단장을 마친 진춘희는 저녁 식사 때에 맞추어, 옆 뜨락에 있는 식당으로 갔다. 그곳에는 사진이 앉아 있고 옥련이 옆에서 시중을 들고 있었다. 사진은 그녀가 들어오는 것을 보더니 눈빛이 돌연 밝아졌다가 차츰 원 상태로 되돌아갔다. 진춘희는 사진의 이런 변화에 조금도 주의를 돌리지 않고 자신이 어찌해야 할 줄 몰라 하다가 사진이 가리키는 자리에 앉았다. 상 위의 차려진 진미는 진춘희로 하여금 아무리 먹어도 다 먹을 수 없을 만큼 성찬이었다. 하지만 옥련의 세심한 시중은 오히려 불편하게 다가왔다. 그것은 그녀가 여태껏 자라면서 누구의 시중을 받은 적이 없고 늘 자기 손으로 식사를 준비해 온 데다 모든 집안일을 직접 해 왔기 때문이었다. 그러나 지금은 식사 준비마저 할 필요가 없어, 일이 손에 익은 부지런한 진춘희가 도리어 불편함을 느낀 것이다.

사진은 식사를 하면서 계속 말을 아꼈다. 진춘희는 자신이 아직 이 집에서 어떤 위치에 있는지를 몰라 감히 아무 말도 못하였다. 다만 옥련이 진춘희 집의 상황을 물어 어색한 침묵이 그칠 뿐이었다. 그 뒤 이틀 동안 진춘희는 점심과 저녁 식사 때에 사진을 만났으나 점점 마음이 답답해졌다. 이틀 동안 자신이 사진의 부중에서 어떤 지위에 있는지 모르기 때문에 감히 마음대로 다닐 수도 없었고, 언제나 같은 곳에 머물렀기 때문에 이제는 성찬에도 식욕이 돌질 않았다. 그녀는 식사 때마다 사진에게 무공을 전수 받을 일을 물어보려고 했지만 사진의 침묵이 그녀로 하여금 감히 어떤 말도 꺼낼 수 없게 만들었다.

이날 저녁 그녀는 결심을 내렸다. 식사가 끝난 후 사진이 서재로 돌아가려 할 때 그녀는 용기를 내었다.

"도련님……."

사진은 덤덤히 그녀를 보고는 말했다.

"할 말이 있으면 서재에 와서 하거라."

진춘희는 그의 말투가 부드럽지 않아 긴장이 되었다. 넓은 서재는 먼지 하나 없이 깨끗했다. 사방이 책장이었는데 장서가 가득한 데다 매 칸마다 진귀한 물건들로 장식되어 있었다. 벽에는 도검, 금琴, 퉁소 등이 걸려있어 자못 우아했다. 진춘희는 이 젊은 남자가 언제나 우울한 기분에 잠겨있는 듯 느껴져 그를 만날 때마다 동정심이 들었다. 지금 사진의 모습은 진춘희에게 무예를 가르치는 것을 잊은 사람처럼 보였다. 사진은 맞은 편 의자를 가리키며 말했다.

"앉아."

진춘희는 머리를 가로저으며 말했다.

"아니요. 서 있겠어요."

사진은 고집하며 말했다.

"앉아."

진춘희가 말했다.

"저는 지금까지 너무 오래 앉아 있었어요."

사진은 안색이 굳어지더니 불쾌한 듯 말했다.

"무공을 전수하지 않았는데도 네가 벌써부터 내 말을 안 듣는데, 나중에 네가 무예를 익히면 내가 눈에 차기나 하겠느냐?"

진춘희는 이런 작은 일이 그렇게 중요할까 싶었지만 그녀는 더 이상 반박하지 않고 말없이 앉았다.

사진이 물었다.

"정말로 무공을 배우고 싶은 게냐?"

진춘희가 대답했다.

"정말 배우고 싶어요."

사진은 느긋한 모습을 되찾고는 다만 천천히 머리를 가로저을 뿐 결정을 내리지 않았다. 그는 창밖을 바라보았다. 맞은편 용마루에 낙조가 사라지고 어둠이 내려앉았다. 정원에는 기화요초琪花瑤草의 그림자만이 어둑하게 보였다. 사진의 정서는 이런 황혼과도 같았다. 그의 나이로 보면 그는 중천에 뜬 태양과도 같은 활력을 가져야 하는데도 그의 심정에는 오히려 황혼과도 같은 짙은 슬픔이 배어 있는 것이었다. 진춘희는 자신이 서재로 든 이유는 깜빡 잊은 채 물었다.

"무슨 걱정이라도 있으세요?"

사진이 답했다.

"걱정이라니. 없어, 하나도. 그래, 걱정이 없다는 게 어쩌면 걱정일지도 모르지."

진춘희가 말했다.

"제게도 걱정이 없다면 즐거운 일을 떠올릴 수 있을 텐데."

사진은 의아해서 물었다.

"즐거운 일?"

진춘희는 금세 대답할 수 없었다. 그러자 사진은 냉소하고 나서 말했다.

"크게 즐거운 일이 없어서 말을 못하는 게 아니냐?"

그녀는 머리를 가로저으며 말했다.

"어떻게 말해야 할지 모르겠지만……."

어촌에서 온 여자아이는 맑은 눈을 반짝이며 말했다.

"제가 살던 어촌엔 번화한 거리도 없고, 알록달록 예쁜 옷을 입은 사람도 없고, 향기로운 연지분도 구경할 수 없지만 해변에는 갈매기들이 푸른 바다 위를 시원스레 날아다니는 것을 볼 수 있지요. 또 끝없이 철썩이는 파도 소리와 따뜻한 햇볕에 익은 하얀 모래밭과 기분 좋은 바닷바람이 있으니 이런 것들은 저를 행복하게 하지요."

그녀가 말하는 동안 고요하고 아름다운 어촌 풍경이 사진의 눈앞에 펼쳐졌다. 더욱이 어촌의 부드러운 파도 소리가 진춘희의 음성을 통해 전해지는 것 같았다. 진춘희는 계속 말을 이었다.

"마을에서 멀지 않은 곳에 개울이 있는데 양쪽 기슭에는 버드나무가 심어져 있지요. 버들가지가 수면 가까이 드리워져 있는데 바람이 불면 버들가지는 기뻐서 춤을 춰요."

그녀의 얼굴은 해맑았다. 말하는 내내 추억 하나하나를 놓치지 않을 것처럼 즐거운 웃음을 머금으며 말했다.

"저는 때때로 기슭에 앉아 버드나무랑 수면 사이를 가볍게 스치는 제비와 맑은 개울에 빛깔 예쁜 고기들이 노는 것을 가만히 보곤 해요. 그러고 있으면 마음이 후련해지거든요."

사진이 말했다.

"언젠가 우리 같이 가보자꾸나."

진춘희는 기뻐하며 말했다.

"그래요. 당신이 만약 그곳에 가면 우리 마을 사람들이 반갑게 맞아줄 거예요. 아마 제일 좋은 물고기와 새우로 당신을 대접할 테지요."

사진은 결심한 듯 말했다.

"그래. 네가 말한 그곳에 나도 가보고 싶구나."

그는 이 낯선 여자아이가 조금 전보다 더 아름답다고 느껴졌다. 즐거운 시절을 떠올리면서 짓는 그녀의 행복한 표정과 더불어 그녀의 맑은 영혼도 함께 느꼈기 때문이었다. 사진은 그녀에 대해서만은 비열한 정욕 같은 것을 품어서는 안 된다는 생각이 들었다. 지금까지 그는 예쁜 여자를 보면 언제나 감정을 억제하지 못하고 정욕을 품었지만, 이런 생각을 순결하고 순박한 여자아이에게 품을 수는 없는 일이었다.

진춘희는 몸을 일으키더니 서가 앞으로 가서 서책들을 만지면서 말했다.

"당신은 학식이 대단하겠지요? 제가 만약 이 많은 책을 읽을 수 있다면 정말 행복할 텐데."

사진은 자신이 일찍이 책 속에서 그리 즐거움을 찾은 적이 없음을 기억하고 말을 이었다.

"그렇지도 않아. 네가 이 책들을 읽었을 때는 네가 생각하는 행복을 느끼지 못할 수도 있는 일이다."

진춘희는 의아해하면서 말했다.

"어째서요? 저는 며칠 전에 시 한 수를 배웠더니 얼마나 행복했는데요. 이곳으로 오다가 길에서 서당 훈장을 만났는데 그분이 제게 가르쳐 주었어요."

사진은 호기심에 물었다.

"어떤 시지?"

진춘희가 대답했다.

"서당 훈장이 말하기를 이 시는 오언절구五言絶句로써 유명한 시인이 지은 거래요. 상전명월광 의시지상상床前明月光 疑是地上霜 거두망명월 저두사고향擧頭望明月 低頭思故鄕 (평상 앞에 밝은 달빛이 내리니, 땅 위에 내린 서리인가

의심하도다. 머리를 드니 밝은 달 비추고. 머리를 숙이니 고향이 생각나는 도다.) 아, 정말 좋지요?"

사진은 그 시가 이백李白이 지은 시임을 알았다. 그 시는 너무도 유명해 모르는 사람이 없었다. 그가 웃으며 말했다.

"그 시의 어떤 점이 좋지?"

진춘희가 자못 진지하게 대답했다.

"이전에 저는 집을 떠난 적이 없었고 집을 떠날 생각 같은 건 꿈에도 하질 않았어요. 그런데 이번에 고향을 떠나 여기까지 오는 도중에 너무 많은 고생을 했지요. 그런 고생이 저를 철들게 했지만요."

그녀는 한숨을 쉬며 말했다.

"저는 어떤 때는 길에서 정말로 머리를 들고 달을 쳐다보았고 또 어떤 때는 고개를 숙여 고향 생각을 했기에, 이 시가 제 마음을 찔렀어요. 당신은 이 시가 좋지 않으세요?"

사진이 말했다.

"좋긴 하지만 나는 이 시를 너처럼 그렇게 좋아하진 않아. 이 시보다도 훌륭한 시들이 많아서, 어떤 시는 사람들이 읽고 눈물을 흘리지. 만일 네가 시를 즐긴다면 내가 천천히 네게 시를 가르쳐 주마."

진춘희는 기쁨을 감추지 못하고 사진에게 고마움을 표했다. 그리고 문득 자신이 서재에 들어온 이유를 떠올리고 말했다.

"그럼 제게 무공도 가르쳐 주실 건가요?"

사진은 머뭇거리다가 대답했다.

"무공을 꼭 배워야겠나?"

진춘희는 사진의 대답에 의문을 풀 길이 없어 물었다.

"왜요?"

사진이 대답했다.

"이 무공을 연마한 후에는 너는 어쩌면…… 성녀가 될지도 모른다."

진춘희가 물었다.

"성녀라는 게 무엇인가요?"

사진이 대답했다.

"이 무공은 지금 세상에서 가장 높은 무공 중의 하나로, 여인들이 닦기에 적합하여 공력 조예가 깊을수록 기질의 변화가 크고 절정에 이르렀을 때는 성녀聖女가 된다. 허나, 네가 성녀가 된다면 사람들은 너와 가까이 하려고 하지 않을 테니, 너는 외롭게 될지도 모를 일이다."

진춘희가 물었다.

"흉악하게 변하는 건가요?"

사진이 고개를 저으며 대답했다.

"아니야, 흉악하게 변하는 것이 아니라 너무 거룩해지는 것이지."

진춘희는 들으면 들을수록 어리둥절하여 사진에게 물었다.

"좋게 변하는 거라면 두려울 게 뭐가 있지요? 그리고 왜 사람들이 가까이 안 하려고 하는 거지요?"

사진은 이 말을 설명하기가 쉽지 않았다. 진춘희가 만약 너무 거룩하고 선량하게 변한다면 그는 더 이상 그녀와 친근할 수도 없고 농담을 할수도 없다. 더구나 그녀를 안거나 입을 맞출 수도 없는 일이었다. 때문에 진춘희를 여자로 보는 사람들에게는 진춘희가 성녀가 되는 일은 바람직한 일이 아닐 뿐더러 두려운 것이다. 하지만 사진은 이러한 이유를 적나라하게 말하기가 어려워 다만 함축해서 말할 뿐이었다.

"맑은 물에는 고기가 살지 않듯이 네가 지나치게 곧으면 네 주변에 사람들이 모이질 않을 거란 말이야. 알아듣겠느냐?"

진춘희는 솔직하게 머리를 가로저으며 말했다.

"잘 모르겠어요. 만약 제가 아주 훌륭하게 된다면 사람들에게 이래라저래라 훈수를 두지 않을 거예요."

사진이 어깨를 으쓱거리며 말했다.

"난 네게 무공을 가르치고 싶은 마음이 없는데 넌 기어이 배우려고 하느냐. 내 어머니는 이 무공을 닦을 때 마음에 안 드셨는지 그만 두시더구나. 네가 보기에 세상 돌아가는 게 기괴하다고 생각하지 않느냐?"

진춘희가 말했다.

"글쎄요, 저는 아직 잘……."

그녀는 대답을 하다 문득 풍채가 늠름하고 멋진 이 남자의 고통의 근원은 그의 모친에게 있음을 깨달았다. 이것은 진춘희가 어떻게 할 수 없는 일이었다. 그리고 사진으로서도 어떻게 할 수 없는 것이었다. 어쩌면 재능이 있는 사람일수록 받는 고통이 더 깊고 큰 것일까. 그녀는 금할 수 없는 동정의 눈길로 이 남자를 바라보았다. 그런데 불시에 머릿속에 얼굴이 거무스레하고 영준한 심우의 얼굴이 떠올랐다. 당시 심우도 이처럼 어두운 성격을 지니고 있었다. 심우 역시 이와 같은 해결하지 못할 고통이 있었던 것일까. 이 짧은 순간에 진춘희의 생각이 조금 전에 비하여 훨씬 성숙해졌다. 그녀는 인생이란 복잡하고 더구나 운명은 짐작할 수도 없으며 운명에 항거할 수 있는 사람이 거의 없음을 어렴풋이 깨달은 것이다. 사진이 생각에 잠긴 그녀에게 말했다.

"네가 이 무공을 꼭 배우고 싶다면 내가 제안하는 걸 해야만 한다."

진춘희는 의아해하며 말했다.

"무공은 꼭 배우고 싶어요. 그런데 무슨 제안인가요?"

사진이 말했다.

"이 무공은 서천왕녀西天王女가 전수한 심법心法으로 한 권의 비서에 적혀 있어. 비서 제목은 난심옥간蘭心玉簡인데 오직 여인들만 닦을 수 있고 남자들은 이 비서를 얻어도 아무런 쓸모가 없지."

진춘희는 사진의 말을 한 마디도 놓치지 않으려는 듯 진지하게 듣고 있었다. 사진은 진춘희의 표정을 보고 짓궂은 생각이 들었다.

"그러나 난심옥간은 여자들이 닦을 때 한 가지 단점이 있어. 그건 바로 숫처녀가 아니면 평생 이 무공을 연마한들 최고의 경지에는 이를 수 없다는 거야."

진춘희는 숫처녀라는 단어에 부끄러운 빛이 떠올랐으나 감히 입을 열지 못했다. 사진은 그녀의 표정을 놓치지 않고 물었다.

"내가 무슨 말을 하는지 알겠느냐?"

진춘희는 머리를 끄덕이며 말했다.

"알아요."

사진이 말했다.

"좋아. 내가 제안하는 것을 네가 하면 무공을 전수해 주마."

진춘희는 사진이 무공을 전수해 주려는 생각이 바뀔까 싶어 조급해졌다.

"그게 무엇이지요?"

사진이 대답했다.

"네가 무공을 배우려면 내게 몸을 바쳐야 하는데 그럴 수 있겠느냐?

만약 네가 원하지 않는다면 나는 사람을 불러 너를 집까지 바래다주겠다. 하지만 네가 원한다면 무공을 배울 수는 있지만, 최고의 경지엔 이를 수 없다는 걸 생각해야 할 것이다."

사진의 말에 진춘희의 얼굴에는 근심하는 기색이 역력하였다. 그녀는 생각에 빠졌다. 그러나 여기까지 어떻게 해서 왔으며 이대로 그냥 돌아가면 어촌 마을의 삶은 변화가 없을 것이라는 데까지 생각이 미치자, 그녀는 부끄러움 따위에 자신이 이곳에 온 목적을 접을 수는 없다는 마음이 들었다.

사진은 그녀가 고민하는 것을 보고 웃음이 이는 것을 겨우 참았다. 그러나 그의 마음이 그리 통쾌하기만 한 것은 아니었다. 그는 남자로서의 자신감이 있었고 자신이 마음에 들어 하는 여자에게 거절을 당해본 적은 더더구나 없었다. 그는 젊고 영준했으며 귀족인 데다, 부유하고 총명하거니와 학식 또한 높으며 무공에도 정통하였다. 그의 이런 조건이 그의 자존감을 높였고 때로는 오만하게도 비쳐지기도 하였으나, 어쨌든 그어떤 여자들도 당연히 자신을 사랑할 것이라는 자신감이 있었는데 진춘희와 같은 시골 여인의 경우에 어떠했으랴. 하지만 예상과 달리 진춘희가 고민만 하고 아무런 반응이 없자 그의 자존심이 상한 것이다. 그는 겉으로는 상대방을 곤경에 빠뜨렸다고 득의양양했지만 실제로는 오히려 실망하여 당황하였다. 한참이 지난 뒤 진춘희가 고개를 숙이고 말했다.

"무공을 배우기로 결정했어요."

사진은 그녀를 끌어 당겨 자기의 무릎 위에 앉히고 나직이 속삭였다.

"그럼 나에게 몸을 바치겠단 말이로구나. 그렇지?"

진춘희는 기어드는 목소리로 대답했다.

"네……"

사진은 그녀를 힘차게 끌어안았다. 진춘희는 그의 몸에서 뿜어져 나오는 열기를 느꼈다. 사진의 체취로 그녀의 가슴은 세차게 뛰었고 그의 품속에서 정신을 잃을 수도 있을 만큼 정신이 아득해져, 어찌할 바를 몰랐다. 그녀는 확실히 상당한 희열감을 느꼈다. 마치 홀연 부잣집 아리따운 아가씨로 대접받는 그런 기분이었다. 진춘희는 마치 막 꽃봉오리가 벌어지려는 듯 탐스러웠고 순결하였다. 그녀는 이런 일이 처음이었으므로 어떻게 해야 할지 몰라 머리를 숙이고 그가 하는 대로 잠자코 있었다.

만약 그녀가 남자를 알았다면 이 순간 어떻게 행동해야 할지 알았을 것이고 그렇게 했다면 사진으로 하여금 더없는 만족을 얻게 하였을지도 모른다. 하지만 그녀가 그렇게 하였다면 그녀와 사진의 운명은 바뀌었을 것이다. 사진은 순박한 처녀를 끌어안고만 있었을 뿐 더는 범하지 않았다. 그는 진춘희를 안던 손에 힘을 풀며 정중하게 말했다.

"네가 내게 몸을 바치면 네가 배울 무공의 절정엔 이를 수 없을 텐데."

진춘희는 나직이 말했다.

"알아요."

그녀는 불현듯 생각이 떠올라, 급히 물었다.

"무공의 절정에 이르지 않아도 제가 그 해적들을 이길 수 있을까요?"

사진은 그녀의 이 말에 마음 한편이 시려왔다.

'해적들을 이기지 못하면 몸을 바치지 않겠다는 게로구나.'

그는 이렇게 생각하면서도 짐짓 거드름을 피우며 답했다.

"당연히 이길 수 있지."

진춘희는 또다시 고개를 숙이고 만족함을 표하였고, 정조와 무공을 바꾸는 것을 원했다. 사진도 역시 그녀에게 '몸을 바친 후 해적들을 이기지 못하면 어떻게 하겠냐'고 묻고 싶었다. 물론 이 물음에 사진이 원했던 답은 앞과의 답과는 다른 것이었다. 사진의 입장에서 당연히 들어야 하는 대답은 그로 하여금 자존심을 회복할 수 있는 '그래도 원한다'는 대답이었다. 하지만 사진은 멋쩍게 웃고는 그녀를 밀어 내며 말했다.

"농담이었어. 나는 네 결심을 그냥 시험한 것뿐이다."

진춘희는 사진의 말에 마음이 놓이기 보다는 왠지 모르게 마음 깊은 곳에서 알 수 없는 허전한 무엇이 느껴졌으나 짐짓 신경 쓰지 않는 체 하며 물었다.

"그럼 제게 무공은……?"

사진이 웃으며 말했다.

"네가 최고의 경지에 이를 수 있게 도와주마. 이제 곧 무림에 한 분의 성녀가 나타나겠군. 그렇지만 어떤 이는 너로 인해 마음 꽤나 아플 테지."

진춘희가 의아해서 물었다.

"예?"

사진이 대답했다.

"아무것도 아니다. 당장 내일 아침부터 시작하자. 먼저 난심옥간 심법을 읽고 숙지해야 해."

난심옥간 비급은 몇 백 자로 된 네 개 장으로 되어 있다

다음 날부터 사진은 그녀에게 앉아서 호흡하는 방법을 가르치기 시작했고 옥간玉簡의 문자 뜻도 해석해 주었다. 난심옥간 비급은 네 개의 장으로 되어 있고, 모두 다해서 몇 백 자가 되었다. 진춘희는 비급을 외우는 데 몰두하여 십여 일 만에 능숙하게 외울 수 있었고, 거꾸로도 읽을

수 있었을 뿐만 아니라 글로도 쓸 수 있게 되었다. 그녀는 옥간의 뜻을 깊이 이해하고 깨달았으며 심신이 일체가 되어 몰라보게 진보하였다. 사진은 전심전력으로 진춘희의 무공수련을 도왔으며 그녀가 날로 진보되는 모습에 자부심을 느끼기도 하였다.

오래 지나지 않아 성 가운데 번화가나 성 밖의 풍경이 아름다운 곳에 사진과 진춘희가 함께 나타났다. 지금의 진춘희는 이곳에 다다랐을 때와는 많이 달라져 있었다. 고된 노정으로 거무스레했던 그녀의 피부는 다시 희어졌고, 육체는 날씬하면서도 풍만하게 발육되었다. 동작은 우아하고 기품이 넘쳤으며, 얼굴에는 늘 달콤한 웃음을 머금고 있었다. 유일하게 변하지 않은 것이 한 쌍의 눈이었는데 천진하고 순박한 빛으로 반짝거리고 있었다. 이 한 쌍의 눈은 그녀로 더욱 아름다우면서 상냥한 사람으로 보이게 하였다.

진춘희의 변화는 다른 사람들의 눈에는 현저했지만, 자신은 오히려 아무런 감각이 없었고, 그녀의 생각과 태도는 이전과 다름이 없었다. 그녀의 생각에 자신은 여전히 어촌의 한 시골 처녀였고 건강하고 소박하며 자연스러웠다. 마음에 어떤 교만함도 없고 성격은 처음과 같이 온순하여, 그 어떤 사람에게도 겸손하고 예의가 있었다.

사씨네 집 하인들은 남녀노소를 불문하고 모두 그녀를 존경하였다. 진춘희가 비록 사씨 댁에서 확정된 지위는 없었지만 사진이 그녀를 동반하는 것을 보고 모든 사람들은 진춘희가 앞날에 사씨 댁의 여주인이 될 것이라고 생각했다. 그렇기 때문에 그녀의 겸손하고 온화한 태도는 사씨네 집 하인들로 하여금 더욱 존경하는 마음을 가지게 하였다.

이날 황혼 무렵 진춘희는 연공을 마치고 연무방에서 나와 작은 객실로 갔다. 객실 안은 때마침 등불이 켜져 있어 매우 밝았다. 사진은 창가의 의자에 앉아 있었는데 얼굴에는 우울한 기색이 역력했다. 그의 이런 모습이 처음은 아니었고 늘 이 의자에 앉아서 울적한 표정을 드러내곤 했다. 진춘희는 눈길을 돌려 사진이 바라보는 곳을 향하였는데 창밖으로 보이는 뜨락의 담벼락을 넘어서까지 등불이 휘황하여 사방의 지붕까지 비추었고, 희희낙락하는 소리와 음악소리가 바람에 실려 왔다.

사진의 시선이 향한 곳은 바로 사진의 모친인 사 부인의 거처였다. 화려한 등불, 왁자지껄한 소리, 그중에 섞인 요란한 웃음소리는 부인의 것이었으니, 연회가 벌어지고 있는 것 같았다. 연회에 참석한 사람들은 대부분 남자들이었다. 부인의 아름다운 자태와 요염하고 방탕하면서도 활달한 성격으로 미루어 그녀가 연회에서 아무거리낌 없는 행동으로 즐기고 있음을 짐작할 수 있었다.

사진은 모친이 어떤 사내의 품에 안겨 희희낙락하는 모습에 상심하였다. 진춘희는 그의 이런 모습을 자주 봐 왔기 때문에 마음속으로부터 동정어린 눈으로 바라보며 그의 옆으로 다가갔다. 사진은 눈길을 돌려 진춘희를 바라보았다. 그녀의 순결하고 젊고 아름다운 얼굴을 보니 상심으로 어두웠던 얼굴이 환해지는 듯해 깊은 숨을 들이마셨다. 진춘희가 물었다.

"오래 기다렸지요?"

그녀는 웃음을 머금고 말하면서 경쾌한 걸음으로 그의 옆에 있는 의자에 앉았다.

"다음번엔 서재에서 기다리는 게 좋겠어요. 제가 수련을 끝내면 바로 서재로 갈게요."

사진은 한참이 지난 뒤에야 비로소 말했다.

"그래."

그는 손을 들어 창밖을 가리키며 또다시 말했다.

"저 등불과 음악 소리는 날 아프게 하는구나. 그렇다고 무슨 방법이 있는 건 아니야. 하지만 네 순결하고 티 없는 모습을 보면 내 마음속에 그늘이 없어져 버린다."

진춘희는 위안하는 웃음을 보내며 말했다.

"제가 정말 당신의 시름을 잊게 한다면 기분 좋은 일인데요?"

사진이 말했다.

"그걸 정말 몰랐느냐?"

진춘희가 말했다.

"정말이에요. 제가 도련님을 속이겠어요?"

사진은 진춘희와 함께 있는 것이 즐거웠다. 사진은 진춘희의 연공 형편을 물어보고 이렇게 말했다.

"너의 진도는 내 예상보다 빠르구나. 이 속도로 나가면 이삼 년만 더 연마한다면 무림고수들 중의 하나가 될 거다. 물론 지금 당장이라도 넌 건장한 사나이 하나쯤은 이길 수 있을 것이야."

진춘희는 그녀가 건장한 사나이를 이길 수 있다는 사진의 인정에 대해 별로 놀라지 않았다. 그녀는 가난한 어촌에서 출생했고 어려서부터 고생스럽게 일을 해 온 탓에 보통 여자아이들과는 비할 수 없이 골격이 단단하였다. 여기에 난심옥간 무공을 닦은 다음부터는 내외공이 갖추어졌기 때문에 처음에는 내공에 입문하지 않아서 아무런 감각이 없었지만 근래 이삼 일 전부터 옥간 중의 십이식十二式 난화수蘭花手를 펼칠 때 장심으로부터 내력이 슬슬 솟아났을 뿐만 아니라 공력이 많이 불어났음을 느꼈다. 그러므로 외력 하나만 놓고 말하더라도 그녀는 능히 건장한 사나이와 다툴 수 있을 정도였다. 그러나 이상한 것은 그녀의 내외력이 모두 많이 불었지만, 겉보기에는 그와는 꼭 반대로 힘이 한층 불어날수록 겉모양은 한층 더 우아하고 나약하게 나타난다는 것이었다. 겉모양만을 보면 그녀는 전에 비하여 더 많이 나약해보였다.

진춘희는 사진의 말을 듣고 무림고수라는 데 주의를 돌리고 의아해서 물었다.

"아직도 이삼 년이라는 기간이 걸려야 하나요?"

사진이 몸을 일으키며 대답했다.

"나의 아가씨, 너는 무림의 고수가 보통 얼마가 되는 시간을 연마해야 고수가 되는지 아느냐?"

그는 머리를 가로저으며 이어 말했다.

"최소한 십오 년 이상의 전문수련과 고된 연마가 있어야 비로소 명문 고수가 될 수 있지. 하지만 넌 고작 이삼 년도 오랜 시간이라고 탓하는구나."

진춘희는 부끄러웠다.

"정말 이렇게 힘든 줄은 몰랐어요. 죄송해요."

사진이 말했다.

"괜찮아."

진춘희가 물었다.

"제가 정말로 이삼 년이면 성공할 수 있나요?"

사진이 대답했다.

"나도 이 문제를 생각해 보았는데 네가 지닌 기질과 어려서부터 단련

된 건장한 체격, 그리고 너의 순박하고 순진한 성격이 모두 난심옥간의 무공에 적합한 것일 테지."

그리고는 갑자기 웃으며 덧붙였다.

"네가 아직 숫처녀라는 게 제일 중요하겠지만."

진춘희는 음탕한 뜻이 들어있는 그의 말을 듣고 두 뺨에 홍훈紅暈이 떠오름을 금할 수 없었다. 사진은 그녀에게 바싹 다가가 짓궂게 말했다.

"이건 네가 내게 특별히 감사해야 할 일 아닌가?"

진춘희는 그의 품에 안겼던 그날이 떠올라 얼굴이 뜨거워져 고개를 푹 숙였다. 하지만 그녀의 마음속에는 그의 그런 행동에 대한 원망이 없었다. 한참이 지난 다음 그녀는 사진이 침묵하고 있는 것이 이상해 사진을 바라보았다. 그는 망연한 눈빛으로 우두커니 선 채 깊은 생각에 잠겨 있었다. 그녀는 잠시 기다렸다 말했다.

"무슨 생각을 하세요?"

사진은 꿈에서 깨어난 듯 말했다.

"내가 이래도 될까?"

진춘희는 사진의 말을 이해할 수 없었다.

"무언가 못마땅하세요?"

사진이 대답했다.

"네가 나라면, 내가 어떻게 해야 될지 생각한 적이 없느냐?"

진춘희는 솔직하게 말했다.

"생각한 적은 없지만 당신은 사람들이 경탄하고 탄복하게 하는 일을 할 수 있다는 것을 알고 있어요."

사진이 흠칫하더니 말했다.

"정말 그렇게 생각하느냐?"

진춘희가 말했다.

"그럼요, 당신은 평범한 인물이 아니에요."

사진은 진춘희의 말에 고무되어 말했다.

"돌아가신 부친께서는 세상 사람들의 흠모를 한 몸에 받는 명장이셨다. 나라에 큰 환란이 닥쳤을 때 사해를 위압한 공으로 후작에 봉해지셨지."

그는 창가를 힐끗 바라보았다가 다시 말했다.

"좋아. 지난 일엔 더 이상 신경 쓰지 않고, 이제부터 내 할 일을 하겠어."

그의 눈길은 진춘희의 얼굴을 한참 주시하더니 말했다.

"인생은 정말로 모순이로구나. 나는 줄곧 호옥진과 혼사를 정한 다음 마음이 안 좋았는데, 게다가 그녀를 미워했어. 이젠 그런 혼사가 있었다는 걸 더 증오하게 되었지만 만일 호옥진 그녀가 없었다면 네가 이곳에 오지 않았을 게 아니냐?"

진춘희는 애틋하게 사진을 바라보았다. 사진은 객실 안을 천천히 돌다가 진춘희 앞으로 다가와서 말했다.

"나는 곧 대명부大名府에 다녀와야겠어. 내가 처리해야 할 일이 있다. 그리고 호옥진의 소식을 알아봐야겠구나. 내가 없는 동안 열심히 무공을 연마해야 한다."

진춘희는 다급히 물었다.

"호옥진 낭자를 찾으러 가시는 건가요?"

사진이 대답했다.

"만약 내가 그녀의 종적을 알 수 있다면 그녀를 만나봐야겠지."

진춘희가 물었다.

"낭자의 집은 어디죠? 당신은 왜 그녀의 집에 가서 그녀를 찾지 않나요?"

사진이 대답했다.

"안 돼. 난 그녀의 집으로 갈 수가 없다."

진춘희는 의아해서 물었다.

"왜죠?"

사진이 대답했다.

"간단하지가 않아. 짧게 말하면 호씨네 집에선 그녀가 집을 나간 줄 모르고 있어. 만일 알았다면 사람들을 파견해서 조사했겠지. 이렇게 되면 호씨네 집 사람들은 내 모친의 행위와 내 방탕한 행실이 그녀의 딸을 상심하게 해서 집을 나간 것으로 여길 것이니. 아! 내 부친은 영웅 소리를 들으며 일세를 사셨는데, 죽어서는 처자로 인해 생전의 친구한테 치욕을 받게 되는 상황인 게야."

사진의 짧은 몇 마디는 그의 부친에 대한 감정을 드러내었다. 그의 마음속에서 부친의 모습은 영웅이었다. 비록 그의 부친은 작고하였지만 부친의 명예가 훼손이 되는 것은, 그로서는 참을 수 없는 일인 것이다.

진춘희는 다 이해하지는 못했지만 사진이 무엇을 말하려고 하는지는 알았다. 호옥진이 집을 나간 일이 외부에 누설하지 못할 일이기 때문에 호씨에 집에서 알기 전에 호옥진을 만나서 될수록 암중으로 빨리 해결하려고 한다는 것이었다. 그녀는 무의식중에 한 가지 중요한 문제를 물었다.

"낭자를 찾게 되면 어떻게 하실 건가요?"

그녀의 본의는 동정심에서 물은 것일 뿐 자신의 문제를 고려한 것이 아니었다. 사진은 잠시 주저하다가 대답했다.

"나도 어떻게 해야 할지 모르겠구나. 이번 혼사는 내 모친이 호옥진에게 가전家傳 무공을 전수해주겠다는 구실로 혼사를 치르기로 한 날보다 이 년 앞당겨 호씨네 집 딸을 데려온 것이지. 내가 알고 있는 바에 의하면 호씨 선인들은 무림 출신이고 장군 가문으로 변한 지는 두 세대가 안 되기에 무공을 매우 중시한다. 그들은 우리 집안의 무공이 뛰어남을 알기 때문에 결혼 전에 딸을 보내는 데 동의한 것이지."

그는 잠시 멈추었다가 다시 말했다.

"그것은 결혼 후에는 어떤 무공이라도 연공하기가 매우 어려울 것이기 때문이야. 만일 애라도 낳아 키우게 된다면 곧 무공연마는 힘든 것이 되니까."

진춘희는 머리를 끄덕이며 말했다.

"그래서 그들이 호옥진 낭자를 결혼 전에 보내주었군요."

사진은 그녀의 눈길을 피하며 말했다.

"내가 난처한 건 인정도 그렇지만 여러 가지 이유로 이 혼사를 엎어버릴 수 없기 때문이야. 하지만 나와 호옥진이 의가 맞지 않는다면 억지로 부부가 되더라도 좋은 결과는 없겠지."

진춘희는 그 보다도 더 조급해서 물었다.

"그럼 어떻게 해요?"

사진이 대답했다.

"지금 생각해도 소용없어. 다만 그때그때 사정을 보며 나아가야 할 뿐이야."

두 사람 사이에는 한동안 침묵이 흘렀는데, 문득 사진이 결연한 목소리로 말했다.

"네가 기억해야 할 것은 먼저 마음대로 집을 나가지 말고 설사 집에 있더라도 함부로 다니지 말라는 것이다. 호씨네 집 사람들이 때맞게 나타나서 너와 나 사이의 어떤 관계가 호옥진을 괴롭게 하여 집을 나가게 했다고 오해할 수도 있는 문제이니, 만약 그녀와의 혼사를 해결하지 못하면 너와 나는 앞으로는 성 안이고 밖이고 나다닐 수가 없단다.”

진춘희가 말했다.

“하지만 우린 같이 나간 적이 많아서 많은 사람들이 우리를 보았는걸요.”

사진이 말했다.

“전에는 어떤 것도 개의치 않았지만 지금부터는 나도 행동을 조심할 것이다.”

그는 진춘희가 자신의 말을 이해하지 못함을 알고 다시 말했다.

“내가 할 일은 부친의 작위를 물려받아 나라를 위해 일을 하는 거야. 내 행위가 불손하고 또 호씨네와 원한을 맺는다면 조정에서 나를 대신해서 말해 줄 사람이 없을 뿐만 아니라 오히려 화를 당할 수도 있는 일이다. 알아듣겠느냐?”

진춘희는 머리를 끄덕이면서 대답했다. 사진은 이후로 그녀에게 몇 마디 당부를 더 이르고서야 떠나갔다. 잠시 후 옥련이 그녀의 방으로 와서 사진이 이미 떠나갔음을 알려주면서 말했다.

“도련님이 집 사람들에게는 물론 부인에게도 어떤 일로 나가는지 알려주지 않으셨지만, 부인은 조금도 근심하지 않았어요.”

진춘희는 의아해서 물었다.

“왜요?”

옥련이 대답했다.

“당신이 있기 때문이지요. 부인께서는 호씨네와의 옛정을 생각하지 않았다면 도련님에게 당신과 혼인하라고 했을 것이라 말씀하시더군요."

진춘희는 머리를 가로저으며 말했다.

"부인은 무슨 농담을 그렇게 하시는지요. 저는 가난하고 비천한 데다 고향으로 되돌아가야 할 몸이에요."

그녀가 사진과 혼인하는 것을 원하지 않는 것은 아니었다. 그러나 호씨네와의 이해利害 관계에 대해 진춘희는 이해하고 있었고 따라서 자신이 이런 꿈을 꾸지 말아야 한다는 것을 깊이 알고 있었다. 그녀는 비록 사진을 좋아하고 그의 고통에 대해서 동정하지만 감정의 균형을 잃지는 않았다. 그렇기 때문에 사진과 결혼하지 않게 되더라도, 그것이 그녀에게 고통과 실망으로 다가오지는 않았다. 그녀는 화제를 돌리기 위해 물었다.

"부인이 손님을 청했나요? 그들은 어떤 사람들이죠?"

옥련은 진춘희에게 간교한 마음이 없고 사람됨이 순진하고 성실하다는 것을 알기 때문에, 그녀에 대해 계략과 수단을 쓰지 않고 대뜸 코를 찡긋거려 마음속의 혐오감을 표하면서 대답했다.

"역시 음탕하고 저속한 망나니들이죠."

진춘희는 가슴이 섬뜩해짐을 금할 수 없었고 사진이 울적해 하며 부인에 대해 분노를 일으키던 것을 떠올렸다. 옥련이 또다시 말했다.

"저 나쁜 놈들은 지금 점점 미쳐 날뛰고 있어요. 내 보기에 언젠가는 도련님에게 모조리 죽임을 당할 거예요."

진춘희는 이 말을 듣고 마음속의 울화가 약간 가라앉는 것 같아 물었다.

"그들은 도련님을 만날 때 도련님을 두려워하지 않나요?"

옥련이 대답했다.

"그들은 언제나 도련님을 피해 뒷문으로 출입해요. 하지만 모두 무림의 망나니들이라 담이 아주 커서 웬만한 사람은 두려워하지 않죠."

그녀는 멈췄다가 또다시 말했다.

"도련님은 부인과 관계가 있는 그 사람들에게 화를 낼 수 없어 차라리 집을 떠나 이곳으로 영영 돌아오지 않으려 하셨지요. 하지만 지금 당신이 여기에 있으니 부인은 그가 나갔다고 해도 돌아오지 않을 걱정은 안 하세요."

진춘희는 잠깐 생각하고는 말했다.

"도련님은 애정을 가지고 밤낮 제 무공 연마를 위해 신경 쓰세요. 그러나 이 무공을 도련님이 가르쳐 주시긴 해도 어떤 점은 오히려 파악하지 못하고 계시지요."

옥련이 말했다.

"나야 자세한 것은 모르지만 도련님이 당신에게 가르치는 무공은 그가 심혈을 기울여서 어떤 노여승에게서 배워 온 것이죠."

진춘희는 알 수 없어 물었다.

"노여승이라구요?"

옥련이 대답했다.

"들은 바에 의하면 이 무공은 여자들만 닦을 수 있어서 도련님이 직접 연마하지는 못했지요. 그러니 미묘微妙하고 심오深奧한 곳은 당연히 깊이 알지 못할 거예요."

진춘희는 느낀 바가 있었다. 다시 옥련의 목소리가 들려왔다.

"사실 이 무공은 부인을 위하여 구해온 것이에요. 그런데 이 무공을 닦은 사람은 공부功夫가 깊을수록 성정에도 변화가 생겨 단정하고 정결하게 되고 나쁜 습관을 끊어 버리게 된다지요."

진춘희가 말했다.

"그렇다면 즐거운 마음으로 이 무공을 닦아야 하는 게 아닌가요?"

옥련이 말했다.

"웬걸요. 부인이 원래 연마한 무공은 연마할수록 애석하게도 성정이 더 풍류스러워지죠. 지금도 두 달 전에 비해 더 많이 변했어요."

진춘희는 이런 비밀을 듣고 놀랍기도 하고 믿기 어렵다고 해서 속으로 중얼거렸다.

'무공을 연마하면 사람의 성격이 변할 수 있는데 다행히 사진 도련님은 내게 좋은 것을 전수하였구나. 내가 닦는 무공이 부인의 그런 무공이라면 걱정스러울 뻔 했어.'

그녀는 이상하게도 사 부인의 추행에 대해 말할 수 없는 혐오감이 느껴졌다. 그러다 문득 한 가지 일이 생각나서 옥련에게 물었다.

"호 낭자는 어떤 무공을 배웠어요?"

옥련이 대답했다.

"그녀는 원래 무공을 익힌 상태였는데, 여기에 와서 새로 배운 것은 사씨네 가전 무공이에요."

진춘희가 물었다.

"왜 사진 도련님은 이 새로운 무공을 그녀에게 전수하지 않았나요?"

옥련은 기지개를 켜면서 대답했다.

"누가 알아요? 이 년 전 사 부인이 이 무공을 연마할 것을 거절한 다음부터 도련님은 입을 다물고선 더는 제의하지 않았어요. 호 낭자가 이 일을 가지고 여러 번 도련님과 말다툼한 게 기억나요. 도련님은 사람들이 이 무공의 이름만 들먹여도 화를 내셨어요."

그들 두 사람은 나이가 비슷하고 모두 가난한 가정의 출신이지만 자란 환경이 서로 달라 화제가 다양하여, 대화를 시작하면 끝날 줄 몰랐다. 둘은 줄곧 이야기를 나누다가 밤이 깊어서야 옥련은 돌아갔다. 만약 이전 같으면 진춘희는 옥련과 함께 하룻밤을 묵었을 것이다. 그러나 지금은 어쩐지 이런 이야기에 대한 흥미도 사라져 혼자 조용하게 있고 싶었다. 그래서 그녀는 등불을 켜 옥련을 바래다주려고 뜨락을 나섰다.

사씨네 부중은 비록 복도와 정원 사이에 등불이 켜져 있었지만 부중이 너무나 넓어 불빛이 닿지 않는 곳도 있었다. 오히려 등불을 켜 들고 다니는 것이 나을 정도였다. 복도의 한 곳에 이르자 옥련이 말했다.

"고마워요. 이제는 그만 돌아가세요."

진춘희는 그녀와 작별 인사를 하고는 몸을 돌렸다. 뒤를 돌아 대략 십여 보를 걸었을 때 귓가에는 신음 소리가 어렴풋하게 들렸다. 이 소리는 어떤 사람이 놀라서 소리를 지르려고 할 때 입막음을 당한 듯한 소리였다. 진춘희가 돌아보니 옥련은 벌써 복도의 저쪽으로 돌아가서 그림자도 보이지 않았다. 그녀는 미심쩍은 마음에 두어 번 돌아보다가 아무 기척도 없자 곧 자기의 침실로 돌아왔다. 만약 그녀가 소리 나는 곳을 따라갔다면 키가 큰 한 남자가 옥련을 뒤에서 껴안고 입을 틀어막은 것을 보았을 것이다.

키 큰 남자는 매가 병아리를 채듯이 옥련을 끌고 와 입을 막았다. 옥련이 소리치려고 해도 헛된 일이었다. 그 남자는 옥련을 이끌고 어떤 방에 들어서더니, 옥련의 귀에 대고 낮은 소리로 말하였다.

"소리치면 죽여 버릴 테다."

그는 날이 시퍼렇게 선 단도短끼를 뽑아 그녀를 위협했다. 옥련은 칼을 보자 겁을 먹고 멍청해져서 더는 발버둥치지 않았다. 남자는 그제야 입을 막았던 손을 풀고 옥련을 침상에 내려놓았지만 칼만은 여전히 그녀의 목에 대고 위협하였다. 옥련은 등불 빛을 빌어 남자를 쳐다보았는데 이 남자는 두 볼에까지 수염이 나 있었고 얼굴은 흉악한 데다 눈에는 정욕의 빛이 흘러넘쳤다. 얼핏 보면 야수와도 같았다. 옥련은 그가 바로 사부인의 애인 중의 하나인, 곽호霍虎라는 것을 알았다. 이 사람은 본래 성미가 흉악하고 사나웠기 때문에, 옥련은 겁을 먹고 감히 숨조차 쉬지 못했다. 곽호는 음험하게 웃으며 그녀를 위협했다.

"네가 총명하다면 소리치지 않을 테지? 그렇지 않으면 네 얼굴을 갈기갈기 찢어 추하게 만들어 버리겠다."

죽이겠다는 말 대신에 얼굴을 훼손시키겠다고 위협하자 옥련은 전신이 부들부들 떨려 반항조차 할 수 없었다. 그 사이 야수와도 같은 이 남자는 재빨리 침상으로 뛰어 오르니 옥련은 눈앞이 캄캄해지며 하늘과 땅이 뒤엎어지는 느낌이었다.

옆채의 진춘희는 방으로 돌아와 등불을 끄려다 문득 이상한 기운을 느껴 돌아봤다. 빗장을 지르지 않은 문어귀에 한 가닥의 검은 그림자가 나타났다. 방 안은 밝고 밖은 어두운 탓에, 등불이 그 사람의 얼굴에 비치자 그 영상이 매우 뚜렷하게 나타났다. 그 사람의 나이는 사십 세 가량이었고, 얼굴은 희고 수염이 없었지만 헤쳐 놓은 웃옷과 얼굴의 음탕한 표정은 얼핏 보아도 그가 절대 좋은 사람이 아님을 알 수 있었다.

예전 같으면 놀라서 소리부터 쳤을 일이지만, 고향에서 겪었던 일과 지금까지 매일 연마하는 난심옥간의 내공이 상승한 덕분에 그녀는 냉정하고 침착할 수 있었다. 그녀는 지금의 위기에서 벗어날 수 있는 방법을 생각했다. 하지만 어떤 뚜렷한 방법이 떠오르는 것도 아니었다. 그 사람이 진춘희를 향해 다가오려는 모습이 활에 메긴 화살과도 같았다. 만약 진춘희가 소리를 지르면 신속한 신법으로 덮쳐 그녀의 입을 막을 기세였던 것이다. 진춘희는 상대방의 의도를 알았고 둘 사이의 거리도 너무나 가까웠다. 만약 그녀가 소리를 지른다면 영락없이 그 남자에게 입을 막히게 될 것이다. 차라리 그를 핍박하여 손을 쓰기보다는 완병지계緩兵之計를 쓰는 편이 낫겠다 싶었다. 그녀는 이런 것을 궁리할 시간이 없었고, 다만 직감적으로 느낀 것이었다. 그녀는 담담하게 웃으며 물었다.

"당신은 누구죠?"

고요하고도 아름다운 목소리 그리고 우아하고 속되지 않은 미소는 그로 하여금 몸을 일으켜서 그녀를 쳐다보게 했다. 그가 대답했다.

"내 성은 시時이고 이름은 도都이다."

진춘희는 머리를 끄덕이면서 말했다.

"알고 보니 시 선생이었군요. 그런데 당신은 나를 알아요?"

시도는 냉소를 지으면서 말했다.

"너는 사진의 첩이지만 그가 집을 떠나 멀리 갔으니 오늘 저녁에는 네가 사진의 첩이라도 소용이 없다."

진춘희가 말했다.

"아니요. 당신은 잘못 알았어요. 난 사진의 첩이 아니에요. 나는 아직 결혼하지 않은 몸이라 얽매일 것이 없으니 어떤 남자든지 모두 내 마음대로 할 수 있어요."

시도는 도리어 어리둥절해져서 속으로 그녀가 말한 함의를 따져보았다. 진춘희는 또다시 웃으며 말했다.

"당신이 왜 여기로 발걸음을 했는지 맞춰볼까요?"

시도는 머리를 끄덕이며 말했다.

"좋다."

그는 그녀가 전혀 항거하지 않을 뿐만 아니라 말도 재밌게 하여 진춘희가 말하는 것을 가만히 듣고 있었다.

"당신이 이곳에 온 이유는 누구나 다 아는 그것이겠지요."

시도가 물었다.

"그럼 네 생각은?"

진춘희가 대답했다.

"저요? 하지만 만일 다른 사람이 알게 된다면 난처하지 않겠어요?"

그녀는 넌지시 원하지 않는 뜻이 없음을 암시하였다. 시도는 머리를 끄덕이면서 말했다.

"넌 신경 쓰지 않아도 돼. 만일 하인이 뛰어 들어오기라도 하면 내가 그자가 영원히 주둥이를 놀릴 수 없도록 할 테니까."

진춘희는 놀라는 척하며 말했다.

"아이참, 그럼 어떻게 해요. 기껏 이런 일로 사람을 죽이면 일만 크게 만들 뿐이지."

시도가 말했다.

"그럼 나더러 어떻게 하라는 거야?"

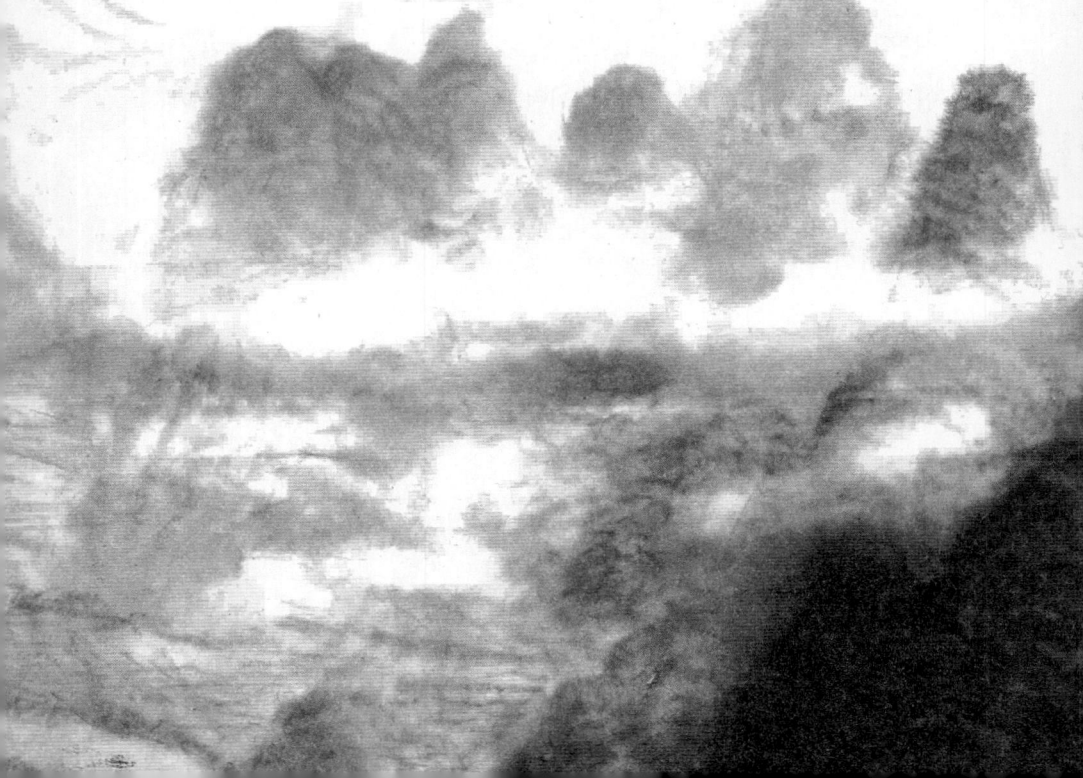

제 5 장

避追蹤銅鐘巧藏身

추격을 피하여
동종 안에 몸을 숨기다

진춘희가 말했다.

"사람들이 여기에 오지 않을 것이니 그런 걱정은 마세요."

시도가 진춘희에게 다가가자 그녀는 뒤로 물러섰다. 그러나 그녀의 움직임은 매우 자연스러워 그로 하여금 그녀가 그를 회피하려는 생각이 조금도 없는 듯 느껴졌다.

시도가 말했다.

"그럴 테지. 옥련만이 여길 드나들 테지. 하지만 지금은 그녀도 올 수는 없어. 하하……."

진춘희는 아까 복도에서 들었던 소리를 기억하고 상황이 어떻게 돌아가는지 짐작할 수 있었다.

'그렇다면 모두 두 놈이구나.'

그녀는 바로 말했다.

"저는 옥련이를 경계하는 것이 아니라 부인을 경계하는 거예요. 부인은 전에도 밤중에 자주 와서 저를 보곤 했지요."

거짓말은 남녀를 가리지 않고 모두 하지만 일반적으로 남성이 거짓말하는 재능은 여성이 거짓말하는 재능을 따라가지 못한다. 진춘희는 비록 나이는 어리지만 위기 상황에서 대처하는 거짓말은 매우 자연스러웠다. 시도는 기색이 변하면서 머리를 돌려 문밖을 바라보았다. 그는 돌연 머리를 되돌리고 진춘희를 향해 걸어오더니 재빠른 동작으로 그녀의 손목을 움켜잡고 쌀쌀하게 말했다.

"그녀가 와도 상관없어. 먼저 너와 자고 나서 생각해보도록 하지."

상황은 위급해져 이미 말로는 시간을 미룰 수 없게 되었다. 진춘희는 시도에게 손목을 잡혔을 때 이내 벗어나려 애썼지만 시도의 다섯 손가락이 쇠갈고리처럼 단단해 움직일 수 없음을 알았다. 그녀의 힘으로는 저항해 봐도 소용없었다. 생각이 여기에 미치자 그녀는 웃음을 띤 얼굴로 순종할 듯 말했다.

"뭐가 그리 급해요? 우리 문부터 먼저 닫아요."

시도는 그녀도 이런 상황을 즐기고 있다고 믿고, 기쁜 나머지 잡았던 그녀의 손목을 놓고 문을 닫으러 갔다. 그러나 그가 문을 닫기도 전에 진춘희가 크게 소리쳤다. 쟁쟁한 진춘희의 고함 소리는 고요한 밤에 몇 리 밖까지나 울려 퍼졌다. 비록 진춘희의 내공이 진력의 지경까지는 이르지 못했으나 단전에 기를 모으기에는 충분한 정도였다. 따라서 있는 힘껏 외치는 소리는 충분히 크고도 힘찼다. 그는 재빨리 진춘희의 앞으로 신형을 날려 손가락 끝으로 그녀의 왼쪽 옆구리를 찔렀다. 진춘희는 옆구리에 강한 통증을 느껴 고함치던 소리를 멈추었다. 시도는 이마를 찌푸리고 그녀를 안아 들어 침대로 던졌다. 진춘희는 통증이 심해 설 수조차 없었던지라 항거라는 것은 말할 나위도 없었다.

시도는 재빨리 등불을 불어 끄고 또다시 문어귀로 뛰어가서 채 닫히지 않은 문을 닫아버렸다. 진춘희는 꼼짝없이 그 사람이 하는 대로 할 수밖에 없어 눈을 감았다. 심경은 이루 말할 수 없을 정도로 복잡했다. 시도는 얼굴에 사악한 웃음을 띠고 발걸음을 내딛어 침대로 향했다. 방 안은 어둡지만 진춘희의 표정을 어렴풋이나마 볼 수 있을 정도는 되었다. 그녀가 절망하고 저항을 포기한 모습이 시도의 눈에 들어오자, 그는 침대가로 다가와서 음흉하게 웃으며 발을 들고 침대로 뛰어올랐다.

그런데 그때 돌연 그가 다시 뛰어 일어나더니 문가로 달려가서 귀를 기울였다. 밖에서 한 여인의 목소리가 들렸다.

"분명히 이곳이야."

비록 짧은 말이었으나 시도는 여인이 가리키는 것이 진춘희가 낸 고함 소리라는 것을 알았다. 또한 여인의 목소리는 그에게는 너무나도 익숙한 사 부인의 목소리였다. 그는 경악하여 뒷문으로 빠져나가려다가 자신의 행위가 탄로 날 것이 두려워 침상의 여인을 찔러 죽이려고 하였다. 그때 방문이 요란한 소리와 함께 열렸다. 시도가 아까 빗장을 질렀지만 문을 밀어젖히는 사람이 내력으로 끊어버린 것이었다.

검은 그림자가 바람을 일으키며 들어오더니 곧장 침대로 향했다. 시도는 달아날 길이 막히자 어두운 곳에 들어온 사람의 눈이 적응하는 틈을 타 재빨리 뒷문으로 돌아 나가 오른쪽 창문으로 신형을 날렸다. 이때 방문 밖의 불빛이 갑자기 밝아지더니 불빛이 방 안으로 스며들어오는 동시에 옆구리에 칼을 찬 한 사나이가 횃불을 들고 방 안에 들어섰다. 시도는 일장을 친 후 창문을 열고 급히 빠져나갔다.

불빛 아래에서 보니 먼저 방 안에 들어선 사람은 자태가 유연하고 풍만한 사 부인이었다. 그녀의 아름다운 머리채는 마구 헝클어졌고, 의복도 평소와 달리 정연하지 않았지만 오히려 손에는 넓고도 짧은 한 자루의 금검을 들었는데, 횃불 아래에서 금빛이 사방으로 퍼져 나갔다. 부인의 얼굴은 살벌한 기색이 역력하였고 눈길은 창문을 향했는데 시도의 뒷모습이 어둠 속으로 사라지는 것을 보았다.

칼을 찬 그 대한大漢도 달아난 자의 뒷모습을 보고는 격한 소리로 말했다.

"시도다……."

사 부인이 냉랭한 목소리로 말했다.

"나도 봤네. 곽호霍虎는?"

그는 머리를 돌려 침상의 소녀를 바라보았는데 그녀가 눈만 깜빡거리고 있는 것이 급히 말하려고 하는 모습을 나타냈다. 사 부인이 그녀의 몸을 더듬어 보고는 그녀의 어떤 혈이 제압당했음을 알았다. 재빨리 외능혈外陵穴에 연속 두 장을 날리고 이어서 옥장을 그녀의 옆구리에 가져가 침착하고도 빠르게 안마를 하기 시작했다. 이것은 추궁활혈推宮活血의 수법으로, 설사 금방 막힌 혈에 대한 판단이 오차가 있더라도, 효과를 볼 수 있는 방법이었다. 진춘희는 호흡이 순조로워지면서 말할 수 있게 되자 급히 한마디를 내뱉었다.

"부인, 옥련이……."

사 부인의 표정이 일변하며 머리를 돌려 말했다.

"마충馬充. 옥련의 방은 동쪽에서 세 번째 채의 뜰 안이다. 어서 빨리!"

마충은 거친 소리로 대답하고 한 손으로 횃불을 문틈에 꽂으면서 다른 한 손으로는 눈부시게 빛나는 대도를 뽑고 몸을 날렸다. 그의 몸은 비록 덩치가 크고 건장했지만 지붕에 뛰어올라 질주할 때는 야생 고양이와 같아 신속하고도 소리가 없었다. 눈 깜짝할 사이에 그는 동쪽에서 세 번째 정원에 이르렀다. 이 정원에는 두 줄로 된 집이 모두 네 채나 있었다. 마충은 견문이 풍부한 사람이라 높은 곳에서 아래를 한번 내려다보고는 왼쪽의 첫 번째 칸임을 알아냈다. 그는 몸을 날려 창문 밑에 내려섰다. 귀를 기울여 듣는데 과연 방 안으로부터 남자의 음탕하고 괴상야릇한 소리가 흘러나왔다. 이 소리를 듣자 마충의 눈에서는 무시무시한 빛이 쏟아져 나왔고 전신은 살기로 가득 찼다. 왼손을 창문에 대고 가벼운 소리를 내고는 어느새 한 줄기 바람처럼 방안에 들어섰다.

이 방은 등불이 있어 진춘희의 방보다는 밝았지만, 옥련이 등불을 밝힐 상황이 아니었기에 역시 불빛이 밝지는 않았다. 마충의 시선이 닿은 침상에는 백색의 두 형체가 보였다. 마충은 매처럼 날카롭고 번개 같은 눈빛으로 무슨 일인지를 알았다. 남녀가 몸에 실 한 오라기 걸치지 않은 채, 인류가 생겨나면서부터 끊임없이 벌여 온 그 일을 하고 있는 중이었다.

침상 위의 한 사람이 몸을 절반쯤 일으키고 머리를 돌려, 손에 칼을 들고 살기등등한 마충을 보자 그만 경악하고 말았다. 하지만 침대에서 내려와 도망가지는 않았다. 마충이 침대에서 대여섯 치의 거리에 있었지만 사실상 바깥과 통할 수 있는 모든 길은 마충에게 막히고 말았기 때문이다. 침상의 건장한 사나이는 몸을 돌려 재빨리 베개 옆의 병기를 한 손에 들었고 또 다른 손에는 나체인 옥련을 일으켜 자기의 몸 앞을 막았다.

옥련의 보드랍고 흰 살결로 방패를 삼았기 때문에 마충은 감히 칼을 들고 공격하지 못했다. 곽호는 마충의 무공이 뛰어난 데다 사람 죽이기를 즐기는 성격이며 늘 생명을 도박 밑천으로 삼는 자라는 것을 알고 있었다. 곽호 같은 횡포한 자도 자기보다 더 잔인한 적수를 만나자 담이 떨려 쉽게 덤비지 못하였다.

곽호가 침대 위에 있었기 때문에 마충은 머리를 약간 쳐들고 상대를 보는 자세였다. 마충의 눈에 옥련의 희고도 풍만한 몸이 뚜렷하게 들어왔다. 심지어 옥련의 미묘한 곡선과 그녀의 가장 신비한 곳까지 눈에 들어왔다. 쌍방은 한동안 대치해 있었고 곽호는 마음이 세차게 떨려 속으로 중얼거렸다.

'마충 이놈은 원래 호색한이거늘 지금은 나체에도 한 눈을 팔지 않으니 내가 어찌해 볼 빈틈이 없구나.'

마충은 이제까지 이성에 대한 욕망을 누른 적이 없었다. 다만 지금은 이 아름다운 몸뚱이에 마음을 두지 않았던 것이다. 원래 마충은 천성이 잔인하여, 심지어 싸우는 것을 색욕보다 더 즐겼다. 그러므로 눈앞에 있는 적과 생사박투가 벌어지려는 순간, 그에게 색욕은 생각나지도 않았던 것이다. 그는 그저 눈앞의 적의 빈틈과 약점에 집중하면서 공격할 기회를 찾고 있을 뿐이었다.

곽호는 가라앉은 소리로 말했다.

"마 형, 형이 만약 이 여인을 위해서 왔다면 이 동생이 두말없이 사양하겠소."

마충이 코웃음을 치더니 말했다.

"나는 물론 그녀 때문에 왔지만……."

그는 말을 미처 끝내기도 전에 일도로 공격해 상대방의 아랫배를 재빨리 베었다. 지금 곽호의 손에는 한 자루의 단도밖에 없어 위급해지면 몸을 급전해 옥련의 두 발을 이용하여 적의 도세를 막으려 했다. 마충이 칼을 멈추지 않는다면 칼이 옥련의 가냘픈 두 발을 찍어버리거나, 혹은 다리를 벨 수도 있었다. 마충의 도세가 멈출지 말지 곽호도 예측할 수 없었다. 이 일도는 마충에게 다시없는 절호의 기회였다. 만일 곽호가 상대방이 친히 옥련을 위해 왔다는 말에 잠시 마음을 놓지 않았다면 결코 허점을 드러내지 않았을 것이기 때문이다. 곽호는 마충의 이 말이 단지 말을 시작하는 서두라는 것을 결코 예상하지 못하였다.

마충의 번개같은 도광은 갑자기 멈추었다. 조금만 더 나갔다면 옥련의 부드럽고 연약한 피부에 상처를 냈을 것이다. 곽호는 기회다 싶어 반보를 물러서며 물었다.

"마 형은 왜 이리도 사람을 핍박하시오?"

마충은 쌀쌀하게 대답했다.

"할 말이 있으면 사 부인에게 가서 말하라."

곽호가 섬뜩해져 물었다.

"설마 그녀가 마 형을 보냈다고 말하는 것은 아니겠지요?"

마충이 대답했다.

"그녀 외에 내게 명령할 사람이 어디 있느냐?"

곽호가 말했다.

"마 형! 우리는 친구이지 않소. 이 동생이 다시는 이곳에 나타나지 않겠다고 약속하겠소. 제발 이러지 마시오. 노형이 이 여자를 가지면 어떻겠소?"

마충의 시선이 거의 처음으로 옥련의 몸으로 돌아가 아래위를 훑어보면서 말했다.

"괜찮기는 하군."

곽호가 말했다.

"마 형이 맛을 보면 알게 될 것이오. 혼이 나갈 지경이라니까."

마충이 속으로 중얼거렸다.

'내가 거절한다면 이자는 필시 이 여자를 이용해서 이곳을 어떻게든 빠져나가려 할 테지. 그럼 그때 내가 앞뒤 안 보고 공격하면 저자를 제압할 수는 있겠지만 이 여자가 위험해 질 것이다.'

곽호의 목소리가 또다시 들려왔다.

"마 형, 보시오. 이 여자의 뽀얀 살결과 아름다운 얼굴, 그리고 긴 다리를……."

곽호가 가리키는 대로 마충은 옥련의 몸을 훑어보았다. 그러자 곽호가 또다시 말했다.

"마 형이 직접 해 보면 내가 말한 맛을 알게 될 것이오……."

말을 마치기도 전에 곽호는 품속의 여인을 마충에게 밀쳤다. 마충이 몸을 옆으로 피하면 희고 풍만한 이 소녀가 단단한 땅바닥에 고꾸라질 상황이었다. 곽호는 이 틈에 재빨리 옆쪽으로 튀어나갔다. 그는 마충이 옥련을 조금이라도 늦게 받는다면, 그녀는 심하게 내동댕이쳐질 것이라 생각하였다. 그렇게 시간이 조금 지체된 후에 마충이 자기를 공격해오더라도 그 위력은 이미 반 이상 줄어 필시 상해를 입히지 못할 것이라 여겼다.

이런 생각으로 곽호의 몸이 공중에 막 튀어 오르는 순간 측면에서부터 예리하고 차가운 도기刀氣가 빠르고 거세게 공격해 들어오는 것을 느꼈다. 곽호는 속으로 개 같은 자식이라고 욕하며 수중의 단도를 휘둘러댔다. 마충의 장도의 기세는 사나웠다. 장도는 독사와도 같은 구불구불한 곡선을 그리더니 순간 날카로운 칼날로 곽호의 팔을 베었다. 곽호는 고통으로 소리쳤다. 끊어진 팔은 땅에 떨어졌는데도 단도를 쥐고 있었다. 마충의 공격은 계속 되었다. 장도는 번개 같은 속도로 동그라미를 그리며 곽호의 옆구리를 반 자나 되는 깊이로 찔렀다. 이때 곽호는 앞으로 나아가던 기세라 그의 몸은 장도에서 벗어나 십여 자나 날아간 후 '퍽' 소리를 내며 땅바닥에 쓰러졌다. 이 잔인하고 악독한 흑도는 연달은 두 차례의 칼을 맞고 비명소리 한 번으로 그 자리에서 숨통이 끊어졌다.

이때 동시에 '쿵' 하는 소리가 났다. 옥련이 땅에 고꾸라진 것이었다. 마충은 본래 살기로 가득 찬 인물로, 여자를 동정하거나 아끼는 마음이 없는 자였다. 방금 옥련의 육체를 본 것도 사실 거짓으로 보는 척하였던 것이었다. 그래서 옥련이 그를 향해서 날아올 때 그는 전혀 개의치 않고 옆으로 비키며 튀어 올라 전력으로 곽호를 상대하였던 것이다. 그제야 마충은 옥련을 돌아보았다. 옥련은 이번 충격으로 정신을 잃은 채 움직임이 없었다. 마충은 흉성凶性이 일어났다. 그는 몸을 돌려 옥련에게로 가더니 땅바닥의 나동그라진 그 나신을 놀란 듯 보며 생각했다.

'혹시 바닥으로 떨어지면서 죽은 건 아닐까?'

마충이 그녀의 몸을 이리저리 돌려가며 살펴보니 옥련이 죽은 게 아니었다. 이때 마충의 눈에 들어온 옥련의 몸은 매우 매력적으로 느껴져, 잠들었던 색욕이 서서히 솟아오름을 느꼈다. 그래서 그녀를 안아 일으킬 때 그녀의 풍만한 가슴이 몸에 닿자 당황하며 어쩔 줄 몰라 하였다. 마충은 옥련을 침상에 뉘었다. 옆으로 뉘인 그녀의 나신은 너무 매력적이어서 마음이 산란해지고 넋을 놓을 지경이었다. 하지만 그는 곧 계책이 하나 생각나서 즉시 그녀에게 옷을 입혔다. 그러자 옥련은 곧 의식을 찾고 신음하였다.

"으음……아파……."

마충은 그녀가 눈을 뜨자 물었다.

"어디가 아프냐?"

옥련이 대답했다.

"뒤에…… 엉덩이가……."

마충이 대답했다.

"괜찮다. 약을 먹고 아픈 곳을 만져 주면 며칠 지나서 회복될 게야."

마충은 그가 지니고 다니는 비상용 약에서 근육이 풀릴 수 있는 약을 골라 그녀에게 주었다. 그리고는 손을 내밀어 그녀의 둔부를 주물렀는데 장심에 공력을 끌어올려 손이 불처럼 뜨거웠다. 그가 몇 번 주무르자 옥련은 통증이 줄어든 느낌이었다. 그녀는 몸집이 웅장하고 거친 이 남자를 불안한 눈빛으로 바라보며 입으로는 가끔씩 그에게 고마움을 표했다. 마충은 움직이던 손을 멈추고 말했다.

"부인께 이제 말씀 드리러 가야겠다."

그는 큰 걸음으로 걸어 나가면서 문가에 이르자 문득 머리를 돌려 말했다.

"내가 제때에 이르렀다고 말하겠다. 너도 내가 무슨 말을 하는지 알아듣겠지?"

옥련은 감격하는 눈길로 그를 바라보며 머리를 끄덕였다. 마충은 이 아름다운 소녀가 자신에게 반했으며 그녀가 스스로 자신에게 헌신하리라는 것을 알았다. 마충은 손이가는 대로 근처의 옷들을 주워 모아 곽호의 주검 위에 팽개치듯 덮고는 그 선혈이 낭자한 시체를 문밖으로 끌어냈다.

옥련은 곽호의 시체를 보고도 조금의 연민도 느끼지 않았다. 다만 몸이 부들부들 떨리고 마음은 기이하고 견딜 수 없이 슬픈 감정이 솟구쳐

올랐다. 조금 전까지만 해도 이 시체는 팔팔하고 원기 왕성한 폭력과 정욕의 화신이었다. 하지만 이제는 생명을 잃고 더 이상 어떠한 감각도 느낄 수 없는 존재가 되어버렸다.

이때 옥련은 본능적으로 느꼈다. 찰나지간에 이 시체는 그녀와 마충에게 또 다른 접촉의 기회를 주었다. 그러나 그는 지금 갑자기 불귀의 객이 되고 말았다. 이 얼마나 기이하고 소름끼치는 일인가? 한편 마충은 조금도 개의치 않고 선혈이 뚝뚝 떨어지는 시체를 질질 끌고 나갔다. 그녀는 생명이 너무 쉽게 사라지고 인사무상人事無常함의 평범한 진리를 느끼며 인간의 마음속에 존재하는 잔혹함에 전율을 느꼈다.

마충이 뜰 안으로 가보니 사 부인은 마침 정원 담에 뛰어올라 이곳을 바라보고 있었다.

"제가 부인의 명을 욕보이지 않았습니다."

사 부인이 물었다.

"옥련은?"

마충이 대답했다.

"제가 때맞추어 갔기에 괜찮습니다. 조금 놀랐을 뿐입니다."

사 부인의 음성은 분노로 차 있었다.

"이놈이 감히 내 아들의 여인을 범하려 하다니 그 죄가 죽어 마땅해. 이놈이 다시는 내 눈앞에 안 나타난다 해도 결단코 용서할 수가 없다."

마충이 말했다.

"이 일은 제게 맡기시고 부인께서 직접 출수하지 마십시오."

사 부인이 머리를 끄덕이며 말했다.

"그렇다면 당장 떠나라. 이곳 일은 내가 알아서 할 테니."

마충은 허리를 굽히면서 말했다.

"그렇게 해 주신다면 제가 한시름 놓겠습니다."

말을 마친 후, 마충이 시체를 들고 재빨리 담을 넘어가자 사 부인은 정원으로 가볍게 뛰어내리더니 빠른 걸음으로 방으로 들어가서 등불을 밝혔다. 옥련은 침상에 꿇은 것 같기도 하고 앉은 것 같기도 한 자세로 있었다. 그녀의 얼굴은 공포로 일그러져 있었다. 사 부인이 말했다.

"이만하면 다행이구나. 내가 보낸 사람이 제때 와서 그놈을 죽였으니 마음이 좀 풀리지 않느냐?"

옥련이 말했다.

"예."

사 부인이 말했다.

"보거라. 지난번 네게 무공을 전수하려 할 때 네가 거절하지만 않았어도 이런 일이 있었겠니?"

옥련이 말했다.

"비녀婢女의 나이가 이미 어리지 않은 데다 무공을 연마할 때 적지 않은 고통을 겪어야 한다고 말씀하셨지요. 그리고 제가 무공을 익히는 것이 꼭 성공할 수 있을지도 모른다고 부인께서 말씀하셔서 비녀는 무공을 배울 생각을 포기했어요."

사 부인이 말했다.

"무엇보다 네 의지가 중요하니 만일 네가 무림의 고수가 되고 뛰어난 사람이 되려고 한다면 내가 도와주마."

옥련은 부인의 말에 마음이 몹시 어수선하였다. 옥련은 사씨 부중에서 집사와 같은 위치에 있었다. 사 부인은 줄곧 집안일을 관계하지 않았고 옥련이 지금까지 살림을 관리하였다. 왜냐하면 옥련이 사진의 시첩이었기 때문이었다. 그녀가 이런 지위를 얻게 된 것은 그녀의 반듯하고 부드러운 미모와 사씨 부중을 위한 정성스러운 마음 외에도 그녀의 민첩하고 꼼꼼한 성격 때문이었다. 그러나 아무리 총명하고 슬기로운 그녀라 하더라도 조금 전에 겪은 여러 일들로 얼이 빠진 상태였다. 사 부인은 웃으면서 말했다.

"일단 네가 나를 따라 무공을 익히면 너는 더 이상 사씨네 계집종이 아님을 알아야 한다. 그렇게 되면 넌 사진과 혼인을 할 수도 있겠지. 어쨌든 네가 무공을 배울 것인지 말 것인지 선택하거라."

옥련은 이 말을 듣고 갑자기 마음이 들떴다. 사 부인의 말은 그녀가 명분名份을 가질 수 없는 가엾은 여자가 아님을 암시하였다. 옥련은 눈이 휘둥그레져서 아름다운 사 부인을 보며 마음속으로 생각했다.

'내게도 이런 좋은 일이 생기는구나. 그런데 내게 그런 일이 일어날 수 있을까? 부인이 도련님에게는 물어 보았을까?'

사 부인의 시선이 선혈이 낭자한 곳에 멎었다. 그녀는 갑자기 몸을 부르르 떨더니 눈빛이 번쩍였다. 그녀는 이 핏자국에서 강한 희열을 느꼈다. 지금까지 살면서 많은 유혈 사건을 보아왔지만 전에는 이러한 특별한 느낌이 없었다. 하지만 이 같은 강렬한 반응은 그녀로서도 처음 있는 일이었다. 그녀의 눈동자는 커졌고 얼굴은 상기되어 붉게 물든 데에다가 호흡도 거칠어졌다. 옥련은 사 부인의 기색의 격렬한 변화를 보고는 놀라서 더 이상 어떤 말을 할 수가 없었다. 잠시 후 사 부인이 비로소 원상태를 회복하고 머리를 들어 옥련을 바라보며 말했다.

"아성阿成더러 몇 사람 데리고 와서 핏자국을 깨끗하게 씻으라고 해라."

옥련이 단정히 대답하자 사 부인이 문턱을 넘어가더니 덧붙였다.

"다음에 다시 이야기하자. 이제 다시는 이런 남자들을 불러들이지 않겠어."

만일 사 부인이 앞으로 남자들을 집으로 불러들이지 않는다면 도련님과 부인 사이가 회복될 것이고 도련님도 다시는 집을 떠나 먼 곳으로 가려는 생각을 않을 것이라는 생각에 옥련은 기뻤다. 하지만 그녀는 불현듯 두려워졌다. 만일 사 부인이 살인과 유혈하는 일로 정욕을 대체하여 만족을 얻으려 한다면 더욱 무서운 일이 되기 때문이다. 옥련은 자신의 이런 생각이 한낱 기우이기를 바랐다. 그리고는 일어나서 옷을 갈아입고 밖으로 나가 사람을 불러 피로 물든 바닥을 깨끗하게 닦게 하였다.

사 부인이 거처하는 곳의 객실 등불은 휘황하였다. 객실 안에는 마충이 보따리 하나를 가지고 부인의 부름을 기다리고 있었다. 사 부인은 그에게 은표 꾸러미를 건네주며 말했다.

"한 일 년쯤은 쓸 수 있을 게야. 일을 마치고 돌아오면 만족스러운 보상을 해 주지."

마충이 말했다.

"보상이라니요. 당치 않습니다."

사 부인이 말했다.

"일을 성사시키고 돌아오면 네가 이곳에서 갈망하던 일을 얻게 될 게다."

마충은 의아해서 말했다.

"저는 아직 제가 갈망하는 일이 무엇인지 모릅니다."

사 부인의 눈에 맹렬하고도 흥분된 빛이 떠올랐다.

"네 천성은 색욕보다 사람 죽이는 것을 더 좋아하지. 그렇지 않느냐?"

조금 전 곽호와의 사건만 해도 사 부인의 말을 증명한 셈이었다. 마충은 머리를 끄덕이며 말했다.

"부인의 말씀이 맞습니다."

사 부인이 말했다.

"네가 돌아올 즈음엔 네가 죽여야 할 대상을 많이 발견하게 될 것이다. 그건 내가 보장하지."

마충이 말했다.

"어떤 사람을 죽이느냐에 달렸겠지요."

사 부인이 말했다.

"네가 대적하기에 버거울 수도 있을 만큼의 강한 자들이야."

마충은 그녀의 살기등등한 모습과 광기 어린 흥분을 보고 말했다.

"좋습니다. 하지만 뒤탈이 없어야 할 것입니다."

사 부인이 말했다.

"바보 같은 소리. 오히려 뒤탈이 있어야 해. 복수의 복수를 계속할 수 있도록 해야지. 안 그래?"

사 부인의 말에 마충은 미친 듯이 웃고 난 후 말했다.

"좋습니다. 부인의 말씀이 저를 흥분시키는군요."

사 부인의 말이 그에게 자극을 주어 턱수염이 곤두섰다. 사 부인이 계속하여 말했다.

"내가 지금까지 무림 명문과 대적하지 않았던 이유는 두 가지다. 하나는 그다지 유쾌한 일이 아니기 때문이고, 또 하나는 실력 면에서 장담할 수 없었기 때문이지. 여태껏 사람 죽이는 일을 즐거워한 적이 없었는데 조금 전 곽호의 혈흔을 보고 갑자기 흥분이 되더군."

마충은 의아해서 물었다.

"무엇 때문이죠?"

사 부인이 대답했다.

"내가 알려주지. 나는 두 가문의 무공을 겸하였다. 이 두 가지 무공은 지금까지 평형을 이루어 왔는데 근래에 들어 한 가지 무공이 크게 정진精進했다. 너도 느낄 것이다. 내가 방탕하게 변했고 더욱 젊고 힘이 넘친다는 것을."

마충이 말했다.

"예, 정말 그렇습니다."

사 부인이 말했다.

"이 무공으로 내 성격이 크게 변했다. 그런데 조금 전 내 강렬한 욕망이 그 방향을 바꾸었지."

마충이 말했다.

"알 것 같습니다."

사 부인이 말해했다.

"아니, 넌 일부분만 알 뿐 전부는 모른다."

그녀는 잠깐 생각하고 나서 다시 말했다.

"너는 실력에 있어 무림 고수라고 할 만하다."

마충이 말했다.

"아직은 많은 강적을 대적할 수 있을 정도는 아닙니다."

사 부인이 말했다.

"물론. 그래서 내가 돕겠다는 거야."

마충이 말했다.

"아마 어려움이 많으실 겁니다."

사 부인이 말했다.

"현재 나의 무공은 적지 않은 고수들을 막아낼 수 있다. 하지만 일류의 고수와 대적한다면 기껏해야 나를 보호할 수 있는 정도일 뿐이지."

마충이 말했다.

"그렇다면 우리가 힘을 합쳐도 아무런 소용이 없습니다."

사 부인이 물었다.

"어째서?"

마충이 대답했다.

"사람을 죽여 낙을 얻으려면 적수는 반드시 고수여야 합니다."

사 부인이 물었다.

"그건 또 왜지?"

마충이 대답했다.

"한 사람이 고수의 지위에 오르려면 적잖은 풍파를 겪어야 합니다. 그는 경험만큼 벗들도 많습니다. 게다가 사문의 연원淵源으로 우리가 하나를 죽이면 적어도 몇 명의 고수를 불러들이게 되죠."

사 부인이 말했다.

"그럴 테지. 만약 내가 너의 뒷받침이 된다면 그 어떤 일류 고수라도 대결할 수 있을 것이다. 그렇지 않으냐?"

마충이 말했다.

"그것은 사 부인께서 저의 뒷받침이 되어주실 수 있는가에 달려있지 않겠습니까?"

사 부인이 말했다.

"물론 가능하지. 나는 네가 떠나면 세상에 둘도 없는 신공神功을 닦겠다."

마충이 물었다.

"세상에 둘도 없는 신공인데 일이 년 사이에 성과가 있을까요?"

사 부인이 말했다.

"나의 이 신공은 신외화신身外化身이라 하는데 무산신녀巫山神女 비전심법 중의 가장 뛰어난 일종으로, 나는 벌써 적합한 화신을 찾았다."

마충이 물었다.

"연마를 하면 어떻게 됩니까?"

사 부인이 대답했다.

"나의 화신이 나와 감각이 서로 통하니 나의 공력이 오롯이 그녀의 몸에 붙을 수 있어. 화신이 출수할 때면 의지가 나의 통제를 받게 되어 모든 두려움이 없어지지."

마충이 물었다.

"만약 화신이 죽어도 당신은 해를 입지 않겠지요?"

사 부인이 대답했다.

"나 역시 나의 화신과 운명을 같이한다. 그러나 바꿔 생각해 보면 내 공력이 생사로 인한 두려움에 영향을 받지 않으니 내 무공이 곱절로 강해지지 않겠는가?"

마충은 사 부인의 말이 이치에 맞는 말 같아 머리를 끄덕이며 말했다.

"그럼 이렇게 하는 게 좋을 듯합니다. 제가 시도를 추살하는 일은 적어도 반년이라는 시간이 걸릴 겁니다."

사 부인이 말했다.

"두 장의 도해를 주겠다. 이 도해는 사씨네 수라밀수修羅密手 중 두 가지

초식의 장법인데 네가 지닌 내공으로 이 두 초식의 장법을 시전하면 비록 이름 난 고수라 하더라도 손 쓸 사이 없이 너의 장법 아래 죽을 것이다."

마충은 그동안 사씨네 수라밀수의 절초를 배울 수 있기를 바랐기 때문에 부인의 말에 그야말로 미칠 듯이 기뻤다. 그가 두 장의 도해를 넘겨받고 조심스럽게 물었다.

"이 두 초식의 절초를 연마하려면 시간이 얼마나 걸릴지."

사 부인이 대답했다.

"연마하는 데 제일 좋은 방법은 한 초씩 연마하는 것이다. 먼저 한 초식을 익숙하게 연마한 뒤 다시 두 번째 초식을 연마해라. 네가 설령 빠른 시일에 이 두 초식의 장법을 알았다 하더라도 확실히 익히지 않으면 장법이 흩어져서 그 어떤 효과도 거둘 수 없을 게다."

마충은 사 부인의 말을 깊이 새겼다. 부인은 또 그에게 자신이 신외화신 무공을 연마하기 위해 외부와의 접촉을 끊고 은신하겠다는 것을 알려 주었다. 그래서 마충이 사 부인에게 기별을 할 때 어떻게 연락하는지, 그리고 시도라는 자가 어떤 자인지에 대해서 일러 주었다.

며칠 후, 사진이 사씨 부중으로 돌아온 뒤 이날 저녁에 발생한 일을 들었다. 하지만 모친의 행위가 크게 변하였기 때문에 깊이 추궁하지는 않았다. 사 부인은 그날 밤 이후로 그녀와 친밀하던 사람들과 단절하고 밤낮으로 옥련과 뒤채에서 무공을 연마하면서 얼굴을 나타내는 일이 드물었다. 사진은 모친에게 어째서 이런 변화가 생겼는지 깊이 알지 못하였으나 지금의 모습은 그가 바라던 모습이기도 하였다. 옥련이 모친을 줄곧 동반하는 일이 그에게 불편하기는 하였지만 모친을 생각할 때는 오히려 잘 된 일이라 생각하였다.

정작 사진을 괴롭힌 것은 진춘희의 변화였다. 그녀는 날이 갈수록 거룩하고 장엄하게 변했고 그녀의 학식도 무공을 따라 더없이 정진하였다. 그녀의 몸에서는 끊임없이 거룩한 형상이 발산되고 있어, 사진은 자신의 자유분방한 태도가 때때로 그녀 앞에서 부끄러워졌다. 하지만 사진은 자신의 모습을 바꿀 생각이 없었다. 만일 사진에게 이런 엉뚱한 신조가 없었다면 그녀의 영향을 받아 그녀와 단정하게 지냈을 것이다. 사진은 진춘희의 이런 모습을 예측하지 않은 것은 아니지만 사실로 나타나자 더욱 궁지에 빠진 듯한 느낌이 들었다.

*

양곡현과 몇 리가 떨어진 성도成都는 삼국三國 때 촉한蜀漢의 고향으로 물산이 풍부하고 거리가 번화하여 천중川中의 가장 부유한 고장이다. 이 지역은 역사도 깊고 인구도 밀집한 고성古城이었다.

이따금씩 울리는 까마귀의 요란한 소리와 더불어 어둠의 장막이 점점 내리고 있었다. 상가로 밀집한 거리의 행인들 누구 하나 전신이 흙투성이인 검은 옷의 청년에게 눈길 한 번 던지지 않았다. 그러나 그가 허리에 두 치가 넘어 뵈는 단도를 찼기 때문에 오히려 무림의 사람들은 이 청년에게 시선을 던졌다. 흉기를 가지고 다니는 것을 국법이 허락하지 않는 데에다가 낯선 자에 대한 경계심과 호기심이 일었기 때문이었다.

무릇 병기를 지닌 자들이란 대개 무공을 연마했거나 강호의 사람이었다. 그 외에 표국鏢局의 사람과 치안을 수행하는 주부州府의 공인公人들인데 이들은 국법의 허락을 받아 병기를 휴대하였다. 이 검은 옷의 청년은 입성할 때 공인에게 심문을 받았다. 그들은 이자의 이름이 심우이고 이곳 천중표국川中鏢局의 표사를 방문하기 위해 왔다는 것을 알고 곧 풀어주었다.

유독 무림의 사람들이 그를 주시한 까닭은 심우의 허리에 차고 있는 단도 자루가 보통의 것보다 굵고 도신이 두터웠기 때문이었다. 또한 칼집은 옛 빛을 띠고 우아함 기품을 풍겨 한 번만 봐도 평범한 물건이 아님을 알 수 있었다. 그래서 안광이 있는 사람은 모두 그가 찬 기이한 모양의 단도를 계속해서 보았다.

심우는 서어가西御街에 있는 한 동기포銅器鋪에서 걸음을 멈추고 안으로 들어갔다. 가게 안에는 한 중년인이 작은 동기銅器들을 닦고 있었다. 심우는 들어서자마자 '쩡'하는 소리와 함께 단도를 발출하여 섬전같이 가게 주인의 목에 단도를 들이대었다. 단도가 칼집을 벗어나자 눈부시게 빛났다. 단도의 싸늘한 기운은 가게 주인의 얼굴을 흙빛으로 만들었다. 가게 주인은 너무 놀란 나머지 하마터면 오줌을 쌀 뻔하였다. 심우는 왼손을 주인 앞에 내밀었다. 요란한 소리와 함께 하나의 은덩이가 주인 앞에 떨어졌다. 심우는 쌀쌀하게 말했다.

"몸 숨길 곳이 필요하다."

가게 주인은 말을 알아들은 것인지 못 알아들은 것인지 상관없이 죽어라고 머리만 끄덕였다. 심우가 고개를 돌려 살펴보니, 각양각색의 동기들이 진열되어 있었는데, 오른쪽 모퉁이에 세 치 높이 되는 동종銅鐘 하나가 눈에 들어왔다. 그는 동종이 있는 곳으로 재빨리 뛰어갔다. 무게가 삼사백 근이나 나가는 동종은 심우의 손에 가볍게 들렸다.

주인은 심우의 힘을 보고 속으로 놀라 귀밑머리로부터 식은땀을 쫙 흘렸다. 그러면서도 한 손으로 은덩이를 잡았다. 비록 은덩이를 손에 쥐었지만 마음은 불안하였다.

'혹시 저놈이 나중에 딴 말 하는 거 아니야?'

이때 흰 옷을 입은 문사文士가 가게 안으로 들어섰다. 주인은 얼빠진 사람처럼 그를 쳐다보았다. 가게 주인이 보기에 이 사람의 얼굴은 준수하지만 사람을 압도하는 흉악한 빛이 있었다. 주인은 직감적으로 눈앞의 흰 옷을 입은 자와 동종 안에 몸을 숨긴 자와의 관련을 생각하고는 몹시 긴장하였다.

흰 옷을 입은 자는 날카롭게 가게 안을 둘러보았다. 이윽고 주인의 얼굴에 시선을 멈추었다. 두 줄기 눈빛은 두 자루의 날카로운 칼날마냥 주인의 심장을 찔렀다. 주인은 몸서리쳤지만 얼굴만은 있는 힘껏 직업적인 웃음을 띠며 물었다.

"어서 옵쇼. 어서 옵쇼. 자, 자! 어떤 것을 고르시려우?"

흰 옷을 입은 자가 도리어 쌀쌀하게 물었다.

"너는 이름이 무엇이지?"

주인이 대답했다.

"쇤네 진陳가입죠. 왜 그러슈?"

흰 옷을 입은 자가 말했다.

"방금 검은 옷을 입은 자가 여기로 들어오지 않았나?"

주인은 바삐 머리를 가로저었다. 아까 자신의 목에 심우가 들이댄 무시무시하고 눈부시게 빛나는 단도를 생각하자 다리에 맥이 탁 풀렸다. 하지만 흰 옷을 입은 자의 몸에 있는 장도도 그의 마음을 떨게 만들어

머리칼이 곤두섰다.

이때 갑자기 한 필의 검은 말이 가게 문 앞에 와서 멈추었다. 말 위에 앉아 있는 사람은 뜻밖에도 젊고 아름다운 소녀였다. 소녀는 은백색 옷을 입고 있었고 새까맣게 윤기가 흐르는 준마를 타고 있었다. 이런 모습은 사람들의 시선을 끌었다. 소녀는 손에 금사편을 들고 있었는데, 채찍 끝 부분의 술이 안장 옆에서 눈부시게 흔들렸다. 흰옷을 입은 자는 머리를 돌려 소녀를 바라보았다. 둘은 신경전을 펼치는 듯 서로를 응시하였다. 이윽고 소녀가 입을 삐죽거리더니 대수롭지 않은 듯 말했다.

"려사! 사람들은 당신을 두려워할지 몰라도 나는 당신을 두려워하지 않아요."

흰 옷을 입은 자는 대경실색하여 물었다.

"너는 누구냐? 내 이름을 어떻게 알고 있지?"

소녀가 말했다.

"나의 성은 애이고 이름은 외자로 림이에요. 잊지 말아요. 다시 말하지만 난 당신을 두려워하지 않아요. 알겠어요?"

려사는 한바탕 웃고는 말했다.

"그래? 어디 나와 고하를 겨루어 보겠느냐?"

애림이 말했다.

"이거 원. 시간이 있어야 말이죠. 당신과 고하를 겨룰 시간이 도통 없어요. 하지만 내가 줄곧 당신 뒤를 미행한 것은 사실이에요."

려사는 노여움을 참고 물었다.

"날 미행해?"

애림이 대답했다.

"내가 미행한 이유를 짐작해 보세요."

려사는 지금까지 적지 않은 사람을 죽였고, 악독하고 잔인하였다. 하지만 그도 남자인지라 아름다운 소녀 앞에서는 쑥스럽다는 생각이 들었다.

'이 소녀가 날 마음에 들어 하는 걸까? 비록 소녀의 태도가 상냥하지는 않지만 뭐 여자들이야 워낙 위장을 잘하니 겉으로 드러난 태도로는 알 수가 없지. 안 그래?'

하지만 려사는 자신이 이르는 곳마다 원수가 있어 이 소녀도 자신이 죽인 사람들 중 어느 한 사람의 딸이거나 가속家屬일 수 있는 경우도 생각했다. 만약 애림이 피살자의 가속이라면 려사는 그녀의 원수가 되는 셈이었다. 그러나 이 경우도 그다지 가능성이 있지는 않았다. 애림은 나이가 어려 피해자의 자식일 확률은 떨어졌다. 려사는 생각할수록 알 수 없어 말을 했다.

"네가 내 뒤를 쫓은 이유를 모르겠구나."

애림이 말했다.

"솔직하게 말해 내가 당신 뒤를 쫓은 지 벌써 사 개월도 넘어요."

려사가 말했다.

"네 말은 믿을 수가 없구나."

애림은 말에서 가볍게 뛰어내려, 가게 안으로 들어왔다. 애림과 려사는 서로의 거리가 가까워져서 뚜렷하게 볼 수 있었다. 려사는 많은 곳을 돌아다녀 견식이 넓었지만 이처럼 아름다운 사람은 보지 못하였다. 려사는 눈앞의 소녀의 모습에 크게 감탄하였지만 겉으로는 그런 기색을 조금도 노출하지 않았다.

애림이 말했다.

"뭐, 믿고 안 믿고는 당신에게 달렸지만. 당신을 미행하는 건 어렵지 않았어요. 뭐랄까. 당신은 워낙 인상적이니까."

애림은 멈췄다가 또다시 말했다.

"당신은 한 가지 일에 몰두하고 있는 것 같더군요. 그래서 당신을 미행하는 자가 있으리라고는 꿈에도 몰랐는지 행적을 감출 생각도 않더군요. 덕분에 난 아주 쉽게 동태현東台縣 해변에서 이곳까지 당신을 미행할 수 있었지만 말이에요."

려사는 어깨를 으쓱거리며 말했다.

"너의 말이 전부 사실이라 치자. 날 미행한 의도가 뭐지?"

애림이 말했다.

"그런데 이제 도저히 더 이상은 참을 수가 없어서 당신을 미행하지 않기로 했어요. 그래서 내 모습을 이렇게 드러낸 거예요."

그녀가 그를 미행한 원인을 말하지 않자 려사는 답답했다.

"너와 여기서 계속 이러고 있을 수는 없어. 대체 날 미행한 이유가 뭐지?"

애림은 돌연 수중의 금사편을 들어 휘두르자 채찍은 한 줄기 긴 금빛 뱀과 같이 쓸어가더니 '퍽'하며 계산대 위를 쳤다. 가게 주인은 비명을 질렀다. 채찍에 맞은 것이었다. 가게 주인은 쥐고 있던 손을 폈다. 그러자 빛나는 은덩이가 드러났다. 애림이 쌀쌀하게 말했다.

"내 눈을 속일 수는 없지."

그녀는 눈길을 돌려 려사를 응시하면서 말했다.

"내 실력을 보았겠지요? 미행은 아무나 하는 게 아니에요."

려사가 말했다.

"이건 뭐지?"

애림이 말했다.

"좋아요. 내 실력을 더 보여 주지요."

그녀는 가게 주인을 향해 쌀쌀하게 말했다.

"말해. 이 은덩이가 어디서 났지? 사실대로 말하지 않으면 바로 이렇게……."

말하자마자 영사靈蛇와도 같은 채찍을 별안간 잡아당겼는데 또 한 차례 채찍이 가게 주인의 몸을 슬쩍 스쳤다. 가게 주인은 비명을 질렀고 너무 아파서 식은땀을 흘렸다. 애림이 또다시 말했다.

"넌 첫째로 기색이 불안했다. 둘째로 은자를 거두는 행동이 자연스럽지가 않았다. 그래서 이 은자는 반드시 우리와 어떤 관계가 있다고 생각한다. 그렇지?"

려사는 의아한 듯 물었다.

"우리라니?"

려사가 돌연 깨달아 다시 말했다.

"너 심우란 자를 아는구나. 그렇지?"

애림이 말했다.

"잠깐만요. 당신은 잠자코 있어요. 나는 지금 이 간사한 상인과 상대하고 있는 중이니까."

가게 주인은 극심한 아픔이 채 멎지도 않았는데 채찍을 다시 맞을까 싶어 두려웠다. 심지어 목숨을 잃을 것 같아 바삐 동종을 가리켰다. 애림은 거만하게 말했다.

"려사, 어때요? 이자가 고분고분하게 심우의 행방을 제공하지 않나요?"

려사도 부득불 탄복하지 않을 수 없었다. 그것은 그녀의 위협 수단이 비록 평범하였지만 정확한 판단을 내려 상대방의 마음을 공격하여 원하는 것을 얻었기 때문이다. 애림이 또다시 말했다.

"려사, 당신은 심우를 따라 잡은 뒤 어떻게 할 생각이죠?"

려사가 말했다.

"나도 모르겠다."

애림은 이맛살을 찌푸리더니 말했다.

"모르겠다고요?"

려사가 말했다.

"그건, 내가 네게 알려주고 싶지 않아서이기도 하다."

애림이 말했다.

"뭐, 상관없어요. 당신이 내게 알려주지 않는다면 나도 당신이 알고 싶은 걸 말해주지 않을 테니까."

려사가 말했다.

"만약 네가 감히 내 명을 어기면 네가 여자라도 죽여 버리겠어."

애림이 말했다.

"웃기는 소리! 당신은 절대 날 죽일 수 없어요."

려사는 화가 나서 가라앉은 소리로 말했다.

"어째서지?"

그의 목소리는 냉혹하고 사나워 가게 주인은 거의 기절할 지경이었다. 하지만 애림은 아랑곳하지 않고 말했다.

"첫째, 당신의 도법이 비록 고명하지만 내 무공이 당신보다 한 수 위일 수도 있죠. 둘째, 내가 알고 있는 적잖은 비밀에 이미 당신은 호기심이 생겠지요. 그렇지 않다면 당신은 날 공격했겠지요. 자! 이만하면 당신이 날 죽일 수 없는 이유로 충분하지 않나요?"

려사는 냉소하며 말했다.

"자신감이 지나치군. 비록 내가 호기심이 강하다 해도 날 화나게 만들면 소용이 없어."

애림이 말했다.

"그렇다면 우리가 비겨서 당신이 나를 억누를 수 있다고 함부로 속단하지 않게 해야겠지요."

려사는 억누른다는 말이 뜻밖에 친밀하게 다가왔다. 눈앞의 당돌한 이 소녀와 자신이 어쩌면 같은 길을 걷고 있다고 생각되었다. 려사의 마음은 이미 변해서 이 소녀에 대한 살기가 사라졌지만, 겉으로는 내색하지 않았다.

"네가 감히 날 꺾을 수 있다고 믿는 거냐?"

애림이 말했다.

"뭐 솔직히 그렇다고 생각하진 않아요. 하지만 당신도 내 손의 채찍을 그리 쉽게 이길 수는 없을 걸요?"

려사는 부드럽게 말했다.

"그래. 네가 날 이길 수 있다고 여기지 않고 있으니 되었다. 더구나 당장 너와 내가 겨루는 게 중요한 일은 아니니까."

애림은 의심하는 눈길로 그를 쳐다보며 말했다.

"그래요. 하지만 앞으로 내게 말할 때는 잡아먹을 듯한 태도로 말해서는 안 돼요. 알았어요?"

려사는 처음으로 거리낌 없이 말했다.

"알겠다."

애림은 흔연히 웃으며 말했다.

"봐요. 당신은 그리 나쁜 사람이 아니에요. 이건 내가 몇 개월을 당신을 미행하고 얻은 결론이죠."

려사가 물었다.

"넌 왜 심우를 찾는 거지?"

애림이 대답했다.

"그자와 난 불공대천의 원한이 있어요."

려사가 물었다.

"그가 널 조롱했나?"

애림은 고운 눈을 번쩍 뜨고 대답했다.

"그가 그럴 자격이라도 있어요? 그자의 부친이 내 아버지를 살해했어요."

려사가 말없이 이맛살을 찌푸리자 애림이 물었다.

"왜 말이 없죠?"

려사가 대답했다.

"네 기분이 상할 텐데?"

애림이 말했다.

"상관없어요."

려사가 말했다.

"옛날부터 전해내려 온 말이 있지. 원수는 원수진 놈을 찾고 빚은 빚진 사람을 찾는다! 넌 심우를 찾을 것이 아니라 그의 부친을 찾아가야 한다."

애림이 말했다.

"당신에게 알려주지요. 그자의 부친은 나의 부친을 죽인 뒤 다른 세 명의 친한 벗에게 줄곧 쫓겨 나중에는 벗어날 길이 없어 자살했어요."

려사가 말했다.

"그가 자살했다고?"

애림이 말했다.

"자살하지 않고 배기겠어요? 그자의 부친과 나의 부친은 결의를 맺은 형제였어요. 나의 부친이 맏이고 그자의 부친은 다섯째인데 이런 일을 저질렀으니 세 분 숙부님이 그를 용서할 수 있었겠어요?"

려사가 말했다.

"그런 일이 있었군. 그자는 아마 자신의 범행을 다른 사람들이 모를 줄 알았겠지. 자신의 죄가 발각이 되자 어쩌면 두려워서 자살을 선택했는지도 모른다. 하지만 그런 자는 죽어도 그 죄를 씻을 수 없지."

애림이 말했다.

"그래요. 나의 부친의 공정한 의협심은 차치하고, 설사 그렇지 않더라도 형제의 의를 맺은 사람을 죽여도 되는가요?"

려사가 말했다.

"아니다. 그런데 그가 왜 영존을 해쳤지?"

애림이 말했다.

"그걸 나도 몰라요. 그는 나의 부친을 죽였을 뿐 아니라 잔인하고 지독한 장법으로 내 오라비에게 내상을 입혀 지금까지 침대에 누워 있죠."

애림은 너무 분하여 이를 부득부득 갈며 말을 이었다.

"우리 애씨네 집에는 아들이 내 오라비 하나뿐이죠. 내 오라빈 심지어 심목영沈木齡의 양아들이었는데. 심목영 그자가 내 오라비를 줄곧 사랑

228

하고 아끼는 것 같더니 우리 애씨네 대를 끊어버리려 했어요.”

려사는 동정하여 머리를 끄덕이며 말했다.

“이런 이유로 네가 심우를 찾는구나.”

애림이 돌연 얼굴을 찌푸리고 말했다.

“내가 왜 이런 얘길 당신에게 하는지.”

려사는 잠시 생각하고 나서 말했다.

“내가 말해 볼까?”

애림은 호기심 가득한 눈빛으로 되물었다.

“말씀해 보세요.”

려사가 대답했다.

“너의 애씨네 집과 심우는 뼈에 사무치는 원한을 맺었지만, 나는 그 영문을 잘 모른다.”

애림은 언뜻 이해가 안 갔다.

“그게 무슨 상관이 있죠?”

려사가 대답했다.

“바로 상관이 없기 때문에 넌 내게 말할 수 있는 거야. 너도 알다시피 나는 심씨네 집안은 물론, 심지어 일반 무림인들과 어떠한 연관이 없다. 그래서 넌 내게 거리낌 없이 네 속내를 말할 수 있었던 게지.”

애림은 그다지 긍정하지 않는 듯 말했다.

“그럴 수도 있지요.”

려사가 말했다.

“또 다른 하나는 너의 집 사람들은 왜 심목영이 너의 집 사람들에게 마수를 뻗쳤는지 모를 것이다.”

애림이 말했다.

"그렇다 해도 당신이 내게 해답을 줄 순 없지요."

려사가 말했다.

"그래. 하지만 너는 대체로 마음을 터놓고 말할 수 있는 대상이라 할 수 있다."

애림은 이 도법 대가와 가까워지고 있음을 느꼈다. 애림 역시 려사가 싫지 않았다. 심지어 그의 과단하고 잔인한 성격, 절륜한 무공, 뛰어나고 기민한 지혜에 대해 상당히 흠모하고 탄복하고 있었다. 그러나 애림은 지금은 그와 가까워질 생각이 없었으므로 대뜸 화제를 바꿔 물었다.

"만약 당신이 심우를 보게 된다면 어떻게 할 건가요?"

려사가 말했다.

"나도 여러 번 자문하여 보았다."

애림이 물었다.

"그런데요? 답은 얻었어요?"

려사가 대답했다.

"얻었다."

애림은 그를 쳐다보며 절박하게 물었다.

"어떻게 할 생각이죠?"

려사가 대답했다.

"상황에 따라 행동하기로 결정했다."

애림은 아름다운 눈을 크게 뜨고 물었다.

"그의 목숨을 빼앗을 작정이군요. 그렇죠?"

려사는 말했다.

"그래. 이번에는 어떤 기회도 놓치지 않을 것이다."

애림이 말했다.

"그렇다면 우리 각자 제 갈 길로 갑시다. 당신이 나보다 먼저 그를 찾게 할 수는 없으니까."

려사가 말했다.

"비록 너는 심우와 원수지간이라 하나 그가 내 손에 죽길 바라진 않는 것을 보니 그를 보호하려는 것이냐?"

애림은 얼굴을 찡그리고 말했다.

"보호? 그런 일은 없어요."

려사는 어깨를 으쓱거리며 말했다.

"네가 어떻게 생각하든 나하고는 상관이 없다."

애림은 머리를 끄덕이고는 몸을 돌려 가게 밖으로 나갔다.

려사는 뒤따라 나가서 그녀가 곧 말 등에 뛰어오르자 얼굴을 쳐들고 높은 소리로 물었다.

"만일 네가 원수를 갚지 못한다면 그 후엔 어떻게 할 거지? 집으로 돌아갈 생각이냐 아니면 강호를 떠돌아다닐 생각이냐?"

애림은 그를 응시하였고 고운 눈동자에서는 어쩔 바를 모르는 기색을 노출하였으며 한참 쉬었다가 비로소 말했다.

"아직 생각 안 해봤어요."

새까만 빛이 번들거리는 그 신구神駒는 매우 영리하여 다만 약간의 기미가 있어도 네 다리를 벌리고 재빨리 달려갔다. 려사가 그 말이 점점 멀어져가는 것을 바라보는데, 가슴속에 떠오르는 미혹적인 한 쌍의 아름다운 눈동자가 마음을 뒤흔들어 놓았다. 한참이 지난 뒤 그도 걸어 나갔는데 얼마 지나지 않아 그림자도 찾기 힘들었다.

벽 모퉁이의 동종이 열리면서 심우가 모습을 드러냈다. 그는 동종을 가볍게 내려놓고 또 팔소매로 그의 손이 닿았던 곳을 몇 번 닦고는 어떤 흔적을 남기지 않았는가를 살펴보고 나서야 몸을 돌려 주인을 바라보았다. 주인은 이 사람의 눈빛이 얼음같이 차가울 뿐더러 인간다운 감정이 없는 것 같다고 느꼈다. 그는 진절머리를 느끼면서도 손으로는 계산대 위의 그 은덩이를 가리켰다. 심우는 머리를 끄덕였는데, 얼굴에 갑자기 농후하고도 울적한 기색이 떠올랐다. 가게 주인의 정서는 대뜸 느슨해졌다. 젊은 이 사람이 비록 우울한 표정을 짓고 있지만, 결국 사랑과 원한이 있는 한 사람으로 보였고 아까 전과 같이 감정이 없는 물체처럼 보이지 않았기 때문이다. 가게 주인이 말했다.

"어르신, 어서 떠나십시오. 그들이 되돌아왔을 때 당신을 찾을 수 없어야지요."

심우는 고개를 끄덕이고 발걸음을 떼어 나가다가 진열대를 지날 때 문득 말했다.

"죄송했습니다. 조금 전에는 무례를 범했습니다."

이 말을 듣자 주인은 무의식적으로 목을 문질렀다. 그것은 조금 전에 심우의 날카로운 단도가 그의 목의 요혈에 머물렀던 까닭이다. 그러나 심우의 사과는 그로 하여금 매우 감동을 주었고, 어떤 힘이 그에게 작용하였는지는 모르지만, 가게 주인은 자신도 모르게 심우를 불러 세웠다.

"어르신, 잠깐만!"

심우는 문어귀에서 걸음을 멈추고 머리를 돌려 그를 바라보며 물었다.

"무슨 일입니까?"

가게 주인이 대답했다.

"그들이 거리에서 당신이 나가기를 기다리고 있을지도 모릅니다."

심우는 머리를 끄덕이며 말했다.

"그야말로 알 수 없는 일입니다."

가게 주인이 말했다.

"만약 몸을 숨길만한 곳이 없으면 가게 뒤에 아직 빈방이 하나 있으니 당신이 잠시 피해 있다가 날이 어두워진 뒤 떠나십시오. 그러면 그들 눈에 쉽게 띄지 않을 겁니다."

심우가 말했다.

"당신의 호의는 고맙습니다만, 뒤에 숨으면 오래지 않아 그 낭자가 되돌아올 것이기에 더욱 안전하지 않습니다."

가게 주인의 머릿속에 퍼뜩 애림이 스치더니, 삽시간에 그 오른손이 뜨거워지고 아파오기 시작하였다. 그가 손을 내려다보니 손등은 이미 벌겋게 부어 있었다. 주인이 말했다.

"낯선 길이라 익숙하지 않을 텐데, 어느 곳에 몸을 숨길 수 있습니까?"

심우는 망설이다가 말했다.

"괜찮습니다. 나는 방법이 있습니다."

주인은 사십여 년 동안 살아오면서 한평생 본분을 지키고 어떤 일이든 매우 조심하여 행동하는 자였다. 그러나 그는 이 시각 돌연 대담해지면서 다급히 말했다.

"제 친척이나 친구의 집에 몸을 숨겨 드릴 수 있습니다."

심우는 놀랍고 의아한 눈길로 이 장사꾼을 쳐다보면서 물었다.

"당신은 왜 나를 도와주려고 합니까?"

주인은 흠칫하더니 겨우 대답했다.

"나, 나는 당신이 좋은 사람이라고 생각합니다."

심우가 뇌까렸다.

'이 작은 인물로부터 인성人性의 휘황찬란光輝燦爛한 면을 보았다. 의심할 바 없는 것은 아름다운 일면이 있으면, 반드시 어둡고 비열한 면도 있다는 것이다.'

그는 스스로를 아득한 사색으로 빠지지 않게 하기 위해 고개를 들고 주인을 바라보며 말했다.

"고맙습니다. 하지만 나는 다른 사람들이 연루되지 않도록 구룡항九龍巷쪽으로 가겠습니다."

주인이 말했다.

"그곳은 매우 번화합죠. 대부분 비단을 파는 가게들이 많은데, 어르신은 그들을 만날까봐 두렵지 않습니까?"

심우가 말했다.

"괜찮습니다. 만약 그 낭자가 되돌아와서 당신을 핍박하여 묻는다면 그녀에게 내가 구룡항으로 갔다고 알려주어도 됩니다. 그리고 또 내가 어느 곳이 가장 번화한가를 물었고, 당신이 구룡항으로 가는 길을 가르쳐 주었다고 말해도 괜찮습니다."

주인은 자못 의심스러운 표정으로 말했다.

"그 낭자가 되돌아옵니까? 정말 그녀에게 알려주어도 괜찮겠습니까?"

심우가 말했다.

"괜찮습니다. 그녀는 가전 무공인 추종지술追踪之術에 정통하므로 알려주지 않아도 꼭 나를 따라 잡을 겁니다."

그는 잠시 멈췄다가 또다시 말했다.

"그녀는 원래 아주 좋은 여자아이였지만 어느 날 생긴 사건으로 성격이 크게 변하였습니다. 만약 그녀가 당신에게 죄를 짓는다고 해도 널리 용서해 주시기를 부탁드립니다."

심우는 말을 마치고는 즉시 문밖으로 나갔다.

가게 주인은 그가 정확한 방향으로 빠르게 걸어가는 것을 보고, 마음 속으로 그가 길을 잘 알고 있는 것이 매우 의아하게 느껴졌다. 그와 동시에 그 젊은이의 먼지가 가득 묻은 일신의 검은색 옷이 떠올랐고, 그토록 옷이 더럽고 해진 것은 동종 속에 숨은 탓이 분명하다고 생각했다. 모퉁이에 있는 동종의 면적은 크지 않았다. 주인은 갑자기 크게 미혹되어 뇌까렸다.

"그렇게 키가 큰 사람이 어떻게 저 안에 숨어있었을까?"

바야흐로 이런 일을 생각하고 있을 때, 가게 뒤로 통하는 길에 아름다운 소녀가 조용히 나타났다. 그녀의 수중에는 금사편이 들려 있고, 그 채찍 끝은 가볍게 흩날렸다. 주인은 그녀가 온 것을 눈치채지 못하고, 그저 멍하니 그 동종을 바라보았다. 미모의 소녀는 동종을 향해 걸어가면서 입으로는 냉랭한 소리를 발출했다.

"과연 이 동종이 수상해요."

주인은 경악했다. 한편으로 소녀의 채찍이 두려웠고, 다른 한편으로는 자기가 실태失態했음을 후회했다. 그 동종을 눈여겨본 것이 잘못이었다. 그러나 다행인 사실은 심우가 이미 가버렸고, 또 그의 말처럼 애림이 되돌아왔다는 것이다. 애림은 동종 가까이에 다가서며, 흘깃 살펴보고는 대뜸 말했다.

"이놈이 상당히 치밀하구나. 흔적을 닦아버렸다. 하지만 닦아낸 행동 또한 흔적을 남긴 것이다."

그녀는 머리를 돌려서 냉랭하게 주인을 바라보면서 말했다.

"당신은 사는 것이 귀찮은가 봐요?"

주인은 섬뜩해서 말했다.

"소, 소인은……."

그는 질겁하여 말도 제대로 하지 못하였다. 이에 아랑곳하지 않고 애림이 물었다.

"그가 아직도 안에 있나요?"

주인의 머리와 혀가 제대로 돌아왔는지 겨우 대답했다.

"아이고, 낭자가 보십시오. 이 종이 이렇게 작은데 누가 이 안에 숨을 수가 있겠습니까요?"

그가 이렇게 대담하게 말할 수 있는 까닭은 심우가 이미 가버린 것을 알고 있기 때문이다. 만약 애림이 이를 믿지 않고, 그 종을 옮겨 버려도 떠난 사람을 찾을 수는 없었다.

애림은 냉랭하게 말했다.

"당신 같은 미련한 사람은 당연히 들어가 숨을 수 없어요. 하지만 심우는 상승의 신공을 연성했기에 몸을 줄일 수 있지요."

이때 그녀는 심우가 종 안에 있다고 믿고서 즉시 다시 말했다.

"당신 같은 미련한 사람이 감히 그를 돕다니, 내가 그를 찾아낸 뒤 당신의 목숨을 끊어 버리겠어요."

주인이 말했다.

"소인 한 사람으로는 저 종을 움직일 수 없습니다."

그의 말뜻은 그 종을 움직일 수 없어 그녀에게 보여줄 수 없다는 것이지만 애림은 도리어 그가 이 기회를 빌려 자기를 딱하게 만든다고 여겼다. 그녀는 냉소적으로 비웃더니 황금빛 채찍을 휘둘러 종의 위쪽 끝을 감았다. 그리고는 손목을 휘두르자 몇 백 근이나 되는 동종이 갑자기 들리기 시작했다. 주인은 입을 딱 벌렸고 두려운 나머지 눈을 감고 머리를 감싼 뒤, 그 동종이 땅에 부딪히며 귀청을 때리는 거대한 소리가 나기를 기다렸다. 그렇게 된다면 당연히 이 동종은 온건히 보존하기 어려울 뿐만 아니라 가게 내의 많은 다른 물건들도 훼손될 것이다.

그러나 그 동종은 몇 치나 날아간 후, 애림이 밑에 사람이 없는 것을 확인하고 손목을 눕히자 삽시간에 땅으로 떨어졌다. 그 종이 한 번 위로 올랐다가 내려올 때 속도는 매우 달랐다. 위로 뜰 때는 빨랐지만, 내려올 때는 느릿하여 무형의 한 손이 종을 받쳐 들고 있는 것 같았다. 이 종의 무게는 수백 근이라, 만약 빨리 떨어진다면 비록 무림고수라 할지라도 갑자기 멈춰 서게 할 수가 없다. 애림 본신의 완력이 좋지 않았다면, 당연히 방법이 없는 것이었다. 그러므로 그녀는 더없이 높은 상승의 내력으로 힘을 바꾸어 동종을 느릿하게 떨어뜨렸다. 주인은 자신이 눈을 껌뻑할 때 동종이 제자리에 가볍게 떨어지는 것을 보았고, 동종의 모서리가 지면에 부딪칠 때 그저 가볍게 부딪히는 소리만 내는 광경을 보고는 멍청해지고 말았다.

애림이 말했다.

"과연 이 안에 없군."

그녀는 몸을 돌려 주인에게로 접근할 때 손을 슬쩍 들었고, '훅'하는 일성에 채찍이 주인의 목을 두 바퀴나 감았다. 그는 숨을 쉬지 못할 뿐만 아니라 눈앞이 캄캄해지며 정신을 잃고 쓰러질 것만 같았다. 애림은 채찍을 가볍게 늦췄다가 또다시 바싹 조였고, 이렇게 몇 번 반복하니 주인의 얼굴은 온통 벌게지고, 눈앞에는 별들이 번쩍거리니 더는 견딜 수가 없었다. 그러나 목을 감고 있는 채찍이 그의 몸을 잡아당기고 있어, 차라리 몸을 눕혀 쓰러지고 싶어도, 쓰러질 수가 없었다. 이때 목을 감은 채찍이 늦추어져서 몇 모금의 공기를 마실 수 있게 되었다. 애림의 채찍은 살아있는 영물인 교룡蛟龍과도 같이 여러 가지 기묘한 작용이 있었고, 다만 이것만으로도 주인은 공포에 떨기 충분했다. 그의 의지와 용기는 완전히 붕괴되고 소실되어, 두려운 나머지 울음을 터뜨리고 말았다.

애림이 냉랭하게 말했다.

"종 안에 사람의 땀 냄새가 있는 것으로 보아, 그가 간 지 오래되지 않은 것 같은데, 그가 어느 쪽으로 갔죠?"

주인은 아까의 용기는 다 사라지고 저도 모르게 말했다.

"그 어르신은 구룡항 쪽으로 갔습니다."

애림은 머리를 끄덕이고 말했다.

"내가 아는 바 그곳은 비단을 사고파는 곳으로 매우 번화하지요. 그가 그쪽으로 갔다면, 매우 이치에 맞는 일이네요."

말소리가 끝나기 전에 연한 채찍은 살아있는 물체처럼 자동으로 줄어들었고, 여러 바퀴로 돌려 감겨, 바닥에 끌리지 않게 되었다. 그녀는 몸을 돌려 나가다가 문어귀에 이르러 돌연 걸음을 멈추고 머리를 돌려 주인을 바라보았다. 주인은 두려워 목을 잔뜩 움츠리고 얼굴은 흙빛으로 변했다. 애림이 말했다.

"솔직히 말해 봐요. 심우 같은 사람을 도와줄 필요가 있나요?"

주인은 갑자기 어떻게 대답하면 좋을지 몰라 목을 더욱 움츠릴 뿐이었다. 그러자 애림이 또다시 말했다.

"당신의 대답이 내게 좋든 나쁘든 상관없이, 나는 이제 당신에게 손을 대지 않고 괴롭히지도 않을 것이니 겁내지 말고 당신이 그 사람을 도와주는 것이 필요한가를 솔직하게 말해 주세요."

주인은 대답하려는 의욕이 없었지만, 또다시 그녀의 성미를 건드릴까 봐 두려워서 그녀의 말대로 사실을 말하는 편이 낫다고 생각했다. 그는 다시 용기를 내어 입을 열었다.

"소인은 정말 모르겠습니다."

애림이 말했다.

"하지만 당신은 무의식중에 그의 역성을 들고 도와주었던 것이 드러났지요. 당신은 왜 이렇게 하는가요? 당연히 그 은덩이를 위해서만은 아닐 거예요."

주인은 더듬거리며 말했다.

"소인이 느끼건대 그분은 좋은 사람입니다."

애림은 고운 눈썹을 살짝 찌푸리고는 노기를 띠면서 말했다.

"반대로 말하면 나와 려사는 좋은 사람이 아니란 말이에요?"

주인은 다급히 말했다.

"아니, 아니, 당신들도 나쁜 사람이 아닙니다."

애림이 말했다.

"다만 그가 우리보다 더 좋은 사람이란 말인가요?"

주인은 어떻게 대답해야 할지 몰라 멈칫하다가 돌연 담이 커지면서 다급히 말했다.

"그 어르신은 고독하고 가련한 것 같았기 때문에 소인이 그를 동정하였습니다. 그러나 낭자와 그분은 고독해 보이지 않습니다."

애림은 흠칫하더니 입가에 느릿하게 쓴웃음을 지으며 말했다.

"나는 잘 알 수 없지만, 고독을 생각하면 그것이 바로 적막이라 생각해요. 나는 도리어 적막함을 늘 느끼지요."

제6장

緬往事情侶成仇敵
옛일이 한 쌍의 원앙을
원수로 만들다

주인의 눈동자에 문득 동정의 빛이 흐르며 말했다.

"낭자의 재주와 용모로는 가는 곳마다 남자들이 떠받들고 애모할 텐데, 왜 적막하다고 느끼시는 거죠?"

애림은 가벼운 한숨을 쉬며 말했다.

"뭐, 비록 그렇기는 하지만…… 주위에 수천의 사람이 있다 해도 친한 친구 하나 없다면 무인도에 있는 것과 같지 않겠어요."

주인은 머리를 끄덕이며 말했다.

"예, 그래요. 그렇지요."

그러나 그는 이내 머리를 가로저으며 말했다.

"그렇지만 낭자가 벌써 그런 생각을 할 필요가 있습니까? 낭자의 생각은 늙은이들 몫이거나, 풍부한 인생 경험을 가진 사람들이나 하는 것이죠."

애림이 말했다.

"나는 내 나이에 비해 생각이 너무 깊거나 많나 봅니다."

주인이 말했다.

"낭자, 낭자는 한창이잖습니까. 세월을 헛되게 보내선 안 됩니다. 소인이 한 노수재老秀才한테서 들은 말이 있습죠. 사람이 죽으면 그뿐이므로 생명이야말로 가장 귀한 것이라고 했습니다. 그는 또 청춘 역시 한 번 흘러가면 돌이킬 수 없으니 생명과 같이 귀하다 했습니다."

애림이 미소를 짓자 매우 아름답고 다정한 여인으로 보였다. 그녀가 말했다.

"그건 생각하지도 못했군요. 당신과 이런 얘기까지 나누다니. 내게 유익했습니다."

주인은 쑥스럽게 웃으며 말했다.

"소인은 그저 속된 장사꾼입니다."

애림이 말했다.

"그렇게 겸양할 필요는 없어요. 당신은 글 나부랭이나 한답시고 거들먹거리는 자들보다 어떤 점에선 낫습니다. 방금 한 말도 당신 경험에서 나온 걸 테고."

주인이 말했다.

"소인이 말할 자격은 없겠지만, 그 어르신……."

애림이 눈살을 찌푸리며 말했다.

"내게 복수를 포기하라고 권할 생각은 하지 마세요."

주인이 말했다.

"복수를 포기하지 않으면, 청춘은 헛되게 흘러갈 것입니다."

애림이 말했다.

"어쩔 수 없어요. 하나를 얻으려면 하나는 잃게 되는 게 이치가 아니겠습니까?"

주인은 더 이상 말을 하지 않았다.

애림은 또다시 말했다.

"내가 복수를 하려는 게 부질없는 것만은 아니에요."

주인이 의아해서 물었다.

"그렇다면 좋은 점이 있다는 말인가요?"

애림이 대답했다.

"그래요. 심우의 가전 무공은 본래 매우 정묘한 상승의 무공인 데다가 그는 또한 고승의 문하로서 두 파의 무공을 한 몸에 겸비했어요."

주인은 알아들었는지 말았는지 연신 고개만 끄덕였다. 그는 애림과 려사의 대화로부터 그녀와 심씨네가 깊은 원한이 있다는 것과 둘 사이의 대략적 상황을 알 수 있었다. 그러므로 그는 이러한 하소연이 그녀에게 매우 유익하다는 것을 깨달았다.

애림은 계속하여 말했다.

"나 역시 무공 방면에 타고난 재질이 있었으나 부친이 해를 입기 전에는 열심히 연마를 하지 않았어요. 우리 집안에 재난이 발생한 뒤에야 나는 혼자서 무공을 연마했지요."

주인은 그녀가 어떻게 무공을 연마했는지에 대해서는 흥미가 없었지만, 그 뒤에 그녀가 무공을 어느 정도까지 연성했는가에 대해서는 매우 궁금했기 때문에 애림에게 물었다.

"그분을 이길 수 있을 정도입니까?"

애림이 대답했다.

"물론이지요."

주인은 심우를 걱정하며 말했다.

"하지만 낭자는 그 어르신이 두 파의 무공을 가지고 있다고 말했지 않았습니까."

애림이 말했다.

"하지만 나 역시 두 파의 무공을 가지고 있지요."

주인은 문득 말했다.

"낭자도 같았군요."

애림이 말했다.

"내가 복수를 생각하지 않았다면 지금의 무공에 이르지 못했을 거예요."

주인이 말했다.

"듣고 보니 장사하는 것과 비슷하군요. 장사도 부자가 되어야겠다고 바라는 사람이라야 잘 할 수 있습죠."

애림이 말했다.

"그래요. 설사 타고난 재질이 있는 사람일지라도 동기가 분명하지 않으면 성과를 거두기가 어렵지요. 무공을 연마하는 일이 이만저만 어려운 게 아니기 때문입니다."

주인은 애림과 되도록 이야기를 더 나누려 하였다. 이야기를 하다보면 애림이 심우에게 복수하려는 생각을 돌이킬 수 있을지도 모르고, 또 이렇게 이야기로 시간을 끌수록 심우가 시간을 벌 수 있겠다 싶었기 때문이다.

애림이 말했다.

"심우의 무공은 지금의 나하고는 비할 바도 안 돼요. 심우야 자연적인 공력만 붙었을 뿐일 텐데. 더구나 근년엔 줄곧 도망만 다녔으니 진보가 더 더구나 없었을 걸요."

주인은 이 말을 듣고 더욱 근심이 되었다.

"조금 전에 그 려사 어르신은요? 그분도 심우 어르신을 찾던데요."

애림이 말했다.

"그의 무공은 확실히 뛰어난 것 같아요. 만일 그가 심우를 발견하면 심우는 살 생각조차 하지 말아야 할 거예요."

주인은, 애림의 말에 거짓이 없다면, 심우가 진퇴양난에 빠졌을 뿐만 아니라 그를 찾는 적들이 모두 심우를 능히 죽일 수 있을 만큼 가공할 능력의 소유자라는 사실에 두려움을 느꼈다. 그래서 돌연 애림에게 물었다.

"낭자, 만일 심우 어르신을 찾으면, 그를 죽일 겁니까?"

애림이 대답했다.

"당연히 죽일 거예요."

주인이 말했다.

"그를 죽이지 않는 게 낭자에게 좋지 싶습니다요."

애림은 의아해서 물었다.

"무슨 뜻이죠?"

주인이 대답했다.

"만일 심우 어르신이 죽으면 낭자는 복수할 대상이 없어지는 것이 아닙니까요. 그럼 그 이후엔 뭘 할 건가요? 낭자의 무공도 그때부터 발전하지 못할 게 아닙니까요."

애림은 흠칫하더니 비로소 대답했다.

"하지만 그런 게 이유가 될 순 없어요."

주인이 반문하였다.

"그럼 낭자가 보기엔 어떤 게 이유가 될 것 같습니까?"

애림이 대답했다.

"아직 아무것도 결정된 것은 없어요. 그건 그를 찾았을 때 결정할 겁니다. 그리고 마지막으로 당신에게 알려줄 것은 내가 가장 능한 것이 추종

술이니 당신이 이야기로 날 계속 잡아두려 해도 나는 그자를 찾을 수 있
다는 거예요."

주인은 시간을 끌려 하였다는 것을 숨기지 않고 말했다.

"알고 있었습니까?"

애림이 말했다.

"가겠어요. 훗날 내가 심우를 어떻게 했는지 알려드리지요."

주인은 이 미모의 소녀가 나가는 뒷모습을 보면서 스스로도 놀랐다. 심
우는 물론 애림을 대하는 자신의 태도에서 자신의 가치를 발견한 것 같은
느낌이었다. 태어나서 지금까지 가져보지 못했던 자부심 같은 것이 느껴
졌던 것이다.

한편 애림은 영통한 신구神駒를 타고 달려 번화한 거리를 여러 곳이나
지났고, 잠시 후에는 고요한 한 거리에서 말을 멈춰 세웠다. 그녀가 멈춰
선 곳에 성황묘城隍廟와 같은 건물이 있었다. 그녀는 건물 쪽으로 걸어갔
다. 건물은 오래되었는지 회칠이 벗겨져 남루하였다. 문 앞에는 남루한
옷을 걸친 두 아이가 있었는데 얼굴이 콧물과 흙투성이로 더러웠다. 그
녀는 신묘神廟 안으로 들어가서 둘러보았다. 모퉁이에 한 사나이가 나무
판자 위에서 드렁드렁 코를 골며 자고 있었다. 언뜻 보아도 이 지역의 건
달임을 알 수 있었다. 애림은 발로 자고 있는 사나이를 툭툭 쳤다. 그러
나 사나이는 깨지 않았다. 문어귀의 한 어린아이가 소리쳤다.

"깨우지 마세요. 그가 당신을 때릴 수 있어요."

애림은 고개를 돌려 순박한 아이에게 미소를 보냈다. 애림은 어린아이
가 보다 좋은 환경에서 자라지 못하는 것이 안타까웠다. 그녀는 주머니에
서 동전 한 줌을 꺼내어 문밖으로 던지면서 말했다.

"이 돈으로 가서 먹을 것을 사 먹어라."

그리고는 또다시 발로 그 사나이를 걷어찼다. 이번에는 사나이가 얼굴을 잔뜩 찌푸리면서 일어나 버럭 소리를 질렀다.

"뭐야?"

그가 눈을 뜨고 보니 아름다운 소녀가 보였다. 그는 그제야 허벅다리가 아픈 것이 아름다운 소녀가 만들어 낸 걸작임을 알아차렸다. 사나이는 졸음이 채 가시지 않은 게슴츠레한 눈으로 애림을 쏘아보고는 소리쳤다.

"뭐 하는 거야?"

애림이 물었다.

"네 이름은 뭐지?"

그는 소녀를 위아래로 훑어보며 입을 열어 말했다.

"망할 년, 내 이름을 물어선 뭘 해?"

애림이 손을 쳐들자 채찍 끝이 손을 떠나면서 '쏴'하는 일성과 함께 그를 한 번 갈겼다. 옷을 입고 있었음에도 사나이는 너무 아파 비명을 질렀다. 그러나 그는 두세 번 소리를 지르다가 곧 부끄러움을 느꼈다. 당당한 대장부로서 여자 앞에서, 그것도 이렇게 반반하게 생긴 처자 앞에서 위엄을 잃을 수야 없다는 생각에 이를 악물고 고통을 참았다. 그가 잠잠해지자 애림이 말했다.

"이제부터 네 말 가운데 추잡한 말이 있으면 너에게 상으로 한 마디마다 이 채찍을 먹이겠다. 또한 내 명령을 듣지 않는다면 너를 병신으로 만들겠어."

그녀는 말로 을러멘 후 약간의 수단을 사용하여 그를 완전히 제압하였다. 그녀가 손을 한 번 움직이자 채찍이 바람을 가르며 '쏴'하고 힘 있는 일성을 발출했다. 아직도 영문을 몰라 어리둥절한 사나이를 향해 애림이 말했다.

"땅바닥의 나무판자를 봐라."

사나이는 머리를 숙여 나무판자를 보고 놀란 나머지 넋을 잃고 말았다. 두께가 두 촌이나 되는 나무판자가 두 쪽으로 나뉘어졌는데 마치 날카로운 칼로 자른 듯했다. 사나이는 매우 놀라 비명을 지르며 무릎을 꿇었다. 비록 사나이가 건달에 무뢰한이지만 성도成都는 무풍武風이 성하여 명문이 많이 배출되었다. 이런 까닭으로 그는 무림 중 신기한 무공의 전설에 대해 들은 것이 적지 않았다. 그는 애림의 나무판자 쪼개는 솜씨를 보고 드디어 진정한 무림 고수를 눈앞에서 보는구나 싶었다. 그는 무림 고수들이 사람을 죽이는 것을 일 같이 여기지도 않는다는 말을 들은 적이 있었다. 그는 조금 전까지 아름다운 애림의 모습에 색욕을 품었던 마음이 전부 없어졌을 뿐만 아니라 심지어 존경하는 마음으로 위축되어 무릎을 꿇고 목숨을 애걸하는 것이었다.

애림은 냉랭하게 말했다.

"이제 내 명령을 듣겠느냐?"

사내는 머리를 조아리며 말했다.

"소인은 절대적으로 낭자의 명을 듣겠습니다."

애림이 말했다.

"일어나라."

사나이는 고분고분하였고 동작도 매우 빨랐다.

애림이 말했다.

"이름!"

사내가 말했다.

"장의張義입니다."

애림이 물었다.

"넌 생계를 어떻게 유지하지?"

장의가 대답했다.

"저 그게……. 실은 아직 어떤 일도 하지 않습니다요."

애림이 물었다.

"네가 일을 하든 안 하든 나하고는 상관없어. 하나 묻겠는데 너 돈 벌고 싶은 생각이 없느냐?"

장의가 대답했다.

"돈요? 벌고 싶죠."

하지만 그는 주저하는 기색으로 말했다.

"그런데 그게 어떤 돈벌이인지…… 혹시 위험한 일이라면……."

애림이 말했다.

"걱정마라. 살인이나 불 지르는 일 같으면 내가 직접 하지 너같이 쓸모없는 인간을 찾지는 않으니까."

장의는 속으로 중얼거렸다.

'오늘 운수가 사나울 뿐이지 잘하면 벌이가 생길지도 모르겠군.'

애림이 계속해서 말했다.

"넌 다만 나를 대신해 구룡항에서 은밀히 한 사람을 찾으면 된다. 만약 그 사람을 발견하면 즉시 되돌아와서 내게 보고 하면 돼. 그럼 은자 열 냥을 벌 수 있다."

애림은 큰 은덩이 하나를 보여 주었다. 은덩이는 그녀의 손바닥에서 장의를 유혹하였다. 장의는 큰 은자를 보자 눈이 휘둥그레졌다. 장의의 표정을 보고 애림이 말했다.

"만약 네가 그 사람을 찾지 못해도, 심부름은 심부름이니까 은자 한 냥을 주지."

장의가 말했다.

"그 사람을 만나면 말이라도 건네 볼깝쇼?"

애림이 말했다.

"무슨 소리? 넌 그 사람과 말을 해서도 안 되고 네가 그 사람을 찾아다닌다는 것을 알게 해서도 안 돼. 무슨 말인지 알겠나?"

장의의 생각에는 그 사람하고 정면으로 접촉할 필요가 없다면. 그 일에 어떤 위험도 있을 것 같지 않았다. 그래서 그는 즉시 말했다.

"좋습니다요. 그렇게 합죠. 그런데 말입니다. 왜 낭자 스스로 이 일을 하지 않는 거지요?"

애림이 말했다.

"내 외모는 어딜 가나 사람들의 주목을 끌지. 그리고 그자는 눈치가 매우 빠른 자라 내가 그를 보기도 전에 그가 먼저 숨어버린다."

장의가 말했다.

"예, 그렇겠군요."

애림이 말했다.

"네가 기억해야 할 것은 만일 그 사람을 찾지 못하면 그의 행방에 대해 사람들에게 많이 물어봐야 해. 만일 내가 직접 가서 그를 찾게 되면 네가 일을 제대로 하지 않은 걸로 간주하고 널 죽일 테다."

특히 마지막 말을 할 때 그녀의 목소리가 매우 냉혹하게 변했다. 장의는 몸서리쳤고, 두 다리에 맥이 탁 풀렸다. 애림이 이어서 말했다.

"너 하나 찾는 것은 내게 문제도 아니지. 더구나 상을 걸고 찾으면 네 행방을 내게 알려줄 사람이야 널리고 널렸을 게야."

장의는 온 몸이 차갑게 굳어졌고, 깜짝 놀라며 말했다.

"힘을 다해 그자를 찾아보겠습니다요."

애림은 차근차근 심우의 외모와 특징을 알려주었다. 애림은 빨리 그를 찾도록 명했다. 장의가 간 뒤 그녀는 두 어린아이에게 성 안의 일들과 장의의 평소 행적을 알아보았다. 오랜 시간이 지나 장의가 다시 돌아왔다.

"낭자, 그자를 찾았습니다."

애림이 물었다.

"아직도 구룡항에 있더냐?"

장이가 대답했다.

"아니요. 아닙니다. 그자가 객줏집에서 밥을 먹고 있는 걸 봤습죠."

애림이 말했다.

"좋다, 길을 안내해."

그녀가 신묘 밖을 나왔다. 그녀는 말은 신묘에 두고서 먼발치에서 장의의 뒤를 따르며 걸어갔다. 장의는 예닐곱 개의 거리를 돌아서 어떤 객줏집에 멈춰 서더니 주위를 살피고는 애림에게 손짓을 한 후 곧 떠나갔다. 애림은 멀리에서 그의 손짓을 보고는 심우가 아직 객줏집 안에 있음을 알고 걸음을 서둘렀다. 객줏집에 가까워지자 그녀는 심경이 복잡해졌다. 심우가 비록 원수이기는 하지만, 동시에 그녀의 청매죽마青梅竹馬이기도 했다. 그녀는 심우와 대면했을 때 어떤 행동을 할 수 있을지 스스로도 짐작할 수가 없었다.

애림이 객줏집 안에 들어서자 그 안에 있던 식객들의 눈이 모두 애림에게 집중되었다. 흰 옷자락을 휘날리고, 단화에 검을 찬 미녀는 맑은 두 눈동자로 주위를 둘러보고는 곧장 위층으로 올라갔다. 때마침 한 심부름꾼이 위층에서 내려오다가 그녀를 보고 즉시 허리를 굽혀 인사하면서 뒤로 물러났다. 애림은 수중의 금사편을 빼들고 순식간에 심부름꾼의 목을 휘감았다. 심부름꾼은 뒤로 물러설 수도 없고 소리 내어 말할 수도 없었다. 이 일은 계단에서 벌어져 모든 사람이 똑똑히 지켜볼 수 있어서, 저마다 재미있어했다. 하지만 심부름꾼의 얼굴이 점점 검붉게 변하면서 고통으로 두 눈이 커지는데도 소리조차 못 지르는 지경임을 깨닫자 놀라서 수군거리기 시작했다. 애림은 가벼운 발걸음으로 올라가, 그 심부름꾼 옆에 서서 채찍을 늦추며 냉랭하게 말했다.

"가만히 있는 게 네 신상에 이로울 게다."

심부름꾼은 목을 휘감던 채찍이 사라지자 손을 들어 목을 문질렀다. 애림이 위층에 이르자 이십여 개의 탁자가 있었고, 대부분 손님들로 가득 차 있었다. 그중 창문 쪽 자리에 앉아 거리를 보고 있는 청년이 눈에 들어왔다. 청년은 먼지로 얼룩진 해진 검은 옷을 입고 있었다. 그는 많은 식객 중 단연 뛰어난 기개를 가지고 있어 눈에 띄었다. 청년이 앉은 위치는 조금만 주의를 기울여도 애림이 걸어오는 것을 볼 수 있는 위치였다.

그녀는 한눈에 청년이 자신의 청매죽마靑梅竹馬로 다정하게 자라던 벗임을 알아보았다. 비록 심우가 무예를 배우기 위해 집을 떠난 지 몇 해가 되고, 더구나 예기치 못한 참극으로 서로 만나지 못한 세월이 꽤 되었지만 그녀는 청년이 심우라는 것을 확신하였다. 애림은 실로 오랜만에 심우를 보게 되자 다시 다정한 소꿉시절로 돌아간 듯 기분이 밝아졌다. 그녀는 심우를 향해 걸어갔다. 예닐곱 치의 거리가 남았을 때 심우가 돌연 고개를 돌려서 두 줄기의 날카로운 눈빛으로 그녀를 보았다. 심우가 모습은 어릴 때와 달리 성숙하였지만 얼굴 윤곽이나 특유의 표정은 변함이 없어 애림의 마음을 흔들었다. 하지만 애림은 문득 스친 생각에 흠칫했고 걸음을 멈추었다.

순간 그녀의 머릿속에 자신이 청매죽마 심우가 아닌 철천지원수 심우 앞에 있다는 생각이 스친 것이다. 하지만 이것을 인지하자 인해 애림은 괴로워졌다. 이어서 무엇인가를 잃은 듯 공허함과 동시에 비애가 일었다. 애림을 바라보는 심우의 눈에서도 우울한 빛이 뚜렷하게 떠올랐다. 약간 흐트러진 머리카락과 먼지투성이의 옷은 그가 걸어온 실의에 빠진 나날과 유랑으로 물든 삶을 말해주고 있었다. 그들은 말없이 서로를 바라보았다. 심우는 몸을 일으켜 그녀를 향해 머리를 끄덕이고는 자리에 앉으라고 권했다. 애림은 주저하다가 앉았다. 심우도 애림을 따라 앉았다. 둘은 말없이 서로 마주보았다. 그녀는 심우의 눈동자에서 그 어떤 두려움이나 망설임 같은 것이 끼어들 새가 없는 굳센 의지를 읽을 수 있었다. 만약 이처럼 가까운 거리가 아니었다면 몰랐을 것이다.

애림이 말했다.

"내가 따라잡을 줄 알고 있었지요?"

심우가 끄덕이면서 말했다.

"맞소, 내가 일부러 그 심부름꾼을 보내서 당신을 오게 한 거요."

애림이 말했다.

"내가 사람을 잘못 택했군."

심우가 말했다.

"괜찮소. 이런 일은 살면서 항상 생기는 거요."

애림은 돌연 냉정하게 말했다.

"그렇지만 난 절대로 당신을 잘못 원망하는 게 아니에요."

심우가 끄덕이면서 말했다.

"그래, 나도 알고 있소."

심우의 말투는 우울했다. 애림은 심우의 말투와 표정에서 마음이 약해졌다. 애림의 아름다운 눈동자에서 싸늘한 빛이 사라졌다.

'난 이 이를 죽여야 해. 그것도 빠른 시일 내에. 그래서 나는 이렇게 냉혹하게 이 사람을 대할 수밖에 없어.'

심우는 애림의 기색의 변화에는 아랑곳없이 창밖의 거리를 바라볼 뿐이었다. 애림이 물었다.

"기다리는 사람이라도 있나요?"

심우가 대답했다.

"아니, 아무도 없소."

그는 고개를 되돌려 그녀의 눈을 바라보며 말했다.

"이 세상에 내가 기다려야 할 사람이란 없소. 안 그렇소?"

애림이 말했다.

"그걸 내가 어떻게 알아요?"

심우가 말했다.

"당신은 알잖소."

애림은 말없이 탄식하며 가볍게 머리를 가로저었다. 애림을 물끄러미 바라보다가 심우가 말했다.

"난 우리가 이런 상황을 겪게 되리라고는 꿈에도 생각 못했소."

애림은 흠칫하더니 비로소 말했다.

"마찬가지예요."

심우는 돌연 친절하고도 명랑한 웃음을 띠고 조금도 주저 없이 오른손을 내밀어 애림의 아래턱을 받쳐 들고 좌우 양쪽으로 살피다가 나중에는 약간 높이 쳐들어 그녀의 얼굴이 위로 살짝 위로 향하게 하였다. 심우의 이런 행동에도 애림은 상상외로 조금도 반항하지 않고 심지어는 사람을 미혹하는 웃음까지 떠올렸다. 옆 상의 식객들은 모두 놀랍고 이상하여 이 한 쌍의 젊은 남녀를 훑어보았고 그들이 공공장소에서 이런 행동을 하는 것이 지나치게 담이 크다고 여겼다. 심우는 사람들의 거동을 보고 난 뒤에도 의연히 손은 놓지 않고 말했다.

"당신은 정말 예쁘게 컸군. 아름다워졌어."

애림이 물었다.

"정말인가요?"

심우는 웃으면서 말했다.

"당신은 설마 당신이 얼마나 아름다운지 모르고 있단 말은 하지 마오."

애림이 말했다.

"다른 사람이 날 어떻게 보든 그건 중요하지 않아요. 당신이 날 어떻게 보느냐가 궁금한 거예요."

심우가 말했다.

"난 진실만을 말하오. 지금까지 내가 본 여자들 중에 당신이 제일 예쁘오."

심우는 자연스럽게 손을 거두었다.

애림의 마음이 몽환적인 감정으로 충만했다. 동시에 그동안 잊고 있었던 동심을 되찾은 기분이었다. 어릴 적 애림과 심우가 같이 놀 때면 심우는 늘 그녀의 아래턱을 받쳐 들고 그녀의 얼굴을 한참 바라보곤 했다. 그리고는 훗날 그녀가 성인이 되면 반드시 뛰어난 미녀가 될 것이라고 말했다. 하지만 참극이 일어나자 그녀는 이런 지난날의 일들을 모두 잊어버렸다가 오늘에야 다시 살아난 것이었다. 지난날을 돌이켜 보면 그때는 언제나 웃음이 가득했고 앞날에 대한 동경과 갈망이 가득하였다.

심우가 말했다.

"기억하오? 우리가 물고기를 잡고 물장구 치고 뱃놀이도 했던 매화와 버들이 멋지게 우거진 개울가 말이오."

애림이 말했다.

"물론. 잊지 않았어요."

그녀는 잠깐 끊었다가 계속하여 친절한 어조로 물었다.

"지금 그 개울가는 어떻게 됐을까요?"

심우가 대답했다.

"얼마 전에 그곳을 찾아갔었소. 골짜기 쪽에 농가 두 채가 생긴 것 외엔 옛날과 똑같았소. 변한 게 없었소."

애림은 짧게 탄식하더니, 이내 회상에 빠져들었다. 어느새 콧등이 시큰해지고 눈시울이 젖어 들었다. 지난날과 같은 기쁨이 다시 돌아오기를 얼마나 갈망했던가. 하지만 이 모든 것은 흘러가는 물처럼 어디로 갔는지 알 수 없는 데다 돌이킬 수 없는 것이 되어 버렸다. 비록 지금은 그녀가 심우의 손을 잡고 다정하게 매화와 버들이 우거진 개울가에 가서 풍경을 감상하며 지난날을 말할 수는 없게 되었지만 그와 함께 유쾌했던 어린 시절을 이야기하는 것만으로도 감개가 무량했다. 구슬 같은 눈물이 애림의 뺨을 타고 흘러내렸다. 심우는 길게 탄식하다가 돌연 말했다.

"많이 미안하오."

심우가 왜 이런 말을 하는지는 애림만이 알 일이었다. 그가 지난날의 기쁨을 다시 돌이킬 수 없게 된 것 외에도 그의 부친이 저지른 참극을 그녀에게 사과한다는 것을 그녀는 알고 있었다. 심우가 애통해 하고 있음을 그녀에게 알려주려 한다는 것은 능히 짐작할 수 있는 일이었다. 애림이 말했다.

"어떤 날엔 꿈에 어린 시절이 나타나기도 해요. 그럴 때면 언제나 마음이 아팠어요. 이제는 돌아갈 수 없는 날들이 되어 버렸으니."

그녀는 탄식하고 나서 또다시 말했다.

"작은 개울을 지날 때면 어린 시절에 우리가 개울가에서 목청껏 웃어대던 일이 떠올라요."

심우는 마음이 무겁고 괴로워 나직하게 탄식하였다. 애림은 아름답게 정교한 수가 놓인 손수건으로 눈물을 닦았다. 심우는 고개를 숙이고 아무런 말이 없었다. 한참 지난 뒤 심부름꾼 하나가 걸어오더니 말했다.

"주문하시겠어요?"

심우는 정신을 차리고 대답했다.

"자, 어디 보자."

그리고는 즉시 몇 가지 요리를 청하더니 이어서 애림에게 말했다.

"이 요리들이 맵긴 해도, 당신 입맛이 변하지 않았다면 좋아할 거요."

애림이 말했다.

"내 입맛은 안 변했어요."

심부름꾼이 물러간 뒤 그녀가 말했다.

"난 변한 게 없지만 상황이 변했어요."

심우는 번민에 쌓인 채로 말했다.

"그래, 그렇소."

애림이 말했다.

"오라버니도 알겠지만 오라버닌 내게 풀기 어려운 문제와도 같아요."

심우는 생각하고 나서 눈을 들어 그녀를 바라보면서 말했다.

"당신은 이미 답을 알고 있지 않소? 그래서 날 찾아 온 것일 테고."

애림이 말했다.

"내 머리는 오라버니를 용서해서는 안 된다고 하지만, 마음이 그렇지 않아요. 내가 만일 머리를 따른다면 내 마음은 또 다른 짐을 떠안게 될 거예요."

심우가 말했다.

"나중의 일을 미리 걱정할 필요가 있을까? 당신 의지가 움직이는 대로 해야겠지."

애림이 말했다.

"난 순리에 따를 거예요."

그녀의 말뜻은 매우 뚜렷하여 그녀가 심우를 죽이려고 다짐하였을 뿐만 아니라 또한 그렇게 할 능력이 있다는 것을 심우에게 밝힌 것이었다.

심우가 말했다.

"그래, 당신이 원하는 대로 될 거요."

애림이 물었다.

"정말인가요?"

심우가 대답했다.

"내가 당신을 속인 적 있었소?"

애림은 곰곰이 생각하더니 대답했다.

"아니, 오라버닌 날 한 번도 속인 적이 없었어요."

심우가 말했다.

"음식을 먹고 갈까? 아님 지금 당장 갈까?"

애림이 말했다.

"오라버니 좋을 대로. 시장하지 않으면 바로 가도 좋지만 그래도 같이 밥 정도는 먹었으면 좋겠어요."

심우가 말했다.

"그래, 당신 말대로 하지."

잠시 뒤에 요리가 들어왔다. 애림은 손수건으로 또 한 번 눈물을 닦았다. 이때 어떤 낯선 사람이 테이블 옆에 와서는 움직이지 않고 서 있었다. 심우는 머리도 들지 않고 젓가락부터 쥐었다. 애림은 낯선 사람을 쳐다보았다. 그 사람은 약 사십 세 전후로 보였는데 신체는 웅장했고 얼굴은 흉악하였다. 그의 눈길은 애림에게 닿았을 때 부드럽게 변했다. 애림은 낯선 사람에게 물었다.

"왜 그러죠?"

낯선 사내가 대답했다.

"낭자는 음식이나 드슈. 난 이 자식에게 볼일이 있으니까."

낯선 사나이는 손가락으로 심우를 가리켰다. 심우는 사나이를 쳐다봤지만 모르는 사람이었다. 사나이는 심우에게 윽박질렀다.

"일어나."

심우가 말했다.

"당신은 누구요?"

사나이는 억센 손으로 심우의 가슴을 움켜쥐고 들어올렸다. 사나이의 팔 힘은 굉장히 세었다. 심우는 지금 일어나지 않는다면 객줏집에서 괜한 소동만 일으킬 것 같아 고분고분 일어나기로 했다. 심우는 반격도 가하지 않았고 심지어는 악을 쓰지도 않았다.

애림은 갑작스러운 이 상황이 재미있게 느껴져 입가에 미소가 돌았다. 애림은 심우가 이 상황을 어떻게 대처할지 지켜보았다. 그녀가 어촌 마을에서 보고 들은 바에 의하면 심우는 투지를 잃고 목숨마저도 연연해하지 않는 상태였다. 그렇다면 심우가 직면한 상대가 려사라 해도 맞서 싸우려 하지 않을 것이다. 하지만 지금 심우의 적수는 려사처럼 고명한 사람이 아니므로 심우가 출수하여 반격할지 아니면 상대방에게 고스란히 수모를 당할지 궁금하였다.

하지만 그녀의 웃음을 불행하게도 낯선 사나이가 보았다. 사나이는 그녀가 웃는 것이 그녀가 하지 못한 화풀이를 자신이 대신 하기 때문이라고 여겼다. 사나이는 더욱 우쭐해졌다. 그래서 그는 눈을 부릅뜨고 심우를 쏘아보면서 말했다.

"이 자식! 냉큼 꺼져버려. 훗날 오늘 일로 분이 안 풀리면 날 찾아와도 된다. 내 이름은 팽웅彭雄이고 사람들은 나를 호두태세虎頭太歲라고 부르는데, 성도성成都城 안에서 아무나 붙들고 물어도 날 찾을 수 있을 게다."

그는 말을 마치자 즉시 심우를 의자에서 끌어냈다. 심우는 사나이의 팔 힘이 보통이 아닌 데다 팔 힘 가운데에는 부드러우면서도 강한 내력이 있어 그가 여느 일반적인 무사들과 비할 수 없음을 알았다. 심우는 사나이에게 저항하지 않고 순순히 끌려나오면서 머리를 끄덕였다. 팽웅은 호탕하게 웃으면서 그를 잡았던 손을 놓고 심우를 밀쳤다. 심우는 두어 보 밀려 멈추었다. 그 모습에 팽웅은 이맛살을 찌푸리며, 마음속으로는 적이 놀라 의아해 하였다. 그가 생각하기를 자신이 밀치면 당연히 육칠 보가 밀려야 하고 또 몸에 중심을 잡지 못해 땅바닥에 내동댕이쳐져야 하는데, 지금 이자는 두어 보 밖에 밀리지 않은 데다 자세가 흐트러지지 않았다. 팽웅은 자신의 눈앞에 있는 청년이 무공을 지닌 지사임을 알았다. 하지만 팽웅이 진정 놀라고 의아한 것은 심우가 무공을 지녔다는 것이 아니라 심우가 무공을 지니고 있으면서도 자신을 마음대로 잡아당겨 밀치는데도 그가 반항을 하지 않았다는 것이었다. 그는 심우의 허리에 찬 넓고도 두꺼운 그 단도를 얼핏 보고는 즉시 말했다.

"너 무공을 연마하였구나."

심우는 머리를 가로저으면서 도움을 바라는 눈길로 애림을 바라보았다. 애림은 심우의 행동을 지켜볼 요량으로 일부러 아무런 표정도 짓지 않았다. 이에 팽웅은 가라앉은 목소리로 경고했다.

"빨리 꺼져 버려."

심우는 또다시 애림을 보았고 이번에도 반응이 없자 할 수 없이 그녀와 지난 일들을 이야기하려던 생각을 포기하고 몸을 돌려 계단을 향해 걸어갔다. 사람들은 심우를 쳐다봤다. 심우는 모욕을 당한 채 그대로 쫓겨날 수밖에 없었다. 이런 심우의 태도는 수양이 매우 높은 사람이라도 쉽게 할 수 없는 행동이었다. 애림은 그가 정말로 떠난 것 같아 불안하였다. 동시에 그녀의 마음속엔 심우에 대한 동정과 애처로움마저 생겼다. 심우에게 있던 지난날의 넘치던 영웅적 기개는 다 어디로 갔단 말인가. 심우의 태도는 세상의 영예와 수치에 대해 더 이상 연연하지 않는 것이었다. 하지만 이것은 자포자기에 가까웠다.

식당 위층 전체는 고요하였고 사람들은 모두 계단으로 향해가는 이 청년을 쳐다보았다. 심우는 계단 어귀에 가서 걸음을 멈추고 몸을 다시 돌려 되돌아가려고 애림과 팽웅을 쳐다보았다. 그러다가 다시 생각을 돌이켜 몸을 절반쯤 돌리다가 또 멈췄다. 이런 상황은 매우 기이했고 어떤 일이 발생할지 누구도 알 수 없었기 때문에 사위는 쥐죽은 듯 고요했다. 심우는 한동안 멈추었고 고개를 돌려 그 어떤 사람도 보지 않았다. 이어서 그는 발걸음을 떼더니 층계의 계단에 발을 내려놓았다. 심우의 발걸음은 층계에서 쿵쿵하는 소리를 냈고 그가 서너 계단을 내려갔을 때 날카롭고도 노기 띤 소리가 식당 안의 고요를 깨뜨렸다. 바로 애림이었다. 그녀는 목멘 소리로 심우를 불렀다.

"심우!"

심우는 걸음을 멈추었다. 그러자 애림은 또 날카로운 소리로 말했다.

"어디 가는 거야? 돌아와."

심우는 마음속으로 생각했다.

'네가 좀 더 일찍 말하였다면 이런 수고를 안 했을 텐데.'

심우는 돌아서서 다시 계단을 올라갔다. 그가 다시 위층으로 올랐다. 애림과 함께 앉았던 식탁과는 거리가 있었다. 모든 식객들이 형세가 돌변한 것을 보고는 모두 어안이 벙벙하였다. 모두들 침묵할 뿐 상황이 어떻게 변할지 궁금하였다. 심우는 겨우 층계를 다 올랐지만 발걸음을 멈추고 말았다. 팽웅이 큰 걸음으로 와서 심우를 가로막아 선 것이다. 이와 같은 형세는 팽웅도 괴상하고 거북하다고 느꼈다. 팽웅이 심우를 몰아낼 때 애림이 눈물을 흘리고 있는 것을 보았기 때문에 본래는 위풍을 부림으로써 애림을 위하여 심우를 한바탕 패주려고 생각했다. 그러나 지금 심우는 애림에게 불려 되돌아왔고 그가 심우를 막는다면 그녀를 괴롭히는 것이지 그녀를 도와주는 것이 아니었다. 하지만 그는 본래 제멋대로 행패를 부리는 사람이라 스스로 자신의 모습이 어색하자 아예 이치를 따지지 않기로 하였다.

심우는 조용하게 말했다.

"그 낭자가 돌아오라고 명했소이다."

팽옹이 말했다.

"이 어른은 귀머거리가 아니야. 나도 들었다."

심우가 말했다.

"그런데 왜 길을 막소?"

팽옹이 말했다.

"이 어른이 하고 싶은 대로 할 뿐이다."

심우가 말했다.

"그럼 지나가게 할 거요 말 거요?"

팽옹은 냉소하면서 말했다.

"네 발은 네 몸에 달렸는데 이 어른과 무슨 상관이지?"

심우가 말했다.

"내 발은 비록 나의 몸에 달렸지만 당신의 손은 당신의 몸에 달려있어 당신이 막을지 어떨지 내가 어찌 알겠소?"

사방에서 웃음소리가 터지자 팽옹은 화가 나서 말했다.

"이 어른이 너의 혀를 잘라 버려 다시는 말을 할 수 없게 만들 테다."

심우가 말했다.

"당신이 나를 지나가지 못하게 한다는 것을 저 낭자에게 알려주어야겠소."

팽웅이 말했다.

"너와 나 사이의 일에 왜 그녀 핑계를 대는 거지?"

심우는 할 수 없어 어깨를 으쓱거리면서 말했다.

"그 말도 일리가 있군."

팽웅은 심우가 들어가지도 않고 물러나지도 않자 심우의 움직임을 유도하려고 손을 내밀어 말했다.

"칼을 내 놓아라."

심우가 말했다.

"내 칼을 가져 뭐 하려고 그러시오?"

팽웅이 심우를 눈으로 위압하며 말했다.

"칼을 내 놓을 테냐? 안 내놓을 테냐?"

심우가 말했다.

"미안하지만 당신 명을 못 따르겠소."

팽웅은 미친 듯이 웃어대고는 큰 걸음으로 그를 향해 접근해 갔다. 분위기가 심상치 않자 두 사람의 가까이에 자리한 사람들은 분분히 일어나서 멀찌감치 피했다. 그러자 팽웅은 험악하게 소리쳤다.

"모두 앉아!"

움직이려던 사람들은 팽웅의 고함소리에 놀라 모두 제자리에 앉았다. 상황이 이렇게 되자 심우는 눈앞에 있는 이 사나이가 식객들과는 익히 면식이 있으며 또한 이자의 말을 꼼짝없이 듣는 것으로 봐서는 성도 땅에서 적어도 횡포로써 이름 꽤나 하는 자라는 것을 짐작할 수 있었다. 그렇다고 하더라도 심우는 이 사람을 과소평가할 수 없었다. 이곳은 사천성의 무풍이 매우 왕성하기 때문에 명문 고수들이 쏟아져 나왔고, 성도 땅에만 해도 여러 명의 고수가 모두 천하무림 중 한자리를 차지할 수 있는 실력이었기 때문이었다. 대개 성도성에서 이런 식으로 행패를 부릴 수 있는 사람은 재주가 있어야만 하는 것이었다. 심우는 그의 기세가 사나운 것을 보고 대처 방법을 생각하고 있을 때 돌연 애림의 말소리가 들려왔다.

"팽 형! 당신하고 싸우러 찾아온 사람들이 있어요."

애림의 말에 심우는 의아했다. 팽웅 역시 애림의 말에 의아해서 물었다.

"나랑 싸우려는 사람이라는 걸 낭자가 어떻게 알지?"

애림은 천진한 웃음을 지으면서 말했다.

"건달 같은 두 사내가 거리 맞은편을 지키고 있는데 그들은 줄곧 여길 지켜보고 있었어요. 또 방금 네 사람이 패를 지어왔는데 그들의 복장으로 미루어 볼 때 무공을 연마한 사람들이에요. 그들이 오자 맞은편의 두 사내가 손짓으로 아래층을 가리키며 그들에게 뭔가 알려줬어요."

여기까지 말하자 위층의 모든 사람들은 문득 일종의 이상한 느낌을 받았다. 애림은 잠깐 끊었다가 또다시 말했다.

"그들은 이미 이 객줏집으로 들어왔어요. 봐요, 조금 전까지 아래층에서 나던 소리가 지금은 없잖아요."

그녀가 이렇게 말하자 많은 사람들이 이상한 느낌이 든 이유가 아래층의 떠들썩한 소리가 돌연 사라졌기 때문임을 알았다. 애림이 웃고는 덧붙였다.

"이자들이 원수를 찾아 소동을 일으키려 한다는 것을 보통 사람도 눈치챘는데 내가 그걸 알지 못할까 봐요?"

팽웅은 눈길을 돌려 층계 쪽을 바라보면서 말했다.

"하지만 나를 찾는 건지 아닌지 어떻게 알지?"

266

애림이 즉시 대답했다.

"당신의 별명이 호두태세죠? 당신이 잔인하기 때문에 이런 별명이 있는 거 아닌가요? 그러니 당신한테 원수가 있다는 걸 신기하다고 여길 건 없죠. 안 그래요?"

팽웅이 말했다.

"낭자의 짐작이 맞소. 탄복하오……."

사실상 팽웅뿐만 아니라 위층의 모든 사람들이 아름다운 소녀의 지혜와 안력에 탄복하였다. 팽웅은 웃으면서 덧붙여 말했다.

"그러나 낭자는 아마 이건 알지 못할 것이요, 나 팽모가 이곳에 나타난 목적이야말로 하늘 높은 줄 모르는 놈들을 유인하기 위해 위해서라는 걸."

그의 말이 끝나자 마자 네 명의 사내가 나타났다. 그들은 이미 팽웅의 말을 들었고 앞장선 사람은 야위고도 키 큰 사내였다. 그 사내는 음침한 냉소를 퍼붓고는 말했다.

"팽 노형은 우리가 나타날 줄 알았소이까?"

그 사람의 목소리는 귀에 거슬려서 매우 듣기 싫을 정도였다. 아울러 코끝과 입이 삐뚠 얼굴은 사람들로 하여금 눈에 거슬리게 하였고, 팽웅의 흉악한 외모보다 더욱 불쾌감을 주었다. 팽웅의 눈길이 그의 뒤에 있는 세 사람을 보고 오만하게 말했다.

"기노이紀老二가 몇 명의 고수를 청해 왔다는 말을 풍문으로 듣긴 들었는데, 어떤 고수인지는 모르겠소."

기노이가 말했다.

"당신이 이자들을 알지 못한다면 소개해 드리리다."

팽웅은 미친 듯이 웃고 나서 말했다.

"어차피 당신 백일서白日鼠 같은 물건짝들이겠지."

그가 이 말을 내뱉자 그 세 사람은 대뜸 기색이 변했다. 이 세 사람은 비록 간편한 복색이었지만, 사람마다 모두 괴악한 기색을 띠고 있어 용속庸俗하고 평범한 무사가 아니라는 것을 알 수 있었다. 애림은 어쩐지 백일서白日鼠 기노이와 그가 청하여온 세 사람이 매우 성가시게 느껴졌고 팽웅이 그들을 물리치기를 간절히 바랐다.

자신의 눈앞에 있는 이들을 가소롭게 여기는 팽웅의 태도는 무인으로서는 취해서는 안 될 행동이었다. 무학의 길은 끝없이 넓고 그 깊이를 헤아릴 수 없으며 고수일수록 자신보다 뛰어난 자가 있다는 겸손함이 배어 있다. 무릇 고수라고 할 수 있는 사람은 반드시 무수한 풍랑을 겪었고 또한 스승과 벗들이 언제든지 깨우쳐 주기 때문에 명성을 떨치기가 쉽지 않고 세상에는 기이하고 재능 있는 지사들이 많다는 사실을 절실하게 느끼게 된다. 그렇기 때문에 대적할 상대를 만나면 부득이한 경우를 제외하고는 언제나 상대방의 내력을 조금이라도 알기를 바라는 것이니, 팽웅과 같이 적수의 이름마저도 알려고 하지 않는 사람은 천성적으로 오만무례하다는 것을 알 수 있다. 팽웅의 내력에서 나타난 공력은 확실히 매우 고명하였고 아울러 그가 또 호두태세란 흉악한 별명을 얻은 것은 당연히 많은 강적을 격패시킨 적이 있기 때문일 것이다. 하지만 그간의 경험을 바탕으로 그는 응당 경솔하지 말아야 했다. 이러한 태도는 그가 천성적으로 오만무례한 사람이라고 짐작할 수밖에 없게 한다. 다시 말해서 팽웅은 무림 고수 중에 예외적인 인물인 것이다.

애림은 팽웅을 비호하려는 마음을 가지고 있었으므로 이때에는 침묵할 수 없어 그의 말을 받으며 말했다.

"팽 형, 잠깐만요."

그녀의 목소리는 맑고 쟁쟁하여 온 가게의 사람들이 모두 그녀를 향하여 바라보았다. 심우는 담담히 웃었고 어깨를 으쓱거리고는 옆으로 물러나서 걸상 하나를 찾아 앉았다. 팽웅이 말했다.

"끼어들지 마시오. 이건 내 일이오."

애림이 말했다.

"그게 아니라. 당신 태도 말이에요. 이자들 역시 무림 사람임을 자처한다면 주의해야 할 거예요. 그들이 당신을 찾아와서 시비를 건다는 건 자신감이 넘친다는 뜻 아니겠어요?"

팽웅이 말했다.

"자신감과 실력은 다르다는 것을 모르오?"

애림이 말했다.

"물론 그렇지요. 하지만 이자들은 분명 어떤 절기를 지니고 있을 거예요. 그러니 백일서 기노이가 이자들을 청해 왔을 겁니다."

팽웅이 말했다.

"낭자 말에 일리가 있소이다."

기노이는 음성으로 웃으면서 말했다.

"팽 형은 언제 이렇게 예쁜 처녀애와 내통하였소?"

팽웅이 말했다.

"주둥이를 함부로 놀리지 마라."

기노이가 말했다.

"당신이 나를 용서하지 않는 게요? 아니면 이 처녀가 나를 용서하지 않는 게요?"

팽웅이 말했다.

"먼저 네 놈부터 손을 봐 주지."

기노이는 음흉한 미소를 계속 지으며 말했다.

"아. 잠깐, 잠깐. 노형은 먼저 이자들을 이긴 다음에 나하고 싸울 수 있소."

애림이 그의 말을 받으면서 말했다.

"쓸데없는 일에 시간을 낭비할 마음은 없지만 내가 당신을 용서하지 않는다면 어떻게 할 작정이지?"

백일서 기노이는 괴상야릇하게 웃으면서 말했다.

"나는 사내이고 너는 계집인데 남녀가 어떤 일이 생길 수 있을까?"

애림의 긴 눈썹이 일그러지더니 말했다.

"흥, 너는 나약한 여자들을 희롱하는 데 이력이 난 녀석이군. 너를 용서할 수 없다."

그녀의 아름다운 눈동자에서 쌀쌀하고도 날카로운 빛이 쏘아지니, 보는 사람들은 경악하면서, 이런 미모의 소녀가 어떻게 이런 맹렬하고 두려운 눈빛을 발출할 수 있는지에 대해 의아해하였다. 그녀는 몸을 일으키더니 날렵한 자세로 걸어가면서 말했다.

"내가 먼저 네 주둥이 놀린 것에 대한 벌로 채찍을 갈겨주지. 팽웅이 너희 패거리들과 일을 끝내면 내가 네 놈의 두 다리를 끊어버리겠어."

그녀의 말이 끝났을 때 그녀는 팽웅의 옆을 스쳐 지나면서 기노이의 앞으로 갔다. 기노이의 얼굴에는 의연히 음흉한 웃음이 있었지만 한 손은 이미 칼의 손잡이에 가 닿았다. 애림이 말했다.

"원한다면 칼을 뽑아라."

기노이가 말했다.

"너는 빨리 너의 자리로 되돌아가 앉아라. 그렇지 않으면 봐주지 않겠다."

그는 얼굴에 광채가 눈부신 이 미녀 앞에서 마음속으로는 두려운 생각이 떠올랐고, 스스로도 이것이 꼭 좋은 상황은 아님을 알았기 때문에 어조도 부드러워졌다.

애림이 말했다.

"네가 칼을 뽑는다고 해서 내가 두려워할 줄 아느냐? 내 이 채찍은 가볍게 휘둘러도 쥐를 때려죽이지……."

말소리가 끝나기도 전에 수중의 금사편이 돌연 쳐들리더니 '쏵'하는 일성에 기노이의 얼굴과 어깨를 갈겼다. 기노이의 볼에는 삽시간에 채찍에 맞은 한줄기의 붉은색 흔적이 생겼다. 채찍 끝이 앞으로 나갈 때 그녀의 전신은 물론 손가락마저도 움직이지 않았다. 채찍은 종적 없이 날아왔기 때문에 기노이는 막을 방법이 없었다.

기노이는 채찍을 맞고 놀랍기도 하고 기쁘기도 하였다. 그가 놀란 이유는 이 미녀의 수법이 너무도 절묘하여 채찍이 휘둘러졌는지 전혀 알 수 없었던 것이고, 한편으로 기쁜 이유는 이 한 번의 채찍이 그의 얼굴과 어깨를 갈겼지만 힘이 제한되어 극심한 통증은 아니었기 때문이었다. 이로 보아 그녀의 수법은 비록 괴이하기가 헤아릴 수 없지만 공력은 만만히 볼 수 있을 정도라고 생각하였다.

그가 눈을 부릅뜨고 고함을 치며 칼집에서 칼을 빼들고 곧바로 뒤따라가려 했다. 그러나 애림은 제비와도 같이 가볍게 뒤로 물러섰다. 팽옹이 맞받아 나가 기노이가 애림의 뒤쫓는 길을 가로막았다. 기노이와 애림은 거리가 아직도 육칠 장이나 있었으므로 출수하여 공격할 수 없는 지점이었다. 기노이가 애림을 뒤쫓아 가려면 우선 먼저 팽옹과 맞닥뜨려야 했다.

기노이는 급히 발걸음을 멈추었고, 팽웅도 더는 접근하지 않고 하늘을 우러러 웃으면서 말했다.

"낭자의 채찍이 도리어 죽은 쥐를 때려 살려냈나 보군!"

기노이는 상황을 보고는 팽웅을 먼저 해치워야만 애림에게 당한 채찍의 원한을 풀 수 있다는 것을 알았다. 비록 채찍질을 당했지만 그는 애림의 날씬하고 아름다운 모습에 도리어 음욕이 생겼다. 이때 백일서 기노이의 눈은 무시무시한 살기로 가득 찼고 그의 길을 가로막고 있는 팽웅을 주시해보았다.

기노이는 사천성 서부 흑도의 영수 인물 가운데의 하나로 위인이 교활하고 수단이 지독하며 무공도 꽤나 고명하였다. 호두태세 팽웅으로 말하면 싸움꾼으로 흑도의 특수한 인물이다. 이런 사람들은 본신의 무공이 고명하여 건드리기가 어려운 데다 흑도 외의 사람들을 건드리지 않기 때문에 정파 협의지사들은 도리어 그들의 일에 상관하지 않는다. 이들 흑도 중 제멋대로 행패를 부리는 흑도의 일부 인물에 대해 재제를 가하기도 하는데 이것이 바로 기노이와 팽웅지간에 깊은 원한을 맺은 이유였다. 기노이는 팽웅에게 숱하게 당하여 마음속의 울화를 누를 길이 없었다. 그래서 고수들을 청하여 정면으로 팽웅과의 원한을 풀려 한 것이다.

기노이의 뒤에 서 있는 세 사람이 기노이를 지나 팽웅을 향해 걸어갔다. 이들은 팽웅과의 거리를 서너 치 남겨두고 걸음을 멈추었다. 그들이 팽웅과 대치한 진세와 패기는 누가 봐도 곧 생사결투가 벌어지려 함을 알 수 있었다. 담이 작은 사람들은 심장박동이 빨라졌고 숨이 막혔다. 이 세 사람은 모두 그 어떤 표정도 없었다. 팽웅의 기색은 차디찬 석상처럼 변해갔다.

팽웅의 천하는 그의 두 주먹과 쌍구雙鉤로 싸워 얻은 것이었다. 지금까지 그가 겨룬 생사상박에서 그는 헤아릴 수 없이 많이 이겼다. 그래서 지금의 국면은 그에게 있어 특별할 것이 없었기 때문에 당황하지 않았다. 그런데 팽웅은 불현듯 '동이는 우물에서 깨어지고, 장군은 전장에서 죽는다'는 속담이 떠올랐다. 왜 이런 속담이 떠올랐는지 알 수 없었지만, 그는 알 수 없는 불길한 예감에 사로잡혔다.

하지만 팽웅은 곧 이런 생각을 버리고 매와도 같은 눈길로 그 세 사람을 날카롭게 주시하였다. 세 사람은 한 일一 자로 늘어섰고 그들의 사이는 반 자 정도 되어 팔꿈치를 들면 서로 닿을 수 있었다. 기노이는 음험하게 웃으면서 말했다.

"팽 형, 형은 이자들이 어떤 사람인지를 아오?"

팽웅이 물었다.

"이자들이 누구냐?"

기노이가 대답했다.

"내가 말하지 않으면 알 수 있는 사람이 절대로 없소."

팽웅은 부득불 그의 말을 시인하지 않을 수 없었다. 그것은 그가 확실히 이 세 사람의 내력을 조금도 짐작해낼 수 없었기 때문이었다. 그러나 곧 팽웅은 앙천일소仰天一笑하더니 말했다.

"이자들은 다른 성에서 왔을 것이다."

기노이가 말했다.

"되는대로 짐작하지 마시오. 장담하건대 이자들에 대해 알아낼 수 있는 사람은 없소."

팽웅이 말했다.

"꼭 그렇다고는 할 수 없다."

기노이가 의아해서 물었다.

"어떤 뜻으로 하는 말이요?"

팽웅의 앞에 있는 세 사람도 의문스러운 기색을 노출하였다. 팽웅이 대답했다.

"나를 제외하고는 알 수 있는 사람이 있을 거다."

그는 머리를 돌려 말했다.

"애림 낭자, 낭자는 그들의 내력을 알 수 있소?"

애림은 웃으면서 말했다.

"기노이, 당신 보기에는 내가 그들의 내력을 알아낼 것 같소?"

기노이는 확신에 차서 말했다.

"넌 절대 알 수 없을 것이다."

애림이 말했다.

"당신 말이 맞아."

기노이는 비웃으면서 말했다.

"팽 형, 하필 이 처녀에게 물었소?"

팽웅도 실망감을 느꼈다. 그것은 그녀가 보인 상승의 기묘한 수법 중에서 그녀의 무공이 평범하지 않아 그녀가 고인高人의 문하라고 생각해서 그녀가 알 수 있을 것이라고 생각했기 때문이다. 하지만 애림이 알지 못하는 것도 이상할 것 없었다. 그것은 이 세 사람은 아직 출수하지 않은 데다 더구나 천하에는 무림의 문파가 헤아릴 수 없이 많아 각 문파의 경력을 모두 안다는 것은 불가능하였다.

팽웅은 더 이상 이자들이 누구인지 확인하고 싶지 않았다. 기노이는 이렇게 함으로써 팽옹의 심리를 이용하고자 하였다. 팽옹을 어색해하거나 불안하게 만들어 무공을 제대로 발휘하지 못하게 하고자 하려는 것이었다. 팽옹이 상대방과 대적함에 있어 상대방의 내력을 관찰하느라 좋은 기회를 잃게 될 수 있기 때문이다. 이런 수법은 팽옹 자신도 이용해 본 적이 있어 팽옹은 기노이의 수법을 눈치채고 신경 쓰지 않으려고 노력 하였다.

애림이 깔깔거리며 말하였다.

"나는 모르지만 다른 사람이 알 수도 있죠."

기노이는 그녀를 바라보았는데, 그의 눈길은 마치 그녀의 옷을 꿰뚫고 그녀의 풍만하고 아름다운 몸뚱이를 뚜렷하게 보는 것만 같았다. 그는 먼저 침을 한 번 삼키고서야 말했다.

"그래?"

애림이 말했다.

"당연하지요. 당신이 그들을 알 수 있는 사람이 없다고 여기면 여길수록 더욱 더 알아내기가 어렵지 않아요."

기노이는 터무니없는 생각을 되돌려야 함을 금치 못하며 말했다.

"낭자의 이 말은 어떤 뜻으로 말하는 것이요?"

애림은 웃으면서 말했다.

"당신의 이런 생각은 추측할 수 있는 길을 제공해주는 것과 다름없지요. 대문파大門派 혹은 뚜렷한 표적이 있는 가파家派에 대해 생각을 하지 않고, 다만 은밀하다고 이름난 문파에 대해 생각하면 되는 것이지요."

기노이는 마음속으로 그녀의 견해에 놀랐지만 겉으로는 도리어 가소롭게 여기는 체하는 태도로 말했다.

"그 말은 원칙에 불과할 뿐 사실상 쓸모가 없어. 너는 이미 이런 원칙을 알고 있지만, 지금 이런 상황에서 그들이 어떤 신분과 내력을 가진 자들인지 알아낼 수 있는가?"

애림이 말했다.

"내가 몇 번이나 말해야 하나요? 이미 당신에게 말하였지만 나는 그들의 신분과 내력을 알아낼 수 없어요!"

기노이가 말했다.

"그렇다면 너는 웬 말이 그리 많으냐?"

애림이 말했다.

"나는 알아낼 수 없지만 다른 사람이 알아내도 되겠지요?"

기노이는 흠칫하더니 말했다.

"누구냐? 나는 믿지 않는다."

애림이 말했다.

"그가 알아낼 수 있어요. 그의 성은 심이고 이름은 우라 해요."

모든 사람들의 시선은 그녀의 손길을 따라 심우를 향해 바라보았다. 심우는 손을 저으면서 말했다.

"나를 거기에 끌어넣지 마오."

애림이 말했다.

"난 이미 당신을 끌어들였으므로 피할 수 없으니. 이 세 사람의 내력을 한번 말해 보세요?"

그녀는 아예 억압하며 물었는데, 오히려 듣는 모든 사람들은 매우 통쾌하다고 느꼈다.

심우는 주저하다가 비로소 말했다.

"이건 말하기가 매우 어렵소."

팽웅이 원망하는 소리를 했다.

"알면 안다 하고 모르면 모른다고 맺고 끊고 해야 할 것이 아닌가."

그는 심우가 지금 자기편으로 있는 것과 같다는 것을 알았기에, 심우에 대해 이렇게 말을 하지 말아야 했다. 그러나 그가 참을 수 없이 이렇듯 난폭하게 말한 원인은 바로 애림 때문임을 스스로도 알았다. 애림과 심우 사이의 정황으로 보아 그들의 관계가 두터운 것이 뚜렷했다. 그리고 하나는 영준한 소년이고, 하나는 미모의 소녀로서 이러한 그들의 관계는 물론 생각하기 어렵지 않았다. 팽웅은 이 상황에서 자기가 질투할 자격이 있고 없음을 생각할 여유가 없기 때문에, 마음 그대로 난폭하고 불쾌하게 심우를 질책했다.

하지만 심우는 조금도 그를 탓하지 않고 오히려 온화하게 말했다.

"애림 낭자가 먼저 한 말이 옳소. 그들이 와서 기노이를 대신하여 복수할 수 있는 것으로 보아 실력이 있는 자들이오. 그러므로 비록 그들의 출신과 가파는 은밀하지만 무공의 조예가 깊은 무림에 유명한 자들이라 증명할 수 있는 겁니다. 다시 말해서 그들은 전혀 이름 없는 신비가파神秘家派는 아닐 것이오."

기노이가 말했다.

"도대체 말하고 싶은 게 무엇이냐?"

심우가 말했다.

"그들이 줄곧 행적이 은밀하고 신비한 가파임을 가령 내가 알아맞혔더라도 그들이 억지로 부인할 수 있고, 게다가 그들의 무공이 세상에 널리 알려지지 않아서 쉽게 증명할 수는 없을 것 같소."

그가 여기까지 말했을 때 팽웅은 자기의 잘못을 깨달았다. 그의 말은 확실히 근거가 있고 이치에 맞는 것이다.

심우가 말했다.

"만약 그들이 정말로 억지도 부인하지 않는다면, 내가 추측해 보는 것도 좋지요. 나는 비록 세 분의 성명은 알 수 없지만 대개 호남 사람이고, 남악南岳 구려九黎파 출신이라고 보는데 옳습니까?"

그 세 사람이 아직 어떤 태도도 표하지 않았는데 기노이가 큰 소리로 말했다.

"아니다."

심우는 어깨를 으쓱거리고 여러 사람들을 둘러보면서 말했다.

"어떻습니까? 나는 그가 눈을 부릅뜨고 부인할거라고 벌써 말하였소이다."

세 사람 중 키가 제일 작은 한 사람이 말했다.

"귀하가 이런 추측을 하는 데는 어떤 근거라도 있습니까?"

괴악한 기색을 띠고 있는 이 세 사람은 이층에 올라온 후에 처음으로 입을 열었고, 과연 말 중에는 농후한 호남 지역의 말투를 들을 수 있었다.

팽웅이 말했다.

"만약 내가 잘못 듣지 않았다면 노형은 과연 호남 사람이구만."

그 사람은 머리를 끄덕이면서 말했다.

"나는 확실히 호남 말씨를 띠고 있지만 노형이 다시 들어보오, 나의 이 말씨는 어느 지방의 말씨요?"

팽웅이 흠칫하더니 말했다.

"산동 말씨요."

그가 흠칫한 까닭은 바로 상대방이 확실히 산동 말을 유창하게 하였고 너무나 완벽하고도 순수한 산동 말씨였기 때문이었다. 그 사람이 또다시 말했다.

"바로 이런 것이요, 말씨의 식별은 다만 무의식간에 장소에 따라 쓸 수 있는 것으로, 생각이 깊은 사람은 어찌 어조를 바꾸지 않을 수 있겠소?"

그가 지금 말하고 있는 것은 사천 말씨였고 온 가게 안의 사람들이 모두 사천 사람들이어서 뚜렷하게 알아들을 수 있었다. 이 같은 한 수는 멋지고도 시원스럽게 기노이의 추궁을 슬쩍 풀어주었다. 그 사람이 입을 다문 뒤 이층은 고요해졌다. 팽웅은 무엇을 말해야 할지 몰랐고, 애림도 그 사람의 날카로운 말솜씨에 눌리어 감히 마음대로 입을 열지 못했다. 다만 기노이의 음흉한 웃음소리가 고요한 침묵을 깨뜨렸다. 그가 말했다.

"좋소, 좋소. 이 세 분 형제의 내력을 알아내든 알아내지 못하든 중요하지가 않소. 오직 팽 형이 한마디만 해보오. 싸우겠소? 아니면 항복하겠소?"

팽웅이 입을 열기 전에 심우는 긴장한 분위기가 풀린 듯 평소의 담담한 태도로 말했다.

"만약 내가 꼭 증거를 말하고자 한다면, 불가능한 것도 아닙니다."

애림이 바삐 말했다.

"좋아요. 어서 말해 봐요."

심우가 말했다.

"구려파九黎派의 무공은 전하는 바, 귀우貴尤의 수하인 구려九黎로부터 전수되어 왔는데, 후인들이 고묘古墓 중에서 발견했고 수많은 곡절을 겪으면서 남영南嶺까지 전파되었지요. 그들은 어떤 고묘를 발견했는데, 연공하기에 적당하였으므로 정착하게 되었소. 말하자면 이미 이백 년도 더 된 일이오."

팽웅은 이같이 숨겨졌던 역사적인 사실을 처음으로 들었고 매우 큰 흥미를 느끼고는 그 말에 귀를 기울였다.

심우는 또다시 말했다.

"이 문파의 무공 중 가장 능한 것은 연수聯手인데 격투할 때 많으면 아홉 명, 적으면 두 명 정도가 언제나 한 사람과도 같아 공격과 수비가 생각대로 되지 않는 것이 없소."

애림이 말했다.

"맞아요, 당신이 그들 세 사람이 서 있는 위치를 보세요. 알고 보니 정묘精妙한 연수진세聯手陣勢예요."

심우가 말했다.

"바로 그런 것입니다."

기노이가 말했다.

"다만 그들이 서 있는 위치로부터 그들이 연수 진세를 펼치고 있다고 인정한다면 공허한 이론에 누가 심복하겠는가."

심우가 말했다.

"그렇지요. 단지 이것만으로는 당연히 사람들이 심복할 수 없겠지만, 그들의 왼쪽 옷소매 안에 모두 꼭 같은 세 자루의 쇠로 만든 단전短箭이 있고, 거기에 구려九黎라는 두 글자가 새겨져 있다면 내가 한 말이 거짓은 아닐 테지요?"

기노이는 깜짝 놀라면서 말했다.

"그, 그것은……."

그는 눈길을 돌려 그 세 사람을 바라보았고 의견을 묻는 기색을 보였다. 사람들도 그들을 보았는데, 원래 기노이마저도 이 세 사람의 왼쪽 옷소매 안에 쇠로 만든 짧은 화살이 있는지를 모르고 있었다. 그 세 사람은 모두 심우에게로 눈길을 집중하였고, 방금 입을 열었던 키 작은 사람이 말했다.

"귀하의 안력이 참 뛰어난데, 성함은 어떻게 쓰시는지요?"

애림이 심우를 대신해서 말했다.

"그의 성은 심이고 이름은 우인데 당신들이 불복하면 그를 귀찮게 해보는 것도 괜찮겠네요."

그녀가 이렇게 말하자 팽웅은 문득 깨닫고 심우가 명문의 제자이며, 일신의 무공 또한 의심할 나위 없이 진실하게 전수받았음을 알았다. 그렇지 않으면 애림이 그를 대신해서 시비를 걸지 않았을 것이며, 다음으로 그녀와 같은 고수가 실력이 없는 사람과 벗으로 사귀지 않았을 것이다.

구려파의 삼인 중 한 사람이 말했다.

"그러면 아주 좋습니다. 심 형에게 가르침을 청합니다."

팽웅은 갑자기 무거운 짐을 벗은 것 같았고, 자기의 위험이 사라졌다고 느꼈다.

심우는 공수拱手하고 말했다.

"그럴 수 없소. 이 동생이 비록 무림의 비문일사秘聞軼事를 조금 알고는 있지만, 무공지도武功之道에 대해선 매우 생소합니다."

구려파의 세 사람은 그의 말을 듣고, 듣는 듯 마는 듯 그를 몇 번 훑어보았고 나중에는 눈길이 모두 그가 허리에 차고 있는 특별히 폭이 넓은 단도에 집중되었다. 이 한 자루의 형식이 고아古雅한 단도로부터 칼의 주인의 실력이 평범하지 않다고 느껴지는 까닭에 그의 말을 믿지 않는다는 기색을 보였다. 이때 애림이 말을 받았다.

"여러분은 그의 허튼소리를 듣지 마세요, 나는 그의 출신과 내력, 무공의 연원을 모두 알고 있으니, 그것을 당신들에게 알려주겠어요."

애림은 알려주겠다고 말은 하였지만, 반대로 입을 다물고 말하지 않았다.

기노이가 말했다.

"낭자가 알고 있다면 알려주시오."

그가 애림을 바라보고 있을 때 마음속으로는 저도 몰래 욕망이 생겨나면서 눈에서는 욕망의 빛이 흘러나오고 있었다. 애림은 그가 이러는 것을 염두에 두지 않고 말했다.

"말할 수는 있지만, 구려문의 세 분의 성명을 누구도 모르고 있어요."

구려문 중의 한사람이 말했다.

"소인은 배열이 여섯째인 유기劉崎이고, 이쪽은 일곱째 전비田丕, 저 쪽은 여덟째 선홍亶紅입니다."

애림은 '아'하는 감탄사를 내뱉고는 말했다.

"그럼 당신은 여기서 우두머리군요."

유기는 매우 정색하며 말했다.

"만약 낭자가 어떤 할 말씀이 있고 장난이 아니라면 소인이 대답해 드리겠소만, 낭자가 진실이 아니면 나의 일곱째 동생 전비가 되는대로 지껄이기를 가장 잘하니 낭자의 상대로 적합할 것이오."

애림이 말했다.

"그만 두세요. 나는 수다스러운 사람과는 말할 흥미가 없어요. 당신들은 이 사람의 내력을 알고 싶지 않나요?"

유기가 말했다.

"낭자께서 말씀해 준다면 기꺼이 듣겠소."

애림이 말했다.

"심우는 자목대사紫木大師의 배분 높은 제자예요."

구려파의 세 사람은 모두 이맛살을 찌푸리고 생각에 잠겼는데, 자목대사의 명호에 대해 잘 모르고 있다는 것이 뚜렷했다.

애림이 또다시 말했다.

"당신들은 이 고승의 명호를 들은 적 없나요? 좋아요, 내가 또 다른 한 사람을 들죠. 칠해도룡七海屠龍 심목영沈木齡이에요."

구려파의 사람들 및 기노이와 팽웅은 모두 놀라고 의아해하며 심우를 바라보았다. 그들은 모두 노강호로 칠해도룡 심목영의 이름을 듣자 곧 이름으로 의심할 바 없는 직계 존친尊親임을 알았다.

애림이 말했다.

"심우가 바로 심목영의 아들이에요."

그녀가 이렇게 말하자 많은 사람들이 심우를 바라보았다. 아울러 애림의 말투에 놀라며 이상하게 생각했다. 그녀의 말투에는 심목영에 대하여 전혀 존경하는 뜻이 없는 것 같았다.

구려파의 여섯째인 유기가 느릿하게 말했다.

"우리들은 오래전부터 심대협의 높은 명성을 우러러 들어왔습니다. 그런데 이 몇 년간 그분의 소식을 전해 듣지 못했습니다."

애림이 입을 삐쭉거리면서 말했다.

"그 화상은 죽어버렸어요."

심우는 그의 부친에 대해 그처럼 존중하지 않는 말을 듣고도 뜻밖에

화를 내지 않았고, 그 어떤 항의하는 표정도 없었다. 이것을 보고 유기가 세밀하고 신중하게 물었다.

"심 형, 낭자의 말이 진실입니까?"

심우는 머리를 끄덕였고 눈에서는 참을 수 없이 우울하고 몹시 무거운 기색이 나타났다.

일곱째 전비가 말했다.

"낭자는 심 형의 가사家事에 대해 알고 있는 것이 적지 않은 것 같습니다."

애림이 말했다.

"당연하지요. 나와 그는 원수지간이기 때문에 당연히 그의 경력을 뚜렷하게 알고 있어요.

전비는 즉시 그 말을 받으며 말했다.

"그럼 심 형의 가전 무학은 반드시 사람들을 놀라게 할 것입니다."

애림이 말했다.

"솜씨는 있지만 내가 알기로는 그가 심목영에게서 배운 시간이 얼마 되지 않았고 그의 무공은 모두 자목대사로부터 전수 받았어요."

제7장

逢奇緣沈宇得寶刃
기연을 만나 심우는 보도를 얻다

전비가 물었다.

"자목대사는 어느 파의 고인입니까?"

애림이 대답했다.

"그것은 나도 확실하게 알지는 못하고 소림파少林派인 것 같지만 그는 소림에 거주하지 않아요."

그녀는 잠시 말을 끊었다가 다시 말을 이었다.

"어쨌든 그는 자목대사의 제자예요."

심우는 돌연 머리를 가로저으면서 말했다.

"죄송합니다만 애림 낭자의 말은 틀렸습니다. 확실히 한동안은 자목 대사를 따른 적이 있지만 그 어르신한테서 어떤 무공도 배운 적 없으며, 그 어르신의 제자라고 불릴 자격도 없습니다."

여러 사람들은 심우가 말을 듣고 모두 뜻밖이라고 느꼈다. 반면 애림 은 언짢은 기색으로 했다.

"뭐라고요? 당신이 자목대사의 제자가 아니라니요? 맹세할 수 있나요?"

심우가 말했다.

"거짓이라면 제 명에 죽지 못할 것이오."

그의 맹세는 어떻다고 할 수는 없지만, 일반적인 이치대로라면 자목 대사의 제자가 아니라는 것을 맹세하면서까지 부인할 필요는 없었다. 그러므로 애림도 부득불 믿지 않을 수 없어 말했다.

"흥, 알고 보니 무예가 보잘것없어 다른 사람하고 싸우려 들지 않는 것이었군요."

그녀는 눈길을 구려파의 사람들에게 돌리며 또다시 말했다.

"여보세요, 당신들은 아직도 손을 쓰지 않고 무얼 기다리나요?"

전비가 말했다.

"만약 심 형이 심목영 대협의 공자라면 가전 무공만으로도 대단하다고 생각됩니다. 이 말은 낭자도 부인하지 않겠지요?"

애림이 말했다.

"만약 그가 충실히 전수받았다면 당연히 대단한 고수겠지요. 하지만 절대 제대로 전수받았을 리 없고 겉모양만 배운 겁니다."

그녀는 심우 쪽으로 몸을 돌리면서 말했다.

"당신이 말해보세요. 가전 무학을 이어 받았나요?"

심우가 말했다.

"나는 당신들을 속일 필요가 없소. 확실하게 말하지만 가전 무학을 열심히 연마한 적이 없소."

여러 사람들은 이 말을 듣고 마음속으로는 모두 이상하게 여길 뿐이었다. 우선 애림의 물음이 기괴했고, 뜻밖에도 그런 질문에 심우가 대답했으니, 그 자체로 더욱 괴이하다 생각할 수밖에 없었다.

유기가 돌연 결심하며 말했다.

"더 말할 필요가 없소. 몇 초식만 가르쳐주면 당신이 전수받았는가를 알 수 있을 겁니다."

심우는 난색을 표하며 말했다.

"나는 확실히 안 된다고 하는데 당신들은 왜 이다지도 나를 귀찮게 하지요?"

그가 이렇게 말할수록 다른 사람들의 호기심은 더 커져갔고, 한번 시험해보고 싶은 생각이 더욱 간절했다. 유기가 말했다.

"우리들은 무공을 서로 인증하는 것에서 멈추려고 하니, 심 형은 더 핑계대지 마십시오."

그가 손을 저으니 여덟째 선홍이 큰 걸음으로 앞으로 나서며 먼저 출수하려고 준비하였다. 하지만 심우는 일어서려 하지 않고 말했다.

"아니, 아니. 시험할 필요가 없소."

유기가 말했다.

"우리들의 무공이 보잘것없어 출수할 필요가 없다는 겁니까?"

심우가 말했다.

"절대로 그런 것이 아니오. 도리어 내가 적수가 못 되기 때문에 시험할 필요조차 없다고 하는 것이오."

선홍이 말했다.

"나의 형님이 말한 것과 같이 서로 무공을 확인하는 데에서 그치는 것에 무슨 문제라도 있습니까?"

심우는 억압에 못 이겨 말했다.

"그러나 귀파의 무공은 어떤 초식이라도 확인만 해볼 수는 없지 않소이까!"

전비는 냉소하더니 말했다.

"심 형의 말을 들자면, 당신은 저의 문파의 무공에 대해 매우 잘 알고 있습니다. 그렇다면 꼭 가르침을 받아야 되겠습니다."

선홍이 앞으로 나가는 모양새가 그리 빠르지 않았지만 기세만은 매우 맹렬하였다. 한 번 보고도 그가 출수하기로 다짐했고, 도중에 마음이 바뀌어 손을 떼지 않을 것임을 알 수 있을 정도였다. 그가 심우의 앞 삼사 치까지 근접하였을 때, 심우는 이 촉박한 시간 중에도 애림을 얼핏 보고난 뒤 뜻밖에도 눈을 감고 아무 말도 없이 움직이지 않았다. 어떤 사람이라도 그의 모습을 한번 보면, 그가 저항하지 않으려고 결심했고 죽이든 살리든 상대방 마음대로 하게 내버려 둔 것이지, 자기의 재주가 높은 것을 믿고 상대방을 상대하지 않은 것이 아님을 알 수 있었다.

애림은 심우가 자신을 얼핏 봤을 때 다른 생각을 하고 있다는 것을 느꼈다. 아마 그는 속죄하기 위하여 그녀의 앞에서 죽기를 바라는 간절한 마음을 보여주는 것 같았다. 그녀의 마음은 나약해졌고, 하마터면 몸을 일으키고 소리쳐서 선홍을 제지할 뻔 했다. 그러나 그녀는 결국 그렇게 하지 않았다. 그것은 그녀가 나중에 반드시 그를 죽이지 않으면 안 된다는 것을 마음으로 알고 있었기 때문이었다. 일찍이 그녀는 어렵게 고민하며 헤아릴 수 없이 많은 밤을 지새운 뒤, 꼭 심우를 죽여 부형父兄의 원수를 갚겠다고 결심한 바 있었다. 그녀의 이런 결정이 마음속에 깊이 자리 잡고 있었으므로, 마지막 이 순간에 간섭하려던 생각을 눌러버린 것이다. 그녀는 그가 자기의 손에 죽기보다, 지금 이 순간을 이를 악물고 참아내어 다른 사람의 손에 죽도록 놔두는 것이 이 일을 마무리 지을 수 있다고 남몰래 생각했다.

선홍은 오른손을 치켜들었고 그를 내리 찍으려는 자세를 취하였다.

비록 아직 찍어 내리지는 않았지만 지금 그는 완전히 우세를 점했고, 심우가 출신입화出神入化의 절기를 가지고 있지 않다면, 설사 그의 공격을 막아내고 또 반격하려 해도 그럴 틈이 없었다. 그는 두 눈에서 야멸찬 빛을 내며 냉랭하게 말했다.

"알고 보니 겁쟁이로구나. 한 마리 성질 있는 개만도 못하다."

그의 욕설은 매우 악독했고 그가 마음속으로부터 확실히 이 청년을 매우 깔본다는 뜻이 뚜렷했다. 애림을 포함하여 모든 사람들은 심우가 안쓰러웠다. 그러나 애림은 아무 말도 없었고, 다른 사람들은 더욱이 소리를 낼 수 없었다. 바로 이때 심우가 눈을 번쩍 뜨고 날카로운 눈빛으로 위엄 있게 사방을 바라보니, 그 기색은 사람들을 두렵게 하기에 충분했다. 선홍은 마음속으로 놀랐지만 계속해서 냉랭하게 말했다.

"당신이 흉악한 척 해도, 겁쟁이라는 이름을 떼어 버릴 수는 없소. 그뿐만 아니라 이 어른은 당신을 두려워하지 않아."

심우가 말했다.

"나는 겁쟁이가 아니오."

선홍이 말했다.

"당신은 겁쟁이가 맞아."

심우가 말했다.

"허튼소리를 그만두시오. 나에게는 말 못할 고민이 있고 그 고민에서 벗어나기 위하여, 당신의 손을 빌리려고 한 것이오."

선홍은 이 말이 전혀 근거 없다고 여기고 바로 두 보나 뒤로 물러서니, 위협하던 기세는 무형 중에 사라지고 말았다. 그가 말했다.

"이 어르신이 당신에게 출수할 수 있는 기회를 한 번 주겠는데, 당신이 겁쟁이가 아니라는 것을 여러 사람들 앞에서 증명하는 것이 좋겠소."

심우는 몸을 일으키면서 말했다.

"양심적으로 말하자면 나는 당신이 나에게 준 기회에 도리어 감사를 드리오."

그의 눈이 사방을 한번 얼핏 쓸어보는데 무엇인가 찾는 것 같았을 뿐 선홍과 싸우려는 생각은 전혀 없는 것 같았다. 선홍은 참지 못하고 소리를 질렀다.

"당신은 아직도 손을 쓰지 않는데, 내가 언제까지 기다려야 하는가?"

심우는 백일서 기노이를 향하여 손을 내밀면서 말했다.

"칼을 빌려 써도 되겠습니까?"

기노이는 빌려 주려 하지 않고 머리를 가로저으며 말했다.

"무슨 말을 하는가."

선홍이 오히려 말했다.

"괜찮습니다. 그에게 빌려 주시지요."

기노이도 감히 그가 청하여 온 이 몇 사람에게 노여움을 살 수가 없어, 즉시 장도를 끌러내면서 말했다.

"좋다, 심가야 칼을 받으라."

그는 즉시 칼을 던졌고, 무시무시하고 날카로운 그 장도는 곧 심우를 향하여 날아갔다. 몇몇 식객들이 이를 보고는, 두려운 나머지 놀란 소리를 질렀다. 장도는 순수한 강철로 만들어져 매우 무거웠다. 이 칼의 무게만으로 보았을 때, 칼집이 꽂힌 채로 사람이 맞는다 해도 그를 상하게 하기에는 충분했다. 게다가 지금 칼은 칼집을 벗어났고, 도광이 번쩍번쩍 빛나니 칼날이 매우 날카롭다는 것이 뚜렷했다. 칼을 받는 사람이 조금만 방심해도, 몸에 상처를 입고 말 것이다. 이것이 바로 손님들이 놀라 소리를 지른 원인이었지만, 애림과 선홍 등 무림인들의 눈에는 이 칼을 받아내는 것이 그리 어려운 일은 아니었다.

과연 심우는 손을 뻗더니 칼자루를 얼른 잡아 쥐며, 매우 손쉽게 칼을 받았다. 그는 손에 칼을 들고, 신형을 약간 낮추고, 기마 자세를 취했다. 삽시간에 한 줄기 강대하고 절륜한 무시무시한 도기刀氣가 밀물처럼 앞으로 쏟아져 나왔다. 첫 공격의 대상이 된 선홍은 더는 견디지 못하고 네 보나 뒤로 밀려났다. 심우는 눈썹을 치켜들고, 호기를 드날리며 하늘을 바라보고 긴 웃음을 터뜨리고 나서 말했다.

"선홍, 이 일초식의 경지는 아마 당신이 생각지도 못했을 것이다."

온 가게 안 사람들은 무공을 알든 모르든 상관없이 모두 깜짝 놀라서 멍해지고 말았다. 심우의 한 줄기 도기는 정면의 선홍을 압박하여 밀어냈을 뿐만 아니라, 가게 안의 다른 사람들이 모두 무시무시한 위세에 간담이 서늘해지게 하였다. 보통 사람들은 그가 매우 강하다는 것만 알았지만, 무림의 고수들은 이 한 줄기 도기가 이미 심도합일心刀合一에 도달한 것 같아 그 어떤 견고한 것이라도 모두 짓부술 수 있는 위세를 가지고 있음을 깨달았다. 다시 말해, 이 같은 무서운 도기를 발출할 수 있는 사람은 이미 일류 고수에 속하고, 보통 고수와는 비할 수 없었다.

선홍이 한 모금 냉기를 머금은 것 같다는 생각을 할 때, 돌연 심우의 팔이 한 번 움찔하더니 눈부시게 빛나는 장도가 삽시간에 끊임없이 진동하면서 한동안 윙윙하는 바람 소리를 발출 했다. 이어서 '쩡'하는 소리가 나더니, 날카로운 그 장도는 뜻밖에도 허리가 두 쪽으로 갈라져 버렸다. 심우의 이 초식은 순수하게 내력을 위주로 하였으며 순강철로 만들어진 단단한 장도를 끊어버릴 정도로 강했다.

모든 사람들이 눈을 크게 뜨고 입을 벌렸다. 여기서 가장 먼저 움직인 사람은 선홍이었다. 그는 앞으로 가서 공격하지 않고, 오히려 뒤로 두 보나 물러섰다. 이것은 무의식적인 반응이었고, 적과 멀리 떨어지면 떨어질수록 더욱 안전하다고 생각했기 때문이었다.

심우는 손에 들고 있던 반 토막 난 칼을 버리고 고개를 돌려 애림을 한 번 보고는 곧장 계단 쪽으로 갔다. 그가 아래층에 내려간 지 한 식경이 지나서야 다른 사람들은 비로소 꿈에서 깨어난 듯 했다. 이때 기노이가 말했다.

"좋다, 그 자식이 가버렸으니 이번에는 팽웅의 차례다."

팽웅이 가슴을 쭉 펴면서 말했다.

"그래, 나의 차례다."

선홍은 가슴 가득한 울화를 잔인한 이 흑도黑道 고수에게 분풀이 할 작정이었다. 그는 먼저 큰 걸음으로 접근해 가서 오른손을 수직으로 세워 내리찍으려 하였다. 팽웅은 칼을 가로로 들고 적을 기다렸지만, 상대방의 장력이 굳세기가 날카로운 도부刀斧와 같고, 기괴하고 오묘하여 그 허실을 뚜렷하게 짐작하기가 힘들었다. 그는 할 수 없이 뒤로 물러났다. 이 두 사람은 아직 접전하지 않았지만, 상황은 이미 형산衡山 구려파 출신인 선홍의 무공이 만만치 않다는 것을 보여주었다.

돌연 계단 쪽에서는 방금 나가버렸던 심우가 또다시 나타났다. 그의 출현에 구려파의 유기가 대뜸 호령을 발출하니, 선홍이 즉시 뒤로 물러났고, 게다가 전비까지 더하여 세 사람은 삽시간에 연수聯手 진세를 이루었다. 심우가 왜 되돌아 왔는지는 누구도 알 수 없었고, 애림도 마찬가지였다. 그녀는 자신을 위하여 심우를 가게 내버려둔 것이 마음속으로 매우 후회되었다. 그것은 자기 스스로 마음속에 그를 죽이려는 생각이 확실히 없었다는 것을 증명한 셈이었기 때문이다. 이렇게 되면 돌아가신 아버지를 무슨 면목으로 보며, 집안의 피맺힌 원한을 어찌 잊을 수 있단 말인가? 심우가 돌아오자 가장 마음이 복잡한 것은 그녀였다. 한편으로는 복수할 수 있는 기회가 다시 생겼고, 그의 행방을 찾으려고 뒤를 따라다닐 필요가 없어졌다는 것이 못내 좋았다. 하지만 다른 한편으로는 자신의 생각을 알면서도 왜 그가 또다시 돌아와서 자신으로 하여금 부득불 그를 죽이게 하는가 라는 생각이 들어 참담한 기분이 들었다. 그녀는 참지 못하고 물었다.

"심우, 당신은 왜 돌아왔나요?"

심우가 우울한 기색을 내비치며 대답했다.

"방금 문을 나섰을 때, 멀리에 있는 려사를 보고는 할 수 없이 되돌아왔소."

애림이 말했다.

"그랬군요. 그가 당신을 보았나요?"

심우가 말했다.

"나는 알 수가 없소."

기노이는 그의 말투를 듣더니 심우가 려사라는 사람을 두려워하는 것 같다고 여겼다. 그리고 돌연 지독한 계책이 생겨나서 재빨리 아래층으로 달려갔다.

애림은 심우를 보면서 말했다.

"저 자식이 려사를 끌어들이려고 나갔어요."

심우가 말했다.

"반드시 그럴 거요."

애림이 물었다.

"당신은 숨지 않나요?"

심우가 대답했다.

"내가 숨을 수 있는 곳은 없소."

애림이 말했다.

"사실 당신의 공력으로 손을 쓴다면, 려사가 꼭 우세를 점한다고 할 수는 없어요."

심우가 말했다.

"아니요. 그의 무공은 확실히 고명한 경지에 이르렀소."

애림이 말했다.

"보아하니 내가 당신을 죽이려 생각해도 정말 쉽지는 않을 듯해요."

심우가 말했다.

"아니, 당신은 식은 죽 먹기로 나의 목숨을 가져갈 수 있소."

애림이 말했다.

"당신이 나를 통쾌하게 해주고 싶으면 그 방법은 단지 나와 목숨 걸고 싸우는 것뿐이에요. 만약 내가 당신을 죽일 수 없으면 별 수 없다고 해야지요. 내가 당신을 이기고, 죽일 수도 있다면 우리 모두 마음이 편해질 거예요."

심우는 머리를 가로저으면서 말했다.

"나는 당신하고 싸우지 않겠소."

그때 계단에서 소리가 나고 곧 기노이가 올라왔다. 이어서 젊고 영준한 한 서생이 흔들거리면서 위층으로 올라왔다. 서생을 보고 애림이 먼저 흠칫하였다. 그것은 영준한 이 서생이 려사가 아니었기 때문이다. 하지만 그녀는 심우의 기색을 보고 즉시 깨달았다.

"오신 분이 호옥진이신가요?"

영준한 그 서생은 심우를 보자 입가에 웃음을 머금고 인사를 하려하였는데, 돌연 애림의 간드러진 소리가 들려오니, 삽시간에 깜짝 놀라며 그녀를 바라보았다.

애림이 말했다.

"나는 애림이라고 하는데, 심우의 오랜 친구이지만, 원수이기도 해요."

영준한 서생은 작게 탄성을 내뱉고는 말했다.

"그렇다면 심우가 도피하는 것이 뜻밖에도 이처럼 이렇게 아름다운 낭자 때문이란 말인가요?"

애림이 말했다.

"아름답다는 것은 감당할 수가 없군요. 하지만 나를 피해 다니는 것은 사실이에요."

옆 사람들이 보기에는 한 쌍의 이 남녀가 모두 미모의 젊은이였지만, 그들이 거리낌 없이 대담한 화제를 이야기하고 있다고 느꼈다. 예를 들면 영준한 그 서생이 여러 사람들 앞에서 애림을 아름답다고 칭찬하고 그녀도 즉시 겸손하게 감히 그런 과분한 칭찬은 받을 수 없다고 표한 것은 그들의 나이를 놓고 말할 때 확실히 매우 대담한 것이었다.

애림은 상대방의 아래위를 훑어보았는데, 이곳에 그들 두 사람밖에 없는 듯한 태도였다. 그러다 문득 그녀는 깨달은 것이 있는 듯 머리를 끄덕이면서 말했다.

"맞아. 당신은 분명 호옥진인데, 심우는 오히려 려사가 왔다고 말했어요."

기노이는 전에 먼저 호옥진의 이름을 들었지만, 지금에 와서야 알 수 있게 된 것에 마음속으로 큰 실망감을 느꼈다. 또한 그들 사이의 관계를 금방 명확하게 알아챌 수 없었다.

영준한 서생은 과연 호옥진이였다. 그녀가 웃음을 머금고 말했다.

"그래요. 다만 낭자가 어떻게 소제小弟의 이름을 알았는지 궁금하군요. 그리고 낭자에게 몇 가지를 물어보고자 합니다."

애림이 말했다.

"나와 심우는 오래전부터 알고 있어, 당신의 성명과 사정에 대해 그가 나에게 알려주었어요."

호옥진이 웃으면서 말했다.

"낭자는 나를 속이려 하지 마세요. 당신들이 설사 만나서 이야기를 나누었다고 하더라도 어찌 소제의 일을 말할 기회가 있을 수가 있겠어요? 려사가 낭자에게 알려준 것이 아닌가요?"

애림이 말했다.

"당신은 과연 매우 총명하군요."

호옥진이 말했다.

"그런 과찬은 감당할 수 없군요."

호옥진은 눈길을 돌려 팽웅, 기노이와 구려파의 세 사람의 얼굴을 살펴보고는 말했다.

"이곳은 장룡와호藏龍臥虎의 땅이라 할 수 있고, 적지 않은 명가 고수들이 지금 여기에 있네요. 그런데 어떤 일이 일어났는지 알 수 없군요."

팽웅이 공수拱手하면서 말했다.

"호 형이 만약 심 형과 응어리진 것이 없으면 잠시 물러서 주시오. 저 몇 사람은 본래 나를 상대하러 온 것이기에 다른 사람과는 상관없습니다."

호옥진이 물었다.

"당신의 뜻은 저들이 원수를 갚으려고 당신을 찾아왔다는 것이지요?"

팽웅이 대답했다.

"바로 그렇습니다."

호옥진이 말했다.

"당신은 혼자 그들을 상대할 수 있다고 보는가요?"

팽웅은 머리를 가로저으면서 말했다.

"다만 있는 힘을 다하겠습니다."

호옥진은 머리를 끄덕이면서 말했다.

"그렇겠지요. 나의 무공은 비록 한계가 있지만, 안력은 오히려 매우 고명해서 한 번 보고는 상대의 무공을 파악할 수 있어요. 당신들 다섯 사람 중 이쪽 세 분의 실력이 가장 강하고, 다음으로는 당신이에요. 그러니 당신이 홀로 그들을 상대한다면 아마 십중팔구는 길보다 흉이 많을 거예요."

기노이가 방금 다급히 호옥진을 불러온 본의는 심우가 되돌아온 것을 보았기 때문이었다. 심우가 중간에서 훼방을 놓을까 두려워, 심우가 려사라고 부르는 한 사람을 피한다는 말을 듣고는 바로 이 수를 썼던 것이다. 그런데 심우가 진실을 말하지 않을 줄 어찌 알았겠는가? 온 사람도 려사가 아니고 호옥진으로, 그 태도가 애매하여 그가 도대체 어느 편에 설 것인지 사람들이 갈피를 잡을 수 없었다. 이같이 복잡한 상황은 그를 궁지에 몰아넣어 일시지간에 그는 어찌하면 좋을지 모르게 되었다. 구려파의 세 사람은 원래 매우 거만하고 눈에 차는 사람이 없었다. 그러나 방금 심우가 보여준 한 수에 예기가 꺾여, 지금은 감히 설칠 수가 없었다.

유기가 말했다.

"팽웅 형은 흑도 중의 명문이고 성도를 웅패雄霸하고 있으니, 우리들은 그의 위명을 우러러 보아서 그에게 가르침을 청하는 것입니다."

호옥진이 말했다.

"원래는 그런 일이었군요. 그렇지만 당신들이 심우를 그 사이에 끌어들이지 않았나요?"

전비가 말했다.

"다만 오해일 뿐이어서, 뒤에 심 형은 먼저 가버렸습니다."

호옥진이 말했다.

"나의 짐작으로는 심우는 반드시 당신들의 협박을 받고 마지못해 떠났을 것이에요."

선홍이 말했다.

"심 형은 스스로 떠나갔습니다."

호옥진은 한 번 웃고 나서 말했다.

"그렇지만 당신은 그를 협박했다는 그 부분만을 말하지 않는군요. 당신이 손 쓴 것이 아닌가요?"

선홍의 말문이 막히자 전비가 바삐 말했다.

"그것은 오해일 뿐입니다."

호옥진의 얼굴빛이 싸늘해지며 말했다.

"나는 그렇게 생각하지 않아요. 이 일은 팽웅의 신상에서 발생했고, 나의 추측으로는 팽웅이 비록 흑도의 인물이지만, 그는 대담하게 일하고 대담하게 책임지는 영웅풍도가 있어요. 그리고 심우는 줄곧 다른 사람과 싸우려하는 사람이 아닌데, 당신들이 이 두 사람을 상대하려는 것으로 보아 당신들이 바로 그들과 상반되는 사람인 것을 알겠군요."

호옥진의 추론은 체계가 명확하여 마디마디가 이치에 닿았다. 애림은 듣고 나더니 마음속으로 경탄을 금할 수 없어서 말했다.

"당신의 추측은 조금도 틀림없어요."

호옥진이 말했다.

"낭자는 원래 스스로 이곳의 일을 마무리 지을 수 있었지만, 심우와 원한이 있으므로 줄곧 수수방관袖手傍觀한 것은 당연한 일이라 하겠지요."

애림이 말했다.

"바로 그래요."

호옥진이 말했다.

"지금 상황이 이렇게 명백해졌는데, 당신들은 어떻게 할 생각이세요?"

그녀가 물은 대상은 기노이와 구려파의 사람들이었다. 기노이는 감히 경솔하게 행동할 수 없어 얼굴에 웃음을 띠면서 말했다.

"호 형의 말대로 하겠습니다."

유기도 말했다.

"만약 호 형이 중재하려 한다면, 우리들은 당신의 면목을 보아서 어떤 분부라도 받들겠습니다."

호옥진이 원래대로 얼굴빛을 바꾸고 웃으면서 말했다.

"내가 그렇게 대단한 사람이었나?"

그녀는 땅 위에 떨어져 있는 부러진 칼을 보고는, 곧 몸을 구부려 주워 들고 살펴보고는 말했다.

"이것은 소림少林 비전인 금강신력金剛神力에 의해 끊어진 것이군요."

그녀의 안광이 심우의 얼굴로 옮겨지며 또다시 말했다.

"알고 보니 당신은 소림파 출신인데, 그날 저녁 려사와 싸울 때에는 소림에서 전수받은 절예를 쓰지 않았군요!"

심우는 머리를 가로저으면서 말했다.

"나는 소림파 사람이 아니오."

호옥진이 말했다.

"당신의 이 한 수로 공력이 깊다는 것을 알았어요. 사실상 려사하고 한번 그 실력을 겨뤄볼 만해요."

그러자 애림이 물었다.

"당신은 려사의 절세도법을 목격한 적이 있는데, 당신 보기에 심우가 그에 비해 어떤지요?"

호옥진이 대답했다.

"심우가 그날 소림파의 비전신공을 쓰지 않고 상대하였는데, 한 수 한 수 매우 이치에 맞았으며, 만약 그가 전력을 다하여 무공을 시전 하였다면 아마도 려사를 이길 수가 있었을 것이에요."

애림이 말했다.

"심우는 원래 심목영의 아들이에요."

호옥진은 짧게 탄성을 내뱉고는 말했다.

"그러고 보니 그가 려사를 상대한 수법은 전부 심씨네 가전 절예였군요."

그녀의 말이 끝나기도 전에 돌연 귀청을 울리는 웃음소리가 한바탕 들려왔다. 온 가게 안의 사람들은 웃음소리가 매우 강렬하고 기이하다고 느낌과 동시에 귀 안이 아파왔다. 그때 웃음소리 가운데서 한 줄기 인영이 층계에 나타났다. 이 사람은 일신에 백의를 걸쳤고, 미끈한 체격에 등에는 한 자루의 장도長刀를 메었지만, 그의 차림새는 도리어 문사와 같았다. 그러나 비록 얼굴이 단정하고 꽤나 영준하였지만, 한 쌍의 짙은 눈썹과 눈에서는 도리어 공포를 느끼게 하는 살기를 발출하니, 한 번 보고도 그가 진정한 문사는 아님을 알 수 있었다. 그리고 보통 식객이나 지금 사건에 관여된 무림 인물들을 막론하고 모두 이 사람이 려사라는 것을 알 수 있었다.

그는 서릿발 같은 눈길로 재빨리 모든 사람들의 얼굴을 한 바퀴 쓸어보고는 나중에 심우의 얼굴에 가서 멈췄다. 심우는 그가 나타난 것에 대해 다만 이맛살을 찌푸렸을 뿐 그 어떤 태도도 나타내지 않았다. 흰 옷의 문사는 냉소하더니 말했다.

"좋다. 여러 사람들을 이곳에서 만났구나."

호옥진이 말했다.

"려 형은 어디에서 오는 길인가요?"

려사는 그녀를 거들떠보지도 않고 계속해서 심우를 바라보면서 말했다.

"나는 애림 낭자가 토로한 말을 듣고서야 네가 두 파의 무공을 지니고 있음을 알았다. 네가 바로 내가 줄곧 찾아다니던 적수이다."

심우는 머리를 가로저으면서 말했다.

"내가 아니오. 다른 사람을 찾는 것이 좋겠소."

려사가 말했다.

"방금 호옥진의 말로는 네가 내 칼을 이길 수 있다는데, 한번 시험해보지 않겠는가?"

심우가 말했다.

"그녀의 말은 믿을 것이 못되오."

려사가 말했다.

"그럼 너는 계속해서 소림 제자라는 것을 부정하는가?"

심우가 말했다.

"그렇소. 나는 소림 제자가 아니오."

려사가 말했다.

"이것은 이상한 일이다. 너는 왜 인정하지 않는가?"

전비는 려사의 비위를 맞추느라고 웃으면서 말했다.

"그는 분명히 싸우는 것을 두려워하는 겁니다."

려사는 냉랭하게 대꾸했다.

"닥치거라."

선홍이 말했다.

"그는 심우를 말한 것입니다!"

려사가 이맛살을 찌푸리고 냉랭하게 말했다.

"너희 세 사람은 듣거라. 나의 칼이 칼집을 벗어난다면 꼭 피를 보아야 하니, 너희들은 조심하는 것이 좋을 것이다."

유기는 이 말을 듣자마자 사태가 좋지 않음을 깨달았고, 다시 생각할 겨를도 없이 바삐 암호를 보냈다. 세 사람은 동시에 위치를 바꾸더니 또 다시 연수 진세를 이루었다. 이때 모든 사람들은 모두 약속이나 한 듯 한 가지 생각이 떠올랐다. 려사가 나타나기 전에는 구려파의 세 사람의 몸가짐과 행동이 모두 음침하고 교활하며 악독한 기색을 띠었고, 온 장내의 사람들을 멸시하였으며, 그 어떠한 사람도 안중에 둔 적이 없었는데,

려사가 나타난 뒤에 그들의 기염은 깡그리 사라졌고, 목적 또한 이루기 어려울 것이라는 생각이었다. 이때 려사의 냉랭한 말소리가 들려왔다.

"너희들은 준비가 되었는가?"

이 말은 사람들에게 구려파의 세 사람이 그의 안중에도 없다는 느낌을 주었다. 구려파의 세 사람은 비록 심우, 애림과 호옥진이 나눈 이야기로부터 려사의 강함을 잘 알고 있었지만, 그것은 결국 전해 들은 말이었으므로 이를 확인하기 전에는 려사의 무공 깊이를 헤아릴 수 없었다. 게다가 그들은 원래 교만하고 방자하며 잔인무도한 것이 습관이 된 사람들인지라 이 시각 어떻게 해도 화를 참을 수가 없었다. 이런 생각에 선홍이 말했다.

"당신이 한번 시험해 보는 것도 괜찮소."

유기도 이어서 말했다.

"려 형이 한번 칼을 뽑으면 곧 사람을 상하게 한다는데, 이 말을 사람들이 믿기는 좀 힘들 것 같습니다."

하지만 그의 말투는 선홍보다는 많이 온화하였다. 려사는 짧게 냉소하고는 몸을 약간 앞으로 기울이면서 세 사람을 향했다. 이때 그가 비록 칼을 칼집에서 뽑지 않았지만, 강대하고도 무시무시한 기세는 이미 밀물처럼 상대방에게 덮쳐 갔고, 구려파의 세 사람은 압박을 받고 부득불 진세를 돌려 적의 한 줄기 기세를 소멸하려 하였다.

기노이는 자신의 계략 때문에 지금 흰 옷의 문사가 나타나자 도리어 자기 편 사람들한테 미안했고, 이 사람도 큰 위세를 가지고 있어 놀랍기도 하고 급하기도 하여 자신도 모르게 식은땀이 흘렀다.

려사의 입에서는 냉소 소리가 끊일 줄 몰랐고, 구려파의 세 사람도 끊임없이 진세를 돌렸다. 별안간 려사가 '쩡'하는 일성과 함께 보도를 뽑자, 칼날에서 번쩍하고 발출된 백색 무지개가 사람들의 눈앞에 빛났다. 그는 서법書法 대가가 붓을 휘둘러 재빨리 초서草書를 써 내려가는 듯이 재빨리 칼을 휘둘러서 기이한 형태의 도안을 그려냈다. 이 도안은 빠르게 변화하며 환영을 만들어 내어, 사람들의 눈으로는 단지 눈부신 빛이 번쩍거리는 것만 보였고, 근본적으로 어떠한 수법을 쓰는지를 알아차릴 수 없었다. 그러나 그의 보도 앞의 세 사람은 도광이 산과 같음을 느꼈고, 두려운 것은 려사의 보도가 어느 쪽을 공격하려는지 짐작해 낼 수가 없다는 것이었다. 또한 그들은 려사의 도세가 매 순간마다 급작스러운 우뢰와도 같이 공격할 수 있다는 것을 느꼈다. 이같이 예측이 불가능하며, 언제든 머리 위로 떨어질 수 있는 도법은 맹렬하고 두려운 기세로, 사람들에게 사신 앞에 서 있는 것 같은 느낌을 주었으며, 매우 큰 공포감을 조성했다.

도광이 만들어 낸 복잡한 도안은 점차 느릿하게 사라지는 듯이 보였다. 뿐만 아니라 려사도 뒤로 두 걸음 물러서서, 빠른 움직임 속에서도 침착하게 칼을 칼집에 꽂아 넣고는 얼굴에 냉소를 띠었다. 사람들은 먼저 려사의 움직임을 보았고, 다음에는 구려파의 세 사람을 바라보았다. 뜻밖에도 세 사람의 수중의 도검은 모두 수직으로 지면을 가리켰을 뿐만 아니라, 그들 모두가 다시는 움직이지 않는 것만 보였다. 그들의 몸에는 모두 혈적血迹이 나타났고, 비록 모두가 쓰러져 죽지는 않았지만 어떤 사람은 가슴에, 어떤 사람은 어깨에 큰 상처를 입은 듯했다. 이 광경을 본 모든 사람들은 모두 경악하고 말았다. 구려파의 세 사람이 본래 잔인하고 지독한 자들이라 할지라도 이 지경이 되자 그들 마음속에도 의문과 두려움이 가득 차게 되었다. 궁금한 것은 이 사람이 도대체 어디에서 왔고 얼마나 높고 깊은 무공을 가지고 있는가 하는 것이며, 두려운 것은 이 사람이 뿜어내는 살기 때문에 오늘 목숨을 부지 못할 것 같은 생각 때문이었다.

려사가 비록 칼을 칼집에 넣었지만, 그의 날카로운 눈길은 계속해서 그 세 사람을 맹렬하게 쏘아보고 있었다. 이때 애림의 간드러진 목소리가 한동안의 적막을 깨뜨렸다. 그녀는 손뼉을 치면서 말했다.

"과연 대단해요. 당신의 도법은 전례 없어 일대의 대가라는 미명美名을 얻을 수 있겠네요."

이 시각 호옥진은 슬그머니 심우를 바라보았고, 그의 표정에서 어떤 반응이 있는가를 찾아보려고 했다. 그러나 그녀는 아무 것도 얻어내지 못하였다. 심우는 얼굴에 전혀 표정이 나타나지 않았고, 이 모든 일들이 모두 그와 관계가 없는 듯 했다. 호옥진은 포기하지 않고 계속해서 그를 주시하였고, 약간의 기교를 써서 자기가 심우를 주시하고 있다는 것을 알지 못하게 했다.

애림의 말소리만 또다시 들려왔다.

"지금 보니 려 형의 도법이 이미 천하무적이라 할 수 있겠군요."

애림이 려사를 찬양하는 말투에는 영웅을 경모하는 뜻이 많이 들어 있었다. 애림의 말에 심우의 미간이 가볍게 떨리더니 눈동자에는 한 줄기 불안과 고통이 섞여 있는 기색이 얼핏 스쳐 지나갔다. 호옥진은 이것을 발견하고 의아해하며 속으로 중얼거렸다.

'그가 이미 그녀를 사랑하고 있단 말인가?'

그녀도 젊은 여성이었기에 젊은 남녀사이의 애정적인 면을 자연스럽게 추측해 낼 수 있었다. 사실 그녀도 아무런 근거도 없이 되는대로 추측한 것은 아니었다. 아름다운 한 소녀가 한 남성에게 경모의 뜻을 표했기 때문에, 다른 한 남자가 남몰래 고통을 드러낸 것은 사랑이라는 것을 제외하고는 또 다른 원인이 있을 수 없었던 것이다.

애림의 칭찬에 려사의 삼엄한 살기는 돌연 사라져 버렸다. 그는 웃음을 띠고 머리를 돌려 애림을 보면서 말했다.

"낭자의 칭찬은 나에게 분에 넘치오."

그의 말은 비록 겸손하였지만, 말투와 표정에서는 도리어 손색없다는 표정이 묻어나왔다.

구려파의 세 사람은 모두 몸에 도상을 입었고, 선혈은 겉옷을 온통 붉게 물들였다. 유기가 먼저 말했다.

"려 형은 과연 고명하군요. 우리들은 학습이 부족하니 패해도 원망이 없습니다. '청산불개, 녹수장유靑山不改, 綠水長流라고 하니 저희들은 이만 하직하겠습니다."

그들은 표현은 사내다웠고 여러 사람들 앞에서 그들이 졌음을 시인했다. 기노이는 그 말을 듣고 목을 움츠리고 서늘해지는 마음에 달아나려고 다짐했다. 유기, 전비, 선홍 세 사람이 계단을 향해 갈 때 려사가 돌연 소리쳤다.

"서라."

유기, 전비, 그리고 선홍은 모두 멈춰 섰다. 그들은 반항하고자 해도 그 능력이 미치지 못하니, 순순히 그의 명을 들을 수밖에 없었던 것이다. 유기는 머리만 돌렸을 뿐 아직 입을 열지 않았다.

려사가 조금 지나서 말했다.

"내가 부른 것은 기노이다."

세 사람은 그제야 한시름을 놓았다. 기노이는 잔뜩 목을 움츠린 채 놀란 모습이어서 이번에는 정말 한 마리의 쥐새끼와 같았다.

려사의 말소리가 들렸다.

"기노이, 너는 좋은 물건이 아니다."

기노이는 허리를 굽히면서 말했다.

"예, 예. 소인은 물건도 못됩니다."

려사가 말했다.

"그렇기는 하지만 너는 도리어 공로가 조금 있으므로 내가 상으로 너에게 무엇을 좀 주어야겠다."

사람들은 이 말을 듣고 모두들 속으로 이상하게 생각했다. 려사가 처음에는 기노이를 사람도 아니라고 욕하고 처벌할 것 같은 모습이었는데 다음 말은 상을 주겠다고 하니, 그 누구도 이러한 상황이 이해되지 않았고, 속으로 매우 변덕스럽다고 생각하게 되는 것이다. 기노이는 태연한 척 얼굴에 웃음꽃을 피우면서 연신 말했다.

"고맙습니다. 고맙습니다, 려사 어르신……."

려사는 잠깐 웃고 나서 느릿하게 말했다.

"하지만 그 사람도 너에게 상을 주고 싶은지 알 수 없으니, 내가 그에게 물어보아야겠다."

기노이는 마음속으로 중얼거렸다.

'나는 쓸 돈도 부족하지 않고, 술 먹을 미녀도 부족하지 않는데, 누가 너의 귀신같은 상을 좋아하겠는가?'

하지만 입으로는 두려워 어찌할 바를 모르는 듯 말했다.

"소인은 너무 감격스럽습니다."

려사가 말했다.

"낭자, 당신이 상으로 그에게 두 번 채찍질을 내릴 수 없겠소?"

이 말이 튀어나오자 많은 사람들은 참지 못하고 웃음보를 터뜨렸다. 기노이가 그 말을 듣고, 얼굴색이 꼴사납게 변한 것이, 확실히 흔히 볼 수 있는 얼굴은 못되었던 것이다. 애림은 그때서야 려사가 일부러 기노이를 놀리려고 마음먹고, 그를 처벌하려고 한다는 것을 알았다.

애림은 아양을 떨면서 한번 웃고는 말했다.

"그에게 상으로 두 번 채찍질을 내리는 것은 할 수 있지만……."

그녀는 일부러 소리를 길게 뽑으면서 다짐하지 못하고 주저하는 뜻을 내비쳤다. 그러자 려사는 기노이를 대신한 것처럼 물었다.

"그런데 어떻단 말이오?"

애림이 말했다.

"나는 그가 어떤 공로가 있어, 당신이 그에게 상을 내리려 하는지 알고 싶은데요?"

려사가 말했다.

"그렇구려. 나는 그가 호옥진을 끌어들여 갈 때에 이 집안에 일이 벌어지고 있음을 알았소. 그 덕에 기회를 얻어 그 세 놈을 약간 혼내주었는데 이것이 그의 공로요. 다만 그 심보가 비루해서 상을 두 번의 채찍질로 주려는 것이오."

그의 말은 매우 조리가 있어, 애림은 크게 동의하여 그 즉시 말했다.

"매우 좋아요. 기노이, 와서 상을 받아 가요."

기노이는 그녀 수중의 금사편을 바라보면서, 의외로 가슴을 내밀고 다가갔다. 원래 기노이는 다년간 무공을 연마하였고, 내공이 화후에 도달했기에 일반적인 철기鐵器도 두려워하지 않았다. 하물며 애림이 들고 있는 자그마한 채찍이 안중에 있을 리 없었다. 뒤로 물러서서, 애림의 이 금사편이 상당히 사납다고 하더라도 기껏해야 통증이 있을 뿐이지 대단한 일이 있을 수는 없다고 그는 생각했다.

애림은 그가 가까이에 오기를 기다렸다가 두말없이 채찍을 휘갈겼다. 채찍 끝이 들리면서 바람을 가르는 소리를 가볍게 발출했다. 채찍은 단지 기노이의 몸을 슬쩍 잡아당기고는 즉시 되돌아갔다. 마치 바람이 스치는 듯 했고 큰 힘을 쓴 것 같지 않았다. 옆에서 보는 많은 사람들은 그 오묘함을 알 수 없었고, 채찍으로 때리는 이런 방법은 그야말로 가려운 데를 긁는 것보다도 가벼워 처벌이라고는 할 수 없다고 해서 이상하게 생각했다. 여러 사람들이 이런 생각을 하고 있을 때, 기노이는 비명을 질렀고 그 소리는 돼지 멱따는 소리보다도 더욱 귀에 거슬려 차마 들을 수가 없었다. 기노이는 비명 소리와 함께 쓰러지고 말았다. 이어서 그가 땅 위에서 뒹구는 것이 보였고, 그가 지르는 비명 소리는 끊임없이 귓가에 들려왔다. 이제야 사람들은 애림의 이 채찍이 상상 외로 사람을 놀라게 하는 커다란 위력을 가지고 있다는 것을 알았다. 비록 흑도 중의 강경強硬한 인물인 기노이도 가벼운 채찍질 한 번에 이렇게 아픔을 참을 수 없이 땅 위에서 마구 뒹군 것 아닌가. 그녀의 수법을 전문가들이 본다면, 아주 뛰어난 상승의 수법으로, 근본 골격을 상하지 않으면서도 견디기 어려운 극심한 아픔을 주는 것이라 알 수 있을 것이다.

하지만 애림은 다른 사람들의 감상에는 관심이 없었고, 다만 심우에게 보란 듯이 그를 향해 바라보았다. 호옥진과 려사는 그녀의 이런 행동을 보았다. 계단 어귀에 서 있던 구려파의 세 사람도 애림의 신기한 채찍 수법을 보고는 두려워서 몸서리쳤고 재빨리 달아났다.

려사는 냉랭하게 말했다.

"서지 못하겠느냐."

그의 목소리는 그리 높지 않았지만, 기노이가 지르는 돼지 멱따는 것 과 같은 비명 소리도 이 말소리를 덮어 버리지 못하였다. 세 사람은 감히 거역하지 못하고 즉시 멈추어 섰으나, 려사가 어떤 수단을 부릴지 몰라 마음속으로는 줄곧 망설이고 있었다.

려사가 또 말했다.

"너희들의 문파 중에서 누가 진정한 고수냐?"

유기는 공수하고 웃음 띤 얼굴로 말했다.

"려 선생의 도법은 뛰어나서 천하에는 그 짝이 없습니다. 저희들 문파 에서는 확실히 대적할 사람을 찾을 수 없습니다."

려사가 말했다.

"허튼소리, 너희들이 펼친 연수 진법은 정심精沈하고 오묘하며 뛰어난 무학으로, 공력이 높은 수준에만 이른다면 대단한 무공 고수가 된다고 할 수 있다."

전비가 그의 말을 받으며 말했다.

"려 선생은 지나치게 과찬을 하십니다. 비록 조그마한 성취는 있지만 당 신 앞에선 반딧불 빛에 불과한데 어찌 밝은 달빛과 다툴 수 있겠습니까?"

려사가 말했다.

"너희들은 자기가 쓸모없는 인간인 줄을 모르고, 다른 사람들도 너희들 과 꼭 같다고 여기느냐? 흥, 너희들은 발설하기를 원하지 않을 뿐이겠지."

애림이 말했다.

"그들 구려파의 무공이 당신이 말한 것처럼 그렇게 정심한가요?"

려사는 이 말을 듣고 돌연 대경실색하는 기색을 노출하였다.

"뭐라 했소? 그들이 구려파라고?"

원래 그는 뒤늦게 이곳에 이르렀고, 호옥진이 온 뒤에 한 말밖에 듣지 못하였으므로 그 앞의 일들을 알지 못했다.

애림이 대답했다.

"그래요, 그들도 시인했어요."

려사가 말했다.

"당신은 그들이 이미 시인했다고 했는데, 그렇다면 어떤 사람이 먼저 그들의 내력을 밝혔다고 보아야겠지요. 안 그렇소?"

애림이 말했다.

"옳아요."

려사가 말했다.

"구려파는 줄곧 자취를 감추었고 세상에는 알고 있는 사람이 매우 적은데 누가 그들을 알고 있었단 말이요?"

애림이 말했다.

"그것은 심우가 알아냈지요."

려사는 유기 무리의 세 사람에게로 눈길을 돌리면서 말했다.

"너희들은 심우가 어떻게 너희들의 내력을 알아냈는지 그 경과를 말해보라."

유기는 감히 대답하지 않을 수가 없어 즉시 먼저 일어난 일의 경과를 간단명료하게 말하였다. 려사는 그 말을 듣고 머리를 끄덕이면서 말했다.

"심 형의 지혜는 대단하구려. 다만 알 수 없는 것은……."

그는 돌연 계속하여 물으려던 말을 되삼켜버리고는 유기를 향해 물었다.

"우리는 본래 화제로 돌아가자. 너희들 구려파에는 어떤 고수들이 있는가?"

유기는 잠깐 머뭇거리다가 겨우 대답했다.

"한 사람이 있는데 겨우 고수라고 부를 만한 정도입니다."

려사는 매우 조소하면서 말했다.

"겨우 고수라고 부를 수 있다고? 내가 보기에는 너희들이 우물 안의 개구리와도 같아 아무것도 모르는 구나. 내가 너희들에게 알려주지. 너희들 구려파의 무공을 최고의 경지까지 연성하면 바로 일류 고수라고 할 수 있다. 이것은 절대로 너희들의 헛된 꿈으로 이를 수 있는 경지가 아니다. 말해라, 그 사람은 누구인가?"

유기는 그와 논쟁하지 못하고 즉시 말했다.

"그는 우리 소사제小師弟인데, 순차로 아홉째이고, 성은 상桑, 이름은 담灘입니다."

려사가 말했다.

"그의 나이는 얼마인가?"

유기가 말했다.

"스물네댓 됩니다."

려사가 물었다.

"언제쯤 입문했는가?"

유기가 대답했다.

"십사오 년 됩니다."

려사는 머리를 끄덕이면서 말했다.

"십사오 년 시간이면 이미 넉넉하다. 너희들은 돌아가서 나하고 꼭 승부를 낼 준비를 하라고 그에게 알리거라."

유기, 전비, 선홍 세 사람은 이 말을 듣고 재빨리 층계를 내려가 삽시간에 자취를 감추고 말았다. 땅 위의 기노이는 아직도 비명소리를 지르며 뒹굴고 있었기에 려사는 이맛살을 찌푸리면서 말했다.

"팽 형, 이놈을 가져다 버리시오."

팽웅도 감히 거역하지 못하고 한마디 대답하고는 재빨리 기노이를 둘러메고 아래층으로 내려갔다. 그 외에 식객들도 분분히 달아났고 눈 깜짝할 사이에 위층에는 려사, 애림, 호옥진 그리고 심우 이렇게 네 사람만이 남았다. 려사의 날카로운 눈길은 심우를 눈여겨보았지만 한참이 지나도 계속하여 입을 열지 않았다.

이때 호옥진이 말했다.

"려 형, 구려파의 무공이 정말 그렇게 대단한가요?"

려사가 말했다.

"너는 작작 지껄여라. 여기에는 너하고 관계되는 일이 없다."

호옥진은 감히 대꾸할 수가 없어 어깨를 으쓱거리고는 입을 다물고 말았다. 또 한참이 지나서야 려사가 비로소 입을 열었다.

"심우, 나는 잠시 너와 겨루자고 하지 않겠다. 어떻게 생각하느냐?"

그의 말소리는 상당히 호의적이고 선량하게 들려서 애림과 호옥진 두 여인은 모두 어리둥절해졌다. 호옥진은 표현할 수는 없었지만 심우를 대신해서 기뻐했다. 그러나 애림의 마음은 그렇지 않았기에 려사에게 물었다.

"무엇 때문이지요?"

려사가 대답했다.

"나는 잠시만이라고 한 것뿐이니, 낭자는 걱정을 놓으시오."

애림은 그가 이렇듯 공손하게 대하고 또한 그의 절세의 도법을 직접 보았으므로, 지나치게 사람을 핍박하려 하지 않고 그저 웃고 나서 더 말하지 않았다.

려사가 또다시 심우에게 묻자 심우는 겨우 대답했다.

"나는 상관없소. 어쨌든 당신은 어떤 교환 조건이 반드시 있을 것이지만, 아마 나는 당신의 조건을 만족시킬 수 없을 것이요."

그의 적수는 패복하는 기색을 드러내며 말했다.

"바른대로 말하자면 너의 재지는 이 세상에 적수가 없을 것이다. 하지만 내가 내놓은 조건은 너를 조금도 곤란하게 하지 않을 것이므로, 네가 할 수 있는 일일 것이다."

심우가 이번에는 약간 흥미를 느끼는 기색을 보이며 물었다.

"그렇다면 한번 들어나 봅시다."

려사가 말했다.

"내가 알고 싶은 것은 우리가 해변 어촌에서 헤어진 뒤 네가 오늘까지 몇 달 동안 어떤 곳에 갔고 어떤 일을 했는가 하는 것이다."

심우는 물었다.

"그것뿐이오?"

려사가 대답했다.

"그렇다."

심우가 말했다.

"그 전에 먼저 말해두는 것이 좋겠소. 당신은 얼마가 지난 다음에 나를 다시 성가시게 할 생각이오?"

려사가 말했다.

"삼 개월을 기한으로 하자, 어떻겠나?"

심우가 말했다.

"삼 개월이냐 사흘이냐를 막론하고, 그 사이 내 경과를 들으면 아마 당신은 실망할 것이오."

려사가 말했다.

"다만 네가 사실대로 말할 것을 맹세한다면, 실망하고 않는 건 내 일이다."

심우는 망설이다가 조금 피하는 듯한 기색을 보이면서 말했다.

"당신이 실망하면 내가 운수 사납지 않겠소?"

려사는 냉소일성冷笑一聲하고는 말했다.

"심우, 너는 지혜롭고 뛰어난 사람이니 응당 내가 어떤 사람이라는 것을 알고 있을 텐데, 내가 어찌 지키지 못할 말을 할 수 있겠는가?"

심우가 말했다.

"나는 당신이란 위인을 명확히 알지 못하오."

이 말은 애림의 호기심을 크게 야기 시켰고 그녀는 조급해하면서 말했다.

"심우, 당신은 꾸물대지 않으면 안 되겠어요?"

심우는 눈길을 이 아름다운 소녀의 얼굴로 향하면서 마음속으로 생각했다.

'나는 네가 꾸물대는 사람을 좋아하지 않는다는 것을 알고 있다. 너는

시원시원하고 결단력이 있는 려사와 같은 사람을 좋아하지. 흥, 나는 일부러라도 너를 애먹여야겠다.'

그는 무슨 영문인지 몰라도 별안간 마음속에 상대방을 격노시킬 생각이 떠올랐는데, 이 행동은 공연한 것으로 쌍방이 모두 해만 있고 이익은 없었지만, 그의 의중에는 사정이 이렇게 변한 것에 대한 자학의 뜻도 포함되어 있었다.

호옥진은 심우의 눈빛에서 기이한 신색이 드러나는 것을 발견하고는 의아한 느낌이 들어서 마음속으로 재빨리 분석해 보았다.

'그는 줄곧 세상일에 매우 냉담했고, 희로애락의 심정을 잃은 것 같았지만 지금은 오히려 그렇지 않다. 비록 보기에는 그가 계속해서 스스로 사랑하고 스스로 증오하는 뜻이 있었지만, 감정에 반응이 있다는 것은 어떤 반응이든지를 막론하고, 관심이 없고 마음이 전혀 움직이지 않는 것보다는 많이 좋아진 것이다.'

옛 사람의 말 중에 '슬픔은 절망보다 더없이 크다'는 말이 있다. 한 사람이 이미 절망하여 희비喜悲의 감정이 전혀 없을 때 이것은 더할 수 없는 슬픔이 된다. 호옥진도 이 이론에 근거하여 심우가 반응이 있기만 하면. 그에게 어떤 정서가 나타나든지를 막론하고 반응이 없는 것보다는 더 좋다고 생각한 것이다.

애림은 또다시 재촉하면서 말했다.

"심우, 어서 말씀해보세요."

그녀도 이 젊은 사람이 기이한 태도를 보인다고 느꼈기 때문에 목소리도 돌연 부드럽게 변화했는데, 그의 성미를 건드리고 싶지 않은 것 같았다.

심우가 입을 열었다.

"나는 려사가 실망할 것이라고 이미 말하였소."

려사는 침묵을 지켰고 애림과 호옥진 두 여인은 그를 바라보았는데 저도 몰래 깜짝 놀라고 말았다. 젊고 재능이 뛰어난 이 도법 대가는 뜻밖에 깊은 생각에 빠져 있었던 것이다. 그녀들은 그가 왜 깊은 생각에 빠졌는지 납득할 수 없었다. 이런 상황은 그가 가는 곳마다 갑작스럽고도 괴상하게 나타났는데, 어떤 이치인지 잘 알 수가 없었다. 그러나 려사는 재빨리 원상태를 되찾으면서 말했다.

"심우, 너는 내가 실망할 것이라고 말했지?"

심우는 머리만 끄덕일 뿐 한마디도 말하지 않았다.

려사가 말했다.

"내가 전후 사정을 잘 설명하면 실망하지 않는다는 것을 모두가 곧 알게 될 것이다."

그는 잠시 멈추었고 사람들로 하여금 모두 자신에게 정신을 집중하게 하였다. 그가 말했다.

"첫째, 심우가 언제 어디에서부터 형산 구려파의 이름과 경력을 알았을까? 그것은 그가 자목대사의 제자로 있었던 까닭일까? 당연히 아니지. 자목대사는 소림 출신이지만 그는 방장方丈이 아니고 감원監院 대사도 아니며, 아마 각원閣院의 장로 또한 아니기 때문에 아마도 그는 구려파의 경력을 모르고 있을 것이다. 가령 알고 있다 해도 너에게는 알려주지 않았을 것이다."

여기까지 말하였을 때 애림, 호옥진 두 여인은 그의 말뜻을 더욱 알 수가 없었다. 려사의 말소리만이 또다시 들려왔다.

"어째서 자목대사가 알지 못할 수도 있고, 알고 있다 해도 너에게 알려주지 않는다고 하는가? 그것은 구려파가 무림 중에서 일류 고수를 배양해 낼 수 있는 문파 중 하나이기 때문이다. 다시 말해서 구려파의 무공을 더 오를 수 없는 경지에까지 연성한다면 천하에 그 어떤 문파의 고수들과 모두 고하를 비길 수 있다. 무림 중에 존재하고 있는 몇 개의 이런 문파는 소림, 무당 등의 파에게는 최고의 기밀이 되겠지. 그러므로 장로나 장로급의 명망 있는 인물들이 직접 다니면서 조사하고, 이들 외에 문하의 제자들은 근본을 알 수가 없는 것이다."

애림은 깨달은 것이 있는 듯 머리를 끄덕이면서 말했다.

"그렇군요. 그것은 그들이 이러한 몇 문파가 천하에 위명을 떨치지 못하게 하는 수단으로, 재능 있는 지사들이 분분히 이들 문파에 투신하는 것을 하지 못하기 위한 것이 아닐까요?"

려사가 말했다.

"그것은 다만 한 가지 이유일 뿐이오."

애림이 물었다.

"그 외에도 또 다른 이유가 있나요?"

려사가 대답했다.

"내가 아는 바로는 이것은 소림과 무당 두 파의 영수 인물이 수십 년 전에 결정한 책략策略으로, 왜 이렇게 하는지는 아마 세월이 우리에게 알려 줄 따름이니, 당연히 그들한테 가서 물어보는 것이 가장 간단하고 빠른 방법이오."

애림이 말했다.

"좋아요. 우리는 잠시 이 가운데 그 어떤 이해할 수 없는 심오한 이치가 있는지 상관하지 맙시다. 당신 생각엔 심우가 어떻게 구려파의 이름과 내력을 알았을까요?"

려사가 말했다.

"그것이 바로 내가 알려는 것이오. 그는 꼭 이 몇 달 동안에 어떤 만남을 통해 비할 수 없이 은밀한 구려파의 내력을 알게 되었소."

애림이 물었다.

"당신은 그에게 그동안의 경과를 말해달라고 했지만, 그가 당신에게 그 경과를 알려주겠다고 대답한 뒤에는, 도리어 되는대로 꾸며낸다 한다면 당신은 방법이 없지 않나요? 그래도 당신은 삼 개월 동안 그를 핍박하지 않겠다는 약속을 계속해서 지킬 건가요?"

려사가 말했다.

"만약 그가 나를 꼭 속이려 한다면 방법이 없는 일이오. 그러나 나는 그가 거짓말을 한다고 그를 탓할 수 있는 증거를 찾을 수 있을 것이오."

애림은 한동안 생각하고 나서야 말했다.

"려사, 당신은 혹시 심우를 성실하고 정직한 사람이라고 생각하고 있는 것은 아니겠지요?"

려사가 말했다.

"전에는 그가 확실히 그런 사람이었지만 사람이란 천지만물과 같이 모두 변할 수 있소. 더욱이 미덕과 품성은 마치 물을 거슬러 가는 작은 배와도 같아 앞으로 나아가지 않으면 곧 뒤로 물러나는 것이오. 다시 말해서 만약 도덕적인 수양을 쌓으려고 분발하지 않는다면, 그의 원래의 품성은 유지될 수 없소."

애림이 말했다.

"당신의 말을 들어보면 당신은 단순한 무인이 아니라는 느낌이 들어요!"

려사는 가볍게 웃으면서 말했다.

"당신의 생각이 여기에까지 미치는 것을 보면 당신은 무공을 연마하는 사람일 뿐만 아니라, 무도 최고 경지를 엿보는 마음이 있는 사람이라는 것을 알 수 있소."

애림은 흔연히 웃으면서 말했다.

"나는 처음으로 이렇게 내 비위를 맞추는 말을 들었군요."

려사가 말했다.

"이것은 사실이오."

애림이 말했다.

"이 문제는 향후에 이야기하는 것이 어때요?"

려사가 말했다.

"좋소. 무도 최고 경계를 탐구하는 데는 흉금을 털어놓고 몇 주야를 이야기해도 끝날 수 없소."

그의 눈길은 심우의 얼굴에 멎으면서 또다시 말했다.

"심우, 너의 허리에 있는 단도가 바로 한 증거이다."

심우는 형형한 눈빛으로 그를 눈여겨보면서 반문했다.

"이것이 어떤 증거라고 할 수 있소?"

려사가 말했다.

"만약 나의 추측이 틀림없다면 그 단도의 두면에 모두 글자가 새겨져 있을 것이다."

심우가 말했다.

"도신에 필적이 새겨져 있는 것은 늘 볼 수 있는 일이므로 당신의 추측이 옳다 해도 신기할 것은 없소."

려사가 말했다.

"말은 그렇지만 만약 내가 이 칼의 두 면에 새겨져 있는 글자를 알아 맞히면 신기하다고 할 수 있지 않은가?"

심우가 말했다.

"이 칼은 내가 길에서 주운 것이어서, 어쩌면 당신이 전에 본 적이 있을 수도 있소."

려사가 웃으면서 말했다.

"허튼소리 하지 말거라. 이 칼은 모양이 예스럽고 보기에는 비록 화려하지 않고 소박하지만 전문가들은 칼집만 보아도 한눈에 정품精品임을 알아본다. 하물며 칼자루에 박혀 있는 짐승 머리 모양의 고옥古玉은, 그 색채와 조각 기술만 해도 그 값을 헤아릴 수 없을 정도이다. 이 같은 물건을 어떻게 마음대로 주울 수 있는가? 내가 만약 본 적이 있다면 한눈에 알아보았을 것인데, 왜 이제야 생각해냈겠는가?"

그의 이야기하는 이유는 확실히 모두 믿을 만하였다.

애림은 참지 못하고 말했다.

"심우, 그 칼을 정말 주운 거예요?"

심우는 머리를 가로저으면서 말했다.

"아니오."

애림이 말했다.

"그렇다면, 려 형의 추측은 확실히 도리가 있군요!"

심우가 말했다.

"그렇소, 그는 매우 고명한 사람이오."

애림이 물었다.

"당신은 자세한 상황을 말해주고 싶지 않나요?"

심우가 대답했다.

"원하지 않소."

그의 대답은 매우 단도직입적이었고 이전의 가타부타 말이 없던 냉담한 모습이 아니었다. 심우의 태도에 애림의 긴 눈썹이 움찔했고 아름다운 눈동자는 화난 기색으로 가득 찼다. 그러나 그녀가 발칵 화를 내기도 전에 려사가 말했다.

"낭자, 그가 말하기를 원하지 않는 것도 사람들이 흔히 가지고 있는 감정이오. 하지만 그렇다고 우리가 그 칼의 내력을 알아낼 수 있는 방법이 없단 말이오? 만약 알고 싶다면 나를 따라오시오."

애림은 깜짝 놀라면서 물었다.

"당신을 따라 어디로 간단 말이에요?"

려사가 대답했다.

"우리는 아래층으로 내려가서 먼저 음식을 먹읍시다."

애림이 말했다.

"심우는요? 우리가 그를 놓아 보낸단 말이에요?"

려사가 말했다.

"그는 멀리 가지 않을 것이오."

그의 말투에는 매우 자신이 있는 것 같았다. 려사의 태도에 애림은 잠깐 생각하고 나서 곧 머리를 끄덕였다.

려사가 먼저 내려갔고, 애림은 계단 어귀에서 고개를 돌려 심우를 바라보았다. 그녀는 심우가 눈으로 자신을 바래다주었는데, 그의 눈빛 가운데는 깊은 생각이 담겨져 있는 것을 발견했다. 그녀는 이런 상황이 자기에게 유리한 것 같다고 어렴풋하게 느끼고는, 그 자리에서 재빨리 아래층으로 내려갔다.

이제 위층에는 심우와 호옥진 두 사람만이 남았다. 그들은 모두 말없이 탁자를 마주하고 앉았다. 호옥진은 동정하는 눈길로 그를 바라보면서 나직이 말했다.

"당신들 사이의 상황은 더욱 복잡해졌어요."

심우는 기죽은 기색으로 말했다.

"그렇소."

호옥진은 목소리를 낮추면서 말했다.

"당신은 정말 그 사이에 기이한 인연을 만났단 말이에요?"

심우가 말했다.

"그렇다고 할 수 있지만 나로써는 확실히 아무런 의미도 없소."

호옥진이 말했다.

"나는 당신과 애림 사이의 상황으로부터 당신이 말 못할 딱한 사정이 있어, 분투하려는 의지를 잃었다는 것을 보았어요. 내가 자세한 상황을 알 필요는 없지만, 한 가지만 물어보고 싶은데 당신들 사이의 문제를 해결할 방법이 그렇게도 없나요?"

심우는 김빠진 소리로 말했다.

"누구도 해결할 방법이 없소."

호옥진은 흠칫하더니 물었다.

"왜요. 당신이 그녀에게 어떻게 했나요? 그녀가 끝내 당신을 너그럽게 용서할 수는 없나요?"

심우는 탄식하고 나서 말했다.

"나와 그녀는 원래 세교世交였고, 우리 두 집은 한집안 식구처럼 사이가 가까웠소. 그래서 우리는 어릴 적부터 같이 자랐고, 어린아이일 때에는 당연히 사이가 매우 좋았지요."

그는 더는 말할 생각이 없었지만 호옥진의 온화하고 관심어린 눈길에 돌연 격동되면서 다시 말을 잇기 시작했다.

"나는 어려서 모친을 잃었고, 또한 외동아들이었기 때문에 돌아가신 부친은 나를 제일 귀여워했지요. 그러나 내가 열네 살이 됐을 때 그는 갑자기 무예를 배우라며 나를 다른 곳으로 보냈고, 나는 부친을 떠나게 됐습니다."

호옥진이 물었다.

"왜요?"

심우가 대답했다.

"나 역시 그것을 몇 년 동안이나 이상하게 생각했고, 지금까지도 만족스러운 해답을 찾을 수 없었지요. 아마 당신은 돌아가신 부친께서 후실을 맞아들이려고 했고, 또 내가 그들과 함께 지내는 것을 좋아하지 않을 수 있기 때문에 나를 다른 곳으로 내보냈다고 생각할 수도 있겠습니다. 그러나 사실은 그렇지 않았고, 내가 떠난 지 팔 년이 되도록 그는 계속해서 독신이었소."

호옥진이 말했다.

"그렇다면 그 당시 당신의 심정은 반드시 적막하고 불안했을 거예요."

심우가 말했다.

"그랬습니다. 나는 몇 번이나 머리를 깎고 출가하려 했지만, 매번 사정이 생겨 염원을 이루지 못했소."

그는 잠깐 멈추었다가 다시 말했다.

"내가 돌아가신 부친을 떠난 지 팔 년 후인 어느 날, 나는 부친의 부음 소식을 접하며 놀라운 말을 들었소. 돌아가신 부친께서 애림의 부친을 죽였을 뿐만 아니라 그의 오빠에게도 중상을 입혔다는 겁니다. 만약 애림도 무예를 배우려고 다른 곳으로 가지 않았다면, 아마 돌아가신 부친의 독수를 벗어나지 못했을 거요."

호옥진은 대경실색하면서 말했다.

"아니, 어찌 그럴 수가."

심우가 말했다.

"그렇습니다. 돌아가신 부친과 애림의 부친은 친분만 해도 수십 년으로 그들 사이의 감정은 친형제보다도 더욱 친밀했지요. 애림의 오빠도 돌아가신 부친의 의로 맺은 아들이었는데 어떻게 이런 비참한 일이 발생했는지 정말로 알 수가 없었소."

호옥진이 말했다.

"그럼 당신의 부친은 그 뒤에 어떻게 되었나요?"

심우가 말했다.

"그가 이런 참혹한 혈안을 만들어 낸 뒤 칼을 들어 자진하셨다고 합니다."

호옥진이 물었다.

"부친께서 이유를 말한 적이 있나요?"

심우는 아주 무겁게 머리를 가로저으며 말했다.

"없습니다. 그가 나에게 유서 한 통을 남겼지만, 그것이 오히려 나를 더욱 미혹되고 고통스럽게 합니다."

호옥진은 다급하게 물었다.

"왜 그런가요?"

심우가 대답했다.

"그는 그 원인을 이야기하지 않았을 뿐만 아니라, 나에게 방법을 찾아서 가능한 그 원인을 알아내라고 했소. 그는 유서에서 그때 자신이 갑자기 실성했고, 혈안이 발생한 뒤에야 꿈결에서 깨어난 듯 정신이 번쩍 들었으며, 일이 잘못되었음을 깨달았다고 했지요. 그러나 그는 엄중한 과오를 저질러 살아갈 수가 없었기 때문에 칼을 들어 스스로 자진한 겁니다."

호옥진이 말했다.

"정말 괴상한 일이군요. 너무 비참하고도 두려운 일이에요."

심우가 말했다.

"그가 쓴 유서에 의하면 팔구 년 전에 이미 심상치 않음을 느꼈는데, 마음속으로 늘 살인하고 싶은 충동이 생겨났다고 합니다. 그래서 나를 다른 곳에 보냈다고 말했소."

호옥진이 말했다.

"그렇지만 속담에 이르기를 '범도 제 새끼는 안 잡아먹는다' 하지 않았어요? 당신은 그의 외동아들인데 왜 당신을 다른 곳에 보냈을까요?"

심우가 말했다.

"두려운 것이 바로 그것이오. 그가 죽이려고 생각한 대상이 바로 나였을 것이오!"

호옥진은 그 말을 듣고 정신이 아득하여 한참 동안이나 말이 없었다.

적막을 깨고 심우가 말했다.

"이제는 당신도 알았지요. 나하고 애림 사이에는 피맺힌 원한 관계가 있습니다. 그러니 내가 비참한 죽음을 맞는 것 외에는 그녀도 한평생 마음을 놓지 못할 것이오."

호옥진은 맥이 풀린 기분으로 말했다.

"이제야 이해하겠어요."

심우가 말했다.

"이 혈안이 발생한 이래 이 사건을 알고 있는 사람이 많지는 않지만 나의 스승 자목대사를 포함하여 일부 밀접한 관계가 있는 사람들은 자연히 알게 되었소."

호옥진은 계속해서 맥없이 말했다.

"그들이 이 일을 알았다는 것이 희한하진 않아요."

심우가 말했다.

"그러나 돌아가신 부친이 발광적으로 행한 참혹한 죄행은 확실히 스승을 포함한 친구들에게 용서를 받을 수 없었기 때문에, 나는 이미 사문에서 쫓겨났을 뿐만 아니라, 그들은 나의 무공을 되찾아 가려고 하고 있소."

호옥진은 나직하게 탄식하며 말했다.

"그러니 려사를 이기지 못한다고 당신을 탓할 수는 없겠군요."

심우가 계속하여 말을 이었다.

"그는 수십 년 전 천하제일 고수 마도魔刀 우문등宇文휼의 가솔입니다. 내가 아직 무공은 가지고 있지만, 아마 그의 적수는 아닐 것이오."

호옥진이 말했다.

"뭐라고요? 그가 우문등의 전인傳人이라고요?"

심우가 말했다.

"우문등의 전인인지 아닌지 나도 잘 알지 못하지만, 그의 도법이 확실히 칠살마도七殺魔刀인 것은 틀림없을 거요."

호옥진이 말했다.

"그렇다면 얼마 뒤에는 려사가 천하제일 고수가 되겠네요?"

심우가 말했다.

"그가 확실히 그렇게 될 가능성은 있지만, 당신도 알아야 할 것이 있습니다. 한 사람이 무도 중 더 오를 수 없는 경지에 이르면, 단순히 무공 도법만으로는 부족하다는 것이지요."

호옥진은 잠깐 생각하고 나서 말했다.

"잠시 그 일은 제쳐 놓고, 우선 당신에게 어떤 계획이 있는지 말해보세요."

심우가 말했다.

"아직 없소."

호옥진은 성실하게 말했다.

"당신이 나를 믿고, 나의 도움이 필요하다고 한다면 나는 당신을 위하여 힘을 쓰겠어요."

심우가 말했다.

"당신의 두터운 정에 사의를 표하지만, 당신이 나를 멀리 떠나는 것이 우리 두 사람 모두에게 좋을 것이라 생각하오."

호옥진이 말했다.

"그래도 조금도 방법이 없다고 생각하세요?"

심우가 말했다.

"어떤 방법이 있겠소? 바꾸어 당신이 애림이라면 당신이 나를 놓아줄 수 있겠소?"

호옥진은 한동안 신중하게 생각하더니 비로소 실망하는 기색을 띠고 말했다.

"아니요, 나는 당신을 놓아줄 수 없어요."

심우가 말했다.

"바로 그렇습니다. 내가 어떻게 해도 그녀는 나를 놓아주지 않을 거요."

호옥진은 동정과 연민으로 가득 찬 마음으로 가볍게 말했다.

"사실 당신은 가장 죄 없는 사람이에요. 그것은 당신도 원래 피해자이지만, 후에 와서는 오히려 당신 부친의 행위를 책임져야 하기 때문이지요."

심우가 말했다.

"부친이 진 빚을 아들이 갚는 것은 매우 공평한 일이오. 당신은 나를 위하여 억울해 할 필요가 없어요. 돌아가신 부친께서 원래 나라는 아들이 없었다고 치면 됩니다."

말은 그렇게 하였지만, 그의 표정과 말투는 계속해서 십분 무거웠다. 이런 희생적인 생각은 사람의 살아가려는 욕망과 서로 용납할 수 없는 모순으로 상충될 수밖에 없었다. 한 사람이 세상에 태어나지 않았으면 몰라도, 이미 태어난 사람은 희로애락 및 죽음에 대한 두려움과 생존에 대한 욕망이 생기기 마련인 것이다. 지금 그는 억지로 자기를 희생하려고 하고 있지만, 당연히 반항하려는 생각이 없는 것은 아니었다. 그러나 이런 상황에서 부친이 진 빚을 아들이 갚는다는 것을 사람마다 모두 당연하다고 여기고, 그마저도 이런 설법을 인정하였으므로 운명을 거역할 수는 없었다. 심우의 괴상한 태도가 이런 이유로 생겨났다는 것은 의심할 바 없었다. 그는 한편으로는 꼭 애림에게 죽음을 당하거나, 그녀의 눈앞에서 죽음으로써 부친이 지은 죄행에 속죄해야 한다는 것을 알았다. 그렇지만 다른 한편으로는 그의 살아가려는 본능이 그로 하여금 어떻게 해서든지 달아나게 하려는 것이다.

호옥진은 단지 그의 입장에서 잠시 생각만 했는데도 미칠 것 같이 고통스러웠다. 그래서 그녀는 자신의 고민과 고통이 심우의 고민과 고통에 비하면 보잘것없는 것으로 변해감을 느꼈다. 그녀가 말했다.

"애림의 부형의 죽음이 꼭 당신의 부친 소행이라고 당신은 장담할 수가 있나요? 그 한 통의 유서는 날조된 것이 아닐까요?"

심우는 머리를 가로저으면서 고통스럽게 말했다.

"자목대사가 필적을 감정하였으니 가짜는 아닐 거요."

호옥진이 말했다.

"하늘도 무심하시지. 당신은 어떤 길로 가야 하나요!"

심우가 말했다.

"나는 어떤 때에는 빨리 죽어버리지 못하는 것이 안타깝고, 죽음으로써 고통에서 벗어나기를 애원하기도 합니다."

호옥진이 말했다.

"죽으려고 서두르지는 말아요. 사람의 죽음은 한 번 뿐인데 이런 결정은 되는대로 해서는 안 돼요."

심우가 말했다.

"죽지 않으면 어떻게 하나요?"

호옥진이 말했다.

"천천히 의논합시다. 내 생각에는 애림에게 권하여 그녀의 마음을 돌려세울 수 있다고 봐요. 그녀가 왜 꼭 당신을 죽여야 하지요? 어쨌든 이미 죽은 사람은 되살아날 수 없어요."

호옥진은 이어서 말했다.

"당신이 죽으려고만 생각하지 않는다면, 언젠가는 그 방법을 생각해낼 수 있어요."

심우는 계속해서 대답이 없었고 호옥진은 부드럽지만 고집스럽게 물었다.

"나의 말이 옳지요?"

그녀가 연속 세 번이나 물었기에 심우의 마음이 매우 어지러웠지만, 그녀의 결심이 매우 굳어 대답을 듣지 않으면 그만둘 것 같지 않다고 심우는 느꼈다. 그렇기에 그는 대답할 수밖에 없었다.

"틀렸소."

호옥진은 의아해서 물었다.

"왜 틀렸나요?"

심우가 대답했다.

"두 가지 이유가 있는데, 첫째는 애림이 가문의 피맺힌 원한을 어찌 쉽게 포기하려 하겠나요? 당신이 보십시오. 그녀는 이미 나를 막다른 골목에 이르게 했습니다."

호옥진은 잠시 그치지 않고 계속해서 물었다.

"두 번째 이유는요?"

심우가 대답했다.

"두 번째는 내가 이 몇 달 사이의 유랑과 도망의 생활에 염증을 느꼈소. 나는 아무리 생각해도 내가 살아갈 이유가 없음을 발견했소."

호옥진은 마음이 크게 동요하여 마음속으로 중얼거렸다.

'그의 말은 얼마나 가여운가!'

심우는 그녀가 말이 없는 것을 보고 즉시 입을 다물고 말았다. 그는 무심하게 호옥진을 한 번 얼핏 보았지만, 비록 남장을 하였음에도 여인의 빨간 입술과 하얀 치아가 던지는 아름다운 추파를 통해 그녀가 절색의 미녀라는 것을 떠오르게 하였다.

호옥진은 한동안 생각하고 나서야 말했다.

"첫 번째 이유에 대해서는 우리가 방금 이야기를 나누지 않았나요? 당신이 애림하고 의논해 보세요. 그녀가 당신을 용서할 수도 있어요. 그것은 그녀가 설사 당신을 죽인다 해도 이미 죽어간 사람들에게도 별다른 이로운 점이 없기 때문이에요."

심우가 말했다.

"그 방법은 통할 수 없으니, 더는 말하지 마시오."

호옥진이 말했다.

"좋아요. 그럼 우린 두 번째를 이야기하지요. 당신이 살아갈 이유가 없다고 말했지만 사실은 그렇지 않아요."

심우는 의아해서 말했다.

"무슨 소리인지 들어 봅시다."

호옥진이 웃으면서 말했다.

"당신의 마음속에는 정말로 목숨을 포기하려고 하는 생각은 없지요?"

심우가 말했다.

"당연하지요. 만약 내가 낙심하고 실망하여서 전혀 살아갈 생각을 하지 않는 지경에 이르렀다면, 애림에게 일찍이 붙잡혔을 것이오."

호옥진이 말했다.

"내가 당신이 살아가야 한다는 이유를 말하기 전에 자그마한 문제에 답해주기를 바라요."

심우가 물었다.

"어떤 문제입니까?"

호옥진이 대답했다.

"당신의 무공은 그날 려사와 싸울 때보다 더욱 고명해졌음에도 왜 온 힘을 다하여 싸우지 않았지요? 뿐만 아니라 방 안에 들어온 뒤에 왜 죽어도 그와 싸우려 하지 않았나요?"

심우가 말했다.

"그것이 나의 또 다른 고민이오. 방금 당신도 들었지만 나는 사문에서 쫓겨났고 스승은 본문의 무공을 되찾아가려 합니다. 하지만 사실상 나는 계속해서 본문의 무공을 가지고 있고, 다만 사용하지 않을 뿐이오."

호옥진이 말했다.

"그렇군요."

심우가 또다시 말했다.

"내가 싸우려 하지 않은 것은 다른 원인이 있었기 때문이지 내가 싸움에 지고 죽을까봐 겁난 것이 아니며, 생떼를 쓴 것도 아니오. 그것은 두 가지 생각에 입각한 것이오. 첫째는 내가 만약 가전 무공으로만 려사를 상대하면 확실히 그를 당해낼 수 없소. 가령 본문의 무공심법을 발출한다 해도 그의 절세의 신법을 꼭 당해낸다고는 할 수 없었고, 설사 당해

낸다 하더라도 사문에서 쫓겨난 까닭에 본문의 무공을 시전할 수 없었소."

그는 잠시 끊었다가 또다시 말했다.

"두 번째로는 그가 맹렬하고 치명적인 일격을 파해 나의 초식과 신법의 내력을 알려고 하고 있음을 내가 알았기 때문이오. 만약 그가 다시 한 번 초식을 본다면 곧 알아낼 수 있다고 생각했고, 그 다음은 그가 도법을 개진하여 시전할 것이기 때문이오."

호옥진은 미소를 지으면서 생각했다.

'이런 생각은 억지를 부리는 것이 아닌가요?'

그녀는 이런 생각을 당연히 입 밖으로 말하지 않고, 심우의 말을 듣고 있었다.

"나는 그가 나를 죽이지 않으리라고 굳게 믿고, 목숨을 걸고 나의 판단을 시험하였습니다. 만약 내 판단이 틀렸다면 할 수 없이 운명으로 감수해야겠지요."

호옥진이 말했다.

"도박 밑천이 좀 지나치게 크다고 생각하지 않나요?"

심우가 말했다.

"다른 사람들이 본다면 목숨을 밑천으로 건다는 것은 당연히 위험부담이 크오. 그러나 나의 목숨은 값이 없기 때문에 다른 사람과는 같을 수가 없소."

제 8 장

盜秘籍計誘二神偸

비급을 훔칠 계책으로
두 명의 신투를 유혹하다

호옥진이 말했다.

"당신이 살아야만 하는 이유를 내가 말해 볼까요? 당신은 려사와 싸워 이겨 당대 일류 고수가 되어야 해요."

심우가 말했다.

"농담 마시오. 려사는 이미 마도 우문등의 직계 심법을 전수받았소. 도법을 논한다면 그가 천하제일이오."

호옥진이 물었다.

"그 말이 정말인가요?"

심우가 대답했다.

"정말이오."

호옥진은 깊이 생각하고 나서 말했다.

"내 기억에 이전에는 당신은 이런 태도를 보이지 않았어요. 더군다나 당신은 려사의 도법 내력도 모르고 있었지요. 안 그래요?"

심우는 솔직하게 말했다.

"그렇소. 내 스승과 우문등의 도법을 이야기한 적이 있지만 내가 려사의 솜씨를 보았을 때는 천하무적의 마도임을 몰랐소."

호옥진이 말했다.

"그럼 그 뒤에야 알았단 말이군요."

심우가 말했다.

"려사가 알고 싶어 하는 것이 바로 나의 이 한 단락 경과요."

호옥진이 물었다.

"그 경과를 말하면 안 될 문제라도 있나요?"

심우가 말이 없자, 호옥진도 더는 묻지 않고 화제를 돌려서 말했다.

"어쨌든 내가 보기에 당신은 려사와 대적해서 그를 이기고 천하무적의 고수가 될 것이에요."

심우는 깜짝 놀라면서 말했다.

"내겐 그런 웅대한 포부가 없소."

호옥진이 말했다.

"그건 모두 당신이 애씨 가문과 엮인 원한 때문에 그걸 해결할 방법이 없어서 그런 거 아닌가요? 그래서 당신이 가질 수 있는 웅지나 포부를 다 꺾어 버린 탓이지요."

심우가 말했다.

"설령 그런 까닭이 아니라 하더라도 나는 정녕 세간의 주목을 받는 일은 할 생각이 없소. 그리고 천하무적은 말하기는 쉽지만 정말 천하무적이 되는 것은 힘든 일이오."

호옥진은 애걸하듯 말했다.

"시도해 보는 것도 큰 의미가 될 것이에요."

심우는 또다시 탄식하고 나서 말했다.

"아니오, 아니오. 시도할 필요도 없소이다."

호옥진이 말했다.

"잘 생각해보세요. 당신과 애 가문과의 원한은 풀 수 있을 거예요. 그러나 절망이라고만 생각하면 길이 없어요."

심우는 돌연 미혹되는 느낌이 생겨 물었다.

"당신은 왜 내게 이토록 관심을 가지는 게요?"

호옥진이 대답했다.

"당신의 인물됨과 품성을 미루어 볼 때 당신은 정의를 내세우고 공정한 것을 주장하는 사람이니 당신이야말로 무적의 고수가 되어 백성들에 해를 끼치는 자가 없도록 할 수 있기 때문이지요."

심우는 잠시 멍하니 있다가 비로소 말했다.

"당신은 난국을 슬퍼하고 백성을 가엾게 여기는 비천민인悲天憫人의 마음을 가졌군요. 나로 하여금 분발하라는 말로 들립니다만."

호옥진이 말했다.

"그래요."

심우가 물었다.

"그렇다면 당신이 신검 호일기의 아들로 위장하고 려사의 도법을 관찰한 목적은 그가 천하무적의 고수가 될 수 있는가를 본 것이었소?"

호옥진이 대답했다.

"맞아요."

심우가 물었다.

"당신이 보기에 려사는 어떻소?"

호옥진이 대답했다.

"그는 무공 방면에서는 일대의 명문 고수가 될 수 있지만 그의 위인과 품성은 문제가 있어요."

심우가 말했다.

"아니오. 당신이 그를 잘못 보았소. 려사는 정인군자로서의 자격을 잃지 않았소."

호옥진이 말했다.

"물론이에요. 하지만 려사는 정인군자의 경지에 도달할 수는 있으되, 천하 사람들의 흠모를 받고 무림을 대신해 정의를 펼칠 당대의 종사는 될 수 없다고 봐요."

심우는 어깨를 으쓱거려 더는 이 일을 가지고 논쟁하지 않겠다는 뜻을 표하였다. 하지만 호옥진은 도리어 재촉하며 말했다.

"재능이 뛰어난 사람이라도 세상의 어려움을 외면한다면 정인군자라 할 수 없지요. 정인군자라면 반드시 정의를 수호하고 어려운 이를 도와야 해요. 내가 보기에는 당신이 일류 고수의 경지에 이른다면 세상일을 등지는 정인군자는 아닐 거예요."

심우는 이 말을 듣고 저도 모르게 마음속에 가득 찬 기백을 불러 일으켰고 얼굴에는 영웅의 기상과 당당한 풍모를 노출하였다. 호옥진은 멍하니 그를 바라보며 한동안 어리둥절해 있다가 겨우 말했다.

"바로 이 모습이에요. 당신은 응당 이런 모습이어야 했어요."

심우는 속 시원히 말했다.

"날 이렇듯 격려해 줘서 고맙소. 더는 회피하지 않고 현실을 직시하겠소."

호옥진은 크게 기뻐하면서 말했다.

"좋아요. 정말 좋아요."

심우가 말했다.

340

"헌데 당신에게 왜 이 일이 중요한 거요?"

호옥진이 말했다.

"나는 어려서부터 부친으로부터 적당한 사람을 찾아내라는 분부를 받았어요. 그런 사람을 찾아 무공의 끝없는 길을 힘차게 나아가게 독려하고 또 그가 무적의 고수가 되어 정의를 펼치는 데 도움이 될 것을 당부하셨지요. 이것이 내 부친의 필생의 염원이에요."

심우는 숙연한 자세로 말했다.

"영존은 대단한 분입니다."

호옥진이 말했다.

"부친의 말씀에 의하면 부친께서 이런 염원을 갖게 된 데는 그만한 이유가 있었지요."

심우는 의아해서 물었다.

"어떤 이유인지요?"

호옥진이 대답했다.

"부친이 공직에 계실 때 불공평한 일들이 끊이지 않는 것을 보아 오셨지요. 그런 와중에 부친은 무도를 정진하는 절정의 고수가 나타나 이런 일들을 평정하지 않으면 안 된다는 것을 절실하게 느꼈다고 합니다."

심우가 말했다.

"과연 괴상한 일입니다."

호옥진이 말했다.

"그 당시 부친은 사람들이 알지 못하는 많은 비밀을 알고 있었지만 힘이 없었기에, 더욱 정의를 펼칠 수 있는 사람을 절박한 심정으로 찾았고 심지어 날 상품으로 내세우기까지 했지요."

심우가 의혹을 풀지 못해 끼어들면서 물었다.

"상품이라니, 그건 무슨 말입니까?"

호옥진이 대답했다.

"부친이 나를 어떤 이와 짝을 지어준 적이 있어요. 그것은 그가 일류 고수가 될 수 있다고 여겨서죠. 그러나 내가 볼 때 그 사람에게는 진취심이 없어서 그를 떠날 수밖에 없었어요."

심우가 말했다.

"그런 일이었군요."

호옥진이 말했다.

"이런 내가 우스운가요?"

심우가 말했다.

"천만에요. 당신을 존중하오."

호옥진은 방긋이 웃으면서 말했다.

"고마워요. 당신을 돕고 싶어요. 당신에게 내가 힘이 되어 줄 수 있을 것 같은데……."

심우는 망설이다가 비로소 말했다.

"당신이 내 주변의 일을 복잡하게 만들지만 않는다면 상관없소."

호옥진은 단호하게 말했다.

"만일 내가 필요하다면 당신의 시첩이라도 되겠어요."

심우는 웃으면서 말했다.

"당신이 이렇듯 솔직하니 나도 당신에게 솔직히 알려 주겠소. 당신과 같은 미모의 젊은 여성이 나하고 오랫동안 지내려면 조심해야 할 게요."

호옥진이 말했다.

"그래도 상관없어요."

심우가 웃으며 말했다.

"내가 무공의 이치를 깨닫는 데에 몰두하고 그것을 얻으려고 노력하려면, 먼저 정욕을 완전히 끊어야 하고 마음속에는 난국을 슬퍼하고 백성을 가엾게 여기는 비천민인悲天憫人 외에는 그 어떤 욕정에서도 자유로워야 하오."

호옥진은 두 눈이 휘둥그레져서 물었다.

"꼭 이렇게 큰 대가를 바쳐야 하는 가요?"

심우가 대답했다.

"그렇습니다. 허나 얻는 것도 클 것이오."

호옥진이 말했다.

"이것은 정말로 기쁨도 있고 근심도 있군요. 당신은 심씨 가문의 외동아들인데, 만약 혈통이 끊어지면 내가 어떻게 마음을 놓을 수가 있어요?"

심우가 말했다.

"내가 이미 애림이나 려사에게 죽었다고 여기면 마찬가지가 아니오?"

호옥진은 잠깐 생각하더니 곧 몸을 일으키면서 말했다.

"그럼 당신은 이 기회에 빨리 도망가세요."

심우는 머리를 가로저으면서 말했다.

"도망가는 것도 방법은 아니오."

호옥진이 말했다.

"만약 당신이 그들에게 죽는 것을 원하지 않는다면 오직 도망가는 길밖에 없어요."

심우가 말했다.

"운명을 받아들이겠소."

호옥진이 말했다.

"그렇지만 스스로 상황이 파악되기 전에는 먼저 그들을 피하셔야 해요."

심우가 말했다.

"내 일은 내가 알아서 할 테니 당신은 집으로 돌아가 영존께 문안을 전해주시오. 기회가 되면 어르신을 찾아가 뵙겠소."

그는 호옥진이 사는 곳을 물어보았다. 호옥진은 자신이 심우에게 더 이상 도움이 되지 않음을 깨닫고 집으로 돌아가는 편이 더 좋겠다고 생각하였다. 그래서 그녀는 머리를 끄덕이며 말했다.

"좋아요, 가겠어요. 훗날 당신이 내 집 앞을 지나게 되면 잊지 말고 찾아 주세요."

심우가 말했다.

"잊지 않고 당신의 집을 찾아 가겠소."

호옥진은 심우와 헤어지는 것이 아쉬워 발길이 쉽게 떨어지지 않았다. 심우는 호옥진이 사라지는 뒷모습을 보았다. 그때 호옥진이 외치는 소리가 들렸다.

"심 형, 그들은 이미 떠났어요."

심우가 말했다.

"알겠소. 당신은 이제 그만 가시오."

심우의 귀에는 호옥진이 문을 나서 점점 멀어지는 발걸음 소리가 들리는 것 같았다. 그는 갑자기 고독하고 적막하다고 느껴져 하마터면 소리쳐서 호옥진을 부를 뻔하였다.

심우는 오랜 시간이 지나서야 몸을 일으켰다. 위층부터 아래층까지 손님 하나 볼 수 없었다. 이곳에 격투가 있다는 것을 알았기 때문에 일찌 감치 사람들이 피했기 때문이기도 하고, 또 점심때가 한참 지나 이맘때 는 손님이 뜸한 시간이기 때문이기도 하였다.

심우는 객줏집을 나가 번화한 거리를 거닐다가 발길이 닿는 대로 한 찻집으로 들어갔다. 구석진 모퉁이에 자리를 잡아 앉으니, 찻집 안에 있 던 십여 명의 손님들이 나누는 이야기 소리가 들렸다. 이야기를 나누는 이들 중 심우는 그의 오른쪽에 자리를 잡고 이야기를 나누는 두 사람에 게 눈길이 갔다. 그들의 겉모습은 특별한 것이 없었지만, 이야기 하는 표 정이나 음성, 동작 등은 오히려 평범한 대화를 나누는 것 같지가 않았 다. 두 사람은 호탕하게 웃기도 했지만 왠지 억제하는 듯하였고, 때때로 남을 의식하는 듯 목소리를 낮추었다. 더군다나, 그들의 동작은 상당히 민첩했다. 어떤 때에는 특별한 손짓을 섞어가며 그들이 이야기하는 어 조를 강조하기도 하였다.

심우는 그들의 이야기에서 일부 은어를 듣고 그들에 대해 주의를 기 울였던 것이다. 그들 행동의 미세한 부분을 다시 한 번 살펴보니 자신이 생각한 것이 맞았다. 그들은 흑도의 무리였다. 흑도들은 강도, 절도, 사 기, 강탈, 인신매매 등 여러 가지 유형의 집단으로 나뉘어져 있었다. 그들 은 모두 자기의 조직이 있는 데다 서로 섞이지 않았다. 어느 유형의 범죄 를 불문하고, 이 조직에 가담하면 직업적인 범죄를 통해 생계를 유지하 였다. 그들은 모두 우연한 풋내기들의 범죄를 업신여겼다. 이 같은 비직 업적인 범죄자들은 흔히 수단이 거칠고 악랄하며 어떤 때에는 필요하지 않은 폭행을 감행하여 그 죄행을 덮어 감추기가 어렵기 때문에 사회의 강렬한 반감을 불러일으킨다. 이런 상황에서 범죄에 직업적으로 종사하는 사람들은 돌연 급증하는 방해와 위험을 감당하게 되는 것이다. 직업적인 범죄는 흑도의 어느 집단이냐를 막론하고 이 사회의 지나친 주목과 외부의 강대한 공격을 원하지 않으므로, 그들은 동업자들과 서로 연락하고 정보를 교환하면서 풋내기들과 어설픈 모방 범죄를 배척하였다.

심우는 흑도에 대해 꽤 많은 것을 알고 있었다. 그는 몸을 일으켜 두 사람에게 걸어가, 자연스럽게 몇 마디의 은어를 던졌다. 그러자 그 두 사람은 즉시 심우를 청하여 합석하게 하고는, 심우에게 자신들의 이름과 내력을 밝혔다. 두 사람 중 하나는 마중창馬仲昌이고 다른 하나는 우득시于得時이며 지금까지 성도成都, 간양簡陽, 자양資陽, 자주資州, 내강內江 등 몇 도시에서 활동한다고 소개하였다. 심우는 그들에게 자기는 남방南方 소강溯江 사람이라 소개하였다.

그들이 서로 나누는 은어는 이런 무리가 아니면 도무지 알아들을 수 없는 말이었다. 심우는 그들과 한담을 통해 도적의 무리 중 누가 고수인가를 슬쩍 물었다. 마중창이 웃으면서 이 일에는 전문가가 수백 명이지만 제일 고명한 사람은 자기네 두 사람이라 말하였다.

우득시가 물었다.

"심 동생, 왜 이게 궁금한 게요?"

심우가 말했다.

"두 분 노형께 솔직하게 말하겠습니다. 저는 줄곧 강남에서 이곳 사천까지 어떤 한 쌍의 남녀의 뒤를 캐었습니다."

우득시가 물었다.

"혹시 그들이 진귀한 보물이라도 지녔소?"

심우가 대답했다.

"엄청난 보물입지요. 게다가 너무 많아 탈이지요. 만약 이번 일을 성사만 시킨다면 다시는 이런 일을 할 필요가 없을 겁니다."

마중창과 우득시는 방금 만난 생면부지의 청년의 입에서 엄청난 건수를 듣게 되자 긴가민가하면서도 입이 벌어졌다. 마중창과 우득시는 지금껏 살아오면서 갖은 절도는 다해 봤지만 눈앞의 청년의 말이 사실이라면 이런 엄청난 기회는 평생의 한두 번만 만날 수 있는 절호의 기회였다.

마중창이 말했다.

"우리를 떠보려고 하는 말은 아니오? 우린 세상 물정을 모르는 풋내기가 아니오. 그들이 얼마나 되는 주보옥기珠寶玉器를 가지고 있기에 심 동생이 그들은 쫓아 이 멀리까지 온 게요?"

심우가 물었다.

"두 분 노형이야말로 얼마만한 재물을 지녀야 평생 이런 일을 안 하겠습니까?"

우득시가 말했다.

"적어도 백 냥 이상의 황금이어야겠지요. 모르긴 몰라도 심 동생이 사냥개처럼 수천 리 길을 뒤쫓아 왔다면, 어림잡아 천 냥의 황금이라도 있다는 건가?"

우득시는 이렇게 말하면서도 아직도 눈앞에 있는 청년의 말을 반신반의 하였다.

심우가 말했다.

"천만에. 그것보다 더 과감하게 불러보십시오."

마중창과 우득시는 심우가 허풍을 떠는 것은 아닌가 싶었다. 마중창이 말했다.

"쳇, 몸에 진주삼珍珠衫이나 궁전의 구용옥환九龍玉杯 따위의 세상에 드문 보물을 지니지 않고서야 어찌 천 냥 황금의 가치가 있을 수 있겠소?"

우득시가 맞장구를 쳤다.

"그럼, 그럼."

심우는 머리를 가로저으며 말했다.

"아닙니다. 더요. 더 대담하게 짐작해 보십시오."

마중창이 말했다.

"삼천 냥?"

심우는 머리를 흔들며 웃을 뿐 아무 말도 하지 않았다. 그래서 우득시는 기분이 상했다. 심우가 사실을 얘기하는 것 같지 않고, 오히려 자신들을 업신여겨 시비를 걸거나 떠보려는 것은 아닌가 싶었다.

"오천 냥?"

여전히 심우는 머리만 가로저을 뿐이었다. 이쯤 되자 마중창 역시 화가 치밀었다. 머리에 피도 안 마른 녀석에게 놀림을 당하고 있다고 느껴졌다.

"일만 냥?"

마중창은 이렇게 내뱉고는 자신이 지금 무얼 하는 것인가 싶었다. 지금까지 온갖 곳을 돌아다니며 숱한 절도를 해 왔지만 이런 어마어마한 보물이 있다는 것을 풍문으로도 듣지 못했는데, 이런 새파란 녀석과 이같이 터무니없는 말에 대꾸를 하고 앉았다는 것이 우습기도 하여 일만 냥이라고 한 걸 후회했다.

그러나 심우는 정색하며 말했다.

"얼추 비슷하기는 합니다만. 허나 제가 알기로는 이보다 많으면 많았지 적지는 않습니다."

마중창과 우득시는 심우가 진지하게 말하는 것을 보고 놀라 멍해졌다. 눈앞의 청년이 비록 생긴 것은 멀쩡하지만 하도 터무니없는 말을 하기에 믿을 수 없다고 생각했는데, 정색하고 말하는 것을 보자 정말인 것 같기도 했기 때문이다. 하지만 그들의 경험에 의하면 아무리 거부라도 몸에 지니고 있는 재물의 가치란 백 냥 황금을 초과할 수 없는 것이었다. 보통 진귀한 보물을 지닌 채 여행을 다닌다면 반드시 표항鏢行에 위탁하는데, 하물며 이렇듯 엄청난 재물을 지닌 자라면 두말할 것도 없었다. 그들이 이런 생각을 하고 있는데 심우가 다시 말했다.

"이번 일을 성사시켜 우리가 똑같이 나누어 가집시다. 우린 큰 부자가 될 수 있습니다. 그럼 한평생 떵떵거리며 잘 살 수 있지요."

마중창이 말했다.

"아, 당연하오. 생각해 보오. 우리가 각자 삼천 냥씩의 황금을 나누어 가지게 되는 거란 말이오."

어느새 마중창은 심우의 말을 믿고 맞장구를 치고 있었다. 그러나 우득시가 말했다.

"그만, 그만. 심 동생의 말이 비록 거짓이 아니라 하더라도 그런 값진 물건을 손에 넣어봤자 길거리에 굴러다니는 한갓 돌멩이와 마찬가지야. 그걸 누구한테 판단 말이오?"

마중창도 웃으며 말했다.

"그렇군. 하기야 그런 보물은 우리한텐 막상 짐만 될 뿐이지."

그는 생각해 볼 필요가 없다는 듯 웃는 얼굴로 유감스러운 표정을 지었다.

심우가 말했다.

"생각해 보십시오. 현금화할 수 없는 재물이라면 왜 천 리 길을 뒤쫓아 왔겠습니까? 제가 그만한 생각도 안하고 무턱대고 덤비는 하룻강아지인 줄 아십니까?"

마중창은 듣고는 정신을 차리며 말했다.

"하긴."

우득시가 물었다.

"그럼 도대체 어떤 물건이란 말이오?"

심우가 대답했다.

"꿈에도 생각 못 할 물건입지요. 그것은 한 권의 책입니다. 길이가 여섯 촌이고 넓이가 네 치인 부채형 모양의 침향통 안에 있습지요."

마중창이 말했다.

"그런 조그만 책이 그런 값어치를 지녔다? 웃기는군."

우득시가 말했다.

"집어 치워. 난 또 뭐라고. 우리가 이 녀석에게 놀림을 당한거야."

심우는 매우 진지하게 말했다.

"믿지 않는다면 저도 방법은 없습니다. 하지만 두 분은 규칙行槻을 지켜 주십시오. 절대로 제게 들은 말을 누설해서는 안 될 것입니다."

마중창이 물었다.

"당신 정말 우리 도움을 받으려 한 거요?"

심우가 대답했다.

"예, 저 혼자 힘으로는 어렵기 때문입니다."

우득시가 말했다.

"그 책이 어떤 책이기에 그런 값이 나간단 말이오?"

심우는 조금 뜸을 들이더니 대답했다.

"그 책은 겉보기에 한 권의 무학 비급이지만 그 책장 사이에 한 장의 지도가 끼어 있습니다. 그 지도만 얻으면 우리는 엄청난 양의 금이 보관되어 있는 장소를 알게 됩니다."

마중창과 우득시는 이번에야말로 믿어야 할지 말아야 할지 망설여졌다. 심우라는 자의 말에 의하면 먼 곳에서 이곳 사천까지 뒤따라 왔다고 하니, 분명 어떤 집요함이 아니라면 이렇게까지 하지는 않았을 것이다. 하지만 문득 심우가 혹시 그 무공비급을 탐내서 여기까지 뒤따라온 것이 아닐까 하는 의문이 들었다. 무림에서는 한 권의 권경拳經이나 한 자루의 좋은 병기를 위해서도 잔혹하고도 두려운 구살혈안이 자주 발생한다는 것을 그들도 알고 있었기 때문이다. 그래서 마중창은 느릿하게 말했다.

"이 일은 예삿일이 아니오. 이 일을 증명할 다른 것은 없소?"

우득시도 거들었다.

"그렇소. 한 쌍의 남녀가 몸에 무공비급을 지닌 채 강호를 다닌다면 그들은 틀림없이 무공에 정통한 사람일 것이오. 그리고 당신이 말한 바가 모두 사실이라 하더라도 이 일을 섣불리 손대어서는 성사될 수 없소."

심우가 말했다.

"글쎄요. 두 분께 어떻게 증거를 대어야 믿으시겠는지요."

마중창이 말했다.

"생각 좀 해 봅시다."

심우가 말했다.

"여쭙고 싶은 게 있습니다. 만약 제 말이 사실인 것이 확인이 된다면 두 분께서는 도와주시겠습니까?"

우득시의 눈길에 탐욕스러운 빛이 가득해져서 답했다.

"물론이오. 당신이 한 말이 모두 그대로 사실이라면 가담할 것이오."

그리고는 마중창을 바라보면서 물었다.

"마 형, 당신은 어떻게 하겠소?"

마중창 역시 고개를 끄덕였다. 이렇다면 원칙적으로 이미 그들은 동의한 것이다. 그러자 심우가 말했다.

"이 항업에서 소중히 여기는 것이 의기와 우정이 아니겠습니까. 만일 두 분께서 저를 믿으신다면 곧 착수해서 기회를 놓치지 말아야 할 것입니다."

마중창은 반대의 뜻을 표했다.

"서두르는군. 신중함이 없이 섣불리 손대었다간 도리어 일을 망치는 법이지. 우리의 도움을 바란다면 우리가 행동할 때를 정하겠소이다. 의욕만 가지고 나서다가는 안 되오. 이런 큰일일수록 심신이 견강하지 못하면 일을 그르치게 될 것이오."

마중창의 말은 냉정하고 경험이 풍부하여 흑도 중 투절문偸竊門의 고수로서 손색없었다. 그러나 우득시가 말했다.

"마 형, 이런 기회는 우리가 평생 몇 번을 만나겠소이까. 일단 믿어봅시다. 이 기회를 놓친다면 한평생 후회할 것이오."

세상의 많은 사람들은 실력은 있으되 때를 얼마나 잘 만났느냐에 따라 운이 트이기도 하고 그렇지 못하기도 하다는 것을 경험으로 알고 있었다. 일단 기회를 잃으면, 곧 '좋은 시기는 한 번 지나면 다시 오지 않는

352

구나!時乎時乎不再來'라는 감탄과 후회를 면할 수 없는 것이다.

마중창이 말했다.

"우 형의 말이 옳소. 하지만 소심小沈의 말이 정말인지 어떤지 깊이 생각하지 않을 수는 없소."

심우가 말했다.

"저는 두 분의 검증을 달갑게 받아들이겠으니 마 형께서 좋은 방법을 생각해 주십시오."

우득시가 말했다.

"이건 어떻소? 소심과 한 쌍의 그 남녀가 과연 같은 곳에서 이곳까지 왔는지 확인만 할 수 있다면 우리가 판단을 내릴 수 있다고 생각하오."

마중창이 맞장구를 치며 말했다.

"그것도 한 가지 방법이겠군. 그런데 당신은 어떻게 그 비급 안에 황금굴黃金窟의 지도가 숨겨져 있는 것을 알았소?"

심우가 말했다.

"무릇 이 분야의 진짜 전문가라면 백골총白骨冢의 전설을 알고 있지요. 두 분은 어떠신지요?"

우득시의 눈빛이 밝아졌고 탐욕스럽게 변했다. 마중창은 비록 그 정도에 이르지는 않았지만 얼굴 표정에는 변화가 있었다. 심우가 그것을 보고는 머리를 끄덕이면서 말했다.

"알고 계시군요. 두 분도 이 전설을 알고 계시니 과연 이 분야에서 재주를 진짜로 전수받은 고수들이십니다."

우득시가 말했다.

"이 전설을 알고 있는 사람은 그리 많지 않소."

마중창이 말했다.

"이건 우리 항업의 다섯 가지 비밀 중의 하나요, 모든 사람이 안다는 건 있을 수 없는 일이오."

심우가 말했다.

"이 백골총의 위치가 바로 그 비급 안에 있습니다."

마중창이 고민하는 기색을 보이자 우득시가 말했다.

"만일 아직도 의심을 한다면 이 일에 참여하지 않아도 좋소. 나와 소심 이렇게 둘이 손을 쓰겠소."

마중창이 웃으면서 말했다.

"우 형, 당신은 여태껏 자잘한 재산에 눈이 멀어 다른 사람들과 결코 나누려 하지 않았소. 내가 알기론 그 백골총은 오왕吳王 장사성張士誠이 보물을 감춘 곳 중의 하나로, 비록 크지는 않지만 만 냥의 황금뿐만이 아니오. 우리 손에 넣기만 한다면 우린 대부호가 될 것이오."

우득시가 말했다.

"당신이 참여하겠다면 당연히 당신 몫을 주겠소. 맹세하오. 하지만 당신이 참여하지 않는다면 내가 더 많이 가지니 기쁘지 않을 수가 없소."

심우가 말했다.

"어쨌든 우리 세 사람뿐이니 어떻게 나눠도 모두 만족할 것입니다. 제가 지금부터 드리는 말씀을 참고하십시오."

우득시와 마중창 두 사람은 심우가 하는 말을 처음과는 다르게 진지하게 들었다.

심우가 말을 이었다.

"두 분께서 알고 있는 것과 같이 이 백골총에 숨겨져 있는 보물은 백여 년 전 우리 이 항업의 남북 이노南北二老의 유언에서 확인할 수 있었지요. 그래서 후세의 용속한 자들이 깊이 믿고 의심하지 않았지요. 그러나 그들은 유언에다 한 가지 전설과 두 마디의 수수께끼를 남겨놓았기 때문에 지금까지 백골총을 찾은 사람이 없었던 것입니다."

우득시는 심우가 뜸을 들이며 말을 하자 애가 타서 재촉하였다.

"자자, 본론부터. 그래 당신은 어떻게 실마리를 발견했소?"

심우가 말했다.

"저는 절동浙東 해변에서 그 사람을 만났습니다, 남자의 성명은 려사이고 여자의 성명은 애림입니다. 애림이라는 여자는 제가 알고 있던 사람이라 려사도 알게 되었지요."

마중창은 마음이 한결 가벼워져서 속으로 중얼거렸다.

'그들은 그렇게 서로 알게 되었구나. 그렇지 않으면 심우의 신분과 내력이 문제가 있다.'

심우가 이어서 말했다.

"려사는 노강호老江湖여서 내가 흑도라는 것을 알고 저와 사이가 좋지 않지요. 뭐 이런 것은 마음에 둘 필요가 없는 일이지요. 하지만 그자는 무공이 고명해서 저는 그를 건드릴 수가 없습니다. 그러나 그가 자태가 아름다운 애림을 빼앗아 가는 것을 보니 달갑지 않은 마음뿐이었습니다."

우득시가 말했다.

"괜찮소. 만약 백골총을 찾으면 당신은 황금이 얼마든지 있으니 예쁜 여자는 얼마든지 살 수가 있을 것이오."

심우가 말했다.

"저도 그렇게 생각하려고 했지만 그럴 수 없었습니다. 려사의 동정을 살펴 그의 약점을 찾아낼 수 있다면 애림이 그에게서 떠날 것이라 생각했지요. 그런데 그의 약점은 찾아내지 못하고 도리어 그가 한 권의 작은 책을 보는 것을 발견했는데 뜻밖에도 그 책이 백골총의 비밀을 밝혀낼 수 있는 물건이었지요."

마중창이 말했다.

"전설 중에 백골총의 지도가 책 가운데 숨겨져 있다 하지만 그 책이라는 것을 어떻게 알았소?"

심우가 말했다.

"이전의 남북 이노는 두 구句의 수수께끼를 남겼는데, '백골총리황금굴, 쌍로봉면후일도白骨冢里黃金窟, 雙顱封面后一刀'라는 두 구句입니다. 이 수수께끼는 그 후 알아낸 사람이 없었지요. 저도 알아내지는 못했지만 그날 밤 제가 려사의 행동을 엿보고 있을 때 그 책이 펼쳐진 채로 책상 위에 놓여 있어, 밝은 등불 아래에서 그 책의 앞표지와 뒤표지를 보았습니다."

마중창, 우득시 두 사람은 일제히 짚히는 바가 있어 작게 감탄하였다. 이들의 반응을 예상했다는 듯 심우가 물었다.

"짐작하신 대로입니다."

마중창은 벅찬 목소리로 말했다.

"계속해 보시오."

심우는 머리를 끄덕이고는 말을 이었다.

"검은 색의 앞표지에 두 개의 해골이 그려져 있는 것을 보고 소름이 끼쳤지요. 또 검은색의 뒤표지에 한 자루 금색 대도가 그려진 걸 보았습니다."

심우는 다시 말을 멈추고 두 사람을 보았다. 그러자 우득시가 말했다.

"아, 그것이 어찌 수수께끼 속의 '백골총리황금굴, 쌍로봉면후일도白骨冢里黃金窟, 雙顱封面后一刀'가 아니겠는가? 이 두 구句가 바로 그 책의 모습이었구나!"

마중창이 말했다.

"그러기에 수년 동안 아무도 알아내지 못했었는데, '쌍로봉면후일도雙顱封面后一刀'가 그런 뜻이었구나."

심우가 말했다.

"당시 제가 그것을 보고 기이하게 생각은 했지만 잘 알 수가 없어 그냥 떠날 수밖에 없었습니다."

우득시가 안타깝다는 듯 말했다.

"저런, 저런. 나 같으면 당장 그 책을 가져왔을 것이오."

심우가 대꾸했다.

"말처럼 그렇게 쉬운 일이 아닙니다. 려사는 무공이 뛰어나 그에게 발각이라도 된다면 당장 죽임을 당할 겁니다. 안타까운 것은 제가 당시에 려사가 지닌 책이 전설의 책이라는 것을 알았다면 당연히 절호의 기회를 놓치지는 않았을 테지요."

마중창이 말했다.

"그 후에 그 책을 손에 넣기 위해 시도한 적은 없소?"

심우가 말했다.

"려사가 밤낮으로 그 책을 떠나지 않는 데다 그들은 이미 절동을 떠난 뒤였습니다."

마중창과 우득시는 심우의 말에 한 치의 허점이라도 있는지 살폈다. 만에 하나 심우가 거짓말을 할 수 있다는 생각 때문이었다. 우득시가 먼저 말했다.

"그런 다음에 당신은 줄곧 그들의 뒤를 밟았단 말이오?"

심우가 말했다.

"예."

마중창이 말했다.

"아우, 당신의 말을 다 믿을 수는 없소."

심우는 흠칫하더니 물었다.

"믿을 수 없다니요?"

마중창이 대답했다.

"물론 그 책에 대한 것은 믿을 수 있소. 당신이 보지 않았다면 이런 말을 꾸며낼 수도 없겠지요."

심우는 애가 타는 목소리로 말했다.

"그런데요?"

마중창이 대답했다.

"당신이 줄곧 그들의 뒤를 밟아 이곳까지 왔다고 하지만 이 말은 미덥지가 않소."

심우가 물었다.

"어째서입니까?"

마중창이 대답했다.

"만일 나 같으면 이런 비밀을 알게 된다면 무슨 방법을 써서라도 려사의 비급을 훔쳤을 것이외다. 보물을 얻는 게 목적이니 지도만 손에 넣으면 되지 않겠소?"

심우가 말했다.

"그렇지요."

마중창이 말했다.

"당신이 지도를 본 뒤 감쪽같이 되돌려 놓는다면 려사가 어찌 알 수 있겠소. 그런 후 당신은 보물을 찾으면 될 게 아니오."

심우가 말했다.

"예, 하지만 저는 손 쓸 기회가 없었습니다."

마중창이 말했다.

"아니오. 기회가 없었다는 것은 거짓이오."

심우는 흠칫했고 또 멍해졌다. 사실 심우의 목적은 보물에 있는 것이 아니었다. 다른 생각이 있었던 것이었다. 심우가 적이 놀란 것은 이 투절문의 고수가 심우의 본심을 짐작하고 있기 때문이었다. 그는 무림 고수가 절세의 무공에 가진 열망이 만 냥의 황금을 능가한다는 것을 이해하고 있는 것이 분명하였다.

우득시가 동의하며 말했다.

"맞소, 아우의 말에 과연 허점이 있소."

마중창은 생각하듯 하더니 말했다.

"자, 우 형의 말에 당신도 뭐라 말해 보시오."

우득시가 비아냥거리며 덧붙였다.

"려사, 애림 그리고 당신이 흉살대안을 빚어냈다는 것을 알고 있소. 내 짐작에 당신들은 서로 어떤 사랑과 원한이 있을 게요."

마중창은 힘차게 머리를 끄덕이면서 말했다.

"옳아, 옳아."

심우는 기가 죽어 말했다.

"그럼 두 분은 어떻게 할 생각입니까?"

마중창이 말했다.

"자, 이제 솔직하게 우리에게 당신이 원하는 걸 말해 보시오."

마중창의 말에 심우가 흠칫하여 어디서부터 말해야 할지 난감하던 차에 마중창이 다시 말을 이었다.

"짐작하건대 당신이 그 비급을 보았을 때 비급은 물론이고 려사의 은전까지 가지려 하지 않았소?"

심우는 마중창이 어떻게 이런 추측을 하였는지 알 수 없었으나 비위를 맞추기 위해 대답했다.

"맞습니다. 어떻게 아셨는지요?"

심우가 순순히 시인하자 마중창은 득의양양해서 말했다.

"당신은 려사의 재물을 훔쳤을 테지. 아마 려사의 재물을 훔친 게 발각이 되어 줄곧 그들 뒤를 따랐음에도 그들 앞에 선뜻 모습을 드러내지 못하고 있는 것이 아니오? 왜냐하면 그들 또한 당신을 찾아 흠씬 두들겨 패려 할 테니, 안 그렇소?"

우득시가 말했다.

"그렇지. 안 그랬으면 아우는 우리가 없어도 성공했을 것이오. 돌이켜 보면 당신이 그들을 알고 있으니 어떤 구실 대더라도 그들에게 접근해서 지도를 볼 수 있는 기회가 없었겠소?"

심우는 과연 자신에게 허점이 있음을 알았다. 모든 사정을 고려하여 이치를 따져 볼 때, 자신이 려사와 접근만 하면 당연히 손 쓸 기회가 많을 것이기 때문이다. 즉 아직 손을 쓰지 않은 것은 려사와 애림 앞에 나타날 수가 없기 때문이다. 마중창과 우득시는 심우가 려사의 재물을 절도한 적 있다고 짐작하고 그가 려사를 감히 만나지 못하는 것이라고 이해하였다. 그들의 잘못된 짐작은 심우로서는 확실히 그 이상 더 좋은 것이 없었다.

그들은 그 비급을 손에 넣기 위해 어떻게 해야 할지 진지하게 의논하였다. 그들은 말소리를 낮추고 은어를 써서 다른 사람들이 듣는다고 해도 알 수 없도록 했다. 또한 다른 사람들도 그들에게 특별한 관심을 두지 않은 것은 사천 각지에서는 찻집에서 잡담하는 것이 일상적인 일이기 때문이었다.

심우가 말했다.

"그들이 나를 알고 있으니, 나는 당신들을 위해 망을 보겠소."

마중창과 우득시는 심우의 말에 동의하였다. 마중창이 우득시에게 말했다.

"그 사람은 무림 고수니 보통 사람을 대처하는 수법으로 할 순 없소."

우득시가 말했다.

"당연하오."

그는 심우에게 물었다.

"그가 늘 그 책을 지니고 있소? 언제 그가 그 책을 보오?"

심우가 대답했다.

"잘 모르겠습니다. 그게 언제라는 걸 단정해서 말하기는 몹시 어려운 일이지요."

우득시가 말했다.

"힘들게 되었군."

마중창이 물었다.

"려사는 어떤 취미를 가졌소?"

심우는 난처하여 뇌까렸다.

'지어낸다면 이자들은 실패할 것이니 사실대로 말해야겠지.'

심우는 잠시 생각하더니 곧 말했다.

"려사는 어떤 취미도 없이 무공의 정화를 추구하는 데 사로잡혀 있어 딱히 이용할 방법이 없습니다."

마중창은 고개를 끄덕이면서 말했다.

"나도 그가 어떤 취미가 있다고는 생각하지 않소. 그렇지 않으면 아우가 벌써 틈을 기다려 빼앗았겠지."

우득시가 말했다.

"어렵소이다. 참으로 어렵소이다."

심우가 말했다.

"제 생각에 유일한 방법은 거꾸로 추리하는 데서 얻을 수 있다고 봅니다."

마중창이 말했다.

"말해 보오."

심우가 말했다.

"그가 밤낮으로 그 책과 떨어지지 않으니 유일한 방법은 그 책을 그의 몸에서 뒤져낸 다음 지도를 기억하고 다시 그에게 되돌려 주는 것이지요. 이렇게 하기 위해서는 려사의 정신이 혼미하지 않으면 안 됩니다."

마중창이 물었다.

"어떻게 그가 지각을 잃게 만들 수 있겠소?"

심우가 말했다.

"미향迷香과 몽혼약蒙汗藥을 사용하는 겁니다."

우득시가 말했다.

"그 방법은 그래도 쓸모가 있을 것 같네."

심우의 제안에 우득시가 동의하자 마중창이 말했다.

"아니오. 무공이 높은 자에겐 미향을 써도 효과가 없소. 몽혼약을 술과 요리 그리고 찻물에 넣어 그를 쓰러뜨려야 하오."

심우가 말했다.

"잠깐만요. 애림 역시 위험인물이니, 그녀도 함께 쓰러뜨려야 할 겁니다."

마중창이 말했다.

"농담하오? 한 사람을 쓰러뜨리려 해도 시기와 때를 맞춰야 하고, 또 얼마나 많은 힘을 들여야 하는데 두 사람이라니. 두 사람을 동시에 쓰러뜨리는 것은 더욱 어려울 것이오."

우득시가 끼어들며 말했다.

"괜찮소. 아우가 그녀를 알고 있다니 때가 되면 아우가 나서서 그녀를 한동안 유인하면 되오. 그때 우리는 려사의 품에서 지도를 꺼내 지도를 기억하면 되지 않겠소."

심우는 말했다.

"안 됩니다. 저도 지도를 보아야 합니다."

심우가 이유를 말하지 않아도 쌍방에서는 모두 마음속으로는 그 이유를 알았다. 마중창, 우득시 두 사람은 오래전부터 서로를 잘 알아 모종의 신뢰가 쌓였지만, 심우는 그들과 관계가 없어 직접 보지 않고 그들에게 따돌려 진다면 낭패가 아닐 수 없었다.

마중창이 말했다.

"묘책을 생각해 내면 즉시 행동합시다."

세 사람은 오랫동안 의논하여, 려사와 애림의 행방과 동태를 알아낸 다음 다시 결정하기로 하였다. 우득시는 수하를 시켜 애림과 려사의 행방을 알아냈다. 그들이 보내온 정보에 따르면 애림과 려사가 한가하게 거리를 거닐다가 지금은 청양궁靑羊宮에 가서 도사를 만났는데 아직 그 도관道觀을 떠나지 않았다고 했다. 또한 이 남녀가 상당히 친밀하여 애림은 말을 타지 않고 려사와 나란히 걸었고, 어떤 때에는 손을 잡고 웃으며 말했는데 그 표정이 매우 행복해 보였다고 전했다.

심우는 이런 소식에 마음이 갑갑했다. 또한 려사와 애림에 대해 증오하는 기색이 역력하였다. 그는 질투로 고통스러워 모든 것이 귀찮아졌으나, 오히려 마중창의 눈동자에서는 교활하고 간사한 빛이 번쩍였다. 마중창은 원래 좋은 사람이라 하기 어렵고 지금은 실현 가능한 음모를 꾸며 려사와 애림을 대처하여야 했으므로 그의 이러한 기색은 당연한 것이었다.

우득시가 말했다.

"마 형, 우리가 가서 보는 것이 어떻겠소?"

마중창은 심우에게 물었다.

"당신 생각에는 어떻소?"

심우는 머리를 가로저었다.

"아직 때가 아닙니다."

마중창은 의아해서 물었다.

"그럼 언제가 적당하단 말이오?"

심우는 마중창의 과장된 표정을 읽어 내었다. 마중창 역시 려사와 애림 두 사람을 보러 가는 것이 아직은 때가 아님을 알고 있음에도 짐짓 그렇게 물은 것이었다. 심우가 대답했다.

"려사와 애림은 모두 평범한 무리들이 아니니 당신들의 모습이 그들에게 드러난다면, 다음번에 만났을 때에는 반드시 당신들을 알아볼 것입니다."

우득시가 말했다.

"옳은 말이오."

마중창이 말했다.

"그럼 계속해서 이렇게 아무것도 안 하고 기다리자는 말이오?"

심우가 말했다.

"아닙니다. 두 분께서는 속히 그들을 봐야 합니다. 그리고 그들의 동정을 살펴야 할 겁니다."

우득시가 말했다.

"우리더러 그들에게 가지 말라고 해놓고 이건 무슨 말이오?"

마중창이 말했다.

"우 형, 아우의 말에는 일리가 있소."

우득시가 말했다.

"나도 그의 말에 일견 일리가 있는 것을 알겠지만 모순되지 않소?"

마중창이 말했다.

"이건 우리가 해결해야 할 것이오. 만약 이 난제를 해결하지 못하면 아우는 우리 능력을 다시 평가할 것이고 아마 우리와 손잡으려 하지 않을 것 아니오."

심우가 말했다.

"꼭 방법이 있을 겁니다."

심우의 말투에는 과연 결연한 뜻이 담겨 있었다.

마중창이 말했다.

"좋소."

그는 몸을 돌려 우득시에게 말했다.

"만약 내가 아우의 재주에 탄복하지 않았다면 애초에 이런 거사에 동참하지 않았을 것이오."

우득시도 고개를 끄덕이면서 말했다.

"지당한 말이오. 내 기억에 당신이 어떤 한 사람을 놓고 탄복한다고 한 것은 처음인 것 같소."

마중창이 말했다.

"먼저 이 난제를 빨리 해결해야 할 것이오. 향후의 절차에 대해서는 이미 생각해 둔 게 있소."

우득시가 말했다.

"좋소, 그렇다면……."

마중창이 말했다.

"내 생각으로는 그들이 이미 청양궁을 방문하였으니 오늘 밤에는 성 내에 머물 것이오. 그 전에 우리가 먼저 손을 써야 할 것이오."

심우가 물었다.

"그렇지요. 그런데 어떻게 하실 작정이십니까?"

마중창이 말했다.

"그들은 부부가 아니오. 설사 애인이라도 남들 눈을 의식해서라도 숙 박할 때 방 두 곳에 각각 머물 것이오."

그가 여기까지 말하자 심우의 심정은 또다시 괴로워졌다. 그것은 마중창의 말에서 려사와 애림이 두 개의 방에 묵지만 사실상 함께 묵는다는 것이 강렬하게 암시되었기 때문이었다. 심우는 애써 냉정을 찾았고 사색에 방해가 되지 않도록 하기위해 노력했다.

마중창의 말이 이어졌다.

"우리도 성 안의 가장 좋은 여관 네댓 집에 모두 두 개의 방을 정하면 유리할 것이오."

심우가 말했다.

"그렇다면 두 분은 수시로 이미 정한 방에 들 수가 있고, 그들보다 먼저 방을 정하였으므로 그들의 의심을 불러일으키지 않는단 말입니까?"

마중창이 말했다.

"그렇소. 무릇 천하에는 뒤따르는 자가 우선권을 따내기란 어렵소. 그렇기 때문에 쫓아야 할 자의 행방을 제대로 파악하는 데 어려움이 많은 것이 당연하오."

심우가 가볍게 맞장구를 쳤다.

"그렇지요."

마중창이 계속해서 말했다.

"그러니 뒤따르는 자는 쫓아야 할 자와 함께 묵는데, 전문가들은 뒤따라 여관에 투숙하는 자들을 가장 경계하오. 반대로 먼저 방을 정한 사람에 대해서는 의심하고 꺼리는 일이 적고 또 경계도 그다지 심하지 않소."

심우가 말했다.

"맞습니다."

마중창이 또다시 말했다.

"여관에 방 두 개를 정한 까닭은 우리가 묵을 방은 그들이 묵을 방 두 개의 사이에 있어야 하기 때문이오. 이렇게 하면 그들이 하나로 연결될 수 없을 뿐 아니라 차례차례 격파할 기회를 가질 수 있소. 아울러 감시하는 것도 편리하오."

마중창의 묘안에 우득시가 자처하여 말했다.

"방을 정하는 일은 내가 맡겠소."

심우가 말했다.

"이젠 제 견해를 말해보겠습니다. 두 분이 직접 청양궁에 가서 행동하기보다 먼저 사람을 파견하십시오."

우득시가 웃으며 말했다.

"어떻소?"

마중창이 말했다.

"글쎄. 사람을 보낸다면 상세한 경황을 얻을 수 없어 판단을 내리는 게 어려울 게요. 또 파견을 보낸 사람이 노출되어 그들에게 발각이라도 된다면 그들도 주의할 테니 우리한테 좋을 일은 없소."

마중창은 연신 머리를 끄덕이면서 덧붙였다.

"우리가 근심하는 바가 이것인데 사람을 파견하라니 말이 되오?"

심우가 말했다.

"어떤 사람을 쓰느냐에 달렸겠지요. 만약 파견된 사람이 그들의 밀정을 속여 넘길 뿐만 아니라 그들이 경계하지 않고 아울러 당신들이 알고 싶어 하는 려사와 애림에 관한 동정을 전부 알려줄 수 있는 사람이라면 그래도 반대하겠소?"

마중창이 말했다.

"어디서 그런 사람을 찾는단 말이오?"

심우는 자신을 가리키면서 말했다.

"바로 접니다."

우득시와 마중창은 의아해서 물었다.

"당신이?"

심우가 말했다.

"예, 제가 위장을 하고 그곳으로 가겠습니다. 단 두 분께선 저를 엄호할 동행을 찾아주면 실수가 없을 겁니다."

우득시가 말했다.

"좋은 생각이요, 그래 어떤 사람이 엄호하면 되겠소?"

심우가 말했다.

"그것은 아직 생각해 보지 않았습니다."

마중창이 말했다.

"어여쁜 여자 하나를 찾아 동행을 하면 어떻겠소?"

심우가 말했다.

"안 됩니다. 오히려 사람들의 주목을 끌 것입니다."

우득시가 말했다.

"이렇게 하시오. 점잖은 사람을 하나 찾아 당신과 청양궁으로 동행하도록 하겠소."

마중창이 말했다.

"아니오. 노부인 한 명을 찾아 도관에 가서 분향하고 아우는 삼생향 촉三牲香燭을 메고 머슴으로 분장하시오. 그러면 누구도 머슴에 대해 주의하는 일은 없을 것이오."

심우는 찬성하여 말했다.

"좋습니다. 그렇게 하는 게 좋겠습니다."

그들은 즉시 행동으로 옮겼고 심우는 오래 지나지 않아 청양궁에 이르렀다. 이때 심우는 완전히 시골 머슴과 같은 차림새였고 얼굴도 거무스레한 것이 겉늙게 분장을 해 얼핏 보면 중년과 같았다. 물론 려사와 애림이 자세히 본다면 그들의 안력으로 허점을 찾기란 어렵지 않을 것이다. 하지만 그들 세 사람은 모두 려사와 애림 두 사람이 절대로 머슴 차림의 심우에게 주의를 기울이지 않는다고 확신하였기에 심우가 청양궁으로 가는 것을 찬성하였다.

심우가 나무함을 메고 대전에 이르렀을 때 함께 온 노부인이 젊은 조카를 대동하여 왔기에 심우는 움직일 필요가 없었다. 노부인의 조카는 종이를 불사르고 향을 올리고 신에게 올릴 제전을 차렸다. 심우는 멜대를 안고 구석으로 물러서 주위를 살폈다. 대전은 널찍하였고 예배하러 온 신도들과 참배자들로 번잡했다. 려사와 애림은 오른쪽 복도의 한 모퉁이에서 나이가 매우 많은 도인과 이야기를 나누고 있었다. 그들은 참배자들을 향해 수시로 날카로운 눈길을 던졌다.

심우는 그들과 한 장 남짓한 가까운 거리에 섰다. 그들이 자신을 알아낼까 두려워 긴장이 되었지만, 곧 정신을 가다듬고 려사와 노도인의 대화를 들었다. 노도인은 지금까지 어떤 일로 줄곧 지체하고 있다가 겨우 짬을 내 그와 이야기를 나누고 있었다. 려사의 말소리가 들렸다.

"현지玄智 노도장老道長, 제가 이번에 온 것은 한 사람의 행방을 알기 위해서입니다."

현지 노도장이 물었다.

"시주가 알아보려고 하는 사람은 누굽니까?"

려사가 대답했다.

"삼청문三淸門의 고인 한 분으로 세간에서는 신기자神機子 서통徐通이라 부르는데 그가 어디에 있습니까?"

현지가 흠칫하면서 물었다.

"신기자 서통 말입니까?"

려사가 대답했다.

"그렇습니다."

현지가 물었다.

"당신들은 왜 빈도를 찾아 왔습니까?"

려사가 대답했다.

"제가 삼 년간 조사한 결과 당세에 현지 노도장께서 그와 친밀한 사이라는 것을 알게 되었습니다."

현지가 말했다.

"어찌 그런 말을 하시는 겁니까?"

려사가 말했다.

"현지 노도장과 그가 한 문파에서 무예를 배웠다 들었습니다. 또 모두 여덟 명의 사형제가 있는데 여섯 명은 신선으로 돌아갔고, 다만 현지 노도장 당신과 신기자만이 살아있으니, 그의 행방을 알고 있는 사람은 현지 노도장밖에 없습니다."

현지가 말했다.

"과연 맞소이다. 정확하오."

려사가 말했다.

"그렇지 않다면 어떻게 제가 이런 수천 리 길을 현지 노도장을 뵈러 올 수 있었겠습니까?"

현지가 말했다.

"하지만 애석하게도 당신은 나의 사형 서통이 돌아올 수 없는 먼 길을 떠났다는 소식은 듣지 못하셨구려."

려사는 담담하게 말했다.

"그가 이미 이승 사람이 아니라면 인연이 없음을 스스로 원망할 수밖에 없겠지요."

현지가 말했다.

"방법이 없게 되었소이다."

애림이 비로소 몸을 일으키면서 말했다.

"그럼 이제 가요. 더 볼 일이 없잖아요."

현지가 말했다.

"멀리 배웅 못함을 용서하시오."

하지만 려사는 도리어 단정히 앉은 채 움직이지 않고 말했다.

"신기자는 본디 재주와 지혜가 많은 사람이었고 언제나 계획에 빈틈이 없는데 그가 한 가지 일을 짐작하지 못할 리가 있을까요?"

현지가 말했다.

"무슨 말이오?"

애림은 그가 쉽게 가려고 하지 않는 것을 보고 다시 자리에 앉았다.

려사가 이어서 말했다.

"이곳까지 왔는데 전혀 증거가 없으면 어찌 강남으로 되돌아가겠습니까?"

현지는 수염을 쓰다듬으면서 말했다.

"그렇다면 빈도가 그의 무덤을 알려줄 테니 두 분은 가보시오."

려사가 말했다.

"어차피 묘비일 뿐인데 그 허실을 어찌 알겠습니까."

현지가 말했다.

"시주의 말은 이치에 어긋나오. 그가 죽지 않았다면 왜 묘비를 세우겠소? 하물며 그가 당신을 만나지 못할 이유가 또 어디 있겠소이까?"

애림은 노도장의 말이 이치가 옳다고 느껴 끼어들며 말했다.

"노도장의 말이 옳아요."

려사가 말했다.

"이것이 바로 그의 실책이오. 그가 묘비 따위로 나를 속일 수 있다고 생각했다면 그것은 잘못입니다."

현지는 귀찮아하며 말했다.

"믿고 안 믿고는 당신이 알아서 하시오. 빈도는 더 이상 할 말이 없소."

려사의 눈에서는 무시무시하고도 공포스러운 살기가 방출되었고 날카로운 눈길은 번개와 같았다. 려사는 차가운 어조로 말했다.

"만약 내가 만족스러운 답을 얻지 못하면 반 시진 내에 전 도관을 피로 물들이겠습니다."

그의 말소리는 매우 냉혹했다. 설사 인생 경험이 없는 사람이라도 려사가 그냥 하는 말이 아님을 알 수 있을 정도였다. 더욱이 현지는 나이가 칠십이 지났고 많은 사람을 겪어, 그의 말이 허풍이 아님을 모를 리가 없었다. 현지는 흰 눈썹을 찌푸렸으나 무어라 대꾸를 할 수가 없었다.

려사는 다시 냉랭히 말했다.

"신기자 서통이 죽든 말든 막론하고 그를 만나 봐야겠습니다. 만약 그가 죽었다면 그가 이곳 전 도관 사람의 목숨을 연루시켰다고 그를 탓할 수밖에 없지요. 그 역시 이것을 결코 헤아리진 못했을 것입니다."

현지는 애림을 보았는데 그녀는 두 눈을 내리 깔고 려사의 말을 듣지 못한 것처럼 앉아 있었다. 현지가 비로소 말했다.

"당신은 마도 우문등의 직계 제자겠구만, 그렇지 않소?"

려사가 말했다.

"이거 슬슬 재미있어지는군요. 서통이 그렇게 말하였습니까?"

현지라 말했다.

"그렇소이다. 그가 그러더군요. 만일 오늘과 같은 상황이 벌어진다면 그것은 자신에게 재난이 도래하는 것이라 했소."

려사가 말했다.

"어찌해서 그에게 재난이 왔다는 것입니까?"

현지가 말했다.

"그가 내게 말하기를 우문등의 직계 제자가 오면, 그의 부고를 듣고도 돌아가려 하지 않을 것이라 했소. 만일 그가 사전에 잘 배치하지 않는다면, 본 도관이 연루되기 때문에 마지막으로 당신을 만나보겠다고 했소."

려사가 말했다.

"그 말을 정말 서통이 했습니까?"

현지가 말했다.

"틀림없소이다. 그가 직접 한 말이오."

려사가 말했다.

"그렇다면 그가 아직 살아 있단 말씀입니까?"

현지가 말했다.

"빈도는 거짓을 하지 않소. 그는 이미 죽었소이다."

려사의 눈에서는 노한 기색이 쏘아 나오면서 말했다.

"그가 죽었는데 어찌 만나볼 수 있단 말입니까?"

현지는 지극히 태연하게 말할 뿐이었다.

"돌아가신 사형은 신기묘산神機妙算, 우내무쌍宇內無雙으로, 그가 이미 이렇게 말했다면 꼭 말한 대로 될 것이오."

애림이 말을 받았다.

"당신은 당신 사형의 말을 의심하지 않나요?"

현지가 말했다.

"빈도는 의심하지 않소. 이전에 빈도가 무공을 닦으려고 할 때 돌아가신 사형이 무공을 닦지 말라고 내게 권했고 또 빈도 역시 사형의 말에 따랐는데 살면서 오히려 사형의 말을 따랐기에 큰 이익을 보았소."

애림은 그의 대답이 적이 괴상하여 물었다.

"어떤 이익을 보았다는 거죠?"

현지가 대답했다.

"예를 들면 바로 오늘과 같은 상황입니다. 만일 빈도가 무공을 닦은 사람이었다면 지금까지 제법 상당한 수준에 이르렀을 테지요. 그러니 이렇게 려 시주가 겁박을 하는데 가만히 있었겠소? 허나 빈도가 출수를 한다 해도 아마 려 시주의 마도 아래 살아남지 못했겠지요. 허나 지금 려 시주가 설사 칼을 들고 빈도를 살상한다 해도 빈도는 반항할 힘이 없으니 려 시주가 하는 대로 따를 수밖에 없지요."

현지의 말뜻은 결국 그가 무공에 의거할 수 없어 일체 모욕을 할 수 없이 참고 견디고 있으며 이렇게 해야 목숨을 부지할 수 있음을 말한 것이었다.

려사가 말했다.

"됐소이다. 서통이 어느 곳에서 나와 만나기로 했습니까?"

현지가 말했다.

"알려주겠소. 허나 시주가 저승 사람인 사형을 만나본 뒤 다시 도관에 되돌아와 빈도를 귀찮게 하지 않는다는 다짐을 해 주시오."

려사가 말했다.

"물론 그를 만나면 그렇겠지만 만약 만나지 못한다면?"

현지가 말했다.

"려 시주가 오늘 이곳에 온 것처럼 언제든 다시 올 수 있는 것이니, 만일 돌아가신 사형을 만나지 못한다면 빈도를 찾아와 끝장을 내면 될 일이 아니겠소."

려사가 흔쾌히 말했다.

"좋습니다. 그가 있는 곳을 말씀해 보십시오."

현지가 말했다.

"돌아가신 사형의 유언에 무산巫山 신녀봉神女峰 세 번째 유곡幽谷으로 오면 그를 만날 수 있다고 했소. 뿐만 아니라 당신이 원하는 대로 될 것이라 했소."

려사가 말했다.

"원하는 대로 된다?"

현지가 말했다.

"그것은 빈도도 알 수 없는 일이요."

애림이 재촉했다.

"그럼 어서 가요."

려사가 말했다.

"좋소, 하지만 이번 걸음은 유감이오."

애림이 말했다.

"유감이라니요?"

려사가 말했다.

"신기자 서통의 일파 비전인 수라밀수修羅密手와 독룡창毒龍槍은 모두 우내에서 상승의 무공으로 나의 마도魔刀와 고하를 다툴 수 있소. 그러나 이 노도는 비록 서통의 사제이지만 도리어 무공을 연마한 적이 없어 출수하여 확인할 수 없으니 애석하지 않을 수 없소."

애림이 그의 말을 이해하곤 말했다.

"이 두 가지 절기를 서통 일파에서 전해 내려오면서 이어받은 사람이 있는지 알 수 없군요."

려사가 말했다.

"걱정 마시오. 이어받은 사람이 없는 게 분명하오. 그렇지 않으면 서통이 그런 유언을 남기지는 않았을 것이오."

애림은 머리를 끄덕이면서 말했다.

"그래요. 만약 그 두 가지 절예를 연성한 사람이 있다면 당신을 두려워할 이유가 없을 테지요."

그들이 대전에서 걸어 나오자 참배자들이 모두 한 쌍의 아름다운 반려에게 눈길을 던졌다. 애림은 그런 눈길에 아랑곳하지 않고 팔꿈치로 려사를 툭툭 치면서 속삭였다.

"이 사람들 중에 사나운 눈길이 오른쪽 모퉁이로부터 느껴져요."

그녀는 말하면서도 오른쪽을 바라보지는 않았다. 려사는 머리를 끄덕였고 즉시 하나의 거대한 오향로五香爐를 가리키면서 웃음을 머금고 말하는데 마치 이 향로에 대해 이야기하는 것 같았다. 애림이 오른쪽에서 느꼈던 기이한 눈빛은 바로 머슴으로 변장한 심우가 발출한 것으로, 그는 눈앞의 려사와 애림의 태도가 꽤나 친밀하여 질투와 분노가 일자 자신도 모르게 맹렬한 눈빛을 쏘았던 것이었다. 그는 상승의 무공을 연성한 사람이고 정신 역량이 극히 강해 분노의 뜻을 내포하고 있는 그의 눈빛이 려사와 애림 두 사람을 향하자 마치 형태가 있는 물질과 같아 애림이 느낄 수밖에 없었다. 려사는 매우 자연스러운 태도로 사방을 둘러보았고 눈길은 심우의 얼굴을 슬쩍 스쳐 지나갔다. 그러나 이런 와중에도 려사는 심우의 용모와 차림새에 대해 애림에게 말하였다.

려사가 물었다.

"당신은 저자가 어떤 내력이라 생각하오?"

애림이 말했다.

"심우가 아니라면 누가 우리를 주시하겠어요?"

려사가 말했다.

"저자가 심우라 해도 괴상할 것은 없소. 우리가 이렇게 친밀하니 그가 질투를 하는 것일 테지."

애림은 웃으면서 말했다.

"아니요. 당신은 잘못 봤어요. 심우는 저를 마음에 두지 않아요."

려사가 말했다.

"그렇지 않소. 내가 보기에 심우는 어떤 것에도 개의치 않았지만 당신에 대해선 상당히 강렬한 반응을 보였소."

378

그들은 웃음을 머금은 채 낮은 소리로 말하면서 사방을 둘러보았다.

려사는 또다시 말했다.

"나는 그가 우리 뒤를 밟으리라 짐작했기 때문에 당신과 그곳을 함께 떠났던 것이오."

애림이 말했다.

"그렇다면 그가 오히려 가련하군요!"

려사가 말했다.

"그렇기 때문에 당신이 차마 그를 죽이지 못하고 다른 사람의 손을 빌리려고 하는 것일 게요."

애림이 말했다.

"그래요, 당신이 일찌감치 손을 써야 했어요."

려사가 말했다.

"묻고 싶은 게 있소. 만일 내가 심우를 죽이면 당신은 날 증오하겠소? 아니면 나를 고마워하겠소?"

애림이 말했다.

"당연히 감사하지요!"

려사가 말했다.

"당신은 말로는 응당 감사하다고 하지만 사실상 그렇게 간단하지 않소. 다시 신중하게 생각해 보시오. 결코 나를 원망하지 않을 자신이 있소?"

애림이 말했다.

"제가 어떻게 당신을 원망하겠어요……."

그러나 그녀는 말끝을 흐리더니 잠시 생각하고 나서 곧 입을 다물고 말았다. 만약 려사가 심우를 죽인다면 그에게 감사한 마음은 가지겠지만 계속해서 려사와 우호적으로 지낼 수 없다는 것을 어렴풋하게 느꼈기 때문이었다. 이것은 그녀의 마음 깊은 곳을 심우라는 사람이 차지하고 있는 까닭이다. 그녀는 참극이 발생하기 전에는 줄곧 영준하고 기민한 이 청년을 깊이 애모하고 있었다. 그렇기 때문에 그녀는 심우를 죽이는 사람에 대해서 증오하고 원한을 가질 것이 자명했다. 려사는 그녀의 이런 감정을 이해할 수 있었다.

"괜찮소. 당신의 생각은 매우 정상적이며 그 어떤 총명하고 걸출한 사람도 일단 감정의 문제는 분간하지 못하오. 하물며 당신의 상황은 더욱 사랑과 원한을 가르기 어렵지 않소."

그의 태도는 매우 다정하고 자상하여, 애림은 갑자기 이 려사라는 사람이 냉혹하고 흉폭한 사람이란 생각이 들지 않았다. 그래서 놀라운 눈길로 그를 바라보며 말했다.

"맞아요. 제 심정이 그래요. 당신은 도대체 어떤 사람이죠?"

려사가 말했다.

"글쎄. 좋기도 하고 나쁘기도 하오. 나 역시 분명하지 못하오."

그들은 줄곧 자연스러운 태도로 심우를 감시하였고 바로 이런 까닭으로 심우는 자신의 분장으로 이 두 고수의 날카로운 눈길을 속여 넘겼다고 믿었다. 이때 심우를 보호하는 노부인과 그의 조카는 이미 분향을 마치고 참배가 끝났으므로 물건들을 수습하기 시작했다. 심우가 이들을 도와주려 하던 차에 돌연 등 뒤에서 싸늘함이 느껴져, 려사와 애림이 자기를 주시하고 있다는 것을 감지하였다. 그는 지금 자신에게 닥친 위험이 최고의 고비에 이르렀음을 깨달았다. 그들이 걸어와 자신을 보면 가면 속의 얼굴이 즉시 간파당할 것만 같았다.

려사와 애림은 심우 쪽으로 나란히 걸어왔다. 심우는 려사와 애림을 등졌지만 그들이 걸어오는 가벼운 발걸음 소리를 들었고, 마음속으로 놀라 전신의 신경이 팽팽해졌으며 사태의 변화를 기다렸다. 그러나 그는 태연한 척 계속해서 물건들을 통 안에 받아 넣었고 등 뒤의 발걸음 소리도 계속 가까워졌다. 발걸음 소리는 이윽고 그와 서너 치 떨어진 곳에 이르러 끊어졌다. 이렇듯 가까운 거리라면 심우가 자세를 재빨리 바꾸지 않은 이상 등 뒤의 사람이 출수할 경우 쓰러질 수밖에 없었다.

그는 마음을 굳게 먹고 그들이 사라지는 순간을 기다렸다. 심우가 이런 위험한 순간을 그저 기다리기만 하는 것은 결코 두려움에 저항하지 못하는 게 아니다. 애림과 려사 두 사람이 그의 정체를 확실히 알아챈 것이 아니므로, 그들이 또 다른 허점을 발견하지 못하면 자신에게 손을 쓰지는 않을 것이기 때문이었다.

이런 생각을 하고 있는 사이 려사가 더 다가와 잠시 기다렸다가 머슴으로 보이는 이가 전혀 동정이 없자 즉시 오른손을 들어 천천히 뻗었다. 그는 다섯 손가락을 약간 벌려 그 머슴을 붙잡거나 주먹으로 치거나 손가락으로 쓸어버리는 자세로 언제든 바꿀 수 있도록 하여 상황을 보고 결정하려 했다. 마침내 그의 손가락이 곧 심우의 어깨에 닿으려 할 때 돌연 그의 움직임이 정지하였다. 애림이 그의 팔을 잡고 동작을 제지하고, 머리를 측면으로 돌려 그에게 떠나자는 의사를 표시한 것이었다. 두 사람이 동시에 발걸음을 옮기며 이윽고 애림이 말했다.

"당신은 분향한 노부인을 보지 못하였어요?"

려사가 말했다.

"보면 뭐가 달라지오?"

애림이 말했다.

"맹세하건대 그녀는 순수한 시골의 부인이에요."

려사가 짧게 탄식했다.

"분명하오?"

그러자 애림이 말했다.

"그 머슴이 설사 무공을 연마했다 하더라도 그가 심우라고 장담은 못해요. 심우는 절대로 자신을 보호하기 위해 이같이 정당한 사람을 찾을 수 없어요."

려사는 알았다는 듯 말했다.

"좋소. 그럼 우리 갈 길이나 갑시다."

이번에는 그들이 뒤돌아보지도 않고 도관을 성큼성큼 걸어 나갔다. 그들이 떠나자 심우는 한시름 놓고 눈길을 돌려 왼쪽 복도를 바라보았는데, 금방 려사와 애림 두 사람과 이야기를 나누던 노도인만이 아직도 상 옆에 앉은 채 얼굴을 찌푸리고 있었다. 그는 노도장을 향해 걸어가서 묻지도 않고 그 옆에 앉았다. 그러자 어떤 도인이 걸어와 말했다.

"여보시오, 휴식하려면 저쪽으로 가십시오."

심우는 노도장을 눈여겨보기만 할 뿐 한마디도 하지 않았다. 그 노도장은 이 도관의 관주 현지였고 덕성과 명망이 높은 성도의 유명한 법사法師였다. 그는 심우를 보고 손짓으로 그 제자에게 물러가라고 명하였다. 심우는 그제야 겨우 입을 열고 말했다.

"잠깐 저와 이야기를 나눌 수 있으신지요?"

현지가 말했다.

"출가지인은 세상일에는 관심이 없으니 말하건 안 하건 모두 괜찮소."

심우가 말했다.

"그렇지만 방금 도장은 분명히 자기도 모르게 적지 않은 말들을 하셨으니 비록 도장은 세상일에 무관심 하다 해도 어디 세상일이란 게 그렇습니까?"

현지가 심우를 물끄러미 바라보며 말했다.

"시주의 성함은 어찌 되시는지요?"

심우가 말했다.

"저는 심우라 합니다."

현지가 말했다.

"심 시주는 어떤 일이 궁금하오?"

심우가 말했다.

"도대체 도장과 같은 세외고인이 어떻게 마도 문중의 사람과 관계하게 된 겁니까?"

– 2권에서 이어집니다.

무도연지겁 1
백색공포(白色恐怖)

1판 1쇄 펴낸날 2013년 03월 20일

지은이 사마령
옮긴이 중국무협소설동호회 중무출판추진회

펴낸이 서채윤
펴낸곳 채륜
책만듦이 김미정
책꾸밈이 Design窓

등록 2007년 6월 25일(제25100-2007-000025호)
주소 서울 광진구 군자동 229
대표전화 02-6080-8778 | **팩스** 02-6080-0707
E-mail chaeryunbook@naver.com
Homepage www.chaeryun.com

© 진선미출판사 · 중국무협소설동호회, 2013
© 채륜, 2013, printed in Korea

책값은 뒤표지에 있습니다.
ISBN 978-89-967201-4-0 04820
ISBN 978-89-967201-3-3 (세트)

※ 잘못된 책은 바꾸어 드립니다.
※ 저작권자와 출판사의 허락 없이 책의 전부 또는 일부 내용을 사용할 수 없습니다.
※ 저작권자와 합의하여 인지를 붙이지 않습니다.

武道胭脂劫#1-5
© 1999 by SUNG ENTERPRISE INC.
All rights reserved. First published in Taiwan by Chen Shan Mei Publishing Co.
Korean translation rights arranged with ChineseKungfu Inc. and CHAERYUN (Subsidiary: CHAERYUNSEO).